ALIÉNOR

Le Règne des Lions

Aux Éditions XO

Le Lit d'Aliénor, 2002

Le Bal des louves, 2003
 * *La Chambre maudite*
** *La Vengeance d'Isabeau*

Lady Pirate, 2005
 * *Les Valets du roi*
** *La Parade des ombres*

La Rivière des âmes, 2007

Le Chant des sorcières, tomes 1 à 3, 2008-2009

La Reine de Lumière, 2009-2010
 * *Elora*
** *Terra incognita*

Les Tréteaux de l'enfance, 2004, Elytis

Mireille Calmel

Aliénor

Le Règne des Lions

Roman

XO ÉDITIONS

ISBN : 978-2-84563-514-2

À ceux que j'ai aimés
À ceux que j'aime encore
À ceux que j'aimerai demain,
Ils forment, d'entre ces lignes, l'écho
d'une histoire sans fin…

1.

De mémoire d'homme, jamais pareille tempête n'avait ébranlé le port de Barfleur. Depuis un mois déjà, poussée par le noroît, elle s'écrasait en une pluie drue sur les toits de schiste, battait à les briser les mâts des vaisseaux entassés dans la rade, fracassant les vagues jusqu'au pied de l'église et du petit castel qui la jouxtait. Les habitations de granit voyaient leurs portes barrées solidement pour empêcher l'écume invasive, et leurs habitants, pourtant coutumiers des caprices de la Manche, n'en finissaient plus d'éponger l'eau infiltrée aux relents de marée. On rapportait même que des poissons frétillaient sur les pavés, au milieu des lichens, branches et immondices que les rouleaux exubérants déposaient. Le vacarme était tel qu'on avait renoncé à parler, le brouillard si dense, qu'on refusait de se déplacer. De sorte que la cité autant que le port se voyaient envahis par une foule de gens et d'animaux de bât, prisonniers involontaires d'éléments en furie, qui attendaient d'embarquer pour l'Angleterre.

Moi, Loanna de Grimwald, dernière descendante des grandes prêtresses d'Avalon, dans l'équipage du futur monarque Henri Plantagenêt et de son épouse, Aliénor d'Aquitaine, j'étais de ceux-là.

Aliénor. Ma duchesse. Mon amie. Celle auprès de qui j'avais été placée l'année de nos quinze ans avec une mission : rendre un roi légitime à l'Angleterre. Un roi formé aux enseignements druidiques et dans l'ombre duquel justice, équité et droiture pourraient s'exprimer. Pour le bien et l'unité d'un royaume. Pour la grandeur d'un empire à réinventer.

C'est la mère d'Henri, dame Mathilde, surnommée l'emperesse, qui, à la mort de son père, eût dû régner. Hélas, la prenant de vitesse par d'odieuses concessions aux barons et prélats, son cousin Étienne de Blois avait été couronné. Dès cet instant, une lutte sans merci les avait opposés. Une lutte dans laquelle j'avais pris plus que ma place lorsque ma mère, druidesse et conseillère de l'emperesse, avait compris qu'il faudrait nouer alliance avec l'Aquitaine pour venir à bout de l'usurpateur. Ce jour-là j'étais devenue la dame de compagnie d'Aliénor, décidée à la suivre au couvent jusqu'à ce qu'Henri, qui n'avait alors que quatre ans, soit en âge d'épousailles. C'était compter sans Étienne de Blois. Le père d'Aliénor avait été assassiné, ses dernières volontés détournées, ma duchesse contrainte d'épouser Louis de France. Lors, quatorze années durant, je n'avais reculé devant rien pour détruire ce premier lit et la ramener à l'Angleterre.

Je me souviendrai toujours de son regard vers moi à l'heure de son hyménée avec Henri. Dans ses prunelles d'un vert sombre que j'avais si souvent vu briller, l'étincelle de la victoire avait, un instant, occulté celle de l'amour. Aliénor tenait enfin sa revanche contre ce roi dévot dont elle venait de divorcer. Forte de leur bonheur, j'avais quitté les nouveaux mariés pour rejoindre Jaufré Rudel, mon époux, que, pour mener ma mission, j'avais trop de fois dû sacrifier. Cette liberté, chèrement gagnée, n'allait pourtant pas sans concessions. En le choisissant, lui, j'avais dû abandonner la magie. Des pouvoirs qui étaient miens à ma naissance ne me restait que le don de double vue. Qu'importe ! Un amour sans âge m'habitait. J'avais rallié Blaye, une petite Eloïn à mon sein. Deux années s'étaient ainsi écoulées, nourrissant notre complicité tandis que Jaufré se vouait à sa famille, mais aussi à sa seigneurie avec justice et humilité, faisant ma fierté et grandissant ma flamme. Deux années d'un accord parfait dans lequel mon troubadour à la voix abîmée avait achevé de se guérir d'anciennes blessures. Il y avait eu la naissance de notre Geoffroy, les courriers échangés avec la maison Plantagenêt, le bonheur d'apprendre qu'Aliénor avait accouché d'un petit Guillaume. Et puis la nouvelle nous était parvenue. Malade et vaincu par la bravoure d'Henri sur le terrain, Étienne de Blois l'avait reconnu comme héritier légitime du trône. L'Angleterre était enfin à nous ! J'eusse dû m'en réjouir, mais, à l'instant même où Étienne de Blois s'éteignait, une vision m'avait dressée sur ma couche : Aliénor face à Henri, l'épée au poing, l'œil noir et rancunier. Derrière eux, submergée par une mer sanglante, l'Angleterre disparaissait.

« L'aigle de l'alliance brisée se réjouira en sa troisième nichée. De Richard renaîtra l'espoir oublié. » avait prophétisé une voix jaillie d'outre-tombe dans le silence de la nuit. Celle de mon aïeul, le druide Merlin, le conseiller du légendaire roi Arthur.

J'avais éclaté en sanglots dans les bras de mon troubadour tandis que son timbre rauque, noueux, s'était imposé à son tour :

— Nous serons là, toi et moi, pour empêcher cette déchirure. Et si nous ne le pouvons, alors nous préparerons les êtres que nous aimons à l'affronter. Je n'ai plus peur, Loanna. Plus rien ni personne ne pourra nous séparer. Dès demain, je confierai Blaye à Girard Mestre et, avec nos enfants, nous reprendrons notre place à la cour. Ensemble.

— Ensemble, avais-je répété.

Il serait ma terre, toujours, où que le destin me veuille entraîner.

Voilà pourquoi, ce 7 décembre de l'an de grâce 1154, j'étais en cette salle du castel de Barfleur, face à lui et à ce plateau d'échecs, à attendre que la tempête se soit calmée pour embarquer.

Ma tâche auprès d'Aliénor et d'Henri n'était pas achevée.

*

Aliénor lança en l'air quatre osselets et se hâta, dans un mouvement élégant du poignet, de récupérer les autres, dispersés sur la nappe, avant de les rattraper à mi-course.

— Et de six, j'ai gagné, annonça-t-elle d'un timbre haut et clair.

— Et moi je perds, grogna Henri qui lui faisait face tandis qu'elle reposait les ossements de poulet sur la table.

Dans un mouvement d'humeur, il les balaya puis se dressa brutalement, au risque de verser le plateau de bois sur les genoux de son épouse, qui poussa un petit cri apeuré. Apportant surprise et effroi au sein des tables de jeu autour desquelles nous étions cantonnés, il explosa :

— Je perds un temps précieux, inutile, gâché ! Je n'ai pas attendu vingt et un ans pour cela !

Il désigna nos mines sombres, nos assises complaisantes et nos amusements éculés. Un silence seulement troublé par le vacarme de la tempête à l'extérieur s'abattit sur la petite salle. Henri darda sur nous un œil noir puis se dirigea vers la table qu'occupaient Sibylle de Flandres et Aude de Saintonge, sous une des fenêtres étroites. Elles eurent à peine le temps de s'écarter que le plateau d'échecs volait avec ses pièces pour dégager l'espace. Indifférent à leur effroi, qui les fit se rapprocher de moi, toujours attablée, Henri ouvrit la croisée. Aussitôt, venant du large, un vent froid chargé d'une pluie grasse pénétra dans la pièce, emportant les dés, accélérant le crépitement du feu dans l'imposante cheminée de pierre et nous obligeant à porter nos mains à nos cols pour les resserrer. Il enfila sa tête par l'ouverture, planta son regard de fauve sur la mer en furie, à une dizaine de toises de là, et brava ses rouleaux qui s'écrasaient en de gigantesques gerbes sur les rochers en contrebas du castel. Le colombier, plus proche encore des eaux sombres, moussait à son empiètement d'une écume épaisse et il sembla à Henri que la petite église attenante vacillait sur ses bases. L'habit et le visage fouettés violemment, il soutint sans ciller le ciel bas, anthracite, que des éclairs zébraient de lignes argentées. L'horizon était complètement bouché et rien ne laissait entrevoir la moindre possibilité d'éclaircie.

Rompant avec l'immobilisme de ses gens, Aliénor s'avança enfin jusqu'à lui toucher l'omoplate.

— Refermez, Henri. Vous le voyez bien. Nous ne pouvons qu'attendre...

Il s'attarda quelques secondes encore avant d'obéir, plus calmement. Notre soulagement fut de courte durée. Ses traits ruisselants, durcis par sa détermination, affrontèrent ceux, navrés, d'Aliénor.

— Faites préparer vos bagages. Nous appareillons demain.

— Voyons Hen...

— Demain, j'ai dit ! fulmina-t-il, de nouveau rouge de contrariété.

Cette fois, dressée par une inquiétude légitime, je m'interposai.

— Souvenez-vous de la *Blanche Nef*, Henri... De son naufrage tragique dans ces mêmes eaux, qui coûta un héritier à la couronne d'Angleterre. Le propre frère de votre mère...

Loin de l'amener à la raison, ce souvenir l'agaillardit plus encore et il gonfla poitrine comme un paon présomptueux.

— Je n'oblige personne à m'accompagner !

Je connaissais suffisamment Henri pour savoir qu'il ferait ce qu'il avait décidé.

Deux jours plus tard, après que la tempête eut dispersé les trois vaisseaux sur lesquels nous nous étions embarqués, malmené chacun d'entre nous dans des creux démentiels et noyé nos regards désespérés dans un brouillard si épais qu'on ne voyait le bout de son nez, nous atteignions les rivages de l'Angleterre, sans bien savoir quel était le port qui nous accueillait.

Londres nous attendait.

2.

Aliénor n'en finissait plus de s'apprêter. Depuis trois bonnes heures, plantée devant le miroir en pied de la chambre qu'elle s'était choisie en la résidence de Bermondsey, située sur la rive droite de la Tamise et face à la ville de Londres, elle essayait tel bliaud, le repoussait pour tel autre, reprenait le premier, en changeait la chape, la fourrure, le chainse, jaugeait des couleurs, des coupes, épuisait de verbiage sa chambrière, lui faisant repasser au fer tel pli, le dénigrant la minute d'après et se tournant vers moi pour chercher un conseil qu'elle ne suivait pas.

— Non, non, non, non, ce drapé n'est point seyant. Il bâille par-devant, chiffonne par l'arrière. Tourne ton miroir, qu'il répercute l'image dans le mien. Tourne, te dis-je...

Brunehilde s'exécuta.

Une moue circonspecte, une main qui tapote, lisse, une hanche qui se décale.

— Je vous assure, Majesté..., tenta la petiote au bord des larmes, comprenant que rien ne la contenterait.

Aliénor ne savait pas ce qu'elle voulait. Elle détacha furieusement la ceinture aux cabochons de rubis qu'elle avait passé un quart d'heure à ajuster.

— Aucun goût! tu n'as aucun goût, ma pauvre fille!... Là, n'est-ce pas qu'elle n'a aucun goût? éructa-t-elle en se tournant vers moi, indifférente aux sanglots de sa nouvelle dame d'atour.

Il fallait intervenir. L'heure du couronnement approchait et, sur cette lancée, Aliénor n'y paraîtrait jamais.

— Laisse-nous. Tu ne pourras davantage, congédiai-je Brunehilde qui me renvoya un regard de reconnaissance avant de courir jusqu'à la porte.

— Je te trouve bien complaisante, grogna Aliénor en fouillant dans une malle à la recherche d'une autre bande de cuir à ceinturer.

— Et toi, injuste, méchante et…

Elle s'était redressée, piquée au vif, les yeux exorbités de surprise. Je souris.

— … et délicieusement belle. Quoi que tu portes tu seras éclatante. Ne l'as-tu pas remarqué alors que nous approchions de Londres ? L'allégresse tenait chaque chemin, chaque carrefour, chaque ruelle. Ils se moquent bien de ta mise, de tes bijoux, de ta coiffe. C'est toi qu'ils vont regarder, Aliénor. Toi, comme la promesse d'une ère nouvelle de paix et de prospérité pour leur royaume, la fin d'injustices flagrantes et de misères. Celle qui déjà offre à cette terre une lignée digne du Conquérant, digne d'Arthur de Bretagne. Digne enfin de ceux qui l'ont rêvée.

Je vins poser mes mains sur ses épaules relevées par une tension à peine perceptible. Derrière ses caprices de jouvencelle, je le savais, perçait une nouvelle angoisse, profonde, celle qu'Aliénor avait toujours connue face aux grands moments de sa vie, aux confrontations les plus primordiales. Mélange d'excitation et de manque de confiance, d'orgueil et de faiblesse.

— Grâce, ma reine. Ferme les yeux et laisse-moi faire. T'ai-je jamais déçue ?

Elle s'apaisa, secoua la tête. J'effleurai d'un baiser léger l'ourlet de sa bouche. Lorsque je m'écartai, elle avait retrouvé son sourire.

— Du temps de Louis, c'était toujours ainsi que tu me ramenais à la raison…

— Du temps de Louis, tes doutes étaient justifiés. Ce jourd'hui, ils ne le sont plus.

— Mais tu m'aimes toujours, n'est-ce pas ?

Je refermai mes bras sur les siens, que les premiers mois de sa nouvelle grossesse avaient épaissis, inspirai avec bonheur le parfum d'oranger de sa chevelure frottée d'écorces.

— N'ai-je pas quitté Blaye pour te retrouver ?

Elle me pressa contre elle, rassérénée.

— C'est un si grand jour pour toi, pour moi, pour nous tous…

— Alors, donnons-lui ta lumière, ma reine.

Nous étions le 19 décembre 1154.

Quelques heures plus tard, fardée, coiffée et parée avec une simplicité remarquable, Aliénor faisait son entrée dans l'abbaye de Westminster au côté de son époux, forçant le silence et l'admiration. Mon cœur avait cessé de battre. J'avais tant attendu cet instant moi aussi que j'avais l'impression de flotter dans un rêve. La procession qui les avait précédés, composée des grands barons du royaume et de hauts dignitaires de l'Église, s'était installée en demi-cercle dans la nef, de part et d'autre de l'autel. Henri se détacha d'Aliénor et, posant genou à terre tandis qu'elle demeurait immobile, rayonnante de fierté, jura de toujours demeurer fidèle aux commandements de Dieu et de son Église, de soutenir son peuple dans ses douleurs les plus cruelles et d'être pour lui d'une justice irréprochable. Puis, laissant deux clercs lui ôter son bliaud, il offrit son torse, son front et ses paumes ouvertes à l'huile sainte dont on l'enduisit. Lorsqu'il les tendit, brillantes et épurées, pour recevoir des mains de l'archevêque le glaive symbolique qui le plaçait en défenseur de la foi, un frisson que j'attribuai à la froidure des pierres recouvertes de motifs colorés me parcourut tout entière. Thomas Antelburgh et Patrick de Salisbury, deux des familiers d'Henri, lui attachèrent les éperons d'or aux pieds, Gauthier Clifford, un autre de ses barons anglo-normands, lui recouvrit les épaules du manteau royal. J'entendis à peine les mots consacrés, je ne vis ensuite que cette couronne posée au front d'Henri, puis celui d'Aliénor se courber pour la recevoir à son tour avant qu'ils ne gagnent leurs trônes respectifs pour assister à la messe. Autour de nous, la foule des vassaux dégageait une ferveur aussi puissante que celle générée par Bernard de Clairvaux de nombreuses années auparavant, lors de son appel à la croisade. Fut-ce le lien qu'inconsciemment je fis entre ces deux événements, je l'ignore, mais soudain, face à ces êtres emplis autant de solennité que de bonheur, je me sentis défaillir. Au point de devoir m'appuyer au bras de Jaufré, debout à côté de moi.

— L'émotion ? me demanda-t-il.

Je ne répondis pas, étranglée par une nouvelle vision furtive. Celle d'un homme, percé par les coups d'estoc de quatre soldats, à l'intérieur même d'une église, devant l'autel. Mon vieil ami Thomas Becket, fidèle de la première heure, qui se tenait présentement à la droite du roi.

J'avais connu Thomas Becket à Paris du temps de ses études et du mariage d'Aliénor avec Louis de France. Proche de la maison Plantagenêt, il m'avait souvent servi de relais vers eux, me rapportant aussi des nouvelles de ma mère. Notre amitié avait été immédiate, au point qu'en riant, connaissant mes origines druidiques et le rôle que je jouais auprès d'Aliénor, il m'appelait affectueusement sa petite sorcière. C'était un être droit, sans ambiguïté, porté à la foi comme d'autres au pouvoir, généreux, ouvert. Il ne reniait rien des anciens rites celtiques, affirmant au contraire qu'ils avaient servi de socle à la religion catholique en Occident et que, somme toute, tous les dieux n'en faisaient qu'un dans la mesure où cette unité reposait sur le concept d'amour. Moi qui exécrais la richesse des prélats et de son Église, corrompue par la soif d'un pouvoir temporel et bien éloignée à mon sens des valeurs de Jésus, je m'étais toujours sentie en harmonie avec Becket. Moi la païenne, lui le prêtre, nous nous retrouvions dans les mêmes valeurs d'altruisme, de don de soi, d'ouverture, de fidélité et de tolérance. Nous avancions dans la même direction. Le bien du peuple, une équité plus grande entre lui et ses seigneurs, considérant que ces derniers avaient des devoirs et non seulement des droits. Idées que j'avais enseignées à Henri et qu'il avait déjà mises en pratique de nombreuses fois, soutenu d'un côté par l'Église à travers la personne de Becket et de l'autre par la foi druidique qui rendait toute matière vivante et que je portais en moi.

Face à cette nouvelle prémonition, je me sentis perdue. Jaufré se taisait. Sans doute, par les pouvoirs qu'il avait acquis à Brocéliande, perçut-il les mêmes images. La gravité de son visage, tandis que le mien accrochait le sourire satisfait de Thomas, me porta à le croire. La pression de ses doigts sur mon bras aussi. Fallait-il en parler à Becket, à Henri, ou me taire ? Le doute me transperça. Quoi qu'il en soit, l'horreur de ce crime entrevu et ses conséquences sur le destin de l'Angleterre, je le savais, seraient désormais comme une plaie profonde en moi.

3.

Si les trois mois qui suivirent me donnèrent l'occasion d'échanger avec Becket, ils me confortèrent dans l'idée de garder secrètes mes prémonitions. Par le passé, j'avais pu constater qu'intervenir trop tôt pour empêcher un événement pouvait y conduire par le fait même de l'avoir influencé. Jaufré m'en avait d'ailleurs convaincue. Il fallait tirer profit de cet enseignement et, plutôt que dénoncer, veiller. L'heure n'était pas à la destruction, bien au contraire. Henri avait, à juste titre, nommé Becket chancelier royal, invité les shérifs à lui rendre des comptes et, pour ceux de ses barons qui refusaient les nouvelles règles du royaume en faveur de ses petites gens, décidé de quelques expéditions punitives. C'est ainsi que certains qui réduisaient leurs valets à merci eurent la désagréable surprise de le voir enfoncer leur porte, le sourcil mauvais et l'épée au poing.

— Ne dormez-vous donc jamais? s'étonna l'un d'eux, arraché du lit.

— La colère m'en empêche, répondit Henri en lui pointant la lame au menton, avant de le mettre, comme les autres, au pas.

Aliénor et moi, de notre côté, n'étions pas en reste de besogne. Londres était une jolie ville, étirée sur la rive gauche de la Tamise, ponctuée de beffrois et de clochers.

Des castels fortifiés dressaient eux aussi leurs nombreuses tours vers l'occident. À l'est se trouvait un palais puissamment fortifié et dont la légende voulait que du sang animal ait servi à gâcher les fondations. Entre eux, la cité resserrait un réseau étroit de ruelles où les commerces prospéraient. Ici c'était un oiseleur, là un apothicaire, ici encore un marchand de chevaux dont la réputation affirmait la qualité des bêtes pour les courses ou les jeux de voltige. Partout les cuisines publiques fleurissaient, annonçant une richesse de mets indescriptible. Si l'on était loin de la tristesse de Paris, il nous avait fallu gagner, par un joli pont de pierre, l'autre rive du fleuve rendue aux pâtures, aux champs et aux forêts, et renoncer au palais royal de Westminster, trop délabré.

Dès les premiers jours après notre arrivée, nous nous étions donc installés en la résidence de Bermondsey en attendant que les imposants travaux décidés pour sa rénovation soient achevés. Hélas ! l'endroit était à peine plus attrayant, tant Étienne de Blois l'avait négligé. Outre les murs salpêtreux, le manque de lumière et l'odeur de moisissure qui avait imprégné jusqu'aux pierres de l'âtre, inutilisé, tout y manquait. Des nappes de lin, de l'huile pour les lampes, des coussins et des matelas de laine qu'il fallut commander dans les Cornwall, des tentures de brocart pour changer celles, déchiquetées, qui pendaient aux fenêtres, des tapisseries en provenance des Flandres, de la vaisselle. Tout. Au point que, exaspérée devant tant de désolation, dans cette cuisine où nous venions d'entrer et que désespérément je fouillais, Aliénor avait fini par lever les bras au ciel :

— Existe-t-il quelque chose en cet endroit qu'il ne me faille pas acheter ?

Lui tirant la langue, je lui avais mis sous le nez une cuillère de bois que je venais de dénicher dans un coffre au couvercle à moitié dégondé. Son prix se trouvait encore attaché au long manche par une ficelle. Le rire de ma reine avait éclaté sous la voûte de cette pièce circulaire ponctuée de cheminées, de fours rendus aux araignées, gagnant l'intendant qui nous suivait et qui notait scrupuleusement les avoirs et les manques de la maisonnée. Le voyant inscrire la pièce à son registre, elle l'avait arrêté.

— Non, mon bon ami, celle-ci, je la garde en trophée !

En quelques jours, l'anecdote de la cuillère de Bermondsey fit le tour du royaume, amusant même quelques théâtreux qui la mirent en saynète. S'il n'y avait eu que cela ! Partout on se mit à chanter une Aliénor trépidante, vive, courageuse et décidée à rendre sa superbe au royaume, réclamant du poivre, de la cannelle, du cumin, du safran. Une Aliénor qui, pour fortifier ce ventre tendu de l'avant, faisait venir du vin d'Aquitaine, incitant çà et là quelques-uns à le goûter.

De fait, du haut de ses trente ans, elle n'avait jamais été si rayonnante, si belle, si pertinente. Si de fines rides soulignaient l'amande de ses yeux, elles n'étaient plus l'apanage de jours de morosité mais de rire, sa chevelure d'un châtain doré semblait huilée tant elle brillait, ses joues aux pommettes hautes se teintaient de rose sans l'usage du moindre fard, son nez droit frémissait à la moindre senteur, et jusqu'à son menton, que j'avais connu tremblant souvent de colère, de dépit ou de désespoir, qui semblait s'être remodelé dans un ovale joyeux. Malgré sa grossesse, ses épaules, son port de tête altier qui dépassait de la largeur d'une main celle de nos compagnes, toute son allure rappelait la nervosité des belles heures de nos quinze ans et annonçait l'amour dans son plus charnel épanouissement. Aliénor avait, sans conteste, trouvé amant à sa pointure et je m'en réjouissais, moi qui avais tant œuvré pour que cette union soit enfin consommée.

Dans son sillage, j'allais et venais, comme elle moqueuse, vive et reprise de gaîté. Si mon regard à la teinte de mousse de chêne, ma longue et unique tresse rousse comme les taches de son qui parsemaient l'arête de mon nez légèrement plongeant trahissaient mes origines bretonnes, c'était plutôt dans la prestance de mon allant, mes jambes galbées par l'habitude de danser sous la lune en mes jeunes années, mes bras forcis par le goût des jeux d'épée, mon buste sobre mais fier et ma taille fine qu'il fallait chercher ma vérité. J'étais la dernière de la lignée des grandes prêtresses d'Avalon, et j'avais pour devoir autant de protéger l'Angleterre que de transmettre à ma fille, Eloïn, un savoir que les hommes d'Église s'étaient hâtés de balayer.

Dans ce tourbillon bercé par les voix des bardes qui éveillaient ma joie autant que celle de ma reine et au sein duquel le fameux troubadour Bernard de Ventadour, son ancien amant, s'était réinséré, Jaufré me ravissait. Devant les courtisans, il se plaisait à raconter son histoire, celle d'un troubadour qui avait répondu à l'appel de la princesse Hodierne de Tripoli et s'était effondré dans ses bras à l'arrivée, fauché par un mal mystérieux qui l'avait laissé croire mort. Il racontait sans plus de tristesse ces longs mois où elle l'avait veillé jusqu'à ce qu'il renaisse, privé de voix, de mouvements et d'espoir. Comment elle l'avait soutenu, forcé au combat intérieur, lui insufflant assez de force pour qu'il puisse reprendre la mer et me rejoindre tant notre perte l'un de l'autre nous détruisait de tourments. Seule sa voix se troublait lorsqu'il évoquait la fin d'Hodierne, emportée elle-même, quelques mois après son départ, par la furie d'un cheval qui s'était emballé. Et j'étais fière de lui, de cet hommage posthume qu'il lui rendait, car, comme lui, je savais ce que je devais à cette femme, d'une générosité sans égale, qui avait préféré me le rendre plutôt que de le voir éteint par notre séparation. Quatre ans après son retour de Tripoli, Jaufré, mon Jaufré, était redevenu lui-même. Il jouait pour accompagner le chant de Bernard de Ventadour et si, spontanément, il se mettait à le doubler, ce n'était plus ce crissement détestable qui jaillissait de sa bouche, mais un autre son, qui ombrait désormais le timbre de Bernard d'une épaisseur inhabituelle et nous laissait tous bouleversés.

*

Convoqué dès l'aube, Bernard de Ventadour était mal à l'aise face à son roi, ce grand gaillard aux mèches brûlées par le soleil, une fesse posée négligemment, tout au moins en apparence, sur un coin de bureau. Pour preuve, la main d'Henri Plantagenêt s'attardait sur le pommeau de la lame au fourreau et sa jambe pendante chaussée d'une heuse au bout pointu battait l'air, démentant son calme apparent. Bernard réalisa que lui-même tortillait le feutre de son bonnet et, le plaquant plus fortement contre sa ceinture, força ses doigts à s'immobiliser. Henri le jaugeait, sans ambiguïté, dans ce tête-à-tête qu'il lui avait imposé, profitant de ce qu'Aliénor était occupée.

— Tu ne dis rien, mon ami, s'amusa Henri tel un fauve avec sa proie.

Bernard s'obligea à soutenir le regard de son hôte.

— Ma foi, messire, vous me convoquez sans mes instruments. Si j'en ignore la raison, j'attends que vous me la donniez.

— Ma femme…

Bernard fronça les sourcils qu'il portait broussailleux et épais au-dessus d'un regard intense souligné par la droiture de son nez. Ainsi ses craintes étaient fondées. Depuis son arrivée en Angleterre, et bien qu'Aliénor le tienne en retrait, il n'avait cessé de palpiter pour elle du moindre de ses souffles et espérait voir refleurir en son cœur son attachement passé. Le retour de campagne d'Henri, un mois plus tôt, avait gâté ses projets. Aliénor ne quittait plus son époux. Jaufré et lui se relayaient pour les distraire, avec d'autres chantres, et Bernard avait dû se rendre à l'évidence. Son heure auprès d'Aliénor était passée et force lui était de constater, ce jourd'hui, qu'Henri savait tout de la vérité.

Il ne chercha pas à nier, conscient qu'il était des hommes avec qui il valait mieux ne pas jouer.

— Hier n'est ni aujourd'hui ni demain, Votre Majesté. J'ai retenu la leçon du roi de France. Je ne suis ici que pour Marie, que la reine m'accorda de voir.

Henri apprécia sa franchise. Aliénor ne lui avait pas dissimulé que, des deux filles nées de son hyménée avec Louis de France, la première portait sang de troubadour et que sa relation adultérine avec ce dernier était définitivement terminée. Ventadour avait eu la sagesse de se faire oublier quelque temps avant de solliciter de nouveau audience à la cour d'Angleterre. Henri n'avait guère hésité longtemps avant de la lui accorder, tant la délicatesse de son talent courait de bouche à oreille. De plus, son orgueil le poussait à croire que cet homme d'une beauté sombre et tourmentée, à la carrure massive quoique mollement tournée, servi pourtant par un œil assorti à ses boucles d'ébène, se perdrait face au charisme et à l'ardeur que lui, Henri Plantagenêt, roi d'Angleterre, dégageait.

Sa jambe en suspens dans le vide s'immobilisa enfin et son sourire grandit sur sa face mangée de barbe, au mépris du jugement des abbés qui voulaient tuer la mode en rasant au plus près les poils de toutes sortes.

— Ainsi donc, tu prétends que mon épouse me fut fidèle…

— Elle ne le fut pas, messire…

Henri se durcit.

— … Elle l'est.

Henri se relâcha, d'autant qu'un profond soupir agitait Bernard.

— Elle vous aime comme jamais elle n'aima avant de vous rencontrer.

— Le regrettes-tu ?

Bernard haussa les épaules.

— Qui suis-je, moi, simple troubadour, pour revendiquer ne serait-ce qu'un regard ? Elle me l'offrit et j'en porte en secret le souvenir et l'audace. Pour rien au monde pourtant je n'en voudrais davantage. Son bonheur me suffit et c'est de vous qu'il est né.

Henri sauta à bas de son siège précaire, et, malgré lui, Bernard sursauta.

— Pas d'inquiétude, mon ami. Si j'avais douté d'autre réponse tu serais déjà gueule ouverte dans un fossé.

Cet argument ne rassura guère Bernard, qui ploya sous le poids de la main d'Henri sur son épaule. L'œil de son roi se voila d'autorité.

— J'apprécie ton chant et regretterais de devoir nous en priver.

— Cela ne sera pas, messire.

La paume massive tapota amicalement le fermail en émail qui retenait le mantel de toile grossière.

— Bien... très bien..., conclut Henri avant d'entraîner son rival, rassuré, vers la porte et d'ajouter : Il est une autre raison qui, en vérité, justifie ma clémence.

— Laquelle, monseigneur, que je puisse la noter ?

Henri s'immobilisa de nouveau pour le fixer, l'œil soudain animé d'une lueur indéfinissable.

— Tu me l'as dit toi-même, Louis de France te hait et j'apprécie le méchant tour que tu lui as joué... Profite de ta fille autant qu'il te sied, mais avec la discrétion des sages.

Bernard hocha sa belle tête carrée que de fins cheveux bouclés encadraient. Sans le savoir, Henri venait de conquérir, par son geste, victoire plus grande qu'il ne pensait.

— C'est à un grand roi que je me soumettrai..., lui répondit Bernard de Ventadour en se redressant enfin pour mieux apprécier, avec la tenaille d'Henri autour de son épaule, la faveur de son amitié.

4.

Malgré le souvenir de ces prémonitions qui, par intermittence, me broyait le cœur, j'avais tout pour être heureuse. Eloïn courait partout, faisant enrager sa nourrice. Camille, ma fidèle chambrière depuis dix-sept ans, s'était tant amourachée d'un valet d'Henri que nous avions accepté de les marier. Quant à mon petit Geoffroy, il donnait la réplique au Guillaume d'Aliénor dans un accord de cris, de babillages et de dents de lait qui poussaient. Aussi affairée que son époux sur ses terres, Aliénor passait d'une pièce à l'autre, décidait de l'élargissement d'une fenêtre, faisait abattre une cloison pour agrandir l'espace de la salle de musique, ou maçonner pour créer un cabinet d'aisances. Bien sûr, il fallait que les ouvriers cessent leur vacarme au moment du somme des enfants et aillent au plus vite, car Aliénor ne pouvait se passer d'une seule de ses cours d'amour. Je ne pouvais que souscrire à ce désir tant les baronnes anglaises caquetaient avec la frénésie de poules dans une basse-cour, dents en avant et bras agités.

Pourtant, l'hiver à Londres ne ressemblait aucunement aux matins froids et lumineux de l'Aquitaine. Le brouillard s'insinuait partout jusque sous les portes, on ne pouvait le traverser que muni d'un falot qui peinait à le trouer, et les rumeurs les plus effroyables circulaient, faisant frissonner d'effroi autant que d'humidité les dames d'Aquitaine qui, comme moi, s'attardaient auprès de leur duchesse. Pour autant chacune en redemandait. Le ton donné aux veillées y avait des allures non plus de légèreté, mais de contes dramatiques. Ici, un dragon surgissait dans le port, renversait les lourds vaisseaux flamands, épandant leurs cargaisons de laine et promenant sur la Tamise, tels des moutons égarés, des ballots de toison. Là, c'étaient des rançonneurs qui accostaient les barques chargées de minerai d'étain et, sous prétexte de les guider dans la brume jusqu'à la sortie du port, leur prenaient leur bénéfice. Quand ce n'était quelque malheureux jeté sans vergogne par-dessus le pont pour trois sous, un égorgeur frôlant les chantiers ou les entrepôts en quête d'une proie égarée, une prostituée agrippant un bras et offrant ses services pour quelques deniers, dans l'odeur âcre du bitume, des poissons séchés et celle, indéfinissable, du fleuve dans lequel les égouts de Londres se déversaient. Pour en chasser les effluves, le diable et les vauriens, Aliénor avait fait entrer provision d'encens qu'elle brûlait en chaque pièce autant qu'en la chapelle où l'on priait.

Malgré tout cela, personne ne regrettait ce continent que nous avions délaissé et pour, au matin, nous en persuader tout à fait, nous chaussions des pales de bois pour patiner sur les étendues d'eau gelée.

Toute cette sérénité bascula le jour funeste où, encore épuisée d'avoir soutenu la reine dans son travail interminable, je me présentai devant la porte du roi pour lui annoncer la naissance de son deuxième fils. Henri, qui séjournait quelques jours au palais, reçut la nouvelle dans une explosion de joie.

— Henri ! Il se nommera Henri, comme moi !

Et il m'entraîna soudain dans une danse folle sur le vieux parquet ciré de son cabinet, au rythme d'une musique imaginaire. Son exubérance m'arracha un rire, couvert par le sien, tonitruant. Nous étions seuls depuis qu'il avait congédié le shérif de la ville qu'il recevait au moment où je m'étais annoncée. Je finis par crier grâce. La tête me tournait autant de cette envolée que de la tension, inconsciente, de ces moments derniers. Il nous immobilisa au centre de la pièce aux murs lambrissés, à la lumière rare donnée par deux fenêtres étroites. M'attirant à lui dans un mouvement brusque, il m'emprisonna d'autorité contre son torse épais. Reprenant dans l'instant mes esprits, je me tétanisai. Sa bouche gourmande esquissa un baiser au-dessus de mon oreille, sa main impérieuse tomba jusqu'à mes reins. Percevant ma résistance, il resserra son emprise, me força, d'un genou avancé entre mes jambes, à reculer.

— Il y a si longtemps que j'attends ce jour, Canillette. Si longtemps.

Mon sang s'accéléra à mes tempes. Piégée. Il m'avait piégée. Je tambourinais contre ses omoplates.

— Lâchez-moi, Henri, vous me faites mal.

Il ne répondit pas, embrassant mon cou et me poussant plus loin, jusqu'à ce que la tranche de sa table de travail me bloque. D'un geste violent, il débarrassa le plateau et, m'arrachant un cri de douleur, me ploya en arrière.

— Assez ! Assez ! martelai-je d'un timbre aussi ferme que mes poings.

Mais que pouvait ma frêle carrure contre la sienne ?

Il décolla son visage de ma tresse, planta un regard fou dans le mien, furieux.

— Tu ne comprends pas, Loanna. Tu ne veux pas comprendre. Je t'aime. Je t'ai toujours aimée. L'Angleterre a une lignée. Deux fils ! Qu'ai-je besoin encore d'Aliénor ? C'est toi que je veux.

Sa bouche s'écrasa sur la mienne, la força à s'ouvrir sous la morsure. Des larmes de rage me dégoulinaient des yeux.

Rage et désespoir. Il remonta mon bliaud, indifférent à ma répulsion, enfermé dans son illusoire quête. Fourragea à pleine main sous mon chainse dans un grognement de bête. Je ne voulais pas qu'il me prenne, qu'il salisse toutes ces heures d'hier durant lesquelles j'avais donné ma vie pour sa cause. Qu'il me vole l'affection que je lui portais. De tout mon être, j'invoquai cette magie que j'avais abandonnée en Brocéliande. Merlin, mon aïeul, ne pouvait-il me la rendre, maintenant, pour quelques secondes ? sauver ce qui pouvait l'être encore ? La douleur m'écartela. Perdue. Perdue. Ma détresse s'étouffa dans son râle de victoire. Libérant ma bouche dans laquelle les mots, en même temps que l'indulgence, le respect et l'espoir s'étaient taris, il me besogna en ânonnant des « je t'aime » qui me laissèrent froide. Il finit par pousser un feulement animal contre mon oreille. Alors seulement il s'écarta de moi. Alors seulement, les reins brisés par la cambrure autant que par sa violence, je me redressai lentement. Alors seulement, me voyant ravagée, il comprit ce qu'il avait fait. Il recula, le vit encore alerte entre ses braies ouvertes, les yeux hagards.

— Tu voulais... Bien sûr que tu me voulais, Canillette...

Je secouai la tête. Il tenta de se rapprocher de nouveau, s'immobilisa devant mon instinctif mouvement de recul, ma paume brandie comme une arme, mon œil tueur.

— Plus jamais. Plus jamais, Henri, je ne serai votre esclave. Approchez-moi encore, touchez-moi encore, et, aussi vrai que je vous ai mis sur ce trône, je vous l'enlèverai.

Ses bras retombèrent. D'aussi loin que je m'en souvienne, je ne l'avais vu si désemparé. Rien en moi pourtant n'accepta de le prendre en pitié.

— Tu l'as toujours su. Je ne l'ai épousée que par devoir, pour reprendre l'Angleterre. Je te l'ai dit autrefois. Je peux la répudier, la cloîtrer à présent. Je peux t'épouser demain. Quelle reine serait meilleure que toi sur cette terre que tes ancêtres ont réveillée ? Je t'en prie, Loanna...

Je me levai, rajustai ma coiffe, lissai mon bliaud dans le silence retombé. Je n'avais pas mal de sa chair dans la mienne. J'avais mal de tout ce que son geste avait brisé, de l'amour qu'Aliénor lui vouait, mal de découvrir que mon plus grand ennemi et celui de ma reine, ce jourd'hui, était cet enfant que j'avais tant aimé.

Les chairs meurtries, je fis un pas en avant, puis deux, puis trois. Je m'obligeai à ne pas dévier de ma route lorsque je passai à ses côtés. S'il ne me retint pas, je sentis sa contrariété remonter. Elle me rattrapa au seuil de la porte.

— Tu seras mienne, Loanna de Grimwald. Quand et où je le déciderai ! Si tu n'y viens pas de gré, alors...

Je pivotai d'un quart de tour, brandis un index comminatoire, tuant sa menace sur ses lèvres.

— Prenez soin de votre épouse, mon roi, et donnez-lui moult enfants à s'occuper, car des deux fils qui font votre gloire ce jourd'hui aucun ne régnera. Aucun, vous m'entendez ?

Il blêmit.

— Tu mens...

Je le toisai de mon mépris, de la tête aux pieds, incapable en vérité de savoir si je le pressentais.

— Avisez-vous seulement de vous en prendre aux miens, à Jaufré... Lors vous n'aurez plus seulement entre les cuisses l'ardeur nécessaire pour y remédier.

Jaufré m'accueillit, en larmes, dans la chambre que j'avais regagnée et où, pris de migraine, il était venu s'isoler. Je ne sus que hoqueter des mots sans suite qui l'arrachèrent à la courtepointe pour me prendre dans ses bras. Il finit par leur donner sens dans le bouleversement des miens. Sa fureur explosa contre mon oreille.

— Donne-moi une raison, une seule, de ne pas lui porter estocade.

Je levai vers lui mon visage noyé.

— L'Angleterre, Jaufré.

Son regard se noua au mien, brûlant d'en découdre, de me venger. Pourtant il hocha la tête, les mâchoires crispées.

— Prémonition ou pas, Loanna de Blaye, elle se passera de toi désormais. Nous rentrons chez nous.

Dès le lendemain, prétextant avoir trop longtemps délaissé nos terres, nous faisions nos adieux à la cour. Aliénor, toute à sa nouvelle maternité, n'y vit que l'appel de notre devoir et se contenta de regretter qu'Henri, reparti dès l'aube en campagne, ne soit pas là pour nous embrasser. Avant d'embarquer, je me rendis auprès de Thomas Becket dans la salle d'audience où il officiait.

— J'aimerais prier à vos côtés mon père, lui annonçai-je les yeux creusés, comme chaque fois que j'avais à l'entretenir en privé.

En quelques pas silencieux, il nous isola dans une petite chapelle attenante. Comme je m'y attendais, ma confession lui arracha le même regard qu'à Jaufré. Il l'adoucit pourtant de la détresse qui poignait le mien.

— Vous reviendrez, ma petite sorcière. Je vous connais, vous reviendrez et vous pardonnerez.

Je secouai la tête, la lueur des cierges piqués devant l'autel accusant ses traits tirés par l'usage du pouvoir qu'Henri lui avait demandé d'exercer. Forçant ma réserve, les mots jaillirent :

— J'ai eu une vision vous concernant. Celle d'une mort brutale, d'une curée... avant que l'Angleterre ne soit plongée dans le chaos. Avant que les époux royaux ne s'entredéchirent. À cause de moi, peut-être.

Il eut ce petit rire de dérision que j'aimais chez lui et qui creusait fossette à ses joues osseuses.

— S'ils y viennent, ce ne sera pas votre faute, Loanna de Grimwald, mais parce que le regard de Dieu se sera détourné. Allez en paix. Je veillerai sur Aliénor et sur l'Angleterre, vous pouvez y compter. Quant à la camarde, elle ne m'effraie pas. Qu'elle soit de violence ou de paix, je partirai en mon temps, après avoir accompli ce que je dois et au mieux de ce que j'ai toujours souhaité.

Alors que s'éloignaient les rivages de l'Angleterre, Jaufré passa son bras autour de ma taille pour soutenir mon roulis. Il m'accola à sa hanche.

— Ainsi donc c'est ainsi… Tout est terminé.

Je plantai mon regard durci dans le sien, où la rancœur et la colère avaient laissé place à une tristesse profonde.

— Non, Jaufré. Cela ne fait que commencer…

Je ne me trompais pas.

Deux ans plus tard, en juin 1156, alors qu'Henri affichait auprès d'Aliénor et partout sur leurs terres un bonheur parfait, le petit Guillaume s'éteignait.

5.

Nous étions à la mi-novembre 1156. L'air était froid et vif sur les rives de la Garonne, arrachant les feuilles rousses des chênes et des châtaigniers. La reine pleurait dans mes bras à petites larmes, comme si, dans cet orage qui grondait en elle, seul un nuage avait accepté de crever.

Jusque-là, retranchés en Blayais, nous avions refusé sous divers prétextes toutes les invitations que les époux royaux nous avaient lancées. Mais l'annonce du passage d'Aliénor à Blaye était arrivée peu de temps après celle de la mort de son fils et de la naissance de sa fille, prénommée Mathilde. Cette fois, je n'avais pas trouvé le courage de la repousser. D'autant plus qu'Aliénor avait décidé de passer quelques jours à Bordeaux pour y préparer les fêtes de Noël quand Henri était demeuré en Angleterre. Chagrin ou pas, la vie continuait.

Eloïn s'approcha de nous, assises côte à côte sur le lit de ma chambre, avec un mouchoir qu'elle brandit sous le nez de sa marraine.

— Mouce… Mouce ou tu vas tout tacer…

Aliénor redressa sa tête qu'elle avait couchée sur mes genoux. Qui n'était averti que la fillette avalait les « ch » dans les « c » peinait à comprendre.

— Le bliaud de maman. Tu vas le tacer, insista Eloïn avec un sourire réconfortant.

— Ah..., lâcha Aliénor, enfin relevée, acceptant ce cadeau comme elle avait admis la fatalité.

J'avais, moi aussi, le cœur serré. Je m'en voulais de n'avoir pas trouvé la force de revenir vers elle plus tôt, quand ses courriers sous-entendaient à quel point elle avait besoin de moi. Elle souffla dans le carré de toile, accueillit avec reconnaissance la caresse de ma fille sur son genou.

— Tu peux le garder, décida Eloïn avant de secouer son index et d'ajouter : ... mais après, faudra le laver...

Aliénor sourit dans sa tristesse et je me sentis un rien plus légère.

— Veux-tu t'occuper encore de la petite Mathilde? demandai-je à l'enfançonne.

Du haut de ses quatre ans et demi, ma fille prenait grand soin de son frère mais aussi des plus jeunes qu'elle rencontrait.

Eloïn hocha sa jolie tête aux boucles rousses et aux taches de son. Après une révérence appliquée, elle se détourna de nous pour rejoindre le berceau et répondre par d'autres aux légers gazouillis qui s'en échappaient. Une image me vint, d'hier. Presque la même à trois années d'intervalle. Quand, aux premiers temps de son hyménée avec Henri, Aliénor était venue me visiter avec les filles de son premier lit.

— Où sont Marie et Alix?

— Restées en Normandie, de même qu'Henri le Jeune, auprès de ma belle-mère. Henri les récupérera au passage en me rejoignant à la Noël. En vérité, je tremble tant depuis la mort de Guillaume que j'ai craint d'imposer au petiot voyage plus long que la traversée de la Manche. Les filles n'ont pas voulu le quitter. J'ai bien failli abandonner de même la dernière, mais l'emperesse m'a ramenée à la raison. Il était prudent que je l'allaite moi-même aux portes de l'hiver. Ensuite, comme pour les autres, je m'en remettrai à une nourrice pour hâter mes relevailles. Je compte bien de nouveau porter gros l'an prochain.

Elle frotta son nez, souleva vers elle le visage satisfait de ma fille, puis rangea précieusement le carré dans la bourse de satin qui pendait à sa ceinture.

Ensuite de quoi, elle me prit les mains.

— Tu m'as manqué, Loanna. Tellement manqué.

Je détournai les yeux des siens, partagée entre la rancœur et la tristesse.

— Tu étais heureuse, comblée… et Blaye avait besoin de moi, de nous.

— Je te connais trop bien, Loanna de Grimwald. Même si j'ignore pourquoi, je sais que tu mens. Peu importe. Ce jourd'hui, c'est moi qui ai besoin de toi.

Un froid glacial s'insinua dans ma moelle.

— Henri t'aurait-il donné des raisons de douter de son amour ?

— Non, non, il me couvre d'attentions. Il me couvre tout court, d'ailleurs. Rien n'a changé. Et je l'aime, oui je l'aime comme jamais je n'aurais cru aimer. Mais nous menons vie trépidante qui nous éloigne souvent l'un de l'autre. Lui en Angleterre, moi sur le continent, quand ce n'est pas l'inverse. Le crois-tu, j'ai bien dû passer la Manche cent fois ces deux dernières années. Henri m'accorde une confiance totale, au point que nous nous partageons le gouvernement de nos provinces respectives, que je délivre des actes en son nom et rends la justice des Pyrénées aux Cornwall. Ce avec la même équité, la même énergie, la même ferveur qu'hier. Je suis reçue sur ses terres avec autant de déférence et d'autorité que lui.

— Alors quoi, ma reine ?

Elle soupira.

— Vois-tu, il y a tant à faire, partout. Mater nos féaux obstinés et querelleurs, vérifier les comptes, les registres, veiller à l'application d'une vraie justice, châtier les coupables, protéger les innocents, mais aussi ériger des moulins, soutenir les corporations, étendre des villes, construire des églises, accorder plus d'indépendance aux bourgeois, et aux paysans plus de terres, développer les arts, la musique, favoriser nos philosophes…

Elle se mit à rire, d'un petit trait sec, abîmé…

— Jusqu'à ce drame, je fourmillais de projets, d'idées, d'envies. Et Henri les confortait, me soutenait, approuvait, développait, enrichissait ma réflexion de la sienne de telle sorte que parfois nous en oubliions lequel de nous deux avait lancé la première.

— Il faudra du temps…

— Je le sais Loanna. Je le sais. Fort heureusement, il y a Thomas Becket. J'avoue l'apprécier chaque jour davantage. Il est providentiel. Sais-tu qu'il a entièrement rénové le palais de Westminster en quelques mois, quand un autre y aurait mis des années ?

— Cela ne me surprend guère. D'aussi loin que je me souvienne, je lui ai toujours connu cette énergie, y compris lors de nos échanges sur la théologie en l'île de la Cité. J'ai même craint un instant que tu ne prennes ombrage de son pouvoir auprès d'Henri.

Elle haussa les épaules.

— L'Aliénor d'hier peut-être mais pas celle d'aujourd'hui. Les compétences de Thomas Becket, ses manières, ses attentions à mon égard et même les discussions que nous avons l'ont placé parmi mes plus proches amis. Il en est de même de Richard de Lucé, le justicier du royaume. Je sais, nous savons pouvoir nous reposer sur eux sans risque de coups bas. Nous œuvrons tous dans la même direction. La création d'un empire plus grand encore. L'empire des Plantagenêts.

Elle avait dit cela avec fierté et je me sentis soudain petite avec ma rancœur, ma démission. Pour appuyer encore, elle ajouta dans un soupir résigné :

— La vérité est ailleurs, Loanna. Si proches que nous soyons, Henri et moi, il est en lui une fêlure. Ce n'est pas palpable dans ses actes, ses décisions, ses choix, mais dans son œil sur moi. Comme si l'amour qu'il me porte s'abîmait d'un manque. C'est devenu plus prégnant avec la mort de Guillaume.

Sa voix se brisa.

— Il a réagi plus vivement que moi encore. Tu connais ses colères, abruptes, imprévisibles, violentes. Et telle a été sa première réaction, semblable à la mienne. Le refus de l'acceptation, la rage, la douleur...

Ses doigts, son menton tremblèrent et mon regard, refusant le sien, se posa sur Eloïn. Comment pourrais-je, moi, survivre à cela ?

— ... Elles sont miennes à chaque instant, chaque seconde, Loanna. C'est une souffrance qui ne me quitte pas et, je le crois, ne me quittera jamais. Mais si elle se terre en moi, je la combats. Pas Henri. Il a mis en pièces les tentures, les meubles, le petit lit. L'espace d'un moment, voyant sa folie dans laquelle il hurlait à Dieu : « Tu ne peux pas me faire ça ! »...

Je blêmis : hurlait-il à Dieu ou à moi ?

— ... J'ai craint que sa colère ne lui commande d'embraser l'endroit. Mais il est sorti en courant, m'a ordonné froidement de faire murer la chambre. Je ne l'ai pas revu de un mois. Personne ne l'a revu de un mois, pas même ses plus proches amis. Il n'est point paru à l'enterrement, à Londres, en les églises. N'a pas même vu la naissance de Mathilde. Je l'ai fait chercher partout dans le royaume, discrètement, effrayée à l'idée qu'il se soit jeté du haut d'une falaise ou qu'il y ait basculé par accident. Et puis un matin l'a vu reparaître. Aussi brutal qu'avait été son départ fut son retour. Il a forcé ma porte, exigé que mes dames sortent, puis m'a couchée sur le sol, à même un des tapis, pour me prendre sans tendresse. « Dis-lui de revenir ! » m'a-t-il demandé, après, et pour seule explication, avant de claquer le battant.

Mon cœur cessa de battre. Aliénor me l'arracha.

— C'est alors que j'ai compris ce qui minait Henri. Il t'aime, Loanna, sans doute plus qu'il ne m'aime, moi. Mais cela m'est égal. Je comprends. Je comprends ce qu'il ressent, ce qu'il éprouve.

Elle me prit la main, la broya.

— Que signifie ce royaume, cet empire, s'il se construit sans toi ? Certes, nous sommes à même, lui et moi, de le diriger, de le rendre prospère et novateur. Mais, dans le souffle du vent qui balaie nos chevauchées, c'est ton rire, ce sont tes conseils, ta prescience que nous cherchons à entendre. Lui comme moi. Nous avons...

— Il m'a forcée, la coupai-je.

Le sang quitta son visage. Durant quelques secondes, elle se tut, asséchée, puis se leva pour aller se planter devant les flammes de l'âtre. Seuls leur crépitement et le chant léger d'Eloïn qui berçait la petite Mathilde troublèrent notre mutisme. Je m'en voulais déjà de mon aveu. Il avait jailli malgré moi. Je cherchai les mots, d'autres mots. Ils ne vinrent pas. Elle se racla la gorge.

— Tu ne le lui pardonneras pas, n'est-ce pas ?

— Et toi ?

Un temps de silence. À douter d'elle-même certainement, puisque sa voix se fit rêche :

— Ses maîtresses sont nombreuses, Loanna. Il m'en arrive l'écho parfois. L'idée qu'il couche sous lui d'autres femmes pique mon orgueil mais je me défends d'en souffrir. Parce que j'ai accepté, en portant son premier fils, d'être un ventre pour sa descendance. Ce qu'aucune autre ne lui donnera.

— Ce n'était pas ma question…

Elle se retourna, lentement, dans le jeu mouvant d'une teinte ambrée qui mêlait sur ses traits l'ombre et la lumière. Ils étaient tristes.

— Non. Je ne le lui pardonnerai pas et veillerai à ce que cela ne se reproduise pas. Pour autant ma quête reste entière. Je ne veux pas de nouveau perdre un royaume. Et pour le garder, j'ai besoin de toi.

Mue soudain par cette évidence, je m'arrachai à l'assise du lit pour venir poser genou à terre devant elle.

— Que ce qui doit être soit, déclarai-je.

Elle sourit, apaisée, me releva d'une main redevenue ferme.

— Comme autrefois…

— Comme autrefois, affirmai-je en la serrant dans mes bras.

Laissant Aliénor nous devancer, il fut entendu que nous la rejoindrions dès que seraient achevés les chantiers entrepris à Blaye. C'était une ville posée sur une des rives limoneuses de la Gironde, à mi-chemin de l'embouchure de l'estey qu'il fallait remonter en gabare pour atteindre Bordeaux ou franchir pour gagner en face le Médoc, ses marais, ses lacs et ses immenses plages ouvertes sur l'océan. Une ville traversée par les pèlerins qui se rendaient à Compostelle. Sa partie basse avait été placée sous la protection des deux abbayes Saint-Sauveur et Saint-Romain, cette dernière accueillant le tombeau du paladin Roland, mort à Roncevaux. Sa partie haute, réservée à la petite noblesse, se situait, elle, dans l'enceinte extérieure du château aux cinq tours qui dominait le fleuve depuis sa falaise de pierre. La marée allait et venait au rythme de son mascaret et obligeait à un entretien constant des alentours du port. Le drainage des rues, empuanties par les eaux usées, le curage de la petite rivière Saugeron, régulièrement envasée. Nous ne voulions rien laisser en plan, à la merci des ouvriers qui, sans notre présence attentive, feraient traîner les travaux dès lors que l'hiver serait installé. Je ne voulais pourtant pas qu'Henri s'annonce aux portes de Blaye tandis que nous nous y trouverions. Refuser de l'accueillir eût été un affront dont la ville et Jaufré auraient eu à pâtir peut-être. Je préférai de loin qu'il nous trouve à l'Ombrière, auprès d'Aliénor.

Nous l'y devançâmes de une journée, peu avant la Noël.

Bordeaux n'avait rien perdu de sa superbe. Le vaste castel carré flanqué de tours reliées entre elles par une coursive s'étalait sur les quais de Garonne, mêlant les accents et les parlers, les bateleurs et les mendiants, les commerçants et les négociants. Le port voyait de lourds vaisseaux chargés d'épices, de tissus précieux et de parfums orientaux côtoyer les gabares et il flottait dans l'air quelque chose de léger que Londres, malgré la prodigalité de ses divertissements, n'avait pas su engendrer.

Aliénor nous avait réservé la chambre que j'avais toujours occupée, tout en haut de l'Arbalesteyre, nom que l'on donnait à l'impressionnant donjon rectangulaire. En son centre trônait le lit, immense, dont les montants sculptés d'aigles et de serpents entrelacés devenaient bouquet sur les traverses. Les rideaux épais qui le fermaient à la nuit tombée avaient été témoins de nombre d'ébats dont mon cœur gardait la trace et Aliénor le secret. De la fenêtre, on avait vue loin en aval, vers Blaye et en face vers le Médoc tandis qu'au pied de la tour, envahie comme autrefois d'herbes folles, la petite cour intérieure révélait à mon souvenir la forme d'un pigeonnier.

Cette première nuit, Jaufré eut à cœur de me faire oublier toutes celles qui l'avaient précédée. De sorte que, l'après-midi suivant, lorsque des hérauts claironnèrent l'arrivée du roi, je me sentis prête à affronter ce dernier avec la même ardeur que j'avais, autrefois, mise au combat.

Bien décidée à l'emporter.

6.

Louis de France avait désormais la paupière et les joues tombantes. L'excès de piété qui avait toujours été sien avait tant abîmé ses chairs sous le fouet et le jeûne que tout son être, dénué d'ardeur, en portait la trace. De surcroît, ces dernières années, qui avaient vu la trahison d'Aliénor, le mépris d'Aliénor, le triomphe d'Aliénor et enfin les héritiers d'Aliénor, l'avaient aigri plus que de raison. Même la mort du petit Guillaume avait pesé sur sa conscience. S'en réjouissant méchamment, il s'était ensuite astreint quarante jours durant à une telle pénitence qu'un chien en eût crevé. Sec à l'instar du Christ sous l'effigie duquel il se trouvait présentement, il n'affichait plus de royal que son costume surbrodé de fleurs de lys. Sa main, tout aussi molle, qui dépassait l'accoudoir du trône, voyait un saphir en cabochon racler l'articulation de son annulaire.

Une moue circonspecte rehaussa sa lèvre supérieure, donnant à penser à son visiteur qu'un autre que lui aurait été mieux à même de gouverner. Thibaud de Blois ne le montra pas pourtant. Tout au contraire, il venait de flatter le roi de sa bonne mine, et espérer de lui une alliance. Acceptant de mauvaise grâce la réflexion de son souverain, il s'usait le genou sur le parquet, la main au pommeau de son épée en signe d'allégeance.

Louis pianota quelques secondes sur le revers du bois puis, se surprenant dans ce léger avachissement, redressa le buste et le menton.

— Relevez-vous. Relevez-vous, mon ami…

Ne doutant pas un instant que le roi s'adressât à lui, Thibaud de Blois ne se le fit pas répéter. Tout au contraire, s'encourageant de cette permission, il insista :

— Entendez bien, Votre Majesté, que mes fiançailles avec votre fille cadette Alix viendraient renforcer celles que vous avez déjà consenties à mon frère, Henri, en lui promettant votre aînée, Marie. Ainsi les maisons de Blois et de Champagne vous seraient un atout contre les Plantagenêts. Leur extension met en péril tous les grands de votre royaume, et le royaume lui-même.

Les mâchoires de Louis se crispèrent. Tant que Dieu lui refusait un héritier, il ne voyait guère le moyen de s'opposer à la marche implacable de ses ennemis. À croire que le Tout-Puissant approuvait la vie dissolue de sa première femme et le caractère détestable de son nouveau mari. À croire qu'il eût mieux fait de s'accommoder de ce premier lit que de la laisser s'ébattre dans le second et d'y fertiliser sa terre. Bernard de Clairvaux avait eu raison de tenter, à maintes reprises, de retenir Aliénor en France. Lui-même n'avait été qu'un sot. Un sot ce jourd'hui remarié à une sainte, sans doute, mais tout aussi sèche que lui. Au moins avait-il éprouvé quelque plaisir à couvrir Aliénor. Elle était si belle ! Constance de Castille ne lui avait plu que parce qu'il avait dû traverser les terres d'Aliénor pour aller la chercher. Peut-être avait-il espéré que cette dernière s'en courrouce, l'en empêche, lui offre une nouvelle occasion de la griffer. Elle n'avait pas seulement relevé cette incursion intempestive et il était passé à l'aller comme au retour dans son indifférence la plus totale. Depuis, il s'obligeait dans la couche de son épouse, par défi, par colère, par désespoir. Par nécessité.

Face à son mutisme, Thibaud de Blois reprit :

— Bien évidemment, selon la coutume, il faudrait que la petite Alix soit élevée chez nous. Tout comme Marie que la duchesse enleva dans son sillage avant qu'elle nous soit amenée…

Les traits du roi s'éclairèrent brusquement. Ravir à Aliénor ses deux filles. Voilà qui ternirait son teint. Elle y tenait tant ! Lui si peu. Surtout à la première qu'il présumait être de ce troubadour, ce Bernard de Ventadour. Oui, les lui enlever et les placer d'autorité chez ses propres amis, ennemis d'Aliénor, voilà qui, enfin, redonnerait un peu de goût à son quotidien. Un voile de doute ombra toutefois son regard. L'autoriserait-elle ?

Comme s'il avait pu lire en lui, Thibaud de Blois accusa un sourire.

— Je conçois, sire, qu'il ne sera pas aisé de convaincre la duchesse, mais ce sont les filles de la France et votre décision l'emportera sur ses réserves, donnant toute légitimité à vos actes.

— Qu'est-ce à dire mon cher ?

Thibaud de Blois porta la main à sa lame.

— Qu'il faut savoir reprendre ce qui vous appartient… Par la ruse sinon la force. Et j'ai, pour ce faire, l'homme qui convient.

*

Le monastère de Belin se distinguait au bas de la colline par son enceinte crénelée. Une petite rivière en bordait le sud ; des bois de châtaigniers, l'est ; des champs, l'ouest. Aliénor éprouva un sentiment de nostalgie mâtinée de tristesse à en retrouver la ligne régulière, l'appel des cloches dans l'air vif. C'était ici, dans une de ces cellules, que, pour la première fois, avec son oncle Raymond, elle avait connu le plaisir charnel. Quelques jours plus tard, effrayé par l'amour sans issue qu'il lui portait, ce dernier quittait Bordeaux pour Antioche. Elle ne l'avait revu que là-bas, aux heures de la croisade. Il y était mort de la jalousie de Louis, de la sottise de Louis, de l'entêtement de Louis à lui refuser son aide au combat contre les Turcs.

Elle remonta son col d'hermine jusqu'à le rapprocher de sa toque de même fourrure, expira, comme sa jument, de la buée par la bouche avant de tourner la tête vers l'arrière du chemin qui voyait, à droite, glisser les ailes du moulin dans un gonflement de voile. Les joues rosies par une course qu'elle avait enlevée d'un mouvement de bride, elle nous regarda paraître à la crête et chassa aussitôt ce relent d'hier. Ce jourd'hui était d'une autre trempe.

Son timbre léger monta haut dans le matin clair :

— N'est-ce point riant, Henri ? Nul brouillard pour obscurcir la vue, mais des corbeaux en quête de dernières goulées qui rasent le sol recouvert de feuilles. N'est-elle pas belle, mon Aquitaine ?

Elle écarta les bras, confiante dans l'immobilisme de sa monture. Inspira à pleins poumons tandis que, dans le pas du roi, Jaufré et moi avancions vers elle.

— Prenez garde à la malemort, duchesse. Je ne voudrais point perdre dans une méchante toux cet accent que vous portez si joliment, se moqua Henri.

— Qu'elle s'approche si elle veut, je la recevrai dans un éclat de rire. Prenez le pari Henri. Cette terre aura bien changé lorsque mon heure viendra !

Elle reprit les rênes d'une poigne ferme. Son œil pétilla.

— En attendant, lequel de vous me rattrapera, cette fois ?

Un coup de talons contre les flancs de sa jument la fit détaler dans le contrebas. Jaufré, sans hésiter, lui emboîta le galop. J'allais faire de même lorsque Henri me retint par la manche.

— Un instant Loanna…

C'était la première fois que nous nous retrouvions seuls depuis son arrivée. Jusque-là, Aliénor avait veillé à rester entre nous, différant tout entretien. Au bas de la colline, Jaufré avait arrêté sa course. S'il avait consenti à notre retour auprès d'eux, comme moi il n'avait pas pardonné pour autant. Il ne s'éloignerait pas davantage, compris-je au piétinement de son palefroi. Henri ne s'en étonna pas. Ses yeux cherchèrent les miens.

— Je sais que tu es revenue pour elle, pas pour moi. Qu'importe, Loanna. Sache qu'il ne fut pas un jour depuis celui, terrible, où je posai les mains sur toi, pas un jour où je n'ai regretté mon geste. Je ne te demande point de me pardonner. Je n'y parviens pas moi-même, mais d'entendre ma promesse de ne jamais recommencer. Et de m'accorder comme autrefois ta confiance.

Je hochai la tête.

— Aliénor sait.

Il blêmit, se reprit pourtant aussitôt.

— Tu avais raison. J'avais tort. C'est une grande, une très grande reine. Je le constate chaque jour davantage et loue ma chance. Tu me donnes à l'instant raison plus grande encore de l'apprécier. Soutiens-moi, Loanna de Grimwald, comme ta mère le fit auprès de la mienne, comme Merlin fit auprès d'Arthur, et je redeviendrai digne de la foi que tu as mise en moi.

Je recouvris ses doigts des miens.

— Je vous soutiendrai, Henri, jusqu'au jour où vous faillirez. Ce jour-là, je me dresserai contre vous.

— Cela n'arrivera pas, Canillette. Je t'aime trop pour risquer de te perdre encore, crois-moi.

Le cheval de Jaufré hennit en bas de la colline, traduisant sans doute l'impatience de son maître. Au loin, le galop d'Aliénor la rapprochait du monastère. Nos mains se déjoignirent.

— Le premier arrivé là-bas ? voulut me défier Henri.

Avant qu'il n'ait fini sa phrase, j'avais déjà couvert cent pas.

Moins de une heure plus tard, l'appétit aiguisé par cette chevauchée qu'Aliénor avait réclamée la veille et qui nous avait entraînés loin de Bordeaux et même des moines de Belin, nous nous arrêtions tous quatre près d'un moulin dont la roue se mouvait dans les remous de la rivière. Au front de la bâtisse de pierre formant un fer à cheval autour d'une jolie cour intérieure, une enseigne annonçait une auberge. Un garçon d'écurie se précipita, manqua défaillir en reconnaissant l'insigne de sa duchesse et se mit à bredouiller sans bien savoir s'il devait tortiller son bonnet, prendre les bêtes, s'agenouiller ou nous escorter dans la demeure. Dans un éclat de rire, Henri le réconcilia avec tout cela à la fois en lui jetant un denier. Le garçon, d'un blond d'épi, lâcha son bonnet pour rattraper la pièce.

— Bouchonne les bêtes. Pour le reste, point n'est besoin de nous donner plus d'importance que nous n'en voulons. Va…

Une courbette, puis une autre, tandis que nous mettions pied à terre près de l'écurie où huit chevaux étaient déjà près d'une carriole chargée de barriques.

Laissant au jouvenceau le soin des nôtres, nous traversâmes la cour pavée dans le fracas de l'onde vive sur les pales de bois. Henri et Aliénor devant, nous grimpâmes les quatre marches du logis. La porte ouverte nous révéla une vaste salle rectangulaire. Elle était percée en son extrémité gauche d'une cheminée monumentale dans laquelle un chaudron au cul noirci par les flammes promettait ragoût. L'espace, bordé d'étagères encombrées, accueillait des tables dressées de nappes à carreaux et de vaisselle d'étain.

Des voyageurs y mangeaient dans un bruit de mandibules, de couverts, parfois de bavardage, sous l'œil généreux d'une dame arrondie par de nombreux enfantements et du maître des lieux, à la taille prospère et aux joues enflammées. Il se précipita à notre rencontre en essuyant ses mains grasses sur son tablier.

— Mes beaux seigneurs, soyez les bienvenus dans ma modeste demeure... J'ai pour vous plaire ce jourd'hui quelques...

Il suspendit son discours en reconnaissant au bras d'Aliénor les lions d'Aquitaine brodés d'orfroi. Il allait, comme le petit palefrenier, s'embarrasser de courbettes. Henri le lui interdit d'un regard terrible. L'homme se reprit aussitôt, racla sa gorge.

— Bien, bien, bien. J'ai une table là-bas qui fera, je crois, votre affaire.

Il désigna le dessous d'un escalier, à l'écart des regards. Aussi discrètement que nous étions entrés, nous l'y suivîmes. Quelques minutes plus tard, nous appréciions, avec sa discrétion, le menu, fort simple pourtant, qu'il nous apporta. Soupe de lard, mijotée de chou et de cane. Nous allions attaquer la crème renversée, devisant à voix basse comme de vieux amis, bien éloignés soudain des registres du pouvoir et de la rancune, lorsque la porte s'ouvrit. Je n'aurais pas prêté attention aux nouveaux arrivants si la voix de l'un d'entre eux, s'adressant à l'aubergiste, ne m'avait alertée. Instinctivement, je tournai la tête au moment où, rejetant sa capuche en arrière, l'homme se découvrait. S'il avait vieilli assez pour porter crinière blanche, la cicatrice qui défigurait son visage du coin de la bouche à l'arcade sourcilière était restée la même. Ma cuillère demeura en suspens devant ma bouche ouverte, ramenant dans ma direction le regard de Jaufré. Il m'en détourna en me pinçant le dessus du poignet. Pas assez vite pourtant. À la surprise que cet individu avait marquée, je ne pouvais douter qu'il avait reconnu mes traits comme j'avais reconnu les siens.

Anselme de Corcheville.

L'homme de main de feu Étienne de Blois qui avait tenté, à plusieurs reprises, de me rayer de son chemin.

7.

Je passai une nuit tourmentée, peuplée de figures étranges qui me harcelaient de leurs grimaces. Nous étions rentrés au castel de l'Ombrière avant même que ce coupe-jarret ne ressorte de l'auberge. Il nous tournait le dos, parlait à voix basse face à la cheminée et je m'étais appliquée à ne pas dévisager ses compagnons, même si l'envie m'en chatouillait. Mieux valait ne point attirer l'attention sur Henri et Aliénor. Si j'ignorais la raison de sa présence en Aquitaine, elle n'augurait rien de bon. Jaufré fut de mon avis. L'un et l'autre, nous en gardâmes l'inquiétude et le secret, refusant de gâcher les agréables moments de la journée qui s'annonçait.

Elle se fondit dans les préparatifs de l'avent.

À cette occasion, Bordeaux tout entier était en effervescence. Depuis quelques jours déjà, un marché couvert bordait la première couronne du château de l'Ombrière décoré de bannières. On y vendait oublis et pommes d'amour, beignets et marrons chauds, mais aussi poulets et canes qui jacassaient bruyamment, cailles dans leur cage grillagée, jars hurlant sur le passage des enfants craintifs, légumes à profusion, fruits confits, lampes à huile, chapels, tissus, tapis, épices venues d'Orient, bassines et brocs, brosses et balais, pignes de pins recouvertes de fils dorés ou de peinture et même du bon temps ! Car nombre de gens s'ébaubissaient devant des joglars qui, de cabriole en ritournelle, laissaient leurs animaux savants tendre sébile. Dans cette cohue, bourgeois, bateleurs, négociants, mendiants ou voleurs se promenaient à l'envi. Les uns jaugeant la marchandise, les autres la chapardant au risque de se voir amputés d'une main par les gens d'armes.

Cette agitation se retrouvait en chaque endroit du palais. Aux cuisines, outre le repas de midi et du soir, on préparait déjà le banquet qui devait, le lendemain, rassembler les quatre cents convives choisis avec soin par la duchesse. Aliénor avait elle-même décidé du menu, qu'elle voulait opulent, épicé et inventif, de sorte que chefs, commis et marmitons ne levaient pas le nez des fourneaux. Au-dehors, mulets et chariots franchissaient la poterne sous le regard bienveillant des gardes en un incessant va-et-vient. Les dames de compagnie d'Aliénor s'attardaient devant leurs malles pour choisir leurs toilettes, les hommes se délectaient de grasses plaisanteries ou d'histoires de chasse. Regrettant de n'avoir plus le temps de soulever le tablier d'une servante ou de s'attarder sur le port hautain d'une autre, des valets dressaient tables, couverts et décorations dans la salle du banquet. Les échansons rassemblaient le vin tasté par le connétable, là des valets s'affairaient à cirer des heuses, d'autres les lattes du parquet. Dans la cour du palais arrivaient peu à peu litières et chevaux aux armes des barons d'Aquitaine. Des garçons d'écurie les dégageaient prestement. Prenant le relais, des laquais empressés ramenaient les arrivants vers ceux qui les avaient précédés à l'intérieur, d'autres les redirigeaient vers leurs appartements. Semblant protéger ce remue-ménage, un ciel aussi clair que celui de la veille laissait un soleil franc embellir les visages et réunir ceux que les distances et les occupations avaient depuis trop longtemps éloignés.

Je ne parvins pas, quant à moi, à me laisser porter par cette joyeuseté, oppressée par un sentiment de danger imminent que je refusai de partager. Il ne se passa pourtant rien qui vînt le conforter. Si bien qu'au soir tombé je m'en voulais amèrement d'avoir laissé le passé m'aveugler. Étienne de Blois défunt, je n'avais plus d'ennemis sur cette terre qui veuillent me découdre et il y avait fort à parier que le sire de Corcheville, s'il avait loué sa lame à quelque puissant, n'avait plus aucune raison de me la planter dans le corps.

Si bien qu'à l'heure de la veillée, après une collation qui ravit la centaine de nos plus proches voisins, je me dirigeai comme eux vers le plus grand des salons de musique. Aliénor m'invita à ses côtés, sur un des bancs à l'assise rembourrée de laine et recouverte de coutil, tandis que peu à peu les autres s'asseyaient. Jaufré, qui riait plaisamment avec ses comparses troubadours, dont Panperd'hu et Bernard de Ventadour, s'installa en retrait avec son instrument et attendit qu'Aliénor décide l'ouverture de sa cour pour laisser ses doigts s'y promener.

Bercés par la douce chaleur du foyer qui rayonnait dans la pièce, des lampes à huile répandant un parfum de noisette, nos conversations égayées par la musique des citoles, du frestel, de la vièle, de la guiterne ou encore du psaltérion, nous laissâmes passer les heures. À l'approche de onze heures, nous acceptâmes avec enthousiasme la jolie voix de Sibylle sur un *Ave Maria,* celle de Catherine d'Angoulême pour introduire *Les Anges dans nos campagnes,* avant de reprendre en chœur d'autres chants de Noël.

Moins d'une demi-heure nous séparait de la messe lorsque Henri se leva pour nous divertir à son tour.

— Mes amis, j'avais gardé pour cette nuit une nouvelle. Une grande nouvelle...

L'attention captée, il me coula un œil en coin qui me tendit, réveillant mes doutes, un instant dissipés par la gaîté ambiante. Mon roi avait beau avoir fait amende honorable, je n'accordais que peu de crédit à sa rédemption. Il agita la petite cloche destinée aux domestiques puis continua, l'œil brillant :

— Vous le savez tous, Geoffroy de Monmouth a eu l'élégance des mots pour ressusciter, outre les prophéties du druide Merlin, ce grand roi d'Angleterre qu'a été Arthur. Il me confia ses sources. Quelques manuscrits retrouvés dans les ruines d'une ancienne forteresse dont il campa le décor dans son *Historia regum Britanniae*...

Henri laissa la phrase en suspens, le temps d'un coup d'œil circulaire sur l'assistance. Les yeux pétillaient d'impatience et d'intérêt. Le silence était plus épais que le brouillard de Londres. Il sourit, satisfait.

— Bien évidemment, il me les offrit. Ainsi, je passai un bon mois après la mort de mon fils Guillaume, retranché dans leur déchiffrage...

Un regard, cette fois vers Aliénor. Elle hocha discrètement la tête pour le remercier de lever ainsi le voile sur son étrange disparition. Déjà, Henri poursuivait :

— ... Leur lecture dissipa mes derniers doutes et me fit galoper jusqu'à Tintagel, lieu de naissance du roi Arthur, où je rencontrai Renaud de Cornwall qui avait aidé le sire de Monmouth dans ses recherches. Plantées en avant d'une côte abrupte, à la lande rase, les ruines de l'ancien castel défient encore les embruns. Elles me ramenèrent à la paix, si bien que je confiai le soin à Renaud de Cornwall de les redresser et de rendre au castel sa bannière et ses couleurs.

L'annonce fit son effet. Depuis que le sire de Monmouth avait écrit cet ouvrage reprenant les récits du barde Breri sur la Bretagne, faisant des émules, la cour ne vivait plus que pour la légende du roi Arthur et celle de son guide, mon ancêtre Merlin. Les dames portèrent leurs mains aux lèvres. Les Normands s'émurent avec retenue, se contentant de hocher la tête ou de lisser les pans de leur barbe. Les barons aquitains accueillirent la nouvelle avec plus de réserve. Jaufré me couvrit d'un œil sceptique. Je haussai les épaules. Henri, soudain, s'appropriait l'Histoire. Je n'avais pas besoin de preuves, quant à moi, pour connaître la mienne et celle de ma lignée. Une simple visite au gigantesque cercle de pierres levées de la région de Salisbury m'avait suffi pour retrouver en Angleterre, comme à Brocéliande, le souffle de magie de Merlin.

Le valet, appelé par Henri, entra dans la pièce, portant sur ses avant-bras une pièce longue de quatre pieds, enveloppée d'un tissu en fil d'ortie.

Faisant taire les murmures qui s'étaient levés, Henri récupéra l'objet. Ses traits, presque extatiques soudain, m'inquiétèrent sans que je puisse l'expliquer. Il se tourna pourtant vers moi et me sourit.

— Vous imaginez, mes amis, que je ne pouvais en rester là. Un des manuscrits affirmait que le roi Arthur avait été enseveli auprès de son épouse Guenièvre, près de l'abbaye de Glastonbury. J'y fis mener des fouilles et...

S'avançant, il vint me présenter sa découverte.

— Ouvrez-le, je vous prie, dame Loanna.

Je défis les lacets de cuir, écartai les pans de toile, agacée de l'excitation d'Aliénor qui battait des mains à mes côtés. Une lame parut, le silence se fit. Ravi de mon trouble, Henri la prit par son pommeau, puis la brandit des deux mains au-dessus de sa tête.

— Voici Caliburnus, mes amis... L'épée mythique. Retrouvée aux côtés d'Arthur de Bretagne en sa sépulture.

Je serrai les poings. Aliénor s'était dressée pour la voir, les vassaux faisaient cercle, même les troubadours, posant leurs instruments, s'approchaient dans une clameur qui peu à peu grossissait le plaisir d'Henri. Une main se posa sur mon épaule. Je levai les yeux vers Jaufré qui la voulait apaisante.

À l'inverse de tous, aveuglés comme Henri par l'improbable pièce, son visage reflétait la gravité du mien. Les cloches s'envolèrent, noyant dans leur appel le rire de mon roi. Je me levai à mon tour, prête, comme les autres, à rejoindre l'église pour la messe de minuit. Ce faisant, mon regard navré accrocha celui d'Henri. Je lus dans le sien une incompréhension profonde. Avait-il imaginé me plaire ? me ramener à lui avec cette trouvaille ? Je refusai de le croire.

— Demain. Vous la verrez mieux demain, promit-il avant de remettre l'épée à celui qui l'avait apportée.

Tournant le dos à la foule caquetante, il nous rejoignit.

— En voilà mine sombre…

Jaufré s'éloigna discrètement vers la porte, qu'Aliénor avait passée déjà, entraînée par une de nos amies. Je tendis vers mon roi des traits douloureux.

— On ne viole pas une sépulture, Henri. Et celle-ci moins qu'une autre. Avez-vous oublié tout ce que je vous ai enseigné ?

Il haussa les épaules.

— Allons, ce n'était qu'histoire pour me troubler l'enfance…

— Non, mon roi. Caledfwlch, ou Caliburnus comme la nomme Monmouth, n'est pas une épée comme les autres. Elle n'a qu'un maître. Celui qu'elle choisit dans un flamboiement. Vous l'auriez su si cela s'était produit. Rendez-la à son attente…

— Sinon ? me défia-t-il.

— Sinon cet empire que vous bâtissez ce jourd'hui s'écroulera avec le dernier de votre lignée.

Il soupira.

— Je croyais que tu serais heureuse de voir légitimer l'influence druidique sur ma terre, de clouer le bec des corbeaux noirs de l'Église. Je me suis trompé, visiblement. Cette épée n'est qu'une copie, Loanna. L'original est toujours en la tombe d'Arthur, que j'ai fait soigneusement sceller.

Je soutins son regard. Il sembla sincère, mais j'avais perçu sous mes doigts, une fraction de seconde, le souffle de magie qui émanait de l'acier. Nul à part celui qui l'avait forgé n'aurait pu le lui rendre.

— Mensonge ou vérité, Henri, l'avenir le dira.

Il se mit à rire.

— Les croyances sans les actes ne sont rien, Loanna. Cesse de bouder et allons célébrer la naissance du Christ. C'est pleine lune ce soir, preuve que même ta déesse mère est d'accord avec moi…

Le lendemain matin, jour de Noël, une nouvelle ébranlait ses convictions, bouleversait Aliénor et ramenait à la surface mes vieux démons d'autrefois. Alix et Marie avaient disparu de leur chambre. À quelques pas de leur couche, leur nourrice baignait dans une mare de sang.

Anselme de Corcheville était passé par là.

8.

Une missive avait été retrouvée près des linges renversés des fillettes. Aliénor refusa de croire qu'un des ravisseurs l'ait perdue. Elle connaissait suffisamment Thibaud de Blois qui l'avait signée pour comprendre qu'il lui lançait là un défi. La preuve tenait en ces seules phrases :

« Ces enfants sont désormais, et par la volonté de leur père, placées sous ma seule autorité de par leurs fiançailles. Ramenez-les-moi et laissez à la duchesse d'Aquitaine le soin de s'en plaindre à son roi ! »

Bien évidemment, ce fut la seule idée qui lui vint tandis que, rouge de colère et de désespoir, elle martelait à pas vif le parquet de la pièce.

Une épaule appuyée contre la croisée qui donnait sur l'arrière-cour, Henri était plus pragmatique. Suivant des yeux le ballet des serpillières qui tentaient de chasser l'écarlate épais du sang des rainures du plancher, il songeait que ces assassins étaient entrés sans peine dans le palais, avaient accompli leur besogne tranquillement puis s'étaient évaporés, sans doute par le fleuve, avant la relève de la garde. Cette dernière avait bien signalé que le veilleur manquait à son poste, mais, en cette nuit de Noël, on avait eu l'indulgence de ne pas s'en inquiéter. Tout avait, de fait, servi au crime, couvrant la retraite de ceux qui l'avaient perpétré. Il avait aussitôt lancé ses hommes sur d'éventuelles traces mais se doutait bien qu'ils reviendraient bredouilles. L'affaire avait été rondement menée.

— Je vais réduire en cendres son castel, lui faire rendre gorge, l'émasculer, grondait Aliénor, l'image du visage narquois de Thibaud de Blois devant les yeux.

Elle agitait les bras tel un moulin ses ailes par vent d'orage, refusant de quitter la pièce, gênant le travail de la souillon et retardant leur parution au grand banquet. Car, pour autant, leurs vassaux les attendraient bientôt dans la salle de réception et ils se devraient de faire bonne figure puisqu'ils ne pouvaient rien d'autre.

Congédiant la servante, Henri vint s'interposer sur la route de son épouse, qui la menait de la porte au lit de ses filles, du lit à la porte. Il fallait en finir.

— Suffit, ma reine, exigea Henri en la prenant par les bras. Vous n'y changerez rien et moi non plus.

— Vous croyez, persifla Aliénor, rageuse, c'est bien mal me connaître, mon époux. Dussé-je galoper nuit et jour jusqu'à Paris…

Un sourire triste étira la bouche d'Henri.

— Louis ne vous recevra pas. Ou, s'il y consent, ce sera pour vous couvrir d'autres griefs, bien plus graves, car enfin, Aliénor, si les manières n'y sont pas, vous en avez usé de même en soustrayant Marie à la famille de son fiancé. Elle vous rend monnaie de votre pièce, et avec intérêt encore, puisque Louis, visiblement, a noué nouvelle alliance pour Alix.

Elle le foudroya d'un œil tueur.

— Vous voudriez que j'abdique ? que je les abandonne ? Jamais, vous entendez ? Jamais !

Il l'attira dans ses bras, indifférent à sa résistance dictée par la rage. Il pressa le haut du crâne contre son épaule, adoucit sa voix pour la calmer :

— Je voudrais que vous vous rendiez à la raison et aux coutumes. Je comprends ce que vous ressentez. Nous venons de perdre un fils et l'on vous arrache vos filles.

Il sentit contre lui s'éteindre un sanglot refoulé.

— Le seul moyen de les revoir n'est pas dans la guerre, mon aimée, mais dans la paix. Il est temps d'apporter des gages à Louis.

Contre lui monta un gémissement de louve.

— Comportez-vous en reine, Aliénor, et donnez ainsi l'exemple à vos filles. Pour l'heure et par défaut, c'est à Marie que reviendrait le trône de France si Louis venait brusquement à passer.

Elle s'écarta, comme piquée au vif, le visage ravagé de larmes silencieuses autant que de consternation.

— Vous ne songez tout de même pas...

Henri haussa les épaules.

— Non, bien sûr que non. Mais Louis de France est d'une constitution si fragile... Qui peut savoir de combien d'heures sa vie sera faite? et s'il est seulement en état de procréer encore?...

Cette perspective la rasséréna un peu. Pas assez pourtant pour noyer son chagrin. Henri passa un doigt sur sa joue ruisselante.

— Elles seront bien traitées. La maison de Blois-Champagne y a tout intérêt, vous le savez comme moi. Attaquer leurs places les mettrait plus sûrement en danger.

— Vous avez raison, Henri. Mais elles vont tellement me manquer...

Il lui sourit avec une réelle tendresse. Celle qu'au fil des jours sa noblesse d'attitude et d'action lui avait fait éprouver.

— Vous aurez de leurs nouvelles. Bernard de Ventadour ne manquera pas d'aller les visiter sous couvert de distraire la maisonnée.

Aliénor hocha la tête. Bernard. Il allait falloir le lui annoncer. Au moins aurait-il peut-être, lui, encore loisir de les embrasser.

Ils sortaient de la pièce comme je m'annonçais, avertie de l'affaire. Aliénor me tomba dans les bras, libérant à ma vue tout ce que la présence d'Henri avait réussi à endiguer. Je la ramenai vers mes appartements, lui servis le même discours que son époux, si bien qu'à l'heure du banquet elle avait retrouvé allure et dignité. Assez pour tenir son rang et mentir. Mentir en annonçant qu'un messager s'était présenté le matin et que ses filles lui avaient été confiées. Seul le long regard qu'elle accorda à Bernard, prévenu par Jaufré, trahit cette détresse qui la tenait.

Le lendemain, tous les vassaux d'Aliénor, même les plus retors et bruyants, reconnaissaient l'autorité des époux royaux et renouvelaient leur serment d'allégeance. Grâce à l'épée d'Arthur, se plut à affirmer Henri, tandis que, le cœur lourd, Aliénor approuvait.

9.

Sitôt l'Épiphanie passée, dans cet hiver clément qui s'était installé, nous quittâmes Bordeaux pour Limoges puis Fontevrault, où Aliénor s'égara en de longues prières aux côtés de la tante d'Henri qui, désormais, dirigeait l'abbaye. Angoulême, Poitiers, Angers... Partout, ce fut le même accueil, chaleureux, respectueux et gai. Aliénor et Henri s'y faisaient présenter les comptes, réglaient quelques querelles, validaient des dons, visitaient les hospices, confortaient les privilèges, admiraient les travaux de rénovation, d'agrandissement, de construction.

En apparence, ma duchesse était redevenue la même, mais l'œil triste qu'elle posait sur mes enfants m'arrachait le cœur. Pressentant son manque, Eloïn se présentait à elle à la moindre occasion, cherchant ses genoux ou sa caresse. Malgré son jeune âge, ma fille semblait avoir compris qu'elle ne reverrait pas ses amies. Elle ne les réclamait pas, se contentant de jouer avec d'autres, croisées durant nos étapes vers Rouen.

Je n'avais, moi, qu'une hâte, retrouver l'emperesse Mathilde qui y était demeurée et lui présenter mon fils Geoffroy. À trois ans et demi, grandissant en voix, en volume et en sottises, hurlant à nous en éclater les tympans, il courait partout, son épée de bois au poing. Il avait réussi à briser le cruth d'un des bardes gallois de notre équipage en voulant y jouer, avait piétiné les plates-bandes boueuses d'un de nos hôtes pour éclabousser le passage des valets et coupé court, subrepticement, la natte de sa sœur avec des ciseaux de barbier qu'il avait chapardés. Puni, il clouait bec en serrant ses petits poings sur son derrière, résistait aux larmes que la frottée de branche de saule voulait lui arracher et finissait par repartir après le sermon de son précepteur ou du curé. Seul son père parvenait à le plier. Pourtant, pas davantage que moi Aliénor ne parvenait à s'en désespérer. Son apparition aux boucles noires tourmentait les domestiques sur qui il posait son regard pétillant de vitalité. Ce que le petit Guillaume n'avait, hélas, jamais développé.

Si Mathilde et Henri le Jeune grandissaient, eux, bonnement, Eloïn, quant à elle, gagnait chaque jour en beauté et en grâce malgré ses cheveux courts. Elle possédait une lumière intérieure qui transfigurait chacun de ses sourires et regards. Et si je me retrouvais furtivement en elle, j'avais, en la regardant, la sensation d'une autre dont ma mémoire semblait avoir gardé l'empreinte mais dont le souvenir m'échappait. N'ayant connu d'autre famille que mère à qui je n'avais jamais ressemblé, j'étais parfois perplexe devant cette étrangeté. Lors, je la chassais comme un insecte importun au même titre que ce sire de Corcheville qui hantait mes nuits.

Par sa construction ancienne, le castel de Moulineaux était austère. Un mur d'enceinte flanqué de six tours protégeait le corps de logis auquel étaient rattachés la chapelle d'un côté, les cuisines et les communs de l'autre. Bâti de pierre et contre la coutume de son temps par Guillaume le Conquérant, le grand-père de l'emperesse Mathilde, il se dressait sur une butte qui dominait la Seine et offrait une vue privilégiée sur la petite ville fortifiée de Rouen ainsi que sur la contrée. Je connaissais le lieu pour y avoir séjourné dans mon enfance. Ma mère, Guenièvre de Grimwald, était auprès de celle d'Henri conseillère, ventrière, astrologue, apothicaire, guérisseuse. Lors, je fus élevée à la cour des Plantagenêts avec affection et rigueur, partageant leurs pérégrinations en leurs domaines.

La dernière fois que j'avais passé la herse de ce château, mère agitait sa main pour me souhaiter bon voyage vers Brocéliande. En franchissant le pont-levis, c'est à elle que je pensais en ce matin gris. À elle qui, partie trop tôt, m'avait donné le courage de mes choix. Debout sur la banquette, Geoffroy dansait au son rauque de la voix de son père. Comme j'aurais aimé que Guenièvre de Grimwald fût là pour nous accueillir, enlacer mes enfants et se réjouir avec moi, avec nous, avec eux...

Avertie de notre arrivée, l'emperesse Mathilde choisit de se porter au-devant de nous. Avec les années, elle avait acquis cette sagesse des grands qui sait attendrir les convenances les plus rigoureuses d'élans de sincérité. De fait, elle n'avait plus à se battre pour ce trône si longtemps convoité et jouissait d'un autre devoir. Celui d'être grand-mère, qui, tout naturellement, incluait les enfants que sa filleule, moi en l'occurrence, lui avait donnés. Elle descendit le perron de sa démarche princière que l'âge n'avait pas fanée au moment où Henri aidait Aliénor, enceinte depuis février, à s'extraire de la voiture. J'étais dans la seconde avec Eloïn, Jaufré, petit Geoffroy, son précepteur, et Camille qui portait gros elle aussi.

Pendant leurs embrassades, j'entendis Mathilde complimenter Aliénor pour ses bonnes joues.

— C'est signe, ma mère, que la famille s'agrandit, lui répondit Aliénor dans un petit rire.

Jaufré s'arracha de l'habitacle. Eloïn me couvrit d'un œil pressé.

— Puis-je, mère ?

Son impatience m'amusa. Elle voulait arracher grande impression malgré l'allure garçonne de sa coiffure, et avait mis longtemps à choisir ses effets.

— Va…

Elle accepta la main tendue de son père. Parvenue en bas sans encombre, elle lissa son bliaud. Courbant la tête pour passer la porte, je posai à mon tour un pied sur la marche. Le temps de la redresser et d'accepter l'aide de Jaufré, je m'immobilisai, saisie par l'expression d'incrédule surprise qui frappait les traits de l'emperesse devant ma fille relevée de sa révérence. Semblant soudain ne plus voir personne, ma marraine s'accroupit spontanément à sa hauteur, les larmes aux yeux, la voix frémissante, à peine un murmure :

— Est-ce Dieu possible, mon enfant, que tu lui ressembles tant ?

Nul n'y prêta attention alentour dans le bruit des portes qui se refermaient, des laquais qui s'empressaient auprès des gens de notre suite. Nul à part moi, et Jaufré. Se reprenant aussitôt en croisant mon regard appuyé, l'emperesse repoussa délicatement l'enfant. Trop tard, comprit-elle. Elle m'adressa un sourire triste, complimenta Eloïn, puis se redressa tandis que, enfin, je m'avançai au bras de Jaufré.

Elle me pressa dans les siens, la bouche contre mon oreille.

— Il semble que le temps soit enfin venu, ma fille, de briser le sceau du secret…

Elles étaient deux sœurs. Plus que des jumelles. Des siamoises, accrochées l'une à l'autre par la peau du ventre, différentes pourtant de traits à leur naissance. Tuant leur mère, elles naquirent une nuit de pleine lune en la forêt de Brocéliande. La ventrière les sépara, persuadée qu'aucune des deux ne survivrait. Dix ans plus tard, elles prenaient le chemin de l'Angleterre pour parfaire leur éducation à la cour du roi. Bien vite, leurs dons se développèrent. L'une les accepta, Guenièvre. Pas l'autre, Aude, dont la beauté, irréelle, attirait les regards. C'est alors que dame Mathilde se retrouva veuve de l'empereur du grand Empire romain germanique. Les deux fillettes, élevées par la famille de Grimwald, furent au cœur des événements qui suivirent. Guenièvre ne songeait qu'à reprendre la place de sa mère, dans l'ombre du royaume, Aude à convoler. Le roi d'Angleterre venait de perdre son fils dans le naufrage de la *Blanche Nef*, et Geoffroy le Bel, comte d'Anjou, du Maine et de Touraine, sa première femme. Il fallait un nouvel époux pour Mathilde, un époux qui puisse donner un héritier à l'Angleterre. Le roi envoya les deux jouvencelles, alors âgées de seize ans, au-devant du grand-père d'Aliénor, Guillaume IX, dit le Troubadour. Près de lui, ce jour-là, se tenait Wilhem du Puy du Fou qui partagea au premier regard l'amour foudroyant dont Aude le couvrit. Indifférent au trouble des deux jouvenceaux, Guillaume IX mit une condition à l'union de ses vassaux Mathilde et Geoffroy : le pucelage d'Aude, dont la somptueuse beauté l'avait touché. Pour la première fois depuis leur naissance, les deux sœurs se disputèrent violemment. À la cause de l'Angleterre qu'invoquait Guenièvre Aude opposait l'amour. Sans plus attendre, bousculant toute convenance, elle s'en fut trouver Wilhem du Puy du Fou et lui raconta tout. Sa lignée, son devoir, ce lien charnel avec Guenièvre. Elle se dit prête à le suivre, à tout abandonner pour lui, y compris sa fierté, contre cette virginité qui signait, dans le sang, sa liberté. Elle ne lui demandait qu'une chose en retour, qu'il en efface la salissure, en la chérissant sans la juger. Ainsi fut fait. Aude se laissa prendre par Guillaume IX. L'accord fut ratifié. Devenue l'épouse de Wilhem, elle abandonna le destin de l'Angleterre à sa sœur que le roi d'Angleterre plaça auprès de l'emperesse pour la conseiller.

Cette dernière leva vers moi un regard embué. Nous étions dans une petite pièce destinée à la broderie que des travaux récents avaient joliment rafraîchie. Du feu brûlait dans la cheminée mais j'étais glacée. Au fil de cette histoire, une image reprenait vie dans ma mémoire, floue encore mais qui me disait soudain celle que j'avais oubliée. Prétendant que nous étions, Aliénor, Henri, Jaufré et moi, concernés, l'emperesse avait insisté pour nous la révéler à la veillée, tandis que dans une salle voisine les autres s'amuseraient et les enfants dormiraient. Éviter le sujet le restant de la journée n'avait que grandi mon impatience. Mais j'étais loin d'imaginer à quel point j'en serais, comme elle, bouleversée.

Ma marraine se renfonça dans son siège, la voix troublée, confirmant ce que j'avais déjà deviné.

— Tu es le fruit de cette union forcée, Loanna. L'enfant du sacrifice. Celle qui permit mon alliance avec Geoffroy le Bel et la naissance d'Henri. Celle du sang mêlé sur qui une dynastie pouvait se relever. Tu comprends à présent pourquoi tu nous as toujours été si chère…

Je hochai douloureusement la tête.

— Et Guenièvre ? demanda Henri, d'autant plus troublé par ce récit qu'il se sentait lui-même coupable de m'avoir forcée.

— Vouée à l'Angleterre, Guenièvre se refusa à l'amour d'un homme. C'était toi l'héritière de leur race. La dernière. Aude le comprit très tôt au vu des dons puissants que tu développais, mais aussi à son ventre devenu stérile. Pour autant, elle était heureuse, choyée par cet homme qui vous avait acceptées toutes deux avec votre singularité. Je me souviens de son rire, de sa joie de vivre et de cette lumière qui nous gagnait tous lorsqu'elle nous visitait. Car, bien vite, les liens du sang reprirent le dessus, oubliant les querelles. Il ne se passait pas un mois sans que les deux sœurs se retrouvent pour s'embrasser.

Je me raclai la gorge, un vide soudain immense au fond du cœur, la sensation d'un arrachement. Ce fut Aliénor qui posa cette question restée au bord de mes lèvres :

— Alors que s'est-il passé ?

Mathilde refoula un soupir.

— Une tragédie. Wilhem s'était absenté pour quelques jours et le castel fut attaqué. Par qui ? On ne le sut jamais.

Une image me vint, celle d'un cavalier portant un heaume noir, cabré au milieu de toitures en flammes. Je cherchai la main de Jaufré à mes côtés sur le banc, la trouvai glacée sous la mienne. Et me sentis soudain petiote, ma menotte pressée de même, respirant l'odeur de la malemort autour de moi, mais aussi ce parfum de lys qui m'en arrachait. Je tournai le visage vers lui, compris à son teint livide que nous partagions soudain un souvenir commun, un souvenir jusque-là effacé. Sans nous laisser nous y égarer, l'emperesse nous enveloppa tous deux d'un regard de tendresse.

— Tout ce que nous apprîmes sur ce drame sortit de votre bouche, Jaufré. Vous n'étiez alors qu'un tout jeune troubadour. Dépossédé de vos terres de Blaye, vous erriez de château en château avec votre instrument, espérant quelque faveur, quelque soutien à votre cause. Vous vous trouviez là par hasard. Aude s'était réfugiée dans le donjon assiégé...

— Au milieu d'un cercle d'opales, lâcha Jaufré d'une voix morte...

— Oui. Elle vous a ordonné de sauver sa fille, de nous la ramener.

— Il y avait un souterrain... Je l'ai suppliée de nous accompagner. Elle a refusé, prétextant que l'assaillant du château la voulait et qu'il tuerait l'enfant s'il la trouvait. Qu'avec sa magie elle protégerait notre fuite et se sauverait.

Jaufré planta son regard dans le mien, tout autant ravagé, cherchant comme moi à y retrouver ces fuyards d'hier qui s'étaient accrochés l'un à l'autre dans une course effrénée.

— Ce sentiment de te connaître depuis toujours, d'être à toi depuis toujours, gémit-il en prenant mon visage dans ses mains... Seigneur Dieu, comment ai-je pu t'oublier ?

Le même constat me tourmentait.

— Guenièvre, répondit Mathilde d'un timbre sourd. Elle ne pouvait être sûre que vous ne risquiez pas, à un moment ou à un autre, de raconter cette histoire, ce que vous aviez vu et par là même de mettre Loanna en danger. Voyez-vous Jaufré, il existait en ces temps une branche secrète de cet ordre du Temple nouvellement créé qui employait des mercenaires pour éliminer les sorcières. La crainte d'Aude était justifiée. Et si l'instinct de Guenièvre l'assurait que sa sœur était toujours en vie, une barrière semblait avoir été dressée autour d'elle pour empêcher quiconque de découvrir sa geôle. Plutôt que de vous occire ainsi que mon époux en émit l'idée, elle usa de sa magie pour contrer votre mémoire avant de vous renvoyer sur les routes. Pratique dont les effets ne cessent qu'une fois les souvenirs réveillés.

— Et Aude ? demanda Aliénor, bouleversée.

— Hélas, s'assombrit de nouveau Mathilde. Malgré tous nos efforts, nous ne la revîmes jamais. Une année plus tard, nous reçûmes un bref de Wilhem nous annonçant qu'il était sur le point de la retrouver. Ce furent les dernières nouvelles qu'il donna, disparaissant à son tour sans laisser la moindre trace.

Mathilde soupira en soutenant mon regard.

— Un matin, Guenièvre m'annonça qu'elle t'avait « endormie d'oubli », comme Jaufré. Le cœur gros de ce que cela sous-entendait, je n'en demandai pas davantage. Tu devins sa fille aux yeux de tous, et, de fait, Loanna, tu l'as été. Nous n'en reparlâmes jamais. Eut-elle envie de te révéler un jour la vérité ? Une fois ta mission achevée, sans doute. Quoi qu'il en soit, elle n'en eut pas le temps, et j'avoue que j'avais fini par oublier moi-même que c'était d'une autre que tu étais née.

L'image du sourire de Guenièvre dans sa rondeur piquetée de taches de son l'emporta sur son masque mortuaire, me ramenant à ce lien si puissant qui nous liait elle et moi. Je l'avais cru de mère à fille, mais sans doute était-il plus profond encore, dans sa douleur d'avoir perdu sa moitié. Des larmes coulaient sur mes joues en réponse aux sentiments contradictoires qui m'animaient. Je les sentais emporter une part d'hier, comme si lentement en moi s'opérait ce deuil qu'on m'avait interdit. Tout à la fois, elles m'allégeaient.

Submergé par cette émotion qui empesait la pièce, Jaufré embrassa mon front.

— Étrange destin que le nôtre, murmura-t-il.

Me revinrent alors les paroles de Merlin à Brocéliande, lorsque j'avais demandé sa guérison.

« Toi seule le peux, car seul l'amour est magie, Loanna. Rien ne s'obtient sans sacrifice. C'est ainsi. Une vie pour une vie. »

Je lui souris enfin.

Aude de Grimwald avait donné la sienne pour moi. Avait-elle perçu, ce jour-là, en me confiant à sa protection, cette communion d'âmes qui me lierait à lui ? De par les pouvoirs qu'elle m'avait légués, je ne pouvais en douter. À cet instant, je sus toute son abnégation. Sa lumière éclata en moi, me ramenant à celle, surnaturelle et fulgurante, qui avait empli ce porche près de l'église Sainte-Geneviève, à Paris, cette fameuse nuit précédant notre départ en croisade où Anselme de Corcheville me piqua de sa lame [1]. J'avais cru alors que Merlin était venu à mon secours.

Je m'étais trompée.

C'était elle, cette grande dame, Aude du Puy du Fou, ma mère, qui, jamais, non, jamais, n'avait cessé de protéger mon chemin, et dont ma fille était le portrait.

---

1. Voir *Le Lit d'Aliénor*, XO Éditions, 2002.

10.

Avec l'enlèvement de Marie et Alix, Louis de France avait remporté une bataille contre son ancienne épouse. Son orgueil s'en était rassasié quelque temps avant que ne revienne en lui cette notion de péché qui l'avait précipité au confessionnal. Lui en était pourtant resté un sentiment agréable de satiété. Il le perdit à la lecture de la lettre qu'Aliénor lui fit envoyer dans les semaines qui suivirent le rapt. Elle s'y désolait « *des manières de la maison de Blois-Champagne, quand elle eût eu plaisir à rendre à la France ses filles bien-aimées si son roi le lui avait demandé* », car, ajoutait-elle, avec perfidie, « *la descendance de mon époux s'étend avec l'enfant que je porte, m'affirmant plus que jamais la nécessité de voir les alliances respectées* ».

Aliénor était de nouveau enceinte et s'amusait à le narguer !

La nuit qui avait suivi, Louis s'était escrimé jusqu'à manquer de souffle sur le corps dépourvu d'attrait de son épouse, les dents serrées sur une prière inaudible qui appelait la volonté de Dieu dans ses retranchements les plus audacieux.

Deux mois plus tard, il souriait d'aise en annonçant à tous la grossesse de sa reine. Ne restait plus qu'à s'en remettre au ciel pour que lui naisse un héritier.

Juin de cette année 1157 nous ramena sur la lande anglaise après un printemps redevenu blayais. Il était bon que Jaufré se montre sur ses terres et y marque son autorité. Les comptes qu'on nous présenta démontrant une rigueur exemplaire, nous pûmes en toute quiétude rejoindre Aliénor à Barfleur, au moment où elle s'apprêtait à embarquer. Il avait été convenu d'un commun accord, et depuis le début de leur hymen, que les époux royaux se partageraient la gestion de leurs domaines. Si l'emperesse Mathilde étendait toujours son aile sur la Normandie, il était prudent de sillonner les routes du vaste territoire Plantagenêt pour y maintenir l'ordre et la paix. Henri, cette fois, se chargea du continent.

Devant l'inquiétude des médecins face à ses voyages répétés, Aliénor haussa les épaules.

— Fi de vos craintes ! Je vieillis ? Qu'à cela ne tienne ! s'était-elle esclaffée en les repoussant. Si je devais rester au lit à chacune de mes grossesses, je passerais couchée les trois quarts de ma vie, car, entendez-moi bien, d'autres enfants viendront, dussé-je les mettre au monde entre deux chevauchées !

Je partageais son avis. Plus le temps passait et plus sa vitalité, son enthousiasme et son tempérament s'affirmaient. Était-ce la perspective de sa nouvelle maternité qui avait adouci sa peine ? Aliénor était plus pétillante que jamais et je retrouvai avec bonheur cette légèreté de ton qui faisait de nos discussions des joutes piquantes.

Depuis la révélation de l'emperesse, les sentiments que Jaufré et moi éprouvions l'un pour l'autre s'étaient renforcés. Aliénor, qui partageait désormais avec lui cette complicité qu'elle m'avait si longtemps réservée, s'en trouvait ravie. Lors les cours d'amour s'ornaient de jolis moments où musique et répons s'enchevêtraient pour la plus grande joie des invités.

Avec les beaux jours, qui facilitaient la traversée de la Manche, les courriers d'Henri arrivaient de manière plus régulière. Le roi couvrait Aliénor de bonnes nouvelles mais aussi de ces petites phrases « *prenez soin de vous ma reine* », « *mon content s'emplit de vous* », « *gardez pour moi en votre cœur l'étincelle du jour premier, ainsi qu'en moi je la tiens allumée* », qui montraient son affection pour elle et l'emplissaient d'une joie enfantine. Elle lui répondait d'une même verve, racontant nos promenades dans les collines du Surrey au moindre rayon de soleil, la verdoyance des prairies, les chemins creux rougis de coquelicots, les envolées d'oiseaux par centaines, qui dessinaient dans un ciel de grisaille des formes curieuses, le contraste des troupeaux de moutons en damiers blanc et noir sur l'herbe, mais aussi ces nuages d'encre qui soudainement se ramassaient des quatre coins de l'horizon, précipitant notre course vers un abri de fortune, là une cabane de berger, ici une chapelle, tandis que crevait l'orage en précipitations violentes.

« *Cette terre sauvage, parfois hostile, est à l'image de ses gens, rugueux de croûte, mais attachante sous l'écorce. Chaque jour davantage elle devient mienne. Chaque jour davantage elle me conquiert. Et je la découvre en pleine mesure dans la rêverie de ses habitants, leur gaîté et leur gentillesse, quand ce n'est pas, au détour d'un chemin, par un arc-en-ciel sur lequel votre souvenir, mon cher époux, vient se poser* », écrivait Aliénor avant de glisser entre les feuilles de parchemin une fleur ramassée entre deux murs de clôture et aussitôt mise à sécher.

Mon retour à Londres me permit de retrouver Geoffroy de Monmouth avec qui j'avais, dès le premier jour, lié amitié. Ayant pour quelque temps délaissé Oxford, ce prêtre historien tant décrié par ses pairs était affable d'allure et guilleret dès la première pinte de cervoise, qu'il aimait chaude quand je ne la supportais que glacée. Depuis qu'il avait rédigé sa *Vita Merlini*, il se disait habité par des songes de plus en plus déroutants au travers desquels Merlin s'exprimait. Hélas pour lui, la langue que parlait le barde ne lui était pas familière et ses réveils ne lui laissaient que le souvenir de mots insensés. À la description qu'il avait donnée de mon aïeul, j'avais compris qu'il disait vrai et appréciais d'autant sa compagnie à la veillée.

Au soir du 9 juin, le nez et les joues rougis d'avoir un peu trop tasté les vins d'Aquitaine, il m'avait signifié d'approcher, par-dessus la table de jeu qui nous séparait.

— Je sais pas tout, dame de Blaye, mais j'en sais assez...

— Qu'est-ce à dire, mon bon ami ?

Son index s'était levé un peu trop vivement, avait battu l'air avant de se plaquer sur une moue de comploteur.

— Chuuut...

Ses yeux, étrécis, brillaient d'une fièvre avinée et son haleine m'aurait fait reculer s'il n'avait ajouté, plus bas :

— Le Merlin... eh ben, y vous connaît... vi vi vi... Comme je vous le dis... y vous connaît...

Un regard alentour. Dames et chevaliers d'Angleterre, de Normandie ou d'Aquitaine partageaient dans la bonne humeur le plaisir des échecs ou des dés. On riait beaucoup pour parfois en venir aux mains en fin de partie, mais céans, nul ne songeait à s'empoigner ou à nous écouter. Je me reculai sur ma chaise, préférant ne pas attirer davantage l'attention à rester penchée vers lui.

— Croyez-vous ?

Son poing gras battit sa poitrine d'un coup sec.

— Sur mon cœur, dame Loanna.

— Mon honneur, messire Geoffroy. En France, on dit « sur mon honneur », le repris-je en souriant.

Il dodelina de sa bonne tête, ramenant ses amples bajoues contre son cou. Je m'attendris de sa grimace, preuve qu'il tentait de mémoriser la tournure. Puis demandai innocemment :

— Je croyais que vous ne compreniez rien à ses discours ?

— À ses discours peut-être, mais les noms... mmm... (il leva son double menton, le tendit par deux fois de l'avant, arrondit ses lèvres, leva un sourcil entendu)... les noms... y sont les mêmes.

Mon cœur s'emballa dans ma poitrine. À quelques pas de moi, Bertrande de Blanquefort tapa du pied, grincheuse d'avoir perdu une nouvelle fois. J'attendis qu'elle reprenne les dés et se concentre pour les jeter.

— Quels noms ?

— Loanna, Richard et Eloïn. Farpaitement... Non partaifement...

Il se racla la gorge, en quête de cette prononciation qui lui échappait. Tout à sa réflexion il ne vit pas à quel point j'étais décontenancée. Pourquoi Merlin lui parlait-il et non plus à moi comme autrefois ? Certes, j'avais perdu cette faculté de dialogue avec lui depuis ma dernière visite à Brocéliande, au jour de mes épousailles avec Jaufré. Essayait-il, à travers le vieil homme, de renouer ce lien brisé ? de me transmettre de nouvelles directives pour sauver l'Angleterre du chaos que j'avais entrevu ?

— Parfaitement ! lâcha enfin Geoffroy de Monmouth, trépignant de satisfaction.

— Et c'est tout ?

— N'est-ce point assez ? se vexa-t-il.

Je lui souris avec chaleur.

— Si, si. Je suis bien aise que le grand Merlin m'ait remarquée.

— Et votre petiote aussi.

— Et ma petiote aussi. Quant à ce Richard... Vous conviendrez, mon cher ami, qu'il est inconnu en ma maisonnée...

Il marqua un long moment de silence pendant lequel j'avançai ma reine sur l'échiquier. Fut-ce ce qui l'amena à cette réflexion, je ne sais, toujours est-il que, répondant à mon sentiment, il prononça d'une voix profonde :

— L'est pas encore né dame de Blaye, mais sera un grand roi. Vi, sera un grand roi si votre Eloïn est à ses côtés.

Le lendemain, il ne se souvenait pas d'un seul des mots qu'il avait prononcés, accusant une migraine profonde qui le fit pendant quelques semaines vénérer plus encore qu'avant cette cervoise à laquelle il avait fait des infidélités.

Quant à moi, j'en demeurai troublée. Peut-être était-il temps de creuser la question avec Thomas Becket. Il avait toujours été de bon conseil lorsque je m'étais sentie égarée et, depuis mon retour auprès d'Henri, nous avions quelquefois évoqué cette peur qui me tenait de voir les époux royaux s'entredéchirer.

11.

Depuis qu'Henri l'avait pris pour chancelier, Becket avait fort à faire et semblait nourrir un goût plus prononcé qu'avant pour les flatteries, le pouvoir et ces chasses effrénées dans lesquelles Henri l'entraînait. Regrettant le prélat que j'avais connu à Paris, vêtu sobrement et tourné vers les gueux, je le lui avais fait remarquer quelques jours plus tôt, amenant sur son front une ride soucieuse et cette réflexion qui m'avait émue :

— Je le découvre dans vos yeux, ma petite sorcière. Gardez-les toujours ouverts pour m'épargner de sombrer dans la médiocrité, à l'exemple de ces prélats que j'ai tant décriés dans ma jeunesse. Si un jour, pourtant, vous me voyez perdu, alors priez pour moi, car, ce jour venu, je ne mériterai plus votre affection ou votre amitié, seulement votre pitié.

— Je vous crois bien assez vigilant, mon père, pour vous en garder.

Il avait hoché la tête avant de me quitter, appelé aux affaires du royaume qui nécessitaient son autorité.

Rassérénée par cette complicité retrouvée, je le trouvai dans une des absides de l'abbaye de Westminster, illuminée par les scènes baignées de soleil des longs vitraux qui la cernaient. À cette heure, il s'y rendait souvent seul pour prier. Retenant mes pas sur les dalles de la travée afin de ne pas troubler le silence environnant, je me glissai jusqu'à lui et m'agenouillai à ses côtés, face à l'autel de marbre au-dessus duquel un christ veillait. Courbé sur le dossier d'un des prie-Dieu de la rangée précédente, Thomas Becket avait posé son front sur ses mains jointes. J'attendis qu'il le redresse.

— Une urgence, mon amie ?

— En quelque sorte…

Il s'accorda encore le temps d'un signe de croix puis tourna son visage aux yeux d'un bleu limpide vers moi.

— Je vous écoute.

À voix toujours basse, je lui rapportai mot pour mot la conversation que j'avais eue avec Geoffroy de Monmouth. Comme je m'y étais attendue, il s'en montra troublé.

— Vous songez à votre prémonition, n'est-ce pas ?

— Oui, telle qu'en les termes tirés de la *Vita Merlini* : « *L'aigle de l'alliance brisée se réjouira en sa troisième nichée.* » Mais d'autres mots y ont été associés alors : « *De Richard renaîtra l'espoir oublié.* » J'avais compris qu'Aliénor lui donnerait naissance un jour, mais je n'imaginais pas que ma fille lui serait liée.

Il haussa ses épaules carrées, restes de la lutte qu'il avait pratiquée en ses jeunes années.

— En quoi est-ce étonnant, Loanna ?

— Je devais être la dernière dans l'ombre des rois d'Angleterre. Elle n'était donc pas appelée à me succéder. L'angoisse m'étreint le cœur, mon père. Il faudra qu'un événement gravissime change cette vérité. Et je redoute que vous n'y soyez mêlé.

Les genoux douloureux d'être restés trop longtemps pliés, il s'aida du dossier devant lui pour se relever.

— Je n'ai pas votre prescience pour en juger.

Je lui rendis son sourire.

— Cette fois, elle me laisse aveugle.

Il pressa mon épaule qu'un léger mantel recouvrait.

— Ne cherchez pas à la brusquer et vivez au présent, puisqu'il vous comble de bienfaits. Demain verra se dessiner les réponses aux questions qui vous harcèlent, lors vous vous porterez au-devant d'elles, avertie de votre instinct. Ne vous a-t-il pas toujours guidée ?

Je soupirai.

— Je ne suis plus votre petite sorcière, Thomas Becket, vous le savez bien. Mes pouvoirs ce jourd'hui se réduisent à quelques visions, et encore, peu fréquentes. La dernière, je vous l'ai dit, fut en ce lieu même, au moment du couronnement d'Henri. Vous succombiez sous les coups d'estoc de quatre hommes masqués et vous m'avez moquée de m'en être inquiétée.

Il étouffa un rire sec qui résonna pourtant comme un blasphème sous les voûtes de la cathédrale. Se reprit aussitôt, les traits éclairés de gaîté.

— Ne sous-estimez pas votre influence sur ce qui vous entoure. Voyez, quelques secondes en votre compagnie et je frôle le paganisme en souillant la rigueur de ce lieu.

— J'en suis navrée.

— Je n'en crois rien, Loanna de Grimwald, et je ne songe en aucune manière à vous le reprocher. Plutôt à vous faire entendre ce que vous refoulez. La magie est toujours en vous. Près de vous. Souvenez-vous de nos débats sur l'île de la Cité. Vous disiez la respirer dans le souffle du vent, contre l'écorce d'un arbre, et je vous répondais que c'était en vérité le parfum de Dieu. Qu'importent les croyances. Écoutez et vous entendrez, regardez et vous verrez. Si Geoffroy de Monmouth le peut, vous le pouvez aussi. D'une autre manière qu'avant, mais nous sommes tous portés à nous transformer. Perdons-nous pour autant nos rêves, nos espoirs, nos ferveurs ? Pas si nous accordons à l'amour, et à l'amour seul, de nous guider.

Comme à chacune de nos rencontres, je me sentis apaisée.

— Allez dans la paix du Christ mon cher ami.

— Et vous dans celle du cœur, me répondit-il en clignant un œil complice.

Côte à côte et sans plus parler, nous remontâmes la travée. Parvenus sur le parvis, sous un soleil aussi franc que nos échanges l'étaient, nous nous séparâmes en nous souhaitant une bonne journée.

Les jours qui suivirent arrondirent tant Aliénor qu'elle dut délaisser sa jument au profit de litières, plus confortables. Pour autant, elle ne ralentit pas ses promenades. La cour ne vivant plus que des découvertes d'Henri, un pique-nique avait été organisé près de la ville de Salisbury, au mitan des pierres levées joliment appelées « danse des géants[1] ». Si beaucoup se troublèrent de l'imposante majesté de cet ensemble de menhirs et de dolmens, moi seule y perçus le souffle des anciens rites druidiques et je ne le quittai au soir venu qu'infiniment troublée, comme si quelque message avait voulu m'atteindre sans que je sois parvenue à le déchiffrer. Dans la foulée, semblant vouloir ravir plus encore ses gens et m'enfermant dans cette certitude, Aliénor décida de répondre à l'invitation de Renaud de Cornwall qui lui avait offert séjour à Tintagel. Le chantier de reconstruction du château avançait grandement et je me trouvais aussi impatiente de les voir que la reine. Décision fut donc prise de laisser nos enfants à Londres pour quelques jours et de nous y rendre sans plus tarder.

En milieu de cet après-midi de la Saint-Jean, profitant d'une chaleur douce et d'un ciel clément, nous dépassâmes le petit village de Trévena et nous nous trouvâmes enfin en vue de la presqu'île sur laquelle l'imposant castel se dressait. En franchissant le pont naturel qui reliait la côte à ce pro-

1. Stonehenge.

montoire rocheux battu par les vents, la vue me coupa le souffle. Illuminée par la forte lumière estivale, la mer opposait sa teinte vert turquoise au gris patiné de l'ardoise. Un vol de mouettes rasait l'écume. Certaines se posaient sur une mince plage, en contrebas, d'autres, soulevées par le vent, planaient jusqu'à nous avant de repiquer.

— Au pied de la falaise se trouve la grotte de Merlin. Un chemin escarpé, creusé dans la roche, y mène encore.

Geoffroy de Monmouth tendit son index pour m'en indiquer le tracé entre deux failles tandis que nos montures avançaient, côte à côte et d'un même pas, sur l'étroite bande rocheuse.

Je ne répondis pas, en quête de ce souffle que je devinais présent autour de moi et que, de toute évidence, mon compagnon de route avait dû percevoir à sa première visite. Comment, sinon, aurait-il pu rédiger pareille épopée ? Semblant vouloir accréditer mes pensées, il inspira une bouffée chargée d'embruns avant de poursuivre :

— Savez-vous que seul le hasard me guida en ces lieux? L'héritage d'une vieille tante qui tenait relais tout près. Je ne l'avais seulement jamais rencontrée. À croire qu'Arthur lui-même m'y attendait.

Devant nous, la litière d'Aliénor s'était arrêtée, sans doute pour la laisser jouir de la vue. Nous fîmes halte derrière, donnant à notre suite le signal de ne plus bouger. C'est à ce moment précis que je perçus le silence. Le vrai silence. Celui que maintes fois j'avais éprouvé à Brocéliande, lorsque le temps se suspendait. Écouter et non plus entendre. Voir et point seulement regarder, m'avait fait me souvenir Thomas Becket. Je laissai l'émotion m'envahir, un souffle bienfaisant me balayer. Et, soudain, le castel m'apparut sur son éperon barré tel qu'il fut dans sa splendeur passée. Les deux monastères l'encadraient, faisaient corps avec lui, comme si en cet endroit Dieu s'était mêlé aux hommes pour suivre le mouvement des navires, et, derrière cette ligne sombre qui, à l'horizon, figurait la fin du monde, chercher à entrevoir le paradis.

Une voix douce, aussi limpide qu'une eau de source, coula en moi.

« La magie est toujours tienne, Loanna. Souviens-toi. Rien ne se crée, tout se transforme. Tu voulais n'être qu'une femme aux côtés de Jaufré, tu l'es devenue. Mais en reprenant ta place auprès d'Henri et Aliénor, c'est cette part rejetée de toi que tu as rappelée. J'ai toujours été et resterai toujours à ton côté… »

Merlin.

Mon cœur se gonfla d'une joie sereine, tandis que la vision des échafaudages accrochés aux vieilles pierres me ramenait à la réalité.

— Dame Loanna ?

Je tournai la tête vers Geoffroy de Monmouth.

— J'ai cru un instant vous avoir perdue dans cette envolée de chaleines et de cornemuses, s'amusa-t-il.

— Plaît-il ?

Il tendit un doigt vers l'avant, en riant de mon air soudain hébété. La musique emplit alors mon oreille, remplaçant celle des oiseaux de mer que la puissante sonorité des instruments avait effrayés. Ses porteurs, à pied, précédaient Renaud de Cornwall sur son destrier. En tant que nouveau seigneur du lieu, il s'en venait à notre rencontre. Sans plus attendre, dans le sillage d'Aliénor, je donnai à Granoë, ma vieille jument, signal d'avancer.

12.

Couvreurs, maçons, tailleurs de pierre et menuisiers avaient rangé leurs outils la veille de notre arrivée, laissant les gens du seigneur de Cornwall préparer les festivités. L'imposant donjon à la toiture neuve nous offrait un abri sûr contre les possibles tempêtes du solstice d'été, de même qu'un des monastères, entièrement rénové, qui devait accueillir nos nuitées. Renaud de Cornwall, fils naturel du roi Henri Ier Beauclerc et, par conséquent, demi-frère de l'emperesse, avait toujours été un fervent partisan de la cause angevine contre Étienne de Blois. Pacifique, enjoué et défenseur attitré des anciennes coutumes, il s'était aussitôt rangé à l'espoir d'Henri de ranimer ce lieu mythique. Lors, le courrier d'Aliénor y acceptant festoy l'avait ravi au point qu'il avait relu l'*Historia regum Britanniae* de Monmouth dans l'idée d'en reproduire quelques effets.

Tandis que nos malles étaient descendues et transportées, notre hôte, acceptant avec fierté le bras de la reine, nous fit découvrir la grande salle voûtée aux épais piliers de granit. Des tables avaient été dressées en forme de fer à cheval, joliment recouvertes de nappes brodées d'orfroi et de vaisselle d'argent. Des pages habillés d'hermine ou de vair, comme aux belles heures de la cour d'Arthur à Caerleon, attendaient, immobiles et droits, l'heure de nous servir.

— Patience, Votre Majesté, patience, l'exhorta notre hôte, en voyant Aliénor s'enthousiasmer des parfums de rôtis qui chatouillaient nos narines.

Traversant l'espace, il nous mena à une seconde double porte cintrée qui faisait pendant à celle par laquelle nous étions entrés. Face à elle, sur le plateau verdi d'une herbe rase, la chapelle tournait son transept au sud-ouest. Nous y pénétrâmes par deux marches creusées dans le roc, poli pour servir de plancher. Éclairé par l'oblique de deux vitraux qui représentaient, l'un, le couronnement d'Arthur, l'autre, Joseph d'Arimathie recueillant le sang du Christ dans le calice, le prêtre nous invita à nous asseoir. Je respirai avec plaisir l'odeur chaleureuse du bois fraîchement travaillé, certaine qu'Aliénor songeait comme moi que c'était un peu de sa terre d'Aquitaine que le lieu hébergeait. Lorsque la messe fut achevée, Geoffroy de Monmouth, penché vers mon oreille, me désigna l'autel.

— Regardez attentivement ses pieds, nous les avons crus posés sur le granit, en réalité ils en sont le prolongement. Je pense que cette plaque date de la construction du monastère et qu'elle est elle-même antérieure à la naissance d'Arthur. Depuis combien de temps ce site est-il habité, je n'ose seulement l'imaginer…

Je me gardai de répondre qu'il l'avait toujours été.

Au sortir de la chapelle, la faim, aiguisée par le voyage, nous tenait tous. Mais pas autant encore que la curiosité. Nous longeâmes le jardin, rendu aux orties et à la lande. Au centre, des valets achevaient de croiser des bûchettes sur un imposant tas de bois que cette nuit du solstice d'été verrait s'embraser. S'en désintéressant, Renaud de Cornwall nous mena à l'extrémité ouest de la presqu'île que des vaisseaux longeaient. Entre le jardin et la mer, un tunnel s'ouvrait dans la roche, profond de une toise, devant lequel nous reformâmes cercle.

Le doute ébranla soudain la silhouette élégante bien que massive de notre hôte, tandis que sa main carrée rejetait une mèche blonde et bouclée.

— Je ne comprends pas l'utilité de cette creusée. Elle débouche sur l'à-pic. Peut-être existait-il autrefois une petite terrasse naturelle depuis laquelle on pouvait promener un œil rêveur.

— Ou deux amants se retrouver, se pâma Sibylle d'Anjou qui soupirait pour un baron normand.

L'on gloussa dans les rangs. Convaincu du plaisant de sa surprise, sir Renaud nous invita à pénétrer dans l'arche deux par deux. Aliénor et lui s'y enfoncèrent les premiers. De fait, ce fut un jeu ravissant d'y demeurer quelques minutes avant de laisser son tour. Lorsque nous nous y arrêtâmes, Jaufré et moi, le soleil traçait une oblique brûlante vers l'onde. Je clignai des yeux. Il bisa mon front. Se retint de descendre sur mes lèvres puisque à l'autre bout l'on nous observait.

— Tu rayonnes de lumière autant que cet astre, mon aimée. Preuve que la magie de l'endroit a révélé celle qui sommeillait en toi, murmura-t-il à mon oreille.

Je lui souris avec tendresse.

— Tu me connais bien, Jaufré de Blaye.

— Mieux encore que tu ne l'imagines, ma petite fée.

— Alors, allez-vous laisser la place ? s'impatienta une voix rieuse derrière nous.

Rosamund Clifford. Une fort belle jouvencelle d'à peine quatorze ans que son père, un des seigneurs anglo-normands, proche d'Henri, avait nouvellement placée comme dame de compagnie auprès de la reine.

— Voilà, voilà…

Nous quittâmes la voûte, emplis d'une même chaleur.

Le banquet fut somptueux. Digne de l'un de ceux qui avaient régalé autrefois Arthur et ses chevaliers. Pâtés et tourtes se succédèrent en entrée, puis ce furent des quartiers d'agneau aigre-doux parfumés de cannelle et de gingembre, des cygnes farcis aux raisins secs, une mijotée d'œufs de caille, des naves au miel et aux épices, des flans au lait d'amande et, en yssue de table, toute une série d'oublies, mestiers, et gros bâtons que pas moins de douze oublieurs firent cuire entre deux fers.

Les entremets nous régalèrent de pitreries et de vieilles comptines corniques jusqu'à la nuit tombée.

C'est alors que Renaud de Cornwall nous invita à gagner le jardin. Le feu de la Saint-Jean y dardait ses flammes, laissant quelques-unes d'entre elles s'effilocher dans un crépitement avant de s'envoler puis de s'éteindre tout à fait. La nuit, splendide, déployait son mantel d'étoiles au-dessus de nos têtes, malgré l'intense lueur du brasier. Même le vent, qui, jusque-là, avait hurlé sur le tertre, s'était tu. Comme s'il avait voulu lui aussi entendre Geoffroy de Monmouth lire devant tous et d'une voix forte des passages de son *Historia regum Britanniae.* Cet hommage au roi Arthur, sir Renaud l'avait voulu complet. Vêtus comme dans le roman et chargés de falots, des personnages promenèrent soudain leurs silhouettes fantomatiques aux fenêtres du dernier étage du donjon, tandis qu'éclatait à nos narines le parfum poivré de la menthe sauvage foulée par nos pieds. Soudain, mon cœur s'emballa dans ma poitrine. Il était là. Merlin. Accoudé à l'une d'elles, réjoui de cette assemblée qui perpétuerait longtemps la mémoire de cette terre enchantée. Il disparut presque aussitôt. Trop tôt, me laissant entre le rêve et la réalité. Pourtant, lorsque Guenièvre et Aude lui succédèrent, je poussai un petit cri de surprise. Une fraction de seconde, leurs sourires mêlés. Elles s'évanouirent dans l'obscurité. Jaufré se pencha à mon oreille.

— L'emperesse disait vrai. Eloïn sera tout son portrait.

Mon cœur enfla d'émotion. Il les avait vues lui aussi. Autour de nous on riait, tremblait à l'évocation des joutes et des dames à la beauté sans pareille, sans savoir que deux d'entre elles étaient resurgies du néant pour me saluer.

Le lendemain vit accourir la fine fleur de la chevalerie anglaise avec ses équipages et ses fringants destriers. Un grand tournoi était prévu sur la frange côtière, là où s'élèverait quelques mois plus tard une autre aile du château. Pour l'heure, le chantier ayant à peine été implanté, l'espace offrait une belle surface pour que les seigneurs puissent s'affronter. Toute la matinée occupa la valetaille à dresser les échafauds et à baliser les lices de ballots de paille, tandis que nous poursuivions par petits groupes et de manière informelle notre visite du site. Il était loin de nous avoir, la veille, livré toutes ses curiosités. Aidée de Geoffroy de Monmouth et du jeune Chrétien de Troyes qui buvait le moindre de ses mots, je descendis avec Jaufré les marches érodées qui menaient à la grotte. L'attraction particulière qu'elle provoquait en moi me fit ignorer l'inquiétude de sir Renaud quant aux probables éboulis. Pourtant, à plusieurs reprises, face à l'ardoise dont des plaques entières s'étaient détachées, je manquai rebrousser chemin. Si Geoffroy de Monmouth ne m'avait précédée, affirmant qu'il avait lui-même tâté le terrain quelques mois plus tôt, sans doute eussé-je laissé ma raison l'emporter. Je ne fus pas déçue, pourtant. Sous une grève étroite ceinturée par la roche, la petite anse était un véritable refuge pour les oiseaux. S'il était difficile de les voir de plus haut, il nous suffit cette fois de balayer les parois de nos regards protégés par nos mains en visière pour découvrir des nids en chaque anfractuosité. La grotte elle-même n'était qu'une arche de pierre, au sol rendu irrégulier par des rochers affleurants. Aux grandes marées, elle disparaissait. Pour l'heure, seul le sable mouillé, quelques algues et une forte odeur marine révélaient encore que la nuit précédente l'avait bassinée.

— Approchez, dame Loanna. C'est ici…

Je cherchai des yeux Geoffroy qui s'y était enfoncé de plusieurs toises. La pénombre estompait le plombant de la muraille naturelle où je le devinai. Demeurés dehors, comme si une main invisible leur avait interdit d'entrer, Jaufré et Chrétien de Troyes discutaient plaisamment, l'imagination de ce dernier semblant vouloir supplanter le travail d'historien de son maître et embellir encore la légende d'Arthur.

— Je l'écrirai, messire, croyez-moi, je l'écrirai, l'entendis-je affirmer au moment où j'atteignis le fond de la salle.

Malgré le rai oblique de lumière qui pénétrait à peine la moitié du lieu, mes yeux s'étaient habitués à son faible éclairage. Je pus sans peine distinguer l'anfractuosité à hauteur de plafond que Geoffroy de Monmouth me désigna.

— C'est dans cette cavité que j'ai trouvé les livrets. Ils étaient roulés dans une grosse cartouche de cuir, imprégnée d'huile à l'extérieur et de chiffes odorantes à l'intérieur. Une fois dégagés de cette protection, ils n'avaient pas même l'odeur d'humidité.

— Je croyais que l'eau atteignait le plafond.

— Nous sommes plus haut que l'entrée, me fit remarquer l'évêque avant que je ne constate moi-même que la cache était plus encore surélevée. Une poche d'air devait subsister dans la grotte même à l'heure des fortes marées.

— Où sont-ils ce jourd'hui ?

Geoffroy haussa les épaules.

— Je l'ignore. Le roi me les lui a fait remettre avant de m'annoncer qu'ils seraient désormais au secret et que, dans le dessein de les préserver, nul, pas même moi, ne les reverrait.

Je m'abstins de commentaire. Henri s'était bel et bien approprié, avec l'Angleterre, son histoire et sa légende comme un trophée. Je refusai de m'en agacer. J'aurai aimé soudain être seule pour tenter de renouer le lien avec Merlin ou mes mères, mais j'y renonçai. Le temps viendrait et, pour ce faire, Brocéliande serait bien plus appropriée.

13.

Aux premières heures de l'après-midi, alors que la population des alentours s'était peu à peu rapprochée et installée en pourtour, les chevaliers corniques étaient fin prêts. Si quelques-uns subissaient encore les vérifications d'usage de la part de leurs écuyers, qui pour resserrer une armure, qui pour ajuster un heaume, la plupart étaient juchés sur leurs destriers, la lance à la main, parés à s'exécuter. Aliénor s'était assise au premier rang de l'échafaud sous un dais chatoyant. J'étais à la droite de ma reine, à côté de Jaufré. Sir Thomas et Geoffroy de Monmouth à gauche. Tous dans l'impatience de les voir s'avancer.

Répondant à la fébrilité ambiante, les hérauts se placèrent enfin de part et d'autre de l'allée centrale, leurs cornets à bouquin à la main.

Aliénor se dressa. Sa longue chevelure d'un châtain cuivré tressée avec des lacets multicolores, elle était superbe dans son long bliaud immaculé, rebrodé d'orfroi, que soulignaient, aux manches et à l'encolure, des frézeaux dorés. Une ceinture aux cabochons de rubis affirmait le galbe rond de sa taille comme une promesse de plus pour l'Angleterre. Elle leva le bras, tuant les conversations sur les bancs. Aussitôt qu'il fut retombé éclata le timbre clair des cuivres.

La parade commença. L'un derrière l'autre, annoncés haut et fort, les seigneurs en lice vinrent incliner leur front devant leur reine, révélant leur visage tantôt jeune, tantôt plus âgé, mais chacun empreint autant de fierté que de respect. Vingt étaient prévus. Un vingt et unième se présenta dans la lancée d'un grand galop qui l'avait arraché à la route.

Le cœur d'Aliénor bondit dans sa poitrine.

Cette chevelure rousse qui flamboyait, ce rire tonitruant, cette posture arrogante qui le maintenait debout sur les étriers. Comme moi elle l'eût reconnu entre mille.

Henri.

D'une main, il immobilisa son destrier devant elle. L'autre brandissait vers l'azur Caledfwlch, l'épée d'Arthur.

— À présent, ma reine, le tournoi peut commencer, lâcha-t-il joyeusement avant de saluer l'assemblée.

Quelques minutes plus tard, descendu de cheval sous les acclamations de ses vassaux, il nous rejoignait. Au passage, il tapota chaleureusement l'épaule de Geoffroy de Monmouth puis donna l'accolade à Renaud de Cornwall, avant de nous sourire à Jaufré et à moi.

— J'aurais grand plaisir à m'asseoir auprès de mon épouse.

Je me décalai sur le banc. Henri s'y inséra, rosissant de son contact les joues d'Aliénor.

— Pardonnez mon retard, ma reine. Votre courrier me fut livré plus tard qu'il n'aurait dû.

Il lui enleva la main, tremblante du trouble qu'il lui provoquait, pour en embrasser la paume. Revenus à leur office, les hérauts claironnaient le premier affrontement.

Aliénor gloussa.

— Pas un instant je n'ai douté de finir avec vous cette journée.

Quant à moi je restai perplexe, car à aucun moment Aliénor ne m'avait annoncé qu'Henri, fort occupé sur le continent, y avait été convié.

L'après-midi durant, les chevaliers enchaînèrent les épreuves avec dextérité et bravoure. Dès la première, Henri avait annoncé qu'il n'était point question ici de régler querelle. Qui mordrait poussière garderait terre et privilège. Une seule lice à outrance serait autorisée, pour laquelle la rançon du vaincu serait symbolique. À peine une poignée de deniers. Cette lice serait pédestre et à l'épée à deux mains. Au terme du tournoi, le seul honneur que le grand vainqueur recevrait serait de croiser le fer avec celle que Geoffroy de Monmouth avait rendue célèbre sous le nom latin de Caliburnus. Henri lui même l'empoignerait.

Pour laisser au vainqueur le temps de récupérer et à Henri celui de s'apprêter, un second tournoi d'archers avait été prévu. Il débuta alors que de gros nuages s'amassaient par l'ouest. Pour autant, les cibles ayant été accrochées sur un mur de paille qui offrait rempart au vent légèrement forci, les flèches filèrent droit, justifiant la réputation d'habileté et de précision des Anglais. Ce fut un certain Lowen Baldouin, petit seigneur de la pointe sud des Cornwall, qui l'emporta sous les hourras, par vingt fois mouche en cœur de cible contre dix-huit. À peine âgé de treize ans, il reçut des mains de sa reine une manche brodée de deux lions qu'il brandit en triomphe, lui jurant haut et fort dévouement et fidélité.

— Gardez-les précieusement au cœur, mon jeune ami, et priez chaque jour pour que je n'aie besoin de vous les réclamer, l'en remercia Aliénor avec sincérité.

On débarrassa la place, puis les hérauts annoncèrent la lice royale, dans un silence d'autant plus tendu que, succédant aux cuivres, un roulement de tonnerre s'était élevé.

Henri avait revêtu haubert à triple maille qui lui battait les genoux et lui recouvrait le crâne. À l'égal de son adversaire, il vint s'incliner devant Aliénor.

— Pour l'honneur, dit-il en portant le pommeau de l'épée d'Arthur à son front puis à son cœur.

— Pour l'honneur, répéta sir Thomas Enguelwen, un jeune loup au regard de braise et à la vigueur impressionnante, avant de faire de même.

Les dominant de la hauteur de l'estrade, la main posée sur son ventre agité de soubresauts, Aliénor afficha un sourire franc.

— Une lice à merci, messires, aux armes de même poids, même calibrage et sans rançon demandée. Point de coups bas ou plus haut que l'épaule. Toute blessure trop sanglante sera examinée, et, si besoin, statuera d'autorité la fin du combat. En acceptez-vous règlement ?

— Moi, Henri Plantagenêt, roi d'Angleterre, je l'accepte devant ma reine qui en est témoin et sa cour assemblée.

— Et vous, sir Enguelwen ?

Ce dernier fit un pas en avant.

— Si le choix du champ m'est accordé.

Henri fronça sourcil. Aliénor sentit son pouls s'accélérer. Fallait-il toujours qu'il en soit un pour défier leur autorité ? songea-t-elle. Elle n'en laissa rien paraître pourtant.

— Je vous écoute…

— Puisque l'honneur m'est fait de croiser Caliburnus, que ce soit en Tintagel, Votre Majesté. Au-dessus de la grotte où elle fut forgée.

Un murmure d'approbation roula dans l'assistance, et la tension d'Aliénor se dénoua dans l'œil brillant d'Henri.

— Que voilà grande idée ! s'exclama ce dernier.

— En ce cas, sir Enguelwen, votre désir devient nôtre dès lors que votre serment vient l'engager.

Il posa un genou à terre, piqua l'herbe rase de la pointe de son épée.

— Moi, sir Thomas Enguelwen, des Hautes Terres de Cornwall, j'accepte règlement de lice devant ma reine, mon roi et docte assemblée.

Aliénor leva les yeux vers un ciel ramassé, jugea qu'il laisserait aux deux hommes le temps de se frotter, puis, fortement pour couvrir le vent d'orage, nous invita à les accompagner.

Le premier engagement provoqua une gerbe d'étincelles sur ce pont naturel qui reliait la presqu'île à la côte. Plombé par le ciel bas, pressé de moutons noirs, le donjon, derrière les deux hommes, offrait soudain une impression de masse qui écrasait leurs silhouettes gantées. D'égale stature et d'âge équivalent, ils promettaient combat vaillant. De fait, ils se jaugèrent lame contre lame quelques minutes, bâtirent un cercle de leurs pas de côté, refusant l'un et l'autre de baisser le premier la garde. Sir Thomas finit par s'y rendre en sautant brusquement par le travers pour se libérer. À peine surpris, Henri se réappropria l'espace, fit jouer Caliburnus à son poignet pour en assouplir la tenue puis fendit de l'avant. Sir Thomas ne se défaussa pas. Habile combattant, il avait toujours vaincu ses adversaires dans des guerres de clan où, très tôt, son père l'avait entraîné. Il accusa le choc de l'acier sans sourciller et contra chaque coup porté, le rendant aussitôt avec la même puissance. Jambes écartées, genoux légèrement fléchis pour encaisser le mordant de Caliburnus contre sa fidèle Alderne, il savait se déplier à l'égal d'Henri, le laissant estoquer dans le vide et sitôt piquer de revers. À plusieurs reprises, de part et d'autre, les mailles des hauberts accusèrent l'impact. Qui à la poitrine, qui à la taille, qui à l'avant-bras, et enfin à l'omoplate, dans un mouvement latéral qui ouvrit feinte à Henri.

Depuis la frange côtière où nous étions restés, étirés dans un même espoir de n'en rien perdre, nous les regardions jouer ce ballet guerrier avec le même souffle suspendu.

Lorsque le premier éclair déchira le ciel, je n'en perçus que la fulgurance, pas le danger. Mais, en quelques minutes qui virent se multiplier les zébrures et les rapprocher des deux hommes, je compris que l'acier les attirait, et plus encore celui de Caledfwlch, si particulier. Je saisis Aliénor par le poignet, lui montrai les arcs d'argent qui, se concentrant, tombaient du ciel ou jaillissaient du roc tout autour d'eux en des bras rampants et furtifs. Leur beauté était telle qu'elle rendait brusquement chacun imperméable à la crainte, au vent qui, à présent, balayait de manière trop vive nos garnaches, décollait le chapel des hommes, décoiffait chapelet ou tressoir des dames dans un vacarme tel qu'il me fallut hurler pour être entendue.

Aliénor blêmit. S'arrachant à sa contemplation, elle chercha des yeux sir Renaud qui s'était éclipsé. Elle le trouva plus loin, auprès de l'écuyer de sir Thomas. Elle n'avait pas fait un pas dans leur direction que le jouvenceau prenait à la course le chemin de Tintagel pour séparer les deux hommes. Je m'en rassurai. Le seigneur de Cornwall et ses gens connaissaient leur terre. Avant qu'il soit long, les épées seraient remises au fourreau et les combattants abrités. Redevenue confiante, je reportai, comme Aliénor resserrée près de moi, mon attention sur ces derniers.

Ils paraissaient ne pas prendre conscience des éléments qui se déchaînaient à présent sur la lande, des gouttes de pluie épaisses qui, disparates encore, s'écrasaient sur leur visage. Ils ferraillaient puissamment, donnant l'illusion d'être reliés par leurs épées. Sans ralentir son pas, l'écuyer agitait les bras pour attirer leurs regards. Sans doute criait-il aussi, car, finalement, ils baissèrent simultanément leur garde.

Sir Thomas recula, pour entendre ce qu'on lui voulait. Moi je ne vis qu'Henri, tournant soudain sur lui-même, surpris par les langues scintillantes qui cherchaient sa lame de tous côtés. Il la déplaça de gauche, puis de droite, en mouvements amples que des filaments bleutés suivaient. Mon cœur se figea. Il riait. Tel un enfant chatouillé, cet inconscient riait !

Le valet fit un pas vers lui, lui enjoignant sans doute de poser l'épée comme venait de le faire sir Thomas. Henri n'écouta pas. Défiant l'orage, il pointa Caledfwlch vers la voûte nuageuse. Un trait la déchira. J'entendis hurler à mon oreille. Était-ce moi ? Aliénor ? La fraction de seconde suivante, Henri disparaissait dans un éclair d'une telle luminosité que nous en fûmes aveuglés.

Ce qu'il advint ensuite nous marqua tous, profondément.

Fut-ce Henri qui lâcha enfin l'épée ? Lui fut-elle arrachée par quelque force invisible ? Je n'aurais su le dire. Toujours est-il que nous la retrouvâmes plantée à moitié lame dans la roche, en plein mitan du pont naturel qui se lézarda à vive allure en faisant trembler le sol jusque sous nos pieds. Henri, noirci de bas en haut et hirsute, avait été repoussé contre le donjon où il s'était écroulé. Je ne sais si sir Thomas et son écuyer voulurent se précipiter au secours de leur roi. Nous les vîmes perdre équilibre, se raccrocher l'un à l'autre, tandis que Caledfwlch s'enfonçait dans la brèche qu'elle avait ouverte.

Le temps d'admettre l'improbable, ils avaient disparu avec elle. En place du pont naturel, un gouffre s'ouvrait à présent devant nos pieds. De l'autre côté, Henri avait cessé de bouger.

14.

J'ignore lequel de nous réagit le premier.

Sous cette pluie drue et froide qui crépitait à présent dans une pénombre de plus en plus dense, le castel de Tintagel s'estompait lentement. Demeurer sur place, au bord de l'à-pic, relevait d'un non-sens. Sa largeur elle-même nous interdisait toute tentative de secours, que ce soit pour les deux malheureux ou pour Henri. Bien plus sûrement nous risquions, frêles silhouettes ballottées de rafales sournoises, d'y plonger à notre tour. Le dos courbé, nous battîmes retraite vers les campements dans un désordre qui abandonna à la tourmente et à la boue soudainement formée quelques chapels et souliers. Les tentes semblaient vouloir s'arracher aux filins qui les tendaient. Nos gens s'y entassèrent pourtant, trempés, et, pour ceux qui avaient chu sur l'herbe glissante, crottés de la tête aux pieds. Le même effarement se lisait sur les visages, la même interrogation. L'Angleterre avait-elle toujours un roi ? En quoi Dieu avait-il été offensé ? Eussent-ils voulu parler que les hurlements du vent auraient éteint les timbres. Ils se contentaient de fixer le plafond en se demandant s'il n'allait pas crever et les noyer sous les poches d'eau qui s'y formaient.

Jusqu'à ce qu'elle soit au sec sous la bannière du petit archer qu'elle avait remercié, Aliénor avait porté son ventre sous ses bras repliés, comme un trésor jalousement gardé. Jaufré d'un bord, moi de l'autre, nous l'avions soutenue dans sa course, tant cette vision effroyable l'avait fait chanceler. On s'empressait de lui verser à boire, de lui sécher les épaules avec une couverture. De la rassurer.

Indifférente à mon propre état, j'attirai Jaufré dans un coin de la modeste tente, gonflée parfois à éclater par les rafales qui s'y engouffraient. Je hurlai à son oreille :

— Reste auprès d'elle...

Son œil sonda le mien, y trouva la détermination et la confiance qu'il y cherchait. Il hocha la tête. Sans plus attendre, je détachai un des pans de l'ouverture et me glissai dehors.

J'avais besoin d'être seule. Seule face aux éléments déchaînés. De fait, à l'exception des chevaux affolés, qui, à quelques pas de là, se cabraient contre les barrières des enclos dans l'espoir de les briser, tous s'étaient abrités. L'échine courbée, je songeai aux paroles de sir Renaud, la veille :

« Nos tempêtes de solstice peuvent s'avérer violentes, c'est pourquoi j'ai pris soin de vous loger dans celui des monastères dont la rénovation est la plus avancée. Vous y dormirez à l'abri. Au matin, ma reine, vous saurez à peine que les vents ont soufflé.

— Et si elle nous cueillait durant le tournoi ?

Il s'était mis à rire.

— Nous aurions alors le temps de traverser. Mais je n'ai aucune inquiétude à ce sujet. Ainsi que le dit un de nos dictons corniques : "Si les flammes de la Saint-Jean lèchent le pied des étoiles au lieu de filer, la tempête sera asséchée." »

Il avait dit vrai. Pas une once de vent à la nuitée de la veille, et ce jourd'hui avait été plus clair que jamais. Le seigneur de Cornwall, averti du tonnerre tantôt, ne s'était pas davantage inquiété, affirmant que, tout au plus, on verrait une ondée. Or, qui mieux que lui connaissait cette terre, abrupte, sauvage et indisciplinée ? Il n'aurait pas pris le risque d'exposer son roi, pas pris le risque de se tromper.

Je m'enfonçai dans cette nuit anormale jusqu'à retrouver le vide devant mes pieds, acceptant enfin de rouvrir en moi tous les canaux que j'avais définitivement crus fermés. Quelques secondes d'une lutte acharnée contre les éléments suffirent pour que je sente enfin en eux les doigts d'acier des anciens maléfices. Et que, dans ces hurlements prêtés injustement au vent au travers des anfractuosités de la roche, je distingue ceux des défunts que cette terre avait aimés. La malédiction du tombeau d'Arthur avait parlé. Caledfwlch n'appartenait plus aux hommes. Henri avait été fou de s'en emparer.

— Impétueux serait plus juste…

Je tournai la tête vers cette voix redevenue familière. Serti dans ses longs cheveux d'un blanc laiteux, comme un écrin de soie, Merlin me contemplait, lissant sa longue barbe d'une main soucieuse. Son apparition m'apaisa.

— Vit-il encore ?

— Sers-toi de tes yeux pour le vérifier.

Je les fermai. L'image, tout d'abord floue, se précisa plus vite que je n'aurais cru. Le corps s'était recroquevillé sur lui-même. Henri se tenait la poitrine, et son visage, battu par les éléments déchaînés, exprimait une douleur violente.

— Il souffre… N'y aura-t-il personne pour l'aider ?

— Personne. Les valets, qui n'ont rien vu, sont au chaud en les murs de la forteresse et les chevaliers se sont retranchés en leurs tentes devant l'évidence que rien ne pouvait être tenté. Nul ne songe à braver la tempête. À part toi, Loanna de Grimwald.

Je me tournai vers cet être sans âge dont la longue tunique d'un gris sombre semblait se fondre autant à l'ardoise sous nos pieds qu'au plafond de nuages. Son regard n'exprimait que bonté. Des larmes vinrent ourler mes yeux. Il sourit avec tendresse.

— Seul le pardon peut apaiser la colère. Est-il prêt à le recevoir ?... Et toi mon enfant, es-tu prête à le donner ?

Je me raidis. Ses paroles, de manière inexplicable, trouvaient un écho en moi.

— Je ne comprends pas...

Merlin secoua sa crinière, l'air navré.

— Alors je ne peux rien. Ni pour lui. Ni pour toi.

Quelques secondes suffirent pour faire revivre en ma mémoire l'impitoyable regard que j'avais posé sur Henri depuis qu'il m'avait violentée. Non, je n'avais pas pardonné. Mon cœur se serra.

— Il n'avait pas le droit de m'imposer cela.

— Je le sais. Mais là n'est pas la question. La question est de savoir si cette punition qu'il a invoquée en tirant Caledfwlch du sommeil est suffisante à tes yeux.

Des doigts glacés s'insinuèrent sous mes vêtements trempés. La vision de sa souffrance me frappa de nouveau : Henri grelottant, claquant des dents, les sourcils froncés, les doigts recroquevillés comme s'il avait voulu arracher la cotte de mailles. Comme s'il avait voulu s'arracher le cœur. Je revis son geste de défi sous la voûte zébrée d'éclairs. Il avait invoqué la mort. La mort et la magie. Ma magie contre lui. Pour se laver l'âme. Quitte à entraîner d'autres avec lui.

Je m'en révoltai.

— Ce n'est pas juste. Sir Thomas et son écuyer n'y étaient pour rien.

— Une vie pour une vie, Loanna. L'écuyer n'a rien. Il gît, assommé, en contrebas. Quant à son maître, seul l'orgueil est responsable de son destin. Un autre lieu n'aurait pas appelé sa fin.

Je resserrai autour de moi les pans de ma chape comme s'ils avaient pu me prémunir de ma tempête intérieure. Les vents rugirent plus fort, les précipitations redoublèrent. Merlin avait raison. C'était de ma colère, sourde et inavouée, que se nourrissaient à présent les éléments. À ce constat, elle retomba d'un bloc. Je ne voulais pas la mort d'Henri. J'écartai les bras vers le ciel en tumulte, lui offris mon visage à laver :

— J'en appelle à l'eau, au feu, à la terre et au ciel, j'en appelle à l'énergie universelle pour qu'elle guérisse et m'apaise.

Il y eut un roulement de tonnerre, puis un déchirement dans les nuées. Merlin s'était retiré, aussi discrètement qu'il s'était annoncé. Je tombai à genoux sur ce tertre, au bord du précipice, face à cette masse de pierre qui peu à peu revenait dans la lumière d'un simple rai. Elle baigna Henri, de l'autre côté. La pluie cessa. Le vent se tut. Lors, je le vis se décrisper lentement, se rassembler sur lui-même et s'agenouiller à son tour, la main toujours sur le cœur. Nos regards se trouvèrent par-delà la distance.

Je crois qu'il comprit en même temps que moi à quel point je l'aimais, cet enfant terrible, ce petit frère indomptable que j'avais tant bercé.

Les heures qui suivirent furent tout autant éprouvantes.

Si, avec Aliénor et Jaufré, je demeurai sur place, nos gens prirent route dès qu'ils furent rassurés sur le sort de leur roi. Généreusement, les seigneurs corniques réquisitionnèrent tout ce qu'ils purent de charrettes et montures dans les villages alentour pour les mener. Privées de leurs bagages bloqués en Tintagel, réduites à des mises pitoyables et grelottant malgré le soleil revenu, nombreuses étaient ces dames qui sanglotaient. Un instant, il me sembla retrouver quelque scène de la croisade. Mêmes regards hébétés, mêmes corps ballottés.

Henri s'était réfugié dans le donjon. Certains valets, encordés à une quinzaine d'autres, descendirent dans la faille. Comme l'avait affirmé Merlin, ils remontèrent l'écuyer, blessé en de multiples endroits par le tranchant des ardoises. Aucune des plaies, pourtant, ne s'avéra grave. Choqué, enfiévré, il ne put donner aucune indication sur son maître ou l'épée. Tandis que les recherches se poursuivaient, une chaîne humaine se mit en œuvre pour démonter les échafaudages, doubler des cordages afin de fabriquer un pont flottant. À la tombée du jour, il était prêt et sir Renaud donnait l'ordre de le poser. On le maintint par des piquets solidement enfoncés à plus de quatre toises du bord, là où la terre tenait couche épaisse sur la roche. Une vingtaine d'hommes en testèrent la solidité. Les vapeurs du couchant caressaient l'horizon, lorsque, enfin, sir Renaud nous accorda de traverser.

La faim nous tenaillait le ventre, le froid était toujours aussi mordant. Mais rien ne me rassasia, ne me réchauffa plus que le bonheur d'Aliénor devant son époux, toiletté et pansé, qui sortit de la chapelle à notre arrivée.

« Seuls ceux qui comptent en nos cœurs ont le pouvoir de nous blesser. Souviens-toi, ma fille, que la haine naît autant de jalousie que d'amour contrarié », m'avait enseigné Guenièvre, tandis que tantôt, me redressant sur le tertre, Jaufré m'avait serrée dans ses bras en s'affirmant fier du pardon que j'avais donné. Il avait depuis longtemps compris ce que je refusais d'accepter. J'étais à l'Angleterre et à son roi ce que j'étais à lui. Et, contre toute attente, peut-être parce que sa terre de Blaye le tenait, lui aussi, de moitié, mon troubadour ne m'en aimait que davantage d'être partagée.

Son épouse rassurée, son repentir confessé à l'abbé, ses prières dites pour sir Thomas, Henri se contenta de poser une main épaisse sur mon épaule et de me couvrir d'un profond regard. Je ne lui rendis qu'une révérence. Une lice à merci, avait réclamé Aliénor pour clôture du tournoi. Elle avait eu lieu. Entre lui et moi. Lorsque je me retirai pour me changer, je me demandai lequel de nous deux l'avait finalement emporté. Cette même nuit, le cœur broyé par une main invisible, Geoffroy de Monmouth mourait, les yeux grands ouverts sur un songe inachevé. Une vie pour une vie, songeai-je avec amertume. J'avais fait mon choix. Henri l'avait conservée. Me serais-je sentie moins coupable si un autre que Monmouth s'en était allé ?

À notre retour à Londres, Henri m'expliqua calmement que l'épée perdue ne changerait rien à sa tactique. N'avait-il pas fait réécrire l'*Historia regum Britanniae* de Monmouth en vers par ce jeune clerc lisant nommé Wace ? Son *Roman de Brut* qui réfutait l'omniprésence des chevaliers de la Table ronde au profit d'une implication plus grande de Merlin et d'Arthur dans les affaires de Bretagne et la conquête des territoires voisins faisait désormais office de vérité. Lors, se revendiquant de la lignée d'Arthur par sa découverte autant que par ma présence à ses côtés, Henri pouvait prétendre à réunir enfin les royaumes du pays de Galles sous la bannière anglaise. Il n'était en réalité revenu du continent que pour cette raison. Soutenir Madog ap Meredudd, prince de Powys, contre Owain ap Gruffydd, rebaptisé Owain Gwynedd du nom de son royaume. Je n'approuvai pas cette guerre. Henri haussa les épaules, m'embrassa sur le front, puis s'en fut rassembler son armée.

En le regardant partir à la tête de ses hommes, Eloïn secoua sa petite tête aux nattes enrubannées et prophétisa d'un ton navré :

— Le grand dragon rouge va le manger.

C'était également mon idée.

15.

Le cœur battant à tout rompre au pied de l'étroit escalier en colimaçon, Eloïn hésita. Sa petite lanterne n'éclairait qu'une portion des marches, abandonnant les autres à l'ombre de la vis. Elle jeta un œil par-dessus son épaule, tendit l'oreille. Pas un bruit. Ni devant, ni derrière. Elle se voulait grande. Plus encore depuis que sa mère lui avait demandé de l'assister mais, là, soudain, du haut de ses presque cinq ans et demi, le courage lui manquait. Elle avait pourtant suivi toutes les consignes. S'était levée et rhabillée sans bruit, avait récupéré dans un des coffres de sa chambre la petite serpe d'or que sa marraine lui avait offerte pour son anniversaire, s'était appliquée à la frotter par trois fois à la cendre tiède que gardaient jalousement les chenets dans l'âtre, était sortie du palais, en avait contourné l'aile droite puis, sous la clarté lunaire, avait cisaillé promptement les simples dans le jardin avant de les glisser dans une bourse de cendal accrochée à sa ceinture. Elle connaissait bien chacun d'eux. Ortie pour fortifier les humeurs et favoriser les montées de lait, framboisier pour détendre le bas-ventre, millepertuis pour résorber l'inflammation et aider la cicatrisation, sauge enfin pour augmenter les contractions. « Les contractions de quoi ? avait-elle demandé à sa mère quelques jours plus tôt. — Celles de la matrice », lui avait-elle répondu. Eloïn avait hoché la tête d'importance. Depuis la naissance de son frère, elle avait résolu « le grand mystère de la vie », comme se plaisait à l'appeler le père Baptiste qui lui enseignait le catéchisme. Mais elle s'était bien gardée de le lui dire, respectant là encore les recommandations de sa mère. Ne rien montrer d'un savoir qui dépassait en intuition celui de certains sages. Eloïn en avait acquis très tôt l'usage. Par des visions puissantes et angoissantes qui avaient appelé réponses, par le toucher aussi. Ses mains, pourtant toutes petites, redonnaient de l'éclat à une fleur flétrie, apaisaient la douleur d'un animal ou lisaient le langage des arbres, et quand elle dansait près d'eux avec sa mère, elle avait l'impression qu'ils vibraient plus intensément. La majeure partie du temps, elle oubliait ces étranges pouvoirs, vivait telles les autres de son âge avec qui elle jouait d'ordinaire. La marelle, colin-maillard ou le trouvé-perché ne nécessitaient rien d'exceptionnel. Ce n'était qu'en les grandes occasions que resurgissaient ses dons. Lors, elle s'employait à les rendre utiles, avertie depuis son berceau que c'était un présent divin et non l'œuvre du démon.

Elle tordit son nez devant cette peur muette qui s'était emparée d'elle une fois rabattue la porte basse et cintrée de la petite tourelle. Ce n'était pas passage coutumier pour se rendre dans les appartements de la reine, mais le plus discret depuis le fond des jardins. Évitant l'entrée principale, elle n'aurait pas à justifier auprès de quelque adulte les salissures de boue et surtout son échappée après le couvre-feu.

— Allons, se dit-elle, si mère t'a confié la clef de cet endroit, c'est qu'il est de confiance et que tu dois t'y rendre.

Elle releva d'une main décidée le bas de son long bliaud, pinça légèrement ses narines sous l'air vicié et brandit son falot devant elle. Les degrés, conçus pour de longues jambes, fatiguèrent vite les siennes. Parvenue au premier palier, elle s'arrêta pour souffler un peu. Elle compta sur ses doigts. Il en restait deux à passer avant qu'elle ne soit arrivée.

*

— L'heure est propice, messire.

Réagissant autant à la voix qu'à cette main pressant son épaule, Henri ouvrit un œil vitreux. Assoupi depuis peu sur son bras replié, à même un matelas de laine posé au sol, il ne se distinguait en rien de ses compagnons étendus de même dans la grande salle du château de Basingwerk, sinon sa chevelure qui rampait en langues flamboyantes sur le parquet. Il se redressa, comme pris en défaut de vigilance.

— Sont-ils en vue ?

— Effacés encore par les vapeurs de la nuit, mais j'ai perçu quelques hennissements et des bruits étouffés. Ils se rassemblent au pied de la motte. Si nous ne profitons pas de la brume pour les prendre à revers, au petit jour ces murs, trop vitement remontés par nos hommes, s'embraseront sous les traits. Owain Gwynedd ne fera pas de quartier.

Henri savait tout cela. Il le savait depuis qu'il avait enfoncé les frontières de ce pays de marécages et de forêts. Son roi était aussi insaisissable que lui, moins organisé mais tout aussi redoutable par la haine qu'il lui vouait. Cette haine, Henri ne l'éprouvait pas en retour. Sans doute était-ce ce qui lui manquait. En place, il éprouvait de l'admiration et du respect pour ce diable blond d'une toise de haut qui défendait avec acharnement sa terre. Henri se reconnaissait en cette opiniâtreté et, plutôt que de le vaincre, il eût préféré le convaincre. Rien jusque-là n'y avait fait.

— Réveille les hommes sans plus de bruit. S'ils portent dans un sens, ils seront perçus dans l'autre. Nous partons dans un quart d'heure, décida Henri en se levant, les reins barrés d'une douleur qui, lui prenant la cuisse, le fit grimacer.

« La chevauchée y remettra bon ordre, comme à l'accoutumée », songea-t-il en enfilant ses heuses. Il enjamba les corps ensommeillés et descendit l'escalier.

Dans la petite cour du castel, les palefreniers étaient déjà à l'ouvrage, guidés par les ordres de Conan de Holceister. Ils entouraient de chiffes les sabots des chevaux pour en étouffer le pas. Henri leur tourna le dos, se débraguetta et, les yeux levés vers la pleine lune, urina contre un des rondins qui avaient servi, en quelques jours, à rebâtir l'édifice.

*

Eloïn se reprit encore une fois avant d'atteindre le bon étage. Ses mollets la piquaient, sa poitrine semblait vouloir se déchirer, mais elle se sentit fière d'être parvenue en haut. Elle posa sa lanterne et détacha un trousseau de clefs de sa ceinture. Repoussant la première dont elle s'était servie tantôt, elle se hissa sur la pointe des pieds et enfonça la seconde dans la serrure. Un sursaut d'angoisse la frappa dès le deuxième cran. Impossible de le passer. Elle insista. Tira la langue sous l'effort. Elle n'allait tout de même pas rester bloquée là, si près du but ? Sa marraine avait besoin des simples. Il fallait aider la naissance du petit roi. Elle se crispa sur le métal. Non. Quelle curieuse idée venait-elle d'avoir là ? C'était Henri le Jeune, l'héritier du trône.

— Hummmmm ! rugit-elle entre ses mâchoires contractées par l'effort.

Pourquoi pensait-elle « Richard » ?

— Richard. Richard cœur de lion, chanta une voix dans sa tête.

« C'est un joli nom de roi », admit-elle. Mais non. Non. Elle aimait trop bien Henri le Jeune. Et sa marraine ne supporterait pas de le perdre lui aussi. Eloïn se contorsionna comme si s'enrouler autour du mouvement pouvait donner plus de force à ses bras d'enfant.

— Tu vas arriver trop tard. Tu arriveras toujours trop tard, se moqua la voix.

Eloïn sentit des larmes lui piquer les yeux. Elle les chassa en clignant des paupières. Ses doigts lui brûlaient, mâchés par la pression. Elle lâcha la clef, retomba sur ses talons. S'énerver ne servirait à rien. Revenir en arrière prendrait trop de temps.

— Richard, Richard, Richard… Cœur de lion se bat…

Elle se boucha les oreilles à deux mains, grommela :

— Tais-toi !

Le silence reprit ses droits. Elle leva un index menaçant, foudroya la clef d'un œil noir avant de se hisser de nouveau et de la tourner, lentement cette fois.

La serrure se déverrouilla.

Gonflant le torse, Eloïn poussa à pleines mains le lourd battant de bois, puis ramassa sa lanterne et passa le seuil. Elle était dans la place. À deux toises d'elle se trouvait une cloison. Elle s'avança vers l'arche de pierre qui la perçait. S'immobilisa à quelques pas, saisie par la vision d'une ombre sur le mur de la pièce voisine. Une ombre dansante et gigantesque. Celle d'une bête au torse court, aux jambes torves. Eloïn sentit remonter la peur en elle. Elle porta sa main droite à sa poitrine pour en contenir les battements désordonnés. La bête hurla.

— On y est presque, Aliénor. Un petit effort encore.

Une bouffée de chaleur ranima Eloïn.

Elle se précipita pour s'arrêter sur le seuil, reprise d'effroi. Aliénor faisait face aux flammes vives de l'âtre, accroupie comme si elle voulait déféquer, les deux mains posées à plat de chaque côté sur des tabourets qui l'aidaient à garder son équilibre. Ses traits, écarlates et dégoulinants de sueur sous l'effort, ressemblaient à ceux d'une gargouille.

Lorsque de nouveau, rejetant ce masque en arrière, elle gueula à en vriller les murs de la pièce, Eloïn songea que ce « grand mystère » n'était pas une belle chose en soi.

*

Ils étaient sortis par une petite poterne, sur la face nord du castel, après avoir tenté, en vain, de déterminer les positions ennemies. Au-delà de la motte, le brouillard restait le maître des lieux, autorisant certains bruits, en tuant d'autres. Il leur fallut avancer l'épée au poing, à l'aveugle. Henri avait vitement décidé de la tactique. Profiter de la surprise pour tailler une brèche dans les lignes galloises, l'infiltrer, la dépasser puis, dès qu'un peu de clarté rendrait l'affrontement possible, revenir au galop, sans merci. Il avait pour lui deux cents hommes. Les plus valeureux des barons anglo-normands. Il savait qu'Owain Gwynedd en possédait autant. Étaient-ils tous là ? Qu'importe. Henri n'avait jamais reculé. Il ne fuirait pas davantage cette fois. Douze fantassins s'étaient déployés devant le front qu'il formait avec ses meilleurs compagnons. Habiles et habitués à la brume, ils savaient en discerner les mensonges. Un bruit sourd sur sa droite lui annonça qu'un homme était à terre. Dans quel camp ? Il se durcit sur sa selle, arma plus puissamment son poing, laissa sa monture avancer. Un râle s'étouffa à gauche qui ne donna pas davantage l'alerte. Jusque-là, tout allait selon ses plans. Il ne relâcha pas pour autant sa vigilance. La brume glaçait ses narines, densifiait la raideur de ses reins. Il faudrait sans faute, avant que de continuer sa progression dans ce pays, quérir l'aide d'une rebouteuse pour rajuster son dos. Si encore elle y pouvait quelque chose, car, de fait, c'était depuis Tintagel qu'il en souffrait. Comme si l'éclair qui l'avait transpercé était encore en lui par moments. Jamais par temps clair. Il eût pu s'en ouvrir à Loanna, mais son orgueil le lui avait interdit. Elle l'avait sauvé. Il le savait. De la même manière qu'il en connaissait le prix selon la loi druidique. Revenir dessus n'aurait fait qu'accentuer en lui, en eux, une plaie bien plus vive.

Une toux rauque se fit entendre, quelque part dans cette obscurité laiteuse. À quelle distance ? Il ne l'aurait su dire. Mais elle lui sembla proche. Sûrement un des siens. Ils avançaient en douze rangs serrés, telles les écailles d'une tortue. Quelle distance avaient-ils parcourue depuis qu'il avait passé le fossé ? Pas assez pour que les derniers de ses hommes aient quitté la place, calcula-t-il.

C'est alors qu'il vit les yeux. Des dizaines d'yeux s'éclairer dans la nuit.

Le temps qu'il comprenne, des traits rougeoyants filaient au-dessus de sa tête en direction du castel de bois détaché de la brume. Retrouvant alors cet instinct guerrier qui lui avait toujours permis d'arracher la victoire, il se tourna de quart sur sa monture et, avant de la talonner dans un rugissement terrible, ordonna le combat.

16.

Il me suffit d'un regard vers Eloïn pour me retrouver quelque vingt-quatre ans en arrière, cette nuit qui vit la naissance d'Henri. Mon petit panier de simples battait mes genoux et, dans l'encadrement de la porte par laquelle je découvrais l'emperesse Mathilde en proie aux douleurs de l'enfantement, les paroles de ma mère sonnaient tel un glas.

— Plus tard Canillette, plus tard.

Je m'étais sentie inutile, rejetée et, face à la lune pleine, pour la première fois, j'avais provoqué mes dons divinatoires. Je venais d'avoir douze ans. L'espace d'un instant, face au regard horrifié d'Eloïn, je m'en voulus de l'avoir appelée auprès de moi. Je ne m'y étais résolue qu'après avoir lutté longuement contre une évidence impérieuse. Elle devait être associée à cette naissance. Était-elle plus forte, plus dure, plus mature que je ne l'étais moi ? En dépit de sa petitesse ?

Elle me sourit dans ses traits blêmes, posa sa lanterne au seuil de la pièce et, baissant les yeux sur sa ceinture, commença à dénouer le lien qui retenait sa besace.

— Pfffffffffff... pffffffffff... pffffff..., soufflait Aliénor, tel un cheval à l'assaut.

Elle était sereine. Méthodique. L'expérience de ses précédents termes lui indiquait que tout était normal, cette fois.

De sorte que ma présence même, pour rassurante qu'elle lui soit, n'apportait guère.

Je me nettoyai les mains à l'eau claire puis avançai vers ma fille. Elle s'agaçait sur le nœud qu'elle avait eu du mal à former dans le jardin. En me voyant m'accroupir devant elle, elle s'excusa d'une voix où perçait un sentiment de honte :

— Je n'y arrive pas.

Je caressai sa joue, dénuée de ses jolies couleurs de rose. Réconfortante. Fière.

— C'est l'émotion de ce que tu vois. Laisse-moi faire. Tu as accompli tâche bien plus importante que celle-là.

Son visage s'éclaira. La renvoyer, maintenant? Comme mère l'avait fait avec moi ?

— PPPPPPPPPPFFFFFFFF... PPFFFF..., s'amplifia le souffle d'Aliénor avant de finir dans un cri.

Par-dessus mon épaule, Eloïn gardait les yeux ronds sur cette scène effrayante, qui voyait se décupler l'effort, saillir les veines du visage, gonfler les joues et s'embraser le cou de sa marraine.

— Veux-tu rester jusqu'au bout? demandai-je en repoussant délicatement une mèche de ses cheveux d'or derrière son oreille.

— Combien de temps ?

— Une bonne heure encore, semble-t-il. Tu m'aideras à broyer les simples...

Elle hocha la tête, rengorgée de l'importance que j'aurais eue, moi, hier, à forcer cette porte interdite. Je récupérai enfin le saquet, y jetai un œil. Sa récolte était parfaite, les feuilles et tiges sectionnées au bon endroit, choisies judicieusement.

— C'est juste ce qu'il fallait, Canillette.

Elle regagnait des couleurs et de l'assurance. Me le prouva.

— Nous n'aurons pas besoin de la sauge…

Une vague d'émotion me submergea. Ce petit bout de femme était grand, bien grand déjà.

— Non, tu as raison. La détermination de ta marraine y suffira.

— Arhhhggg… pfffff… Je… PFFF… Sacr… aarhggg, répondit celle-ci derrière moi, amenant un éclair de surprise sur les traits de ma fille.

Le temps que je m'en étonne, Eloïn s'écartait brusquement de moi et traversait l'espace en courant.

Je pivotai sur mes talons.

— Qu'est-ce que… ?

La surprise tua les mots sur mes lèvres. Tous les muscles contractés en une poussée ultime, Aliénor s'était tue, ne respirait plus. Agenouillée devant elle, Eloïn avait placé ses petites mains à quelques pouces du sol. Tandis qu'elle les ramenait délicatement vers elle, Aliénor soufflait de soulagement.

— Tout va bien, tout va bien, répétait ma fille, d'un timbre sans âge, en ramenant à elle le petit corps sanguinolent.

Des larmes me submergèrent. En même temps que cria le nouveau-né.

*

L'urgence était d'éloigner ses troupes du castel, songeait Henri, qui, couché sur l'encolure de son destrier, balayait sa lame de droite et de gauche. Les premières flammes crépitaient déjà et il percevait l'affolement des chevaux à peine sortis de l'enceinte. Son cri de guerre n'avait surpris l'ennemi que quelques secondes. Henri les savait précieuses. Prenant le relais des fantassins, il piquait de l'avant tel un diable, entraînant sur sa ligne offensive ses compagnons d'armes. Il choqua quelques corps au passage, arracha quelques râles dans une frappée d'estoc. Au cœur de cette poisse grisâtre qui les enveloppait tel un linceul, il avait peine à distinguer ses propres couleurs. Il prévenait de son passage, espérant que ses hommes sauraient s'écarter. À deux reprises, il suspendit son bras averti d'un mot d'anglois qui demandait l'enlevée. Un autre, près ou derrière lui, empoigna la main tendue et se retrouva ceinturé sur sa monture, certain que ses compagnons couvriraient son geste. Il perçut le bruit métallique des lames qui s'entrechoquaient, celui des sabots. L'ennemi s'était ressaisi. On gueulait en gallois des quatre coins. Il ricana sur sa selle. S'ils espéraient l'effrayer avec si pauvre tactique !

— Hardi ! chevaliers ! hurla-t-il en retour avant de se trouver nez à nez avec un cheval cabré.

Une ligne entière de cavaliers se dessina derrière, dans la brume. Son rictus devint carnassier. Enfin un adversaire à sa mesure !

— Si vous croyez m'empêcher de passer..., persifla-t-il encore entre ses dents crispées.

Son épée trouva l'acier. Avant même que la peur ou le doute n'aient eu le temps de s'installer, il ferraillait contre deux Gallois bien décidés à l'arrêter.

*

Eloïn frotta une nouvelle fois ses petites mains au pain de savon mais le sang refusa de se déloger de sous ses ongles. Elle l'aurait bien gardé en guise de trophée, mais sa marraine lui avait affirmé que ce n'était pas très seyant pour une damoiselle. Le terme avait fait son effet. D'enfançonne à damoiselle, elle avait sauté une étape. Elle n'avait pourtant pas le sentiment d'avoir accompli acte de bravoure. En fait, elle fut incapable de dire ce qui l'avait poussée à recueillir le petit Richard dans ses menottes. Elle l'avait trouvé lourd une fois qu'elle avait dû le remonter, d'autant plus qu'en braillant il s'était mis à gigoter des bras et des pieds. Aliénor, qui s'était laissée choir sur l'assise d'un des tabourets, l'avait récupéré. Mais une certitude la tenait. Désormais, d'une manière que son cœur chantait, Richard lui appartenait.

Eloïn examina attentivement les traces, fière d'elle, en pensant que Marie, la fille du baron de Bloxet, se serait sûrement évanouie en voyant sa mère, en larmes, couper avec de fins ciseaux le petit cordon qui reliait Aliénor à son fils. Un instant, elle fut pressée de le lui raconter, puis grimaça. Mieux valait en garder le secret. On la prendrait pour une menteuse. Au pire, ses amies en auraient l'estomac retourné et elle serait punie de les avoir rendues malades. Elle replongea ses mains dans le baquet, brassa l'eau claire pour la faire mousser. Avant d'écarquiller les yeux en la voyant rougir. Rougir jusqu'à former un grand dragon. Des larmes lui piquèrent les yeux. Elle savait bien ce que cela signifiait. Elle chercha sa mère d'un regard troublé. Ne trouva qu'Aliénor, revenue sur sa couche, qui s'était endormie, épuisée.

— Quelque chose t'embarrasse ? demandai-je en repassant le portique de pierre, le cœur anormalement serré.

Eloïn vint se jeter dans mes jambes, la poitrine soulevée d'un hoquet, le regard levé vers le mien, baissé.

Elle n'eut pas besoin de parler. L'image d'Henri blessé venait de me rattraper.

*

La violence de l'impact eût, sans peine, désarçonné un autre qu'Henri. Sa solide constitution le porta juste à un écart qu'il rétablit aussitôt, à peine égratigné à travers la cotte de mailles. Il arracha la flèche d'une main tout en bataillant de l'autre, harcelant les cavaliers, fauchant les fantassins. Le castel s'était embrasé, rougeoyant le brouillard. On n'y voyait pas à plus d'une demi-toise. La fumée piquait les gorges et les nez dans les deux camps, et personne n'aurait pu dire auquel revenait l'avantage. Encore moins de quel côté se trouvait une issue. À un moment, il sembla à Henri qu'une trouée se dégageait, dans laquelle il pourrait entraîner ses hommes, les arracher au chaos. Espérant qu'on l'y suivrait, il talonna sa monture. Hélas, dans le fracas des poutrelles de bois qui se rendaient au brasier, celui des lames qui s'entrechoquaient, des toux, des cris, personne ne vit sa percée. Il se retrouva seul et, en quelques secondes, cerné par sept cavaliers gallois qui le reconnurent d'emblée. Loin d'en démordre, Henri s'enragea. Sa lame fendit l'air à droite, à gauche, trouva une épaule, une cuisse, tandis qu'il évitait les coups qu'on lui voulait porter. Trois tombèrent. Il s'apprêtait à en découdre un quatrième lorsqu'une lance perça le flanc de son destrier. L'animal vacilla et Henri n'eut que la présence d'esprit de sauter pour ne pas en être écrasé lorsqu'il se renversa sur le côté. À terre, encerclé par ces masques qui le jaugeaient en ricanant depuis leurs montures, ses chances étaient minces. Tout en arrachant son poignard à sa ceinture et en réaffirmant sa garde, il sonda les abords d'un regard acéré. Quelques troncs d'arbres émergeaient épisodiquement de la brume, à quatre, cinq enjambées. S'il parvenait à les atteindre, il pourrait s'y cacher. Avisant la brèche entre deux cavaliers qui, pour l'effrayer, cabraient leurs bêtes, il fonça, taillada à gauche dans un mollet, à droite dans une hanche. Le temps que les autres réagissent, la brume se refermait sur lui à l'orée de la forêt. Il prit position derrière un arbre d'allure assez massive pour le masquer, l'oreille attentive aux éclats de la bataille comme au galop de ses assaillants, pressés de le rattraper. Ils ralentirent à quelques pas de lui, s'alignèrent pour rabattre les taillis et ne pas le manquer. Henri s'accroupit le plus silencieusement possible, dos à l'arbre, et, résistant à l'envie d'occire, se laissa avaler par les fougères. Un des Gallois passa à le frôler sans le distinguer des autres masses, puis s'enfonça comme ses comparses dans la brume. Henri attendit quelques secondes encore que le bruit des sabots s'étouffe puis revint sur ses pas. Il marcha en direction de l'échauffourée, en quête d'une monture. En trouva une qui charriait misérablement un des siens emporté par une collée. Sans se laisser émouvoir, il arracha l'homme de la selle, s'empara de la bride, posa son pied sur l'étrier. Il se hissait lorsqu'un sifflement agaça son oreille. Le temps qu'il en comprenne l'origine, il s'effondrait, fauché par une pierre lancée d'une fronde, quelque part dans cet enfer ouaté.

Il s'éveilla le lendemain dans une abbaye que les siens avaient ralliée après une maigre victoire, et remercia Conan de Holceister de l'avoir ramassé.

La guerre continua deux semaines encore, puis, un matin, Henri apprit que la famille d'Owain Gwynedd avait été capturée. Il s'en servit de monnaie d'échange pour négocier la paix.

Lorsqu'il revint à Londres, de longs mois plus tard, le pays de Galles était dompté et l'Angleterre célébrait, avec Noël, le nouveau fils que sa reine lui avait donné.

17.

L'hiver qui suivit vit la naissance d'une petite Marguerite en terre de France et le désespoir du roi Louis. Aliénor ne sut que s'en réjouir. Son aînée, bien qu'alliée à la maison de Blois-Champagne, gardait toujours la prétention au trône. De fait, tout allait au mieux en ce début de l'année 1158. Mon petit Geoffroy affirmait son tempérament farouche, Eloïn voyait grandir son adoration pour Richard et nos affaires en Blaye n'avaient jamais été aussi bien administrées. Henri lui-même savourait la paix. Le pays de Galles baissait museau, les derniers partisans d'Étienne de Blois acquittaient tribut, et même le roi Malcolm d'Écosse, réticent jusque-là à reconnaître sa souveraineté, était venu lui rendre hommage pour ses possessions anglaises. Tandis qu'Henri frappait une nouvelle monnaie, redonnant allant et confiance aux marchands londoniens, Aliénor était de nouveau enceinte. Pour ajouter encore, un de leurs plus fidèles amis, Thierry d'Alsace, en partance pour la Terre sainte, leur confiait son cadet et son comté de Flandre. Autant d'arguments qui, prouvant la puissance et la suprématie des Plantagenêts, en imposaient à la France. Pour l'affirmer plus encore, Henri décida d'un second couronnement à Worcester. Il eut lieu à Pâques devant les plus importants seigneurs anglais et gallois. Y parut même Owain

Gwynedd, avec qui Henri s'était réconcilié. Tous relayèrent la beauté d'Aliénor qui, de grossesse en grossesse, semblait s'éclairer quand d'autres se seraient fanées.

En ce moi de mai radieux, nous nous trouvions, elle et moi, à l'intérieur d'une de ces toutes petites chapelles dont la campagne anglaise était parsemée. Nous les découvrions au détour d'un sentier, d'une forêt ou d'un champ. Autorisant à peine la génuflexion de deux personnes, et encore, accolées l'une à l'autre sur un parterre de mosaïque, de carreaux ou de paille tressée, elles étaient toutes rehaussées de trois ou quatre marches pour les garder des inondations et clôturées d'une barrière pour éviter que les animaux n'y pénètrent. Aliénor aimait à en pousser la grille, à prier quelques minutes dans la simplicité du bâti que seules des fleurs coupées ou de menus objets d'offrande égayaient. Parfois, en lieu de l'inévitable croix qui surmontait l'autel de pierre taillée, une branche de bois sculpté accueillait le visage de la vierge ou d'un saint et elle louait le talent anonyme de celui ou celle qui, de longues heures durant, avait façonné ces traits. Jusqu'à ce que, invariablement, elle accroche mon sourire moqueur et que nous éclations ensemble d'un rire gai. Car, à la vérité, ces haltes qui coupaient nos promenades à cheval n'avaient qu'un but, nous isoler de notre escorte et nous permettre de discuter loin de toute oreille indiscrète. Oh ! nous ne complotions pas, non. Mais, pour elle comme pour moi, la légèreté de ces moments d'intimité à médire sur la coiffe de l'une, la médiocrité de l'autre, la voix de crécelle d'un barde ou la platitude de quelques vers qu'il avait fallu encenser parce qu'Henri les aimait préservait cette part d'impertinence dont nos quinze ans s'étaient réjouis et que la reine d'Angleterre se devait de modérer. Quant à moi, près d'elle à la toucher, loin de tout et de tous, je redevenais légère, comme si aucune prémonition, autre que celle de son bonheur ou du mien, ne m'avait effleurée. Cette fois encore, nous n'avions pas dérogé à la règle en déplorant la détestable habitude qu'avait l'épouse d'un lord, nouvellement arrivée à la cour, de toujours commencer ses phrases par un « Je ne sais pas vous… » aussitôt suivi d'un « mais moi… » qui s'évertuait à transformer l'assommante existence de cette dame en une œuvre de *fin'amor* sans que son auditoire puisse s'échapper. Pour ajouter encore à son ridicule, elle affichait des couleurs impossibles à porter et dépareillées, depuis les souliers jusqu'au bonnet.

Face à nous, un saint Antoine en aulne semblait approuver le fou rire qui nous avait gagnées et quand bien même, pour rien au monde je n'aurais voulu en être privée. Lorsqu'il retomba, nous arrachant encore quelques hoquets au souvenir de la dernière apparition de Jane, les cheveux surmontés d'un faisan empaillé, Aliénor laissa échapper un soupir de bien-être.

— Qu'il est doux près de toi, de pouvoir piquer les sots, les fats ou les vaniteux !

— Et plus encore en état de péché, ma reine. Te rends-tu compte que nous risquons l'enfer à le faire en ces lieux ?

Elle haussa les épaules qu'un printemps doux avait allégées d'un mantel de laine fine, l'œil brillant, une fossette creusée dans sa joue droite. Elle n'était pas dupe de mon prétendu excès de piété.

— Bah ! Louis, ce cher Louis de France, te répondrait que seul le confessionnal peut tout entendre. N'est-ce pas ce que nous faisons ? Nous confesser de ces méchantes pensées ?

Un nouvel éclat de rire se répercuta contre les murs blancs de la petite voûte et je ne doutais pas que notre escorte, installée à nous attendre à quelques pas de là, l'ait entendu claquer. Il s'estompa de lui-même. Nos genoux melus par la dureté du sol nous invitaient à quitter la place. Je laissai

Aliénor se relever après un signe de croix. Elle allait pivoter pour couvrir les quatre pas qui nous séparaient de la sortie lorsque je la retins par le bras.

— À propos de Louis, et puisque visiblement il ne sait faire que des filles, il me vient une idée. Une idée qui pourrait bien rendre la France aux Plantagenêts et définitivement écarter la maison de Blois de notre chemin.

L'attention captée, son œil s'étrécit de convoitise.

— Je t'écoute.

— Une alliance entre sa petite dernière, Marguerite, et Henri le Jeune. Qu'en dis-tu ?

Elle frotta ses mains avant de mordre dans le vide cette gourmandise longtemps convoitée.

— J'en dis, ma douce, que si tu lui arrachais de surcroît l'autorisation de revoir mes filles, j'aurais toutes les raisons de croire que saint Antoine, ce jour, s'est tant enjoué de nous entendre qu'il a voulu nous en remercier !

C'est ainsi que, ayant laissé Jaufré profiter de l'occasion pour régler quelques affaires en Blayais, ce 20 juin me vit reparaître en l'île de la Cité, au milieu de la délégation menée par Thomas Becket. Mais nul ne remarqua ma présence, perdue dans la magnificence qui m'entourait.

— Combien de pages et d'écuyers, dis-tu ?

— Au moins deux cents que nous avons comptés par groupes de seize, chantant entre deux salves de trompette.

Louis de France fit taire les murmures échangés à cette annonce par un geste agacé de la main. À l'autre bout de la longue table où il avait réuni son conseil, le messager tordait son bonnet, l'œil étourdi encore. On ne parlait que de cela dans les rues de Paris ce matin-là. De cette ambassade anglaise qui s'avançait au pas, étourdissant le petit peuple. Louis avait aussitôt dépêché quelqu'un pour se renseigner, refusant d'être saisi à son arrivée.

D'un signe de tête, il invita l'homme à poursuivre.

— J'ai pas compté la fauconnerie, Votre Majesté, ni les chiens de chasse, mais, au bas mot, je dirais une quarantaine, qui à l'avant-bras ganté, qui en laisse. Tous de robe luisante. Après viennent plusieurs chars à la toiture cuirassée. Y sont tirés par cinq roncins et menés par un palefrenier flanqué d'un dogue.

— As-tu aperçu leur contenu ?

— Le premier porte la chapelle, c'est sûr. Il est tout drapé d'écarlate et ses essieux sont dorés. Entre deux, je sais pas, mais ils sont lourds, car les roues ferrées enfoncent les pavés. Les deux derniers, par contre, qui sont débâchés, montrent des barils.

— Pfff... Encore cette maudite bière, grimaça Thibaud de Blois.

Louis n'y prêta pas attention. Il voulait juger de tout.

— Ensuite? demanda-t-il.

— Ben, ensuite y a des mulets. Douze, Votre Majesté. Ce qui fait vingt-quatre coffres si j'ai bien compté. Ah! et puis les singes, aussi.

Il y eut un sursaut de surprise sur le visage des seigneurs français.

— Des singes...

— Oui, Votre Majesté, un par baudet. Ils distraient les badauds par leurs grimaces et sont fagotés de samit comme les garçons d'écurie devant eux. Après viennent les gens d'armes, ceux de la maison royale dans des habits si précieux que je n'en ai jamais vu de plus beaux. Si on compte les hérauts pour fermer la marche, c'est tout.

— Bien... Laisse-nous.

Le valet courba le front puis sortit, pressé de pouvoir raconter à d'autres. Louis se leva et s'en fut ouvrir la fenêtre. La clameur de la population lui parvint au milieu des envolées de trompette. Dans son dos, les chuchotements reprenaient son sentiment. Le roi d'Angleterre attendait beaucoup de sa délégation. Avant longtemps, elle serait au pied du grand pont. Louis fit volte-face, un sourire forcé aux lèvres asséchées par l'amertume.

— Eh bien, messieurs, il nous reste peu de temps pour redonner éclat à nos allures. Il ne saurait être question de paraître moins que nos invités, n'est-ce pas ?

Thibaud de Blois afficha un rictus plus mauvais encore que celui de ses compagnons de table.

— Ce que notre rang égale, nos manières le tiendront, Votre Majesté. Pour le reste, je veux croire que la vertu des seigneurs de France est meilleure au regard de Dieu que celle de ces chiens d'Anglais...

Louis le toisa d'un regard lourd.

— Si Dieu était de notre côté, mon ami, c'est un héritier qu'il m'aurait donné.

Rageur, Thibaud de Blois ne trouva rien à redire à cette vérité. Il sortit dans le pas de son frère, Henri de Champagne, aussi affable et aussi posé qu'il était, lui, fier et impétueux.

*

Seul un haussement de sourcil marqua l'étonnement de Louis devant ma révérence. Il me salua d'un élégant signe de tête puis continua, aux côtés de Thomas Becket qui nous présentait, d'accueillir la vingtaine de dignitaires que nous formions dans cette grande salle de réception du palais du Louvre, inchangé. Tandis que sa feinte indifférence me convainquait de mon importance, le regard appuyé de Thibaud de Blois me renseignait sur la haine intacte que ce dernier me portait. J'attendis la fin du protocole d'accueil et la sortie du roi pour m'avancer vers lui, la mine enjouée. Comme je m'y attendais, il se crispa.

— Dame Loanna…

— Comte… Cela fait fort longtemps, en vérité.

— Il ne m'a pas manqué.

Je laissai échapper un petit rire. Suivis son pas qui voulait se détourner.

— Je vois que vous avez, en plus de ses terres, hérité de l'humour acerbe de votre père. Je vous en félicite, bien qu'il n'eût pas ajouté la muflerie à sa vanité.

Thibaud de Blois s'immobilisa, piqué. Un œil alentour le renseigna. Ma voix avait porté. On pouffait. Ses sourcils se rapprochèrent. Il se devait de composer.

— Soit. Puisque vous n'éprouvez aucune amitié pour ma famille, j'imagine que c'est pour d'autres raisons que sa santé que vous voici.

— Vous imaginez bien, monsieur. J'espérais que, dans votre grande bonté, vous me donneriez quelques nouvelles des filles de France.

Ses traits se firent narquois.

— La petite Marguerite se porte au mieux… Quant aux autres, sa mère saura mieux que moi vous renseigner.

Je baissai le ton.

— Allons, monsieur, nous savons vous et moi que Marie et Alix sont en votre maison.

Il ne releva pas.

— Par quelle preuve ?

— Celle que vous laissâtes le soin au balafré d'abandonner derrière lui. Elle porte votre signature.

Il ne démentit pas. Je lui souris.

— Fi de ce jeu, je vous en prie. Je ne viens pas en ennemie. Ces enfants me sont chères pour les avoir vues naître et grandir.

Il me toisa avec mépris.

— Donnez-moi une seule raison de vous plaire…

Je m'inclinai.

— Vous l'aurez.

Le laissant dubitatif, je m'éloignai. Parmi les familiers du roi qui se tenaient en la place, aussi austères que ce vieux palais l'était, se trouvaient encore quelques dames dont j'étais sûre de l'amitié et qu'il m'aurait chagrinée de ne pas saluer.

18.

Louis nous installa dans les bâtiments du Temple avec notre escorte. Dès cet instant, Thomas Becket prit soin d'abreuver de bière les petites gens venus en curieux, se ravitailler dans les marchés alentour au prix le plus élevé et de couvrir le roi autant que ses familiers de présents inestimables. Henri lui avait recommandé de séduire. Il s'y employa. Il ne fallut pas plus de huit jours pour que Louis soit conquis par l'érudition autant que la magnificence de celui qu'il avait autrefois croisé dans les jardins de son palais. Au soir du neuvième, l'affaire était conclue. Marguerite épouserait Henri le Jeune, scellant ainsi une paix durable entre les deux couronnes.

Au matin du dixième, Louis ayant accepté de me recevoir en privé, je ne baissai le capuchon que j'avais rabattu sur mon front qu'en son cabinet. Je m'attendais à sa froideur, qu'il affichait depuis mon arrivée à Paris, je fus cueillie par son air avenant.

— Il y a fort longtemps que vous n'aviez demandé audience.

Tout en m'attardant à ma révérence, je lui renvoyai la chaleur de son timbre.

— La distance, Votre Majesté…

Il tendit sa main. Je la pris volontiers. Je m'assis dans le fauteuil devant lequel il la lâcha avec le curieux sentiment de me retrouver quelques années en arrière, dans cette fraction de nos vies où, sans avoir été amis, nous nous convainquions de respect. Il s'installa face à moi, croisa les jambes et noua ses doigts osseux sur son genou. Un silence. Je le brisai d'un sourire plus appuyé. Louis soupira.

— À quoi s'attend-elle ? À mon pardon ? Je ne peux le lui accorder. C'est au-dessus de mes forces, dame Loanna.

Je lui sus gré de sa finesse d'analyse autant que de sa sincérité. Elles nous épargnaient du temps et du verbiage. Je me renfonçai contre l'assise.

— Vous la savez trop fière pour seulement l'espérer.

Son front se plissa, accentuant l'amertume de son regard. Derrière, je le sentais, se cachait la douleur profonde de ne pas avoir été aimé.

— Alors quoi ? Ma clémence ? Quand elle me nargue et bafoue mon autorité ?

Sa voix, une seconde reprise de colère, s'était brisée, autant sans doute qu'Aliénor l'avait brisé, lui. Louis tombait le masque en toute confiance. Je m'en sentis honorée. Touchée plus profondément que je ne l'aurais cru. Je cherchai son regard dans lequel tentait de s'accrocher la noblesse d'un règne que ma seule présence lui avait volée.

— Ce n'est pas la reine qui m'envoie, mais la mère. Une mère qui espère de vous dérogation pour embrasser ses filles. Vos filles, Majesté.

Il s'efforça de paraître surpris.

— Ainsi donc elle les aime…

— En doutiez-vous ?

Son visage se teinta de quelque couleur sans doute grâce au sentiment d'une petite victoire.

— Sa lettre marquait plus d'indifférence à me les laisser que d'espoir de me les reprendre.

Je laissai s'envoler un petit rire. Pour détendre la tension qui s'était installée.

— Ne la connaissez-vous point, qui ne souffrirait d'aucune manière qu'on la voie défaite ou abîmée ?

— Elle le fut ?

— Elle le fut, Votre Majesté. En cela, croyez-moi, vous fûtes vengée de tous les affronts passés.

Il dodelina de la tête, oscillant soudain entre le plaisir de cette annonce et le péché de s'en régaler. Puis soupira.

— Je devrais m'en réjouir, autant que je l'avais espéré, mais à la vérité…

Il balaya l'air d'une main lasse. Je compris.

— À la vérité, vous n'avez jamais cessé de l'aimer…

Il leva vers moi un regard troublé, qu'il rebaissa aussitôt. Un murmure.

— Vous entendre le formuler, dame Loanna, m'en révèle l'évidence. Mais par cet aveu même, je mesure combien je lui en veux d'être, par un autre, heureuse et comblée.

Qu'avais-je à répondre ? De nouveau le silence emplit l'espace clos de cette petite pièce aux lambris aussi sombres que les rideaux de samit, et dans laquelle la lumière du jour n'éclairait qu'une écritoire encombrée de parchemins. Louis se leva. Mains croisées au dos, il s'en fut se planter devant une des fenêtres hautes et étroites qui dominaient la Seine. Il s'attarda à sa contemplation, au travers de ces vitres qu'Aliénor avait fait succéder au papier huilé. Je ne bougeai pas. Sa voix, altérée de tristesse, embua le carreau avant de s'envoler jusqu'à moi :

— C'est une grande reine… une grande reine dont la France s'est privée… dont je me suis privé par trop de prières. Je n'ai compris la valeur de l'amour qu'en perdant Béatrice de Campan[1]. Il était trop tard pour Aliénor… Ma flamme s'est réveillée. Pas la sienne. Quoi de plus normal, en vérité ? Je n'ai jamais donné à son jardin les fleurs qu'elle espérait.

1. Voir *Le Lit d'Aliénor*, XO Éditions, 2002.

Il se tourna vers moi dans cet habit qui, pour être d'orfroi, n'en demeurait pas moins aussi terne que ce palais. Seul son visage, baigné d'un rai de soleil, redonnait au roi un semblant d'éclat sous la pâleur du teint. Il tendit sa main vers moi pour m'inviter à me lever. Le roi me donnait congé.

— Regrets et remords se partagent ma rancœur trop souvent, Loanna de Grimwald. Vous avez raison, il est temps de les faire taire.

Je voulus lui offrir révérence. Sa main à l'intérieur de mon avant-bras suspendit mon incliné.

— Non point. C'est moi qui, ce jour, suis votre obligé.

Je me redressai. Louis s'éclaircit le timbre d'une toux sèche derrière son poing fermé, puis enroula son bras sous le mien pour me ramener vers la porte.

— Dites à Aliénor que je ne saurais taire une coutume qu'elle-même va me faire appliquer. Ses filles demeureront chez leurs promis. Je me refuse à mécontenter ces derniers par la dérogation qu'elle demande.

Je me raidis. Il s'immobilisa pour me faire face et me couvrir d'un sourire bienveillant.

— Qu'elle œuvre à la paix avec la maison de Blois-Champagne et je la servirai. Ainsi, dans ce chemin commun, gagnerons-nous ensemble… Sans que l'honneur de l'un ou de l'autre soit menacé.

— Cette attention vous honore, admis-je.

— En échange, Loanna de Grimwald…

Je ne le laissai pas achever sa phrase.

— Que Votre Majesté soit sans crainte. Je garderai pour moi ce qu'elle m'a avoué. En retour de cette confiance, acceptez pour vraie la prédiction que je vous fais.

Il ne marqua pas la surprise que j'attendais. Tout au contraire, il sourit légèrement.

— J'ai eu preuve à Antioche que le Tout-Puissant était à vos côtés. Parlez.

— Vous aurez un héritier… né d'un troisième hyménée.

Il tiqua sur ce dernier point, puis m'embrassa au front comme un prêtre l'aurait fait.

— Merci. C'est un grand fardeau que vous m'ôtez.

Dans la seconde qui suivit, mon capuchon rabattu sur sa bénédiction, je repartis comme je le laissais. En paix.

Quelques semaines plus tard, Henri lui-même se présentait au palais de la cité et tombait genou à terre devant son suzerain. Il prêta allégeance pour ses domaines et ceux d'Aliénor, puis négocia le départ de la petite Marguerite. À seule condition, nota Louis pour garder la face, qu'elle ne soit pas élevée par Aliénor mais par un chevalier dont les actes et la piété, exemplaires, garantiraient les deux parties. Robert de Neubourg accepta l'honneur qu'on lui fit de s'en charger et s'en fut dans le sillage d'Henri avec l'enfançonne.

Mon roi n'était pas plutôt de retour à Rouen qu'un messager lui annonçait la mort de son jeune frère, Geoffroy, lequel, enfin calmé de ses prétentions sur l'Angleterre, venait de prendre possession du duché de Bretagne. Si le chagrin d'Henri se perdit dans celui de l'emperesse Mathilde, il fut plus vite qu'elle à se ressaisir. Il envoya un bref à Paris, réclamant la succession de son cadet au titre de sénéchal de Bretagne. Louis la lui accorda par retour de courrier et en profita pour solliciter le droit de passage sur ses terres normandes. Il souhaitait se rendre en pèlerinage au mont Saint-Michel.

« *L'occasion,* ajoutait-il, *de juger de quelle jolie manière ma fille est soignée.* »

Mais, en cachetant le parchemin, c'était à Aliénor qu'il songeait.

Fin août, cette dernière s'inclinait devant lui avec cette même grâce qu'il avait connue autrefois. Si le corps tout entier était alourdi par huit mois de grossesse, le visage, pourtant épaissi, trahissait l'épanouissement de son état de reine, de femme et de mère. Il la trouva, contre son gré, plus belle que jamais.

— Vous recevoir est un honneur, Votre Majesté, lui servit-elle, suave, au côté de son époux.

Il la releva d'une main moite, rageur de trahir ainsi le trouble dans lequel, encore, elle le tenait.

— Le plaisir m'est entier, madame.

Ils se sourirent et je sus, en cet instant, comme elle, que, malgré son discours, Louis avait pardonné.

Pendant plusieurs jours, la ville de Rouen fut en liesse, consciente qu'une méchante page venait de se tourner. Henri déploya, pour plaire à son roi, tous les fastes nécessaires, l'emperesse Mathilde se montra affable et amusante, Aliénor eut soin de ne pas évoquer le passé.

Quant à moi, je fus heureuse, au dernier soir de cette visite, de voir Jaufré revenir du Blayais où il avait lancé la construction de trois moulins supplémentaires. Je lui avais manqué autant qu'il m'avait manqué.

19.

À l'inverse de son frère, Thibaud de Blois reçut de mauvaise grâce les propositions de réconciliation d'Henri. N'ayant pu s'emparer d'Aliénor au moment où, venant de quitter Louis, elle traversait ses terres, il avait vu son voisin la prendre, l'épouser et agrandir ses territoires autant que sa renommée. Toutes choses qu'il eût voulu se réserver. En outre, reprenant pour lui la rancœur des siens, il n'oubliait pas qu'Aliénor avait soutenu, contre la maison de Blois-Champagne, les épousailles de sa sœur Pernelle avec Raoul de Vermandois. S'il fallait ajouter des griefs, il en trouvait sans peine dans sa lignée puisque son oncle n'était autre que le défunt roi d'Angleterre, Étienne de Blois. Difficile en l'occurrence de tirer un trait sur une haine consommée.

Lorsque le roi de France lui imposa la paix, arguant qu'il l'avait lui-même conclue au mieux des intérêts de la France, il ergota encore sur la possession litigieuse, par Henri, de quelques châteaux qui leur étaient limitrophes. Pour la forme seulement, et pour lui donner le sentiment d'une bataille de laquelle il sortirait vainqueur, Henri marchanda, puis céda à ses exigences. Avec pour ultime condition qu'Aliénor rendrait visite à ses filles sitôt ses relevailles. Car un nouveau fils était venu grandir la famille Plantagenêt. Un Geoffroy à la chevelure fournie, et d'un noir de jais.

Thibaud de Blois, vaincu par la diplomatie, se rendit à la raison. Au lieu pourtant de nous recevoir chez lui, il envoya la petite Alix chez son frère, à Provins, où Marie était installée.

Tandis qu'Henri réglait quelques querelles seigneuriales en Normandie, je pris la route sous solide escorte avec ma reine, ses proches, dont le sénéchal de Sanzey, Bernard de Ventadour, Jaufré et enfin Eloïn, ravie de revoir ses amies. J'étais sereine tandis que la voiture brinquebalait sur les chemins forestiers et qu'un crachin automnal plaquait des feuilles rousses au cuir des volets. Henri de Champagne avait la réputation d'être un homme juste et généreux, actif à développer ses domaines. Quant à son frère, je savais qu'il ne prendrait pas le risque, en nuisant à Aliénor ou aux gens de son escorte, de déplaire à son roi et par là même de perdre son titre de sénéchal. Si encore il se montrait !

Je ne m'attendais pourtant pas, et Aliénor non plus, à un accueil si chaleureux. Le donjon massif avait été jonché de frais, ses literies aérées et, dans les cuisines, festin nous avait été préparé. Marie, somptueusement parée d'un bliaud long de cendal rose, offrit une belle révérence à sa mère. Si elle n'osa se jeter dans ses bras, son regard perlé de tendresse trahit l'envie qu'elle en éprouvait. Elle avait grandi en beauté et en charme, et, du haut de ses treize ans, semblait vouloir tenir son rang. Aliénor en fut plus émue qu'elle ne le voulut paraître. En quelques mois, la fillette était devenue femme et visiblement aimée de tous au castel. Elle nous le fit visiter, vantant sa force et son caractère, mais aussi les beautés d'une province que le comte de Champagne voulait voir développer, enrichir, libérer de mœurs ancestrales et ouvrir sur l'avenir.

— Mon promis rassemble les villes de Troyes, Lagny, Bar-sur-Aube, et quelques autres autour d'un marché commun d'une douzaine de foires par an. Il veut construire des halles couvertes, un vaste hôtel-Dieu, et aussi des auberges. Mon promis souhaite même offrir des sauf-conduits aux marchands qui accepteront d'y venir. C'est une grande ambition, ma mère, et je suis fière d'en partager la lancée.

À la manière dont elle s'enorgueillissait des directives de son « promis » si souvent nommé avec une pointe d'admiration, nous comprîmes, Aliénor et moi, qu'elle aimait cet homme qu'on lui avait imposé. Quant à lui, le regard de douceur qu'il posait sur elle nous assura qu'elle serait toujours chérie et comblée.

Le soir venu, qui vit festoy de bouche et d'entremets, Aliénor réclama à notre hôte quelques minutes d'aparté dans une pièce voisine de la salle de réception qu'elle venait de quitter.

La porte à peine refermée sur leur tête-à-tête, elle le couvrit d'un regard que les vins pétillants de Champagne avaient légèrement grisé.

— Je vous veux remercier, messire, pour la chaleur de votre maison. Je l'imaginai terne comme du temps de votre défunt père, je la découvre aussi riche de musique, de jeu, de vin et de cour que celle d'Aquitaine. Vos trouvères, s'ils ne parlent la même langue, ont le talent de mes troubadours. Non, non, ne m'interrompez pas, insista-t-elle en le voyant ouvrir la bouche.

Elle posa la main sur son bras.

— Vous rendez ma fille heureuse et vous l'aimez.

Elle se mit à rire, les yeux pétillants de gaîté.

— Seigneur Jésus, mon ami, vous l'aimez !

— Oui madame. Je l'avoue. Dès le premier regard que j'ai porté sur elle, à son arrivée. Par sa dignité même, son courage et, peu à peu, cette douceur d'être qui l'a prise ici au point de sembler y avoir toujours été.

Aliénor tapota le dessus de la manche, évasée tel un entonnoir.

— Je vous demande pardon, cent fois, d'avoir imaginé le pire à votre sujet quand je vous découvre plus digne d'être mon gendre que beaucoup d'autres de ma maisonnée. Me l'accorderez-vous, avec votre amitié ?

— J'en serai fort honoré.

— Alors me voici comblée...

Elle accusa une moue désolée.

— Pour ce qui est de votre frère, en revanche...

Henri de Champagne eut un sourire qui illumina plus encore ses traits réguliers.

— Ne vous fiez pas à ses manières. C'est un emporté mais il est bon, croyez-moi. Son escorte sera là demain avec la petite Alix, que j'ai vue il y a quelques semaines. Vous le constaterez par vous-même. Elle aussi a changé. Malgré la tristesse qui fut sienne les premiers jours de votre éloignement, elle s'est rendue à la vivacité. Thibaud est généreux et prévenant. Elle est autant choyée que Marie.

Aliénor éclata d'un rire clair.

— Ma foi, mon ami, devant de tels arguments, je ne vois plus aucune raison de m'inquiéter.

Il la raccompagna à la porte en ajoutant, sincère :

— Les coutumes sont parfois cruelles au cœur d'une mère, mais elles forgent le caractère des dames et je veux parier que vos filles l'ont assez bien trempé pour d'une contrainte faire une destinée.

— Vous me plaisez, mon gendre. Oui, vraiment, ponctua Aliénor. Vous me plaisez.

Au lendemain, de fait, Alix nous fut rendue pour quelques heures. Avertis de son escorte, nous quittâmes la salle de musique où, sur l'insistance de Marie, nous étions joliment occupés à apprendre une des danses locales. La fillette nous apparut dans le hall d'entrée du castel avec ses boucles noires tressées de rubans et enroulées autour de ses oreilles, des petits cabochons d'améthyste emperlés autour d'un cou gracieusement dégagé par une chape rabattue sur l'épaule, et un bliaud de soie prune qui battait le bout pointu de ses souliers. Thibaud de Blois avait voulu, pour nous impressionner, la marquer de magnificence. Plus que ses atours pourtant, ce furent ses joues rebondies et vives qui nous rendirent à la raison du comte de Champagne. Elle se portait, comme sa sœur, bien mieux que nous ne l'avions espéré. Mon seul regret fut de voir, derrière elle, s'inviter la silhouette du balafré. M'étant préparée à cette éventualité je décidai de n'en tenir pas compte et, même, de faire bonne figure. N'étions-nous pas ici pour conclure la paix ?

Ce ne fut pourtant pas vers sa mère qu'Alix courut, sitôt débarrassée de son mantel de voyage sur le bras tendu d'Anselme de Corcheville, ni vers sa sœur qui s'était avancée, mais vers Eloïn. Son petit cri de surprise en la découvrant qui achevait, derrière moi, de descendre les marches du grand escalier, se changea en bonheur sur ses traits. Alix se jeta au-devant d'elle pour lui ouvrir grand ses bras. Eloïn les referma avec la même fébrilité et, un instant, je me demandai si ma fille n'avait pas tissé, par-delà les distances et avec le secours de la magie, quelque lien avec son amie.

— Vous voilà bien belle, princesse, la complimenta-t-elle par-dessus son épaule.

— Je peux vous en dire autant, s'émut Alix avant d'enfin s'écarter pour lever vers sa mère de grands yeux humides.

Je compris alors qu'on lui avait fait la leçon. Pour contrer son impatience et sa joie, au lieu de s'empresser auprès d'Aliénor, la petite damoiselle avait détourné l'attention de son gardien. Aliénor, fine, parvint à la même analyse. Elle s'accroupit devant sa fille pour l'attirer d'autorité dans ses bras, tuant ainsi tout possible reproche.

— Tant pis, petite ingrate, si je froisse votre orgueil, il me faut vous étreindre à mon tour et sans tarder, se justifiat-elle, percevant contre son bliaud le rythme haletant du petit cœur.

Pour mieux lui en laisser le temps, je décidai de distraire le balafré et me dirigeai vers lui, toujours immobile entre les deux colonnes du portique de l'entrée. Son regard fixe et ses traits blancs marquaient une telle surprise que je me retournai pour découvrir l'objet de sa consternation. Eloïn. C'était d'elle qu'il ne parvenait à se détacher. Une lame m'aurait caressé l'échine que je n'en eusse pas été plus meurtrie et glacée. Je m'interposai entre eux. Il s'attarda sur ma face quelques secondes, puis, semblant sortir d'un songe, revint à la réalité. Je fondis sur lui, mais non plus dans l'idée de le saluer. Il recula.

— Auriez-vous quelque raison de me craindre, messire Anselme ? demandai-je d'une voix tranchante.

Il me toisa, cherchant en lui, je le devinai, cette arrogance dont il m'avait toujours couverte. À l'inverse, pourtant, il paraissait défait. Je ne sus pourquoi, à cet instant, j'eus la certitude que, dans les traits de ma fille, c'étaient d'autres qu'il avait reconnus. Je m'en troublai tant que je ne sus plus quoi lui dire. Il en profita pour tourner les talons brusquement. Le temps que je me reprenne, il n'était même plus dans la cour où je me précipitai. Je ne le revis pas de la journée.

20.

Débarrassée de son ombre, la petite Alix se révéla telle que nous l'avions connue et aimée. Taquine et joyeuse. Elle nous raconta ses journées au château de Blois, affirma qu'elle était bien traitée, qu'elle s'y était fait de nouvelles amies avec qui elle aimait jouer, et que, si nous lui manquions souvent, elle n'avait pas à se plaindre de son sort. Thibaud de Blois était apprécié des siens pour sa bonté et le prouvait par les largesses dont il la couvrait. Quant au balafré, commis à sa sécurité, si elle l'avait craint dans les débuts, elle avait fini par se faire à sa cicatrice. Bien qu'il l'inquiétât toujours par certains côtés, il faisait preuve avec elle d'une vraie gentillesse et elle n'avait rien à lui reprocher. J'en déduisis qu'elle n'avait pas assisté au meurtre sauvage de sa nourrice le jour de son enlèvement et me gardai bien, comme Aliénor, de l'évoquer. D'autant plus que je demeurais obsédée par le regard qu'il avait porté sur Eloïn. Plus les heures passaient et plus je me persuadais qu'il avait connu Aude de Grimwald. Sa présence en la maison de Blois me confirmait dans l'idée qu'il était toujours rattaché à l'ordre du Temple et à ses basses besognes. Aurait-il pu être ce cavalier noir qui avait précipité ma mère vers sa fin et moi dans les bras de Jaufré ? Moult questions m'assaillaient. Me revenaient des images. Celles de mon agression en forêt de

Châtellerault ou sous le porche de l'église Sainte-Geneviève à Paris. Par deux fois, il avait tenté de me découdre, servant là les intérêts de ses maîtres. J'y avais vu volonté de m'éloigner du pouvoir et d'Aliénor. Mais… Mais ?

Tandis que ma reine profitait de ses filles en compagnie de la mienne, de Jaufré, de Bernard de Ventadour et du maître de céans, je finis par suffoquer sous ce doute. En fin d'après-midi, sachant que le lendemain matin Anselme de Corcheville quitterait la place pour ramener Alix en Blois, je ne résistai plus et me mis à sa recherche.

Le castel était vaste, offrant caches innombrables à qui voulait s'éviter. De plus, n'étant pas plus familière de l'endroit que du parler local, il me fut difficile d'obtenir le moindre renseignement. J'étais prête à renoncer lorsque le hasard me fut propice. Il sortait d'une pièce, je passais dans le corridor qui la desservait. Un pas de plus et je butai sur lui. Il se figea, porta instinctivement sa main au côté, là où s'accrochait sa dague. Curieusement, au lieu de craindre cette lame par trop de fois rencontrée, je me fendis d'un sourire amer en lui désignant la souillon qui frottait, plus loin.

— Vous m'égorgerez ailleurs, Anselme. On vient juste de lessiver le plancher.

Il retira ses doigts, haussa les épaules et voulut se détourner. Je le retins par la manche.

— Non. Vous ne me fuirez pas, cette fois.

Il me toisa, un rictus cruel au bord des lèvres.

— Vous fuir ? Vous oubliez trop le nombre de fois où je vous ai cherchée.

— Je n'oublie rien. Croyez-moi. Et vous non plus, semble-t-il.

Ses traits se firent mauvais. Il se dégagea brutalement de ma maigre emprise.

— Je n'en ai plus après vous, que cela vous suffise. Je suis pressé.

Mon cœur s'emballa dans ma poitrine. Il prit le pas. Je le suivis. Dans l'étroitesse du couloir long encore de plusieurs toises, il ne pouvait m'éviter qu'en se rabattant dans une des salles attenantes, mais les portes étaient fermées.

— Non, monsieur, cela ne me suffit pas. J'ai vu votre regard tantôt sur ma fille.

Il ne répondit pas. Accéléra l'allure. Devant nous, agenouillée sur le sol et nous tournant le dos, la servante venait de retremper sa brosse dans le baquet.

— Elle ressemble à ma mère, ma vraie mère. Aude de Grimwald.

Sa paupière gauche tressauta. J'insistai.

— Vous vous souvenez d'elle, je le sais.

Avertie par mon timbre, la souillon s'empressa de se lever. Elle n'eut que le temps de se plaquer dos au mur. Anselme de Corcheville toqua méchamment dans le seau, lui inondant les pieds. Espérait-il que j'en ralentisse ma course ? Je n'en fis rien. Au contraire. Sautant par-dessus l'obstacle renversé, je me ramenai à sa hauteur.

— Le silence vaut aveu. Donnez-moi la vérité à son sujet.

Il s'arrêta, net. Dans la fraction de seconde suivante, les deux bras immobilisés par sa poigne, je me retrouvai plaquée au mur. Une rage douloureuse le défigurait, faisant palpiter une veine d'autant plus hideuse sur sa tempe que la cicatrice la barrait.

— Elle m'a volé ma vie, voilà la vérité !

Son étau me broyait. Mais je ne baissai pas les yeux.

— N'est-ce pas plutôt l'inverse ?

Il me décolla du mur pour mieux m'y replaquer, meurtrissant violemment mon dos et ma nuque contre les pierres. J'entendis s'éloigner la servante à grands pas. Je savais par expérience ne rien pouvoir attendre d'elle. Curieusement, je n'avais pas peur. Juste mal. Je persistai :

— C'était vous, le cavalier noir. Vous qui l'avez enlevée après avoir incendié le castel. Vous qui m'avez privée d'elle.

Ses traits se durcirent. Il me bouscula de nouveau. Le haut de mon crâne se meurtrit par deux fois au mur, m'assommant à moitié.

— Tu ne sais rien. Rien de ce qui s'est passé.

Mon regard se troubla.

— Non, je ne sais rien. Et c'est là mon tourment. Ni quand, ni comment elle est morte.

Mes yeux s'embuèrent. Il se colla à moi, chercha mon oreille.

— Alors nous sommes à égalité. Et pourtant, tu peux m'en croire, j'ai cherché. Oh oui ! je l'ai cherchée pour lui faire payer cette jolie marque sur mon visage. Le temps que je m'en éponge, elle n'était plus dans sa chambre. Disparue, la sorcière. Disparue avec mon stylet. J'ai tout perdu à cause d'elle. Mon nom, mon rang, mes terres. Mes traits. Tout. Tout.

Ses bras retombèrent. Il s'écarta, chancela un instant puis me tourna le dos. Je le laissai avancer de quelques pas, sonnée autant par ses révélations que par sa violence.

— Pourquoi ? Pourquoi elle ?

Il se retourna vers moi, me fixa froidement comme s'il me jugeait digne ou non d'une justification, puis lâcha, amer :

— Je la voulais. Pour moi seul, c'est vrai. Mais aussi parce que j'étais son seul rempart contre le bûcher. Au lieu de quoi, elle s'est échappée après m'avoir maudit pour l'éternité.

Je baissai les yeux. Il s'éloigna. Tout le temps que son soulier battit le parquet, résonnant dans le corridor au rythme sourd des battements de mon cœur, mes pensées allèrent d'elle à lui, de Guenièvre à l'emperesse, de l'emperesse à Wilhem du Puy du Fou et de Wilhem du Puy du Fou à Jaufré. Lequel avait été le gardien de la vérité ? L'envie d'en chercher davantage, de rattraper Anselme de Corcheville et de lui arracher d'autres détails me poussa quelques pas de l'avant. Mais il tourna le coin du couloir et je m'arrêtai. S'il disait vrai, alors je comprenais sa haine. Elle n'excusait rien. Aucun de ses crimes. Contre moi. Contre d'autres. Mais ses yeux m'avaient livré une telle souffrance derrière la rancune ! Anselme de Corcheville, si c'était son nom véritable, ce dont je doutais désormais, avait aimé ma mère. Autant sans doute que Wilhem du Puy du Fou. Mandaté par cette branche secrète de l'ordre du Temple, il avait rasé son castel et laissé croire à sa fin. Pour la sauver. Mais Aude de Grimwald, séparée des siens, n'avait pas supporté sa captivité, cet homme. Était-ce son époux qui l'était venu délivrer ? Par quel stratagème ? Corcheville avait-il dit la vérité ? Les deux amants avaient-ils disparu ensemble ? vieilli ensemble ? vivant heureux sous une autre identité ? Mon cœur se serra. De son vivant, m'avait-elle abandonnée ? Au fond, Guenièvre n'avait rien dit à l'emperesse Mathilde pour justifier l'oubli dont elle m'avait affligée. Je tournai les talons sur cette douloureuse question. À quoi bon chercher à savoir ? Aude de Grimwald n'était plus ce jourd'hui, j'en avais eu la certitude à Tintagel. Peut-être un jour me raconterait-elle son histoire dans un songe éveillé. Peut-être pas. Quoi qu'il en soit, le balafré avait depuis longtemps payé le mal qu'il lui avait fait.

Et puisqu'il se voulait tenir loin de moi, mieux valait pour les miens que je ne remue pas davantage le passé.

Le lendemain, dans son sillage et sans un seul regard échangé, nous reprîmes route. Aliénor voulait mettre à merci le vicomte de Thouars qui depuis trop longtemps bravait son autorité. Autant que ses filles, elle portait cœur lourd. Mais, à l'inverse d'Eloïn qui pleurait silencieusement de les quitter, ma reine songeait à la bataille qui l'attendait.

Car le seul moyen pour elle d'exorciser sa déchirure était d'en épingler une autre à sa poitrine, faite de sang et de fierté.

21.

— Je veux Toulouse. J'ai toujours voulu Toulouse. Elle me revient de droit par ma grand-mère Philippa.

— Tu vas te remettre Louis à dos. Ce n'est pas une bonne idée, ma reine.

Elle darda sur moi un œil sombre, celui qu'elle réservait toujours à qui voulait briser ses caprices. Je le connaissais trop bien pour m'en émouvoir. Nous étions en décembre de cette année 1158. La forteresse de Thouars, réputée imprenable, était tombée en seulement trois jours d'assauts répétés au cours desquels Aliénor avait levé l'épée au côté d'Henri. Était-ce cette vision de leur suzeraine, habillée de cotte de mailles comme aux meilleurs temps de la croisade et fourrageant sans pitié leurs ventres, qui avait fait reculer la vaillance des Limousins ? Je me le demandais encore, en vérité. Car, de fait, devant sa colère et sa vindicte qui avaient surpris même Henri, certains s'étaient agenouillés pour demander pardon. Le vicomte, lui, une fois brèche ouverte en ses fortifications et porte enfoncée par les coups de bélier, avait déposé les armes devant elle avant de se laisser emprisonner. Son regard, depuis trop longtemps insoumis, s'était voilé d'un respect qu'elle n'avait jusque-là pas réussi à lui arracher. Aliénor s'en était glorifiée. La prise de Thouars ferait date, sapant les envies d'indépendance et l'outrecuidance de ses vassaux. De fait, en moins de deux semaines, d'autres pliaient de leur plein gré, rendant à Aliénor le goût de tous les possibles.

Elle piqua dans le parquet la pointe de la lame qu'elle venait de graisser, une épée spécialement forgée pour elle quelques années plus tôt et sur laquelle un lion, symbole de l'Aquitaine, avait été gravé. Au lieu de la ranger au râtelier sitôt son retour de Thouars, elle la voulait conserver près d'elle et, tel un de ses chevaliers, la promenait au flanc dans ce castel de Cherbourg où se préparait la cour plénière de la Noël. Henri s'en amusant, je n'avais pas jugé utile de la contrarier. Aliénor avait visiblement besoin d'action après toutes ces années passées à enfanter.

Elle insista :

— Raymond de Toulouse n'est guère soucieux de Constance de France, son épouse. Il la bafoue sans cesse. Je ne crois pas que Louis voudra le secourir si nous lui déclarons la guerre. Il a toujours eu beaucoup d'affection pour sa sœur.

Un sursaut d'agacement durcit mon timbre :

— Qu'il apprécie ou non son beau-frère n'y changera rien, Aliénor. Raymond V est son vassal et il le défendra. Lors, tu risques de perdre, à le braver, ce que j'ai si chèrement réussi à gagner.

Elle appuya son menton sur son poing qui gainait le pommeau, marqua quelques secondes d'une réflexion que je savais feinte avant de le relever.

— Tu as raison. Cent fois raison…

Me frappant de surprise, elle bondit du fauteuil, pour se fendre de l'avant. La pointe de son épée se posa avec précision sur mon sein gauche, piquant à peine le samit de mon bliaud. Elle éclata de rire, dégagea sa pique et déposa un baiser léger sur ma joue avant de gagner la porte et de se retourner.

— Oui, tu as raison, Loanna de Grimwald. Mais je veux Toulouse et, cette fois, je l'aurai.

Henri, curieusement, s'emballa à cette perspective.

De fait, les vilenies de Raymond V faisaient l'unanimité contre lui. Tous ses voisins en étaient excédés. Si Louis de France participait mollement à la querelle, les prétentions d'Aliénor, cette fois, pourraient aboutir. Car Henri voyait plus loin qu'une simple affaire de succession bafouée. En annexant Toulouse à son royaume, il s'ouvrait une entrée sur la Méditerranée et, avec ses ports, sur les richesses d'Orient.

La dernière séance de l'échiquier, qui permettait de vérifier la comptabilité du royaume, avait approuvé celle des shérifs. Les finances étaient rééquilibrées après de longues années de déficit sous la gestion pitoyable d'Étienne de Blois, le pays pacifié. Robert de Leicester, qui assurait la fonction de justicier, pouvait, seul, en assurer la garde. Face à leurs arguments, je n'eus d'autre choix que de m'incliner.

Début janvier, je regagnai Blaye. Outre le plaisir que je voulais prendre à profiter des miens et à retrouver nos terres, Henri m'y avait donné mission d'accueillir le comte de Barcelone, avec qui il voulait traiter.

*

Mon Geoffroy hoquetait dans une détresse qui me poignit le cœur. Le petit furet que nous avions découvert la veille sous l'escalier d'une des tours du castel était bien mal en point à la nuit tombée et, malgré tous mes soins, venait de succomber à la blessure qu'un chien ou un renard lui avait infligée. Agenouillée sur le sol de terre battue, j'attirai mon fils dans mes bras tandis qu'Eloïn enroulait la petite bête dans une chiffe. Du haut de ses six ans, elle masquait sa propre tristesse d'un voile de dignité. Elle se rapprocha de nous, immobiles dans la souillarde où Bertrade, notre cuisinière, restée debout dans l'encoignure de la porte, nous avait admis à regret, convaincue que ce n'était pas notre place. La main d'Eloïn s'envola dans les boucles brunes de son frère.

— Faut pas pleurer, Geoffroy, il retourne au Grand Tout, dit-elle, me frappant par l'évidence des mots que je n'avais pas trouvés.

Plus les jours passaient, plus elle grandissait en lumière et en beauté. Cela faisait deux semaines à présent que nous étions en Blaye. J'attendais la réponse du comte de Barcelone, Jaufré faisait le tour des villages de sa châtellenie et les enfants découvraient ce lieu que nos incessants voyages leur avaient volé. Depuis l'absence de la progéniture d'Aliénor, leur complicité allait croissant et venait de trouver son apogée avec l'animal blessé.

Geoffroy tua un dernier sanglot contre mon buste avant de redresser un visage ravagé.

— M'en fiche, du Grand Tout, hoqueta-t-il en passant, avant que je n'aie pu l'essuyer, une manche sur son nez morveux.

— Voyons, petit sire, si monsieur l'abbé vous entendait, le gronda gentiment Bertrade.

La réponse fusa de la même estamelle :

— M'en fiche de monsieur l'abbé !

Bertrade se signa dans un « oh ! » indigné et, comme ma fille, je soupirai.

— Ni ta peine ni ta colère n'y changeront rien. Il était bien trop affaibli. La vie choisit son hôte, Geoffroy. De la même manière qu'elle s'installe, elle peut s'en aller.

Il plissa les sourcils, cherchant le sens de ma tirade que je jugeai soudain déplacée avec lui quand Eloïn, au même âge, l'aurait déjà assimilée. De fait, ma fille hochait la tête et rectifiait :

— Tu te souviens de M. Georges ?

M. Georges était un très vieil homme attaché au service d'Aliénor. Il s'était éteint un an plus tôt et les enfants, qui l'adoraient, l'avaient beaucoup pleuré. Geoffroy hocha la tête.

— Eh bien, M. Georges aussi est retourné au Grand Tout. On va lui demander de bien s'occuper du furet, tu veux ?

Geoffroy marqua un temps, s'attarda sur le linceul posé sur un banc près d'un empilage de paniers d'osier puis renifla.

— Comment ? Comment on va le lui demander ?

— Par la prière, petit sire, affirma Bertrade tandis que je me redressais, ankylosée.

— Il faut d'abord l'enterrer. Comme pour M. Georges, affirmai-je, reprenant les arguments que ma fille m'avait donnés.

— Bastien fera le trou ?

Je hochai la tête. Notre jardinier était toujours de bonne volonté quand il s'agissait de plaire aux enfants. Geoffroy redressa le buste.

— C'est moi qui le prends, décida-t-il en se dirigeant vers le petit cadavre emmailloté.

Nous le laissâmes l'emporter, et, tandis que notre cortège mortuaire quittait la souillarde, traversait la cuisine et gagnait la cour triangulaire par une porte de côté, je songeai qu'à trop m'occuper des affaires du royaume j'avais oublié l'essentiel. Que l'un de mes enfants avait besoin d'apprendre ce que l'autre savait de manière innée.

Au soir venu, ramenée en notre couche, je m'en ouvris à Jaufré. Il m'attira dans ses bras avec cette infinie délicatesse que j'aimais, un sourire léger à ses lèvres.

— Eloïn est de ta race, et Geoffroy de la mienne, c'est dans l'ordre des choses, ma douce. Les femmes de ta lignée ont hérité d'Avalon et de Merlin le savoir des choses cachées. Est-il besoin de les enseigner à Geoffroy pour mener la châtellenie après moi, là est la question, la vraie question.

Je me décollai de son épaule contre laquelle je m'étais relâchée.

— Ne le juges-tu pas utile ?

— Utile, si. Indispensable, je ne sais. Toi seule peux déterminer ce qui l'est. J'étais d'une nature juste et généreuse bien avant de te rencontrer, de sorte qu'en Brocéliande tout coula en moi comme une source bienfaisante. Si notre fils possède ces qualités, et je le crois, alors ton seul contact et celui de sa sœur suffiront à ancrer en lui les lois druidiques pour qu'il les applique sans avoir besoin de les nommer. Sous l'égide des Plantagenêts, le monde change, Loanna. Nous le voyons chaque jour en parcourant les chemins. Je n'oublie pas ta prémonition, mais on bâtit des villes, on dresse des moulins, on édifie abbayes et palais, on allège la charge des petites gens par une gestion plus mesurée, plus humaine. Le spectre des guerres de voisinage s'éloigne dans la poigne d'Aliénor et d'Henri et je veux croire que notre présence auprès d'eux aura changé cet avenir funeste. Que nos enfants vont grandir dans un empire prospère et, par là même, s'épanouir avec lui. J'ai cessé d'avoir peur, ma douce, parce que ce qui t'effraie ce jourd'hui n'a pas de réalité.

Un petit rire m'échappa, reflet des étoiles dans ses yeux.

— Et qu'est-ce que je crains ce jourd'hui, Jaufré de Blaye ?

— De nous aimer moins en servant Aliénor et Henri.

Il passa ses doigts effilés dans mes cheveux, que quelques fils blancs traversaient, me couvrit d'une tendresse sans âge.

— Nul ne s'en ressent, bien au contraire. En nous mêlant à leur avancée, tu donnes à ma terre plus de puissance, de force et de légitimité qu'elle n'en a jamais eu et à nos enfants la plus grande des chances. Celle de bâtir demain. Quant à moi, n'en doute pas, ma douce, je suis l'être le plus comblé qui soit et j'en mesure chaque jour davantage les effets.

— Je t'aime…

— À jamais…, répondit-il en m'attirant vers sa bouche. Je m'y abreuvai avec cette soif qui ne me quittait pas, m'accordai à ses mains qui me dénudaient, avide de sa peau contre la mienne, de son souffle mêlé au mien. Et, lorsque dans un gémissement de plaisir je le reçus en moi, ce fut avec le sentiment renouvelé d'être, à travers lui, une partie de ce Grand Tout habillé de lumière.

*

Le comte de Barcelone arriva au lendemain d'Henri et Aliénor, pour le 15 février. Nous le reçûmes en toute discrétion ainsi qu'il le réclamait, servis par un hiver d'une clémence inhabituelle. Dans la modeste salle de réception du castel, près de l'âtre flamboyant, une fois les sujets de conversation épuisés avec les banalités d'usage, Henri aborda celui de Toulouse. Raymond-Beranger, le cinquième du nom, se révéla, ainsi qu'on le supposait, ravi de l'aubaine et nous confirma que Raymond Trencavel de Carcassonne les appuierait. Cet accord tacite entériné, l'homme, d'une forte corpulence et au visage envahi de couperose, nous avoua avoir espéré une alliance entre sa fille Bérangère et le jeune Richard. Henri s'en déclara ravi. Si bien que, quelques heures plus tard, dans une atmosphère allégée des questions de stratégie, on riait d'anecdotes savoureuses sur l'ennemi devenu commun, en sirotant cet élixir de prunelle que Jaufré avait soutiré d'un barriquet.

De fait, tout semblait vouloir servir la cause des époux royaux. Lorsque Henri décida d'un impôt de guerre qui arracherait deux marcs par seigneur anglais et soixante sous par chevalier normand, aucun d'eux ne s'y opposa. Mieux, en quelques semaines, les coffres étaient remplis et il enrôlait des mercenaires. Nous laissant à Blaye où Jaufré et moi avions décidé de demeurer jusqu'à la fin des opérations, Henri et Aliénor regagnèrent Poitiers pour achever leurs préparatifs et lancer l'ordre aux grands de l'empire Plantagenêt de s'armer.

On arrêta la date. Le 24 juin de cette année 1159 verrait s'ébranler l'ost.

Début mars, pourtant, Henri s'accorda à la requête que j'avais formulée avant qu'il ne quitte Blaye. Il demanda audience à Louis de France, refusant de briser une entente si difficilement gagnée. Louis accepta non seulement l'entretien, mais aussi de se rendre à Tours, où Henri le conviait. Il y fut reçu en ami, fastueusement comme il pouvait s'y attendre, mais Henri, resté sur la vision d'un roi embarrassé de sentiments contradictoires et de mollesse à l'égard d'Aliénor et de leurs filles, trouva en face de lui un monarque inflexible.

— Vous me demandez d'oublier la coutume féodale, de tourner dos à un vassal en difficulté. Quel roi serais-je si je vous accordais ce que vous-même vous me refuseriez? lui servit Louis avec rudesse mais sans animosité.

Ils se séparèrent sur cette évidence. Henri ne renonça pas pour autant. Il s'empara de tous les arguments en défaveur du comte de Toulouse puis réinvita le roi, à Heudicourt, cette fois sous le prétexte d'une chasse à courre. Louis y participa avec quelques-uns de ses vassaux, dont Thibaud de Blois, qui fut bien aise de ne pas y rencontrer Aliénor, restée finement en retrait des tractations.

Mais, une fois encore, malgré une belle journée ensoleillée, des rabatteurs efficaces, des chiens superbes et deux cerfs abattus dont Louis reçut la ramure en trophée, rien n'y fit.

— Je suis de justice autant que vous l'êtes. Celle de mon royaume ne peut être maintenue que par ma souveraineté. Si vous forcez Toulouse, vous me trouverez, réaffirma Louis avant d'accepter l'accolade qu'Henri lui offrait en guise de congé.

22.

Ce 21 mars nous voyait dormir, Jaufré et moi, dans les bras l'un de l'autre, lorsque deux coups furent frappés avec insistance à la porte de notre chambre. M'arrachant la première au sommeil par cette faveur qu'ont les mères de ne dormir toujours que de moitié, je donnai l'ordre d'entrer. Bertrade parut sur le seuil, son chainse de nuit recouvert d'un mantel, une lampe à la main.

— Un visiteur vient de s'annoncer, madame. Il réclame de vous audience immédiate.

Redressé à son tour contre le traversin, Jaufré, qui se frottait les yeux, grommela peu amène :

— Au nom de quoi ?

— Au nom de la paix, répondit une voix masculine derrière Bertrade.

Je fixai Jaufré une seconde, interloquée. Cette voix, si elle me surprit dans le contexte, me fit pourtant rejeter sur-le-champ les couvertures.

— Accordez-moi quelques minutes de décence…

— Elles sont vôtres, si je puis me restaurer.

Réveillé tout à fait, l'oreille refaite au timbre, Jaufré donna l'ordre à Bertrade d'offrir à notre visiteur ce qu'il demanderait. La porte se referma sur notre mutuelle incompréhension tandis que nous nous hâtions pareillement à nous vêtir, refusant l'aide de nos valets. Puisque Louis de France avait pris précaution de taire son identité, il convenait pour le moins de la respecter.

Nous le trouvâmes installé dans la cuisine, discutant avec Bertrade comme un simple messager. De fait, la simplicité de son habit de voyage autant que de celui des deux hommes assis à ses côtés pouvait aisément tromper. Je ne doutais pourtant pas que le reste de son escorte se tenait à proximité. Louis se leva à notre entrée et je tus ma révérence devant son regard insistant.

— Si vous voulez bien me suivre, l'invitai-je avec amabilité.

Il remercia Bertrade pour la subtilité du pâté de morilles qu'elle lui avait servi, la laissa rosir près de ses compagnons et nous emboîta le pas.

Ce ne fut qu'une fois isolés que nous nous courbâmes devant lui. Louis nous releva d'autorité.

— Point de courbettes, sire de Blaye, c'est moi qui suis céans votre obligé, à me présenter à point d'heure.

— Votre Majesté est chez elle partout, nuit et jour, se fendit de nouveau Jaufré.

Louis sourit. Et ce sourire même, si peu souvent entrevu, allégea mon inquiétude. Je lui proposai de s'asseoir. Il secoua la tête.

— Je ne resterai pas assez longtemps pour profiter de votre hospitalité. D'aucuns trouveraient étrange que revenant de Normandie vers Paris je m'égare en vos contrées.

— J'en conviens, Votre Majesté. Mon époux et moi-même n'en sommes que plus honorés. Nous vous écoutons.

— Il va de soi que ma confiance à votre égard, dame Loanna…

— … peut sans aucun doute s'accorder à Jaufré, terminai-je.

— Bien.

Il s'adossa au lutrin sur pied sur lequel trônait encore l'abécédaire que le précepteur des enfants utilisait. Croisa ses bras sur son mantel de voyage qu'il n'avait pas pris la peine d'ôter.

— Il y a quelques mois, vous m'avez arraché un pardon que jamais je ne pensais pouvoir accorder. Je ne souhaite pas le reprendre, or, vous le savez, une guerre se prépare contre l'un de mes vassaux et je ne peux rester neutre. Malgré ses arguments, j'ai senti le roi d'Angleterre ennuyé de ma position. Je sais aussi que le roi d'Écosse a armé quarante navires pour lui prêter main-forte, que par la Manche s'en viennent sept cents chevaliers équipés par Thomas Becket et que même Guillaume, le bâtard d'Étienne de Blois, s'est mis en marche avec ses gens pour rejoindre ceux qu'Henri arme de son côté.

J'accusai la nouvelle avec surprise.

— Je vous découvre fort bien renseigné, moi-même je l'ignorais.

Il eut un petit rire, inhabituel.

— *Si vis pacem, para bellum*[1] !

Je hochai la tête, répliquai d'un même esprit :

— *Qui nescit dissimulare, nescit regnare* [2].

Son œil s'éclaira.

— En effet. Henri possède les moyens logistiques d'emporter Toulouse. Nous le savons pareillement. Il ne veut pourtant pas d'une guerre avec la France qui ruinerait nos deux pays.

— Mais il ne peut plus reculer.

Il eut un sourire en coin.

— D'autant qu'Aliénor ne le lui pardonnerait jamais.

1. Si tu veux la paix, prépare la guerre (maxime attribuée à Végèce).
2. Qui ne sait dissimuler ne sait régner (proverbe latin).

Il savait de quoi il parlait.

— *Felix qui potuit rerum cognoscere causas*[1], murmura Jaufré, demeuré en retrait, pour faire bonne mesure.

Les épaules de Louis s'affaissèrent légèrement.

— En d'autres temps oui, messire de Blaye, cela m'aurait réjoui. Pas ce jourd'hui. Car Henri ira de l'avant et je ne peux voir qu'avec tristesse les conséquences de son entêtement. Des enfants éventrés sur le bord des routes, des femmes violées, des vieillards piétinés et des villages pillés par des mercenaires avides et sans scrupules, qui déborderont le cadre de leurs prérogatives en arguant la légitimité de cette guerre.

Son regard, un instant endeuillé, s'affermit de détermination.

— Je suis venu lui proposer une alliance secrète pour l'empêcher. Une alliance contre Aliénor.

Je tressaillis. Sa main battit l'air devant lui.

— Rassurez-vous, dame Loanna, rien d'irrévérencieux. Juste un argument pour qu'Henri renonce aux portes de Toulouse sans perdre la face ni mécontenter son épousée. Assorti, bien évidemment, de quelques compensations pour ses frais engagés.

J'éclatai d'un rire clair face à son œil qui s'était remis à pétiller. Le moine était devenu stratège depuis que nous l'avions quitté. Un fin stratège que j'apprécierais, cette fois, de contenter.

*

Planté gaillardement sur son destrier au sommet d'une colline proche de Périgueux, le roi Malcolm d'Écosse semblait content. Sa face molle et blanche se tournait d'un côté

1. Heureux celui qui a su pénétrer la nature secrète des choses (Virgile, *Géorgiques*, II, 489).

de la plaine à l'autre sans distinguer autre chose que des gens d'armes. Là, c'étaient ceux d'Henri avec leurs lances à pennon et leurs étendards frappés d'un léopard, ici les mercenaires brabançons en rangs serrés, plus loin les chevaliers dont le heaume argenté et le bouclier étincelaient sous le soleil. Il en avait lui-même armé trente parmi ses jeunes vassaux pour la circonstance. Il tourna la tête vers Henri qui avait arrêté son cheval à ses côtés.

— Vous aviez raison de m'exhorter à la patience. Cette parade était nécessaire pour souder nos couleurs. C'est de surcroît un fort joli spectacle.

Henri lissa la pointe de sa barbe rousse, l'air satisfait.

— J'ai appris ce matin que la ville de Cahors s'était ralliée à notre cause. Ses gens marchent déjà sur Toulouse dans l'idée de rejoindre Raymond Trencavel de Carcassonne et le comte de Barcelone. Point n'est besoin de se précipiter. Bien au contraire, montrer notre puissance est le meilleur argument de reddition croyez-le. Vous-même en êtes impressionné mon ami.

— Je le suis. Je le suis, c'est vrai, admit Malcolm d'Écosse. Quand partons-nous ?

— À l'aube, annonça calmement Henri avant de tirer sur le filet pour détourner son cheval de l'à-pic.

Le roi d'Écosse s'attarda un instant encore sur cette vision superbe, puis, laissant Raoul de Dicet, un des barons anglo-normands, lever manche pour la disperser, reprit à son tour le chemin pour s'en éloigner.

Henri mentait. Il avait voulu cette parade pour laisser à Louis le temps d'agir, convaincu par les arguments que je lui avais transmis. Aussi, lorsqu'il parvint en vue des fortifications de Toulouse, fit-il de nouveau immobiliser son armée en prenant prétexte de l'attente de ses alliés. L'après-midi passa. Le lendemain matin, Malcolm d'Écosse l'exhorta à assiéger la ville, avant de se ranger finalement à son sentiment que cause commune valait mouvement commun et qu'il aurait été déplacé de mécontenter qui que ce soit.

À midi, alors qu'Henri et Malcolm trompaient leur impatience devant leur tente en une partie d'échecs qu'ombrageait un grand chêne, un messager se présenta. L'homme portait bannière à fleur de lys et bref urgent. S'excusant auprès de son adversaire de partie qui se demandait s'il devait avancer pion ou cavalier, Henri le déroula sans tarder.

Son visage se ferma.

— Sacrebleu, il me coupe l'herbe sous le pied ! rugit-il, faisant sursauter le roi d'Écosse.

Et d'aussitôt lui brandir le parchemin sous le nez.

— Il est dans la place. Le roi de France est dans la place. Savez-vous ce que cela signifie ?

— No... non, bafouilla Malcolm, pris de court, son pion entre les doigts.

Il le garda en voyant choir sur ses genoux pièces et échiquier. Henri avait bondi tel un fauve enragé. Après avoir balayé le plateau de jeu dans un mouvement de colère, il moulinait à présent des bras, rouge d'emportement.

— Que je ne peux capturer mon propre suzerain. C'est contraire à toutes les coutumes !

Il posa brusquement ses deux mains à plat sur la table, avança un œil féroce vers Malcolm, exsangue.

— Vous, vous qui êtes mon vassal par vos possessions anglaises, oseriez-vous assiéger une ville dans laquelle je me trouverais ?

— Certes non... mais...

Henri se redressa avec la même brutalité, soulageant aussitôt son vis-à-vis avec qui, quelques années plus tôt, il était encore à guerroyer. Il pointa un index accusateur sur lui.

— Il n'y a pas de « mais » ! J'ai prêté serment d'allégeance et y resterai lié.

Il se tourna vers le messager, demeuré immobile et en retrait.

— Dites au roi de France qu'avant la nuit mon armée se sera retirée. Pour celle des comtes de Barcelone, de Narbonne et de Montpellier, qu'il s'en débrouille lorsqu'elles montreront leur nez.

Malcolm d'Écosse demeurait interdit. Il songeait au déploiement des forces, à la belle bataille qu'il allait manquer. Tout autant, il comprenait. Lui-même aurait vu d'un œil mauvais qu'un de ses vassaux brisât le droit féodal. Il finit par s'ébrouer, balayer le bas de son haubert et se lever.

— Ma foi, je l'admets, si la déception est de mise, la raison doit l'emporter. Vous ne pouvez donner l'exemple d'une forfaiture sans vous-même en subir de lourdes conséquences. Nul ici, je m'en porte garant, ne vous tiendra rigueur d'être d'honneur et de respect.

Henri ne répondit pas. Feignant son exaspération, il se renfonça sous sa tente et en rabattit le volet. Intérieurement il jubilait. S'il était aussi convaincant auprès d'Aliénor, sa cause était gagnée.

Laissant à Thomas Becket le soin de reconduire l'armée sur Cahors et, là-bas, de la disloquer, il réclama l'aide de Malcolm pour guerroyer contre Robert de Dreux qui, sur l'ordre de Louis, s'était avancé en Normandie. L'Écossais s'en déclara ravi. De fait, Louis avait joué finement. Son orgueil avait souffert à plusieurs reprises de joutes verbales avec son frère. Rien qui n'ait trouvé règlement en son temps, mais il fallait offrir à Henri compensation. Quoi de mieux que quelques villes appartenant à son cadet, avec une bonne excuse pour s'en emparer? L'occasion pour le roi d'Angleterre, en outre, de démontrer sa puissance et de ramener entre eux l'égalité. Henri laissa ses chevaliers s'acharner dans le Beauvaisis, raser la forteresse de Gerberoy et planter sa bannière en Évreux. Quelques semaines plus tard, selon leurs accords secrets, Louis demandait une trêve et Henri la changeait en paix.

Quant à Aliénor, elle soupira de dépit sur ses rêves envolés avant de chevaucher son époux et de jouir de lui pour se consoler. Comment lui en vouloir d'avoir agi en roi quand c'était un roi qu'elle avait, avant tout, épousé ?

23.

Depuis le commencement de ce 9 juillet 1160, Jaufré tenait justice en la salle d'audience de son castel de Blaye. Il y avait tranché une querelle de paysans à propos d'un soc de charrue volé, entendu les plaintes d'une femme que son époux aviné battait, accordé un délai de paiement à un commerçant qu'une récente tempête sur l'estey avait ruiné et puni d'écartèlement un truand qui, au cours des derniers mois, avait égorgé cinq pèlerins pour les délester. Il n'aspirait plus qu'à se mettre à table tant l'appétit le tenait, compensation dérisoire du manque provoqué par l'absence de son épouse, appelée discrètement auprès de Louis de France. Quelques badauds demeuraient encore, épars dans la salle, toujours les mêmes, affamés de sentences comme il l'était de rôti. Il s'apprêtait à les renvoyer lorsque le héraut en faction à la porte annonça un dernier plaidant.

— Anselme, seigneur de Corcheville.

Jaufré sursauta. L'homme n'était pas de son fief et savait ne pas y être le bienvenu. Instinctivement, Jaufré se raidit sur son siège. Anselme de Corcheville avança dans la travée centrale cernée de bancs, le regard dans le sien, sa balafre déchirant sa joue jusqu'à l'arcade sourcilière. Ses cheveux avaient blanchi depuis leur dernière rencontre à Provins, songea Jaufré. Si Jaufré s'était tenu à l'écart de l'échange que le criminel avait eu avec moi, il en avait reçu l'écho et partagé le constat. Anselme de Corcheville demeurait une menace sournoise pour les siens. Jaufré leva le menton à cette pensée. Ici, chez lui, il était le maître et entendait le montrer. Refusant de se racler la gorge pour ne pas donner l'illusion d'une crainte, il s'adressa au balafré de son timbre qui, sans cette précaution, continuait de s'érailler :

— Vous ne faites pas partie de mes gens, messire de Corcheville, ce tribunal ne saurait donc vous être ouvert.

Le balafré laissa un sourire contracter vers l'œil la ligne sombre de sa cicatrice.

— Ma venue est cependant justifiée, messire de Blaye, puisque je viens demander réparation pour un préjudice.

Le ton était affable. Presque courtois. Trop, songea Jaufré, pour ne pas augurer quelque malice. Il ne pouvait pourtant se dérober à l'usage si l'un de ses vassaux s'était porté à vilenie.

— Soit. Mais étant donné le caractère de nos précédentes rencontres, cet échange se poursuivra en privé.

Un murmure de désapprobation s'éleva dans la salle, vite enrayé par les deux gardes en faction qu'un signe de Jaufré avait déplacés. Les quelques personnes présentes se décidèrent à évacuer sous la menace des guisarmes tapées contre le plancher. Les portes se refermèrent sur eux. Jaufré reporta son attention sur le balafré qui, sans bouger de place, avait suivi le mouvement au bas des trois marches de l'estrade.

— Je vous écoute.

Le regard d'Anselme, revenu vers lui, se voila d'une douleur passagère qu'il chassa d'un geste brusque de la main vers son épée. Instinctivement, Jaufré se tassa légèrement dans son faudesteuil, amenant un sourire amusé sur le visage ennemi. Les doigts demeurèrent pourtant sur le pommeau, ployant l'épée vers l'arrière tandis que le genou fléchissait jusqu'à toucher terre. Jaufré s'en sentit plus mal à l'aise encore. Point n'était dans les habitudes du bougre de s'abaisser. Du regard, il ramena sa soldatesque, prête à intervenir, à la patience. Anselme de Corcheville, ainsi rendu à l'allégeance, darda sur lui un regard assombri.

— Avant toute chose, je vous demande d'oublier céans les griefs que vous me portez. Je n'en suis coupable que par mon aveugle asservissement aux chevaliers du Temple.

Un petit rire cynique échappa à Jaufré, sec comme un coup de trique.

Anselme de Corcheville soupira.

— Comme votre épouse, vous ne savez rien de moi, Jaufré de Blaye.

— J'en sais suffisamment à mon goût. La main est le prolongement de l'âme. Et il l'a fallu bien noire pour tuer aussi innocente victime qu'une nourrice... Pour ne citer qu'elle, lors du rapt des filles de France...

La main de Jaufré, agacé, battit l'air devant lui.

— Et puis, relevez-vous et venez-en au fait. Ces manières ne vous ressemblent pas.

Anselme de Corcheville ne broncha pas, déterminé visiblement à suivre le cheminement de sa pensée. Seule sa voix laissa transpercer une colère rentrée :

— Je ne fus pas toujours l'être abject que vous voyez en moi. Il fut un temps où comme vous je siégeais sur mes terres, un temps où, juste et généreux, je veillais sur mes gens, et accueillais sous mon toit les pèlerins de Compostelle.

Jaufré sentit grandir en lui son malaise. L'idée que ce temps révolu appartenait à Aude de Grimwald lui parut soudain d'une telle évidence que son estomac se noua. Comme pour l'affirmer, Anselme de Corcheville se mit à gratter d'un ongle carré la cicatrice qu'elle lui avait faite. Il s'y attarda une fraction de seconde, puis, devant le mutisme de Jaufré, poursuivit d'un timbre apaisé par sa démangeaison :

— Ce fut l'un de ces pèlerins, pas encore sacré roi d'Angleterre, qui changea ma destinée. J'étais un jeune seigneur dont l'épouse, aimée, venait de mourir dans d'atroces souffrances après avoir rendu visite à une sorcière. Étienne de Blois, touché par mon chagrin, me parla longuement de ces femmes qui cachaient leur malignité sous d'apparents bienfaits. Pour mieux voler les âmes. Au lendemain, je quittai les lieux pour le suivre à Compostelle et, en chemin, adhérai de cœur et d'âme à une branche secrète de l'ordre du Temple, créée pour épurer le pays de ces démones.

Jaufré refusa d'être compréhensif. Malgré cet accent de douloureuse sincérité, où était la vérité ? Un assassin était capable de tous les mensonges pour obtenir ce qu'il voulait. Or, justement, Jaufré ignorait ce que le balafré voulait. Il persista dans son mutisme, pour le forcer à poursuivre.

De fait, emporté par l'évocation de souvenirs enfouis dans une portion reniée de sa mémoire, Anselme de Corcheville s'était mis à fixer sans la voir une tapisserie qui étendait les plateaux d'une balance de justice sur le mur du fond, de chaque côté de Jaufré. Sa voix se troubla, mais point cette fois de rancœur. D'une chaleur inhabituelle. Incongrue, songea Jaufré tandis que les mots le frappaient.

— Le premier regard que je portai sur Aude de Grimwald fut le même que celui de mon ami Wilhem du Puy du Fou. Nos domaines étaient voisins, nos âges et nos manières de diriger nos terres semblables. Nul ne savait en le pays que j'étais, la nuit tombée, ce cavalier de l'ombre au service de l'Église. Pas même Wilhem. Comme moi, il avait perdu son épouse et croyait ne jamais plus pouvoir aimer. Lorsqu'il revint de l'abbaye de Trizay avec Aude, il s'empressa de me la présenter. Son bonheur me déchira le cœur, tant sur l'instant je m'épris d'elle. Sans s'en douter un seul instant, Wilhem me conviait régulièrement chez lui. J'apaisai ses deux fils qui la voyaient d'un œil sombre remplacer leur mère, tempérait leur colère à la naissance de Loanna. Cinq années durant, je fus l'ami, me confortant de ces visites, jouissant de son rire, de ses attentions et de sa lumière et, par ricochet, refusant les rumeurs. Car elles couraient le pays, de jour en jour. Là, c'était tel paysan qui l'avait surprise sous un dolmen, ici, une servante qui affirmait l'avoir entendue invoquer la déesse mère, une autre qui l'avait vue piler des racines de mandragore. Pourtant, aucun ne pouvait se plaindre d'elle. Elle répandait le bien sans relâche. Et je rejetais en bloc tout état de sorcellerie. Jusqu'à ce qu'Étienne de Blois lui-même vienne me révéler ses origines et me donne l'ordre de l'occire. À tous les arguments que je donnai pour sa défense, il opposa des faits, des témoins. Lorsqu'il me quitta, j'étais vaincu par l'évidence des pouvoirs d'Aude de Grimwald. Un amour si puissant partagé par deux hommes ne pouvait être que le produit du malin. Elle devait mourir. Pour le bien de tous. Et le salut de notre âme.

Jaufré ne bougeait plus. Il retenait son souffle, quand celui du balafré s'était accéléré.

— Wilhem devait s'absenter quelques jours. La contrée était paisible, ses fils s'étaient mis en paix. Je promis de rendre visite à Aude et d'armer mes hommes en cas de danger. Il me pressa sur son cœur. Partit. Au soir venu, le cavalier noir prenait la place et embrasait l'édifice. Aucun témoin. C'était le prix à payer pour qu'elle vive. Car à l'instant de l'occire, je n'avais pu. « Faites de moi ce que vous devez Pierre, mais oubliez que j'ai une fille. » Ce furent ses mots, arrachant, à mon masque, sa vérité.

— Pierre ?

Le balafré ramena son visage tourmenté vers Jaufré.

— Pierre de Chantemerle, seigneur de Vendrennes et de Pouzauges. Tel était mon nom alors. Un nom et un titre que j'avais eu fierté à porter jusque-là. Il me fit horreur dans sa bouche armée d'un sourire triste, pas même rancunier. Je l'ai emmenée. Cachée. Wilhem se tortura de sa perte, erra comme un chien perdu, m'obligeant dans son sillage à la chercher, fort d'une certitude que je brisais à chaque pas. Des semaines, des mois passèrent. Aude acceptait sa captivité comme le seul remède pour tromper les Templiers, assurer la survie de sa fille. Elle m'en était reconnaissante, je crois. Jusqu'à ce qu'elle comprenne que je ne la rendrais pas aux siens. Jamais.

De nouveau, la main s'égara sur la cicatrice. Il ferma les yeux, vacilla légèrement, puis se reprit avant de poursuivre sous l'œil troublé de Jaufré, rattrapé par ses propres images.

— Ce jour-là, Wilhem me rendit visite. Dès qu'il passa le seuil, je compris qu'il avait tout deviné. Comment? Je l'ignore encore. Il me battit froid. Exigea de la voir. Je m'enferrai dans mon mensonge. Le danger s'était éloigné, certes, mais j'étais devenu esclave de sa présence, malgré la tristesse de son regard, malgré le manque évident des siens. Je ne pouvais plus concevoir un instant sans elle, même si je ne m'autorisais pas sa couche. Le ton monta entre Wilhem et moi. Il se jeta sur moi, fort d'une haine abrupte que la détresse avait décuplée. Nous roulâmes à terre, moi dans l'espoir de lui faire entendre raison, puis peu à peu gagné par la certitude que, de cet affrontement, un seul se relèverait. Lui ou moi.

— Ce fut vous..., le coupa Jaufré d'une voix sourde.

Le balafré ne répondit pas. Il s'aida du plat de sa main droite sur son genou replié pour se redresser, accusant, avec les années, le poids d'une douleur non feinte. Jaufré le laissa se remettre droit. Malgré la hauteur des marches qui les séparaient, le balafré était aussi grand que lui assis. Quelques secondes de silence appesantirent la salle voûtée, laissant filtrer au ras des fenêtres de la tour le rire des enfants. Jaufré s'y attarda pour se recomposer une prestance, enclin à une empathie qu'il n'aurait jamais imaginée possible. Le balafré en usa pour regagner des couleurs dans un profond soupir.

— Rien n'est jamais blanc ou noir, Jaufré de Blaye. Je n'ai pas voulu la mort de Wilhem. Il s'est empalé sur ma lame en trébuchant. Je sais que sa dernière pensée a été pour elle. J'ai pleuré mon ami comme un frère, croyez-le, avant de monter à l'étage et d'en demander pardon à Aude. Ma dague pendait à ma ceinture. Elle l'a arrachée dans un hurlement de louve et, tout en me vouant aux affres éternelles, m'en a déchiré le visage au point de la briser. La suite, vous la connaissez. Je suis sorti en hâte, ensanglanté, l'œil à demi énucléé. Je n'ai pas repoussé l'huis derrière moi. À mon retour, elle avait disparu. Les gardes du pont-levis qui s'ouvrait dans la pièce principale affirmèrent ne pas l'avoir vue sortir. Je retournai le castel, puis la contrée, sans retrouver d'elle la moindre trace, éveillant en revanche les soupçons de mes maîtres. Je dus avouer ma trahison à Étienne de Blois. Il réclama en compensation que j'abandonne mes biens, mon nom. Je n'en étais plus digne. Et, pour mieux m'en convaincre, je laissai Anselme de Corcheville tuer définitivement Pierre de Chantemerle dans la noirceur de ses actes.

Sa langue claqua dans sa bouche sèche. Jaufré se leva. Malgré la pitié que lui inspirait soudain cet homme, il ne pouvait oublier ses crimes, ni une certaine méfiance. Il choisit la dignité de l'hospitalité.

— J'allais me restaurer à votre arrivée. Accompagnez-moi… Il y a bien assez de vin et de mangeaille pour deux.

Il posa un pied sur la marche, hésita, puis darda dans celui du balafré, resté immobile et silencieux, son regard aux teintes de l'estey.

— Anselme de Corcheville n'est plus, n'est-ce pas ?

— Depuis la mort d'Étienne de Blois, déjà, je le sentais peu à peu s'éloigner. Le face-à-face avec Loanna a achevé de le tuer. J'ai renié mon serment, repris ma liberté pour la perdre quelques mois dans un monastère à tenter de me pardonner. Je n'y suis parvenu. La malédiction d'Aude pèse toujours sur mes épaules et je ne saurais retrouver mon nom, mon rang et mes terres sans qu'elle soit levée.

Jaufré hocha la tête.

— Je vois. Et vous pensez que mon épouse le pourrait.

— Si ce n'est elle, alors personne.

Jaufré se ramena à sa hauteur. Pouvait-il lui faire confiance ? Ces repentirs ne masquaient-ils pas quelque nouvelle fourberie ? Un temps pour chaque chose. Un instant, il eut le sentiment que celui du balafré était compté. Cette évidence emporta sa décision.

— Nous partirons dès l'aube pour Paris. Jusque-là, Pierre de Chantemerle, si vous me rendez vos armes et jurez sur la très sainte Bible de ne pas vous approcher de mes enfants, vous êtes mon invité.

24.

Une des nombreuses portes du rempart crénelé et dardé de tours passée, puis les faubourgs qui chaque année gagnaient sur les champs clos, l'île de la Cité était telle qu'en mon dernier souvenir. Une olive enchâssée entre les deux rives de la Seine, que reliaient deux ponts de bois fortifiés, l'un appelé le grand Châtelet au nord, l'autre le petit, au sud. À l'Orient de ce dernier, à l'intérieur des remparts primitifs, et faisant presque face à l'église Sainte-Geneviève, se tenait l'imposante basilique Saint-Étienne à cinq nefs, bâtie au ve siècle, flanquée au nord d'un baptistère et de maisons à colombages de plus en plus nombreuses. Le vieux palais royal se tenait sur le versant oriental, clos par une autre muraille et aussi triste que je l'avais quitté lors de ma dernière visite. Louis de France avait beau en avoir élargi les ouvertures, fait ravaler les façades et rafraîchi les jardins, ses vieux murs relataient le manque d'animation, de vie, de couleur et de musique que l'Aquitaine, et même l'Angleterre, avaient toujours privilégiées. Il fallait avoir une bonne raison de s'y attarder.

À mon entrée dans la petite antichambre éclairée par la lueur blafarde des chandeliers, le roi s'écarta du miroir dans lequel il venait, une fois encore, de juger de sa mauvaise mine. Il attendit que le valet ait refermé la porte basse, nous isolant tous deux, pour tendre vers moi un menton interrogateur.

Je secouai négativement la tête, navrée.

— La grossesse de la reine n'est pas en cause, Votre Majesté. Son mal vient du sein dextre. Il est anormalement déformé et dur. J'ai relevé deux masses sous l'aisselle, douloureuses au toucher, et une autre aux salières. Qu'en disent vos médecins ?

— Ils subodorent tout et son contraire. Mais s'entendent sur la diète et la saignée… Sa toux, avez-vous entendu sa toux ?

Fallait-il qu'il soit démuni pour m'avoir appelée au chevet de Constance, moi que tout aurait dû en éloigner ? Tirant sur les fronces qui retenaient mes manches au coude, je les rajustai au bas de mes poignets, humides encore d'avoir été lavés.

— Je l'ai écoutée, oui. Elle est sourde, étouffée. Je crains, Votre Majesté, que votre épouse ne parvienne au terme. Et si elle le passe, que l'enfantement ne l'achève.

Il accusa le verdict d'un affaissement des épaules. J'ajoutai :

— Le délai sera plus court encore si vous laissez les médicastres l'affaiblir. Comment se sentir mieux quand tout autour de vous préfigure la tombe ?

Il eut un léger sourire.

— Que préconisez-vous ?

— D'adoucir son déclin. Elle réclame du vin et de la viande. Faites-les-lui porter. Écartez les rideaux, ouvrez les fenêtres au plus chaud de la journée, laissez entrer le soleil. Et, lorsqu'elle aura regagné quelques illusoires forces, qu'elle se lève, s'habille et sorte si elle le désire. L'absence de fièvre autorise à penser qu'elle n'est pas contagieuse, juste contaminée par une malemort sournoise. Alors qu'on la visite, la fasse rire, espérer.

Louis s'adossa à un coffre haut perché et richement orné de pierreries. Il dormait en pointillé, bien qu'en une chambre voisine, réveillé souvent par les hurlements de douleur de son épouse. Il n'avait su, les premiers jours, que se réfugier dans la prière, confiant en ses médecins, avant, en la voyant dépérir de leurs manières, de se tourner vers mes secrets. Il darda sur moi son regard cerné.

— Vous me l'aviez prédit, vous en souvenez-vous ? Une troisième épouse. Un fils. Je n'avais éprouvé alors qu'indifférence, mais, au fil des jours, au contact de cette femme si pieuse et si délicate, un attachement précieux m'a gagné. La perdre me sera chagrin, dame Loanna. Mais moins que de la voir souffrir. Je vais m'employer à vos conseils. Comme toujours, ils sont judicieux et méritent récompense.

Je me fendis d'une révérence.

— Votre discrétion me suffira, Votre Majesté. Malgré l'amitié que le roi d'Angleterre vous porte ce jourd'hui, je doute qu'il apprécie que j'en serve un autre que lui.

Louis passa une main lasse sur son crâne, tonsuré à l'instar des moines.

— Nous n'en sommes, vous et moi, pas à une alliance près. Toutefois, et bien que votre abnégation vous honore, j'ai fait reconduire à vos usage et nom la demeure qui vous abrite céans dans le quartier Sainte-Geneviève. Elle fut à Aliénor pour Denys de Châtellerault [1] je crois…

— Votre Majesté…

— Point de commentaire ou de déni, dame Loanna, je ne saurais les entendre. Le temps a passé. Sur les infidélités de ma première épouse aussi.

Il retira de son auriculaire une bague d'or marquée d'une fleur de lys. Me la tendit.

— Prenez. Si un héritier vient enfin au trône de France, mon amitié avec le Plantagenêt se perdra dans les intérêts

1. Voir *Le Lit d'Aliénor*, XO Éditions, 2002.

de la France. Ce sauf-conduit vous assurera de toujours la trouver en quelque endroit où prévaudra mon autorité.

Je l'acceptai, avec le sentiment diffus d'une nécessité future.

— Soyez-en béni, Votre Majesté.

Je la glissai dans mon corsage, lui soutirant un nouveau sourire, puis me courbai une nouvelle fois.

— Permettez que je me retire. Il est près de... chez moi... un apothicaire qui saura me fournir de quoi composer deux médications. L'une pour restaurer la vigueur, l'autre pour apaiser les douleurs les plus vives. Je demeurerai quelques jours au chevet de la reine pour mieux en ajuster la composition suivant leurs effets. C'est tout, hélas ! ce que je puis faire.

— C'est déjà plus qu'une autre n'aurait fait. Allez, dame Loanna, allez en paix, me concéda Louis dans un geste élégant du poignet.

*

Jaufré n'était guère fâché d'atteindre Paris. La compagnie du balafré ne lui avait procuré qu'un sentiment permanent de méfiance. L'homme s'était pourtant scrupuleusement tenu à sa parole et, dès l'instant où il l'avait donnée, avait rendu ses armes, allant même jusqu'à détourner les yeux d'Eloïn lorsque, fortuitement, la fillette était entrée dans la cuisine où ils prenaient collation. Jaufré avait renvoyé sa fille sèchement. Si Eloïn en avait, sans sourciller, interprété la cause, Jaufré s'en était voulu de sa dureté inaccoutumée. Trois heures plus tard, revenu de régler quelques détails avec son intendant, il avait trouvé son vieil ennemi à la fenêtre, face au jeu des deux enfants dans la cour. Le balafré n'avait pas pris la peine de s'en excuser. Au contraire.

— Cette ressemblance avec Aude est si improbable que tantôt elle m'apaise, tantôt elle me brûle. Le comprenez-vous ?

Jaufré avait hoché la tête, la gorge nouée, avant d'ajouter d'un ton sans équivoque :

— Guérissez-vous-en. Et vitement, comme il convient à nos accords.

Un sourire triste s'était ébauché au coin de la bouche du balafré, avant qu'il ne détourne la conversation sur leur itinéraire.

Dès le petit jour suivant, se pliant aux règles de Jaufré, il s'était couché dans son galop, avait rompu le pain avec lui dans les relais, partagé la couche de ses gens d'armes, parlé peu, Jaufré refusant toute confidence, et lui n'ayant que maudesseins à raconter. De sorte que tous deux ne retinrent de leur voyage que la certitude de n'avoir rien à échanger.

Au grand matin de ce 16 juillet, soulagé de voir s'arrêter là leur chevauchée, Jaufré pénétrait près de lui dans la cour du vieux Louvre et se faisait annoncer au roi de France. Au bout de une heure, Louis le reçut. Seul. Avant, enfin, de nous réunir dans son cabinet et de nous y laisser.

Le besoin d'embrassade apaisé, Jaufré me rassura quant à nos enfants laissés en Blaye, sous solide garde, puis me raconta. Tout. Comme lui, ma première réaction fut de méfiance, mais le souvenir de ma propre rencontre avec le balafré à Provins me confirma ses dires. Je dus m'asseoir quelques minutes pour me faire à cette histoire qui, de bourreau, plaçait mon ennemi juré presque au rang de victime. J'avais du mal à l'admettre, tant il m'avait tourmentée par le passé. Comment un homme qui m'avait vue naître, avait aimé ma mère et chéri mon père d'adoption, avait-il pu me menacer ? Comment avait-il pu renier le serment fait à Aude de me laisser en paix ? Fallait-il que Pierre de Chantemerle ait été perverti de bien méchante manière pour qu'Anselme de Corcheville ait pu exister ! Si ma mère, en le défigurant, en était responsable de fait, de cœur je ne pouvais que l'absoudre. Je me souvenais trop bien de ma souffrance, inguérissable, en ce temps où tout affirmait la mort de Jaufré à Tripoli. Séparée des siens, prisonnière du doute, Aude était encore une femme, comme je l'étais. Je regardai Jaufré, indifférente à ses habits crottés par la route, à ses yeux aux pattes-d'oie plus marquées. Si je devais le perdre, là… Mon cœur se broya. Celui qui en serait responsable verrait son sang se mêler au mien. Oui, comme ma mère, je châtierais avant de mourir.

Je secouai la tête, navrée.

— Je n'ai pas le pouvoir d'apaiser cet homme, Jaufré. Seule Aude de Grimwald le pourrait, et j'ai le sentiment qu'elle est morte de chagrin, quelque part, dans un recoin secret du castel où il la tint enfermée. Dis-le-lui. Qu'il la trouve. La mette en sépulture avec son aimé. Alors, seulement, il gagnera la paix. Je ne veux plus, quant à moi, le revoir. Jamais.

Jaufré vint s'accroupir devant moi. Ses doigts s'enroulèrent autour des miens. J'avançai le front. Il y appuya délicatement le sien. Nous restâmes ainsi quelques minutes, au-delà des mots, dans cette évidence que l'un sans l'autre nous ne serions plus rien. Puis Jaufré se redressa, prit la porte et je me glissai à la fenêtre qui donnait sur le parvis, consciente qu'au moment de repartir son regard se lèverait vers le mien.

Anselme de Corcheville serra les dents sur sa colère.

— N'a-t-elle donc pas seulement le courage de me le cracher à la face ? grinça-t-il.

Jaufré ne baissa pas les yeux.

— Je vous le répète. Une malédiction ne peut être défaite que par son auteur.

— Mensonge. Un pardon sincère suffirait.

Il se jucha en selle, repoussa de la pointe du pied le valet qui l'avait aidé à monter, darda sur Jaufré un œil sombre.

— Le temps viendra, Jaufré de Blaye, où tu regretteras de n'avoir été plus convaincant. Si je n'ai ce jourd'hui réparation, je l'aurai demain. Par une autre qui le vaudra bien !

Laissant Jaufré sur cette menace, il cravacha sa monture et l'arracha aux pavés disjoints de la cour du Louvre. Une sueur froide glissa le long du dos de Jaufré. Il venait de comprendre. Ce n'était pas une absolution que le balafré était venu chercher, mais une raison à sa convoitise. Eloïn. C'était Eloïn qu'il voulait. Il héla le garçon d'écurie, exigea sa monture puis leva la tête vers ma fenêtre.

Un frisson me gagna devant son visage farouche. Je le vis enfourcher sa monture puis disparaître dans le sillage du balafré. Certaine qu'il venait lui-même de faire un choix, plus radical que le mien, je quittai en hâte cette pièce aux relents d'encens pour dévaler le grand escalier de marbre qui ramenait vers l'entrée. Je pouvais peut-être encore empêcher que du sang entachât ses mains.

L'on se pressait en nombre à l'abord du petit pont, bordé de part et d'autre par des échoppes qui arrêtaient le chaland. Les charrettes voisinaient avec les litières, les chevaux avec les mulets, les piétons avec les chiens errants. Jaufré eut du mal à s'y frayer passage et tempêtait à la perspective de ne pas retrouver le balafré dans la foule. Il savait pourtant qu'il passerait nécessairement là. Il n'existait pas d'autre accès pour rejoindre la via romaine en direction de Bordeaux. Tout en bousculant les uns, s'excusant auprès des autres, il se reprochait sa sottise. Sûr que le balafré avait laissé des hommes derrière lui, prêts à s'immiscer sournoisement en

Blaye comme ils l'avaient fait au palais de l'Ombrière. Son sang battait ses tempes à l'idée que déjà, peut-être, Eloïn était entre leurs mains. Il harcela sa monture, la força à coller aux bâtisses pour contourner un charroi qui bloquait passage. Il allait dépasser l'attelage et son conducteur lorsqu'il vit le balafré qui peinait de même, à quelques toises de lui. Il devait l'empêcher d'atteindre le petit Châtelet, à l'extrémité du pont. Il gueula :

— Chantemerle !

Il n'obtint qu'un œil noir de la part du charretier, dont les oreilles étaient trop proches. Jaufré le déborda, resserrant la distance qui le séparait de son ennemi. Le vit mettre pied à terre. S'il atteignait les gardes en faction devant la porte, c'en serait terminé. Il ne pourrait agir que plus loin. Et, plus loin, Jaufré se savait trop malhabile pour vaincre. Saisi par une autre idée, il s'époumona :

— Corcheville !

Le balafré tourna la tête. À la surprise succéda sur ses traits tirés comme un relâchement. Jaufré refusa d'y voir l'espoir d'une possible indulgence. Il se hâta jusqu'à lui, descendu de cheval et ramené vers la bordure. Glissa de sa selle, un sourire faux aux lèvres.

— Vous partîtes trop vite pour entendre la fin du message, mon ami.

Le balafré le toisa de mépris.

— À quoi bon, s'il me condamne ?

— Holà ! marauds, ôtez-vous du passage, gueula un cavalier à leur encontre, une main au pommeau, l'autre sur sa lame.

Jaufré en profita pour attirer le balafré dans l'ombre d'une échoppe au volet rabattu.

— Il existe un autre moyen de vous délivrer.

Le balafré accusa un sourire sur ses traits abîmés.

— Me donner votre fille en mariage ?

— Non..., répondit Jaufré en faisant coulisser un poignard de sa manche, certain que le balafré ne le pouvait ni voir ni imaginer... Rejoindre Aude de Grimwald.

Profitant de l'effet de surprise qui arrondit les yeux du balafré, Jaufré frappa trois fois sous le sternum, sans hésiter, aussi froidement que sa lame, aussi rapidement que le lui avait autrefois enseigné Denys de Châtellerault.

— Assez, Jaufré. Assez, murmurai-je derrière son épaule, bouleversée par le regard, peu à peu vitreux, que le balafré dardait sur moi, arrivée trop tard.

Il éructa, dans un filet de sang, d'un pardon à peine audible.

Des larmes me vinrent avec le souvenir de ce visage, rajeuni, épuré de sa cicatrice, au nez légèrement en bec d'aigle. Un rire à mes oreilles, une lueur de tendresse. Le Pierre de Chantemerle de ma petite enfance. L'ami. Le protecteur. La voix d'Aude de Grimwald au creux de moi.

— Que se lève l'anathème et s'oublient les tourments. Tu es libre, Pierre de Chantemerle. Pardonné céans et absous, murmurai-je.

Il rendit son dernier souffle dans un sourire apaisé.

Jaufré se colla à lui pour le repousser dans une encoignure. Malgré notre trouble, conscients soudain de la proximité des gens et des soldats de guet, nous nous obligeâmes, lui à singer l'ivrognerie, moi à houspiller un marchand dont un des cochons me soulevait le bas du bliaud. Le balafré disparut dans l'ombre, ratatiné sur lui-même, et je jetai ma chape sur les épaules de Jaufré. Il en resserra les pans sur sa poitrine entachée de sang, reprit sa monture par le licol comme je le fis de la mienne, tandis que, indifférents, les passants cheminaient dans les deux sens d'une circulation tout autant encombrée.

Sans un dernier regard, nous nous en retournâmes d'un pas pesant vers le cœur de la cité, une évidence au cœur.

Par sa provocation ciblée, Pierre de Chantemerle avait obtenu la fin qu'il avait espérée.

Les jours qui suivirent me furent d'un étrange vide. Comme si une part de moi s'était éteinte avec lui, sur le petit pont, et je ne pus l'approcher qu'avec un pincement au cœur. Sitôt ses vêtements ensanglantés changés, Jaufré reprit la route de Blaye avec son escorte. Bien qu'il se soit, comme moi, rendu à l'idée que nos enfants étaient saufs, il avait tenu à s'en assurer en me précédant sur nos terres. Il n'éprouvait pas de remords, au contraire, sinon de n'avoir su demander en quel lieu Aude de Grimwald avait été emprisonnée pour que je puisse mettre son âme, à elle aussi, en paix.

Je demeurai, quant à moi, une semaine encore auprès de la reine de France pour affiner mon traitement et mon verdict, m'occupant des vivants puisque là était ma place. Chaque soir pourtant je regagnais l'ancienne demeure de Denys de Châtellerault dans laquelle je logeais. Rien n'y avait vraiment changé, comme si le temps s'était arrêté avec lui sur les rives du Bosphore, comme s'il avait fallu que, le basileus Manuel Comnène nous privant de sa dépouille, ce lieu devienne mausolée. Aliénor en avait fait sceller les portes à notre retour de croisade. Nul n'y avait plus pénétré. Louis avait été curieusement inspiré de m'en remettre les clefs, affirmant au soir de mon entrée en Paris que ce serait plus diplomatique pour moi, au regard d'Henri, de ne pas être vue au palais de la cité. La place avait été nettoyée avant mon arrivée, mais, malgré toutes ces années, un parfum persistait dans les meubles que j'avais caressés, celui d'une amitié si puissante, d'un attachement si profond que Denys en était mort pour m'avoir voulu sauver. Curieusement, la disparition du cavalier noir en raviva le souvenir. C'était près de cette même maison à colombages, sous le porche de l'église Sainte-Geneviève que j'avais subi une de ses attaques des années plus tôt. Grièvement blessée, j'avais réussi à remonter sur ma jument, à trouver refuge auprès de Denys, mon ami, mon frère. Oui, curieusement, ce fut avec le sentiment que tout ce qui devait être avait été que je refermai sur moi cette page de mon passé.

Le roi ne me retint pas cette fois. Pour avoir demandé mon conseil, il connaissait mon sentiment à l'égard de ses intentions de remariage. Je ne les approuvais pas, puisque contraires aux intérêts des Plantagenêts. Mais c'était justement cet argument qui, je m'en doutais, le ferait s'entêter. Il avait jeté son dévolu sur la délicieuse Adèle qui était la sœur de Thibaud de Blois et Henri de Champagne, respectivement mariés aux filles d'Aliénor et de Louis. Ce qui placerait la nouvelle épousée dans la situation complexe de devenir à la fois la belle-sœur et la marâtre de Marie et d'Alix. Outre sa complexité, cette situation rapprocherait dangereusement la maison de Blois-Champagne de la succession au trône de France. Une alliance dont j'anticipais, pour Louis, la joie et, pour les miens, le chagrin.

Le 4 octobre 1160, tandis que je me rassasiais de nouveau de mon époux et de mes enfants, grandis, rieurs et aimants, qu'Aliénor administrait toujours l'Angleterre en place d'Henri, demeuré en Normandie pour en réformer autant les finances que l'administration, Constance fermait les yeux et Adèle de Champagne les ouvrait sur l'île de la Cité.

25.

La première conséquence de ce remariage fut de jeter Aliénor dans une de ces colères farouches dont je connaissais la portée. Nous étions à Poitiers où se pressait désormais une voluptueuse assemblée de vassaux et de poètes. Les joutes voisinaient avec les jeux d'esprit, les répons avec les chansons de geste, la musique des troubadours avec le théâtre, les discussions subtiles avec les prouesses des acrobates. Les cours d'amour y étaient les plus belles de ce temps et, pour mieux les servir, Aliénor avait lancé la construction d'une nouvelle résidence plus flamboyante. De fait, avec Henri, elle avait entrepris des chantiers partout. Une nouvelle tour à Londres, sur le bord de la Tamise, un castel à Douvres, un autre dans l'île de Wight, un jardin merveilleux en forme de labyrinthe à Woodstock, une abbaye à Eaton, une autre à Westwood, pour accueillir les filles de l'ordre de Fontevrault, une léproserie à Caen, un palais à Bures, l'agrandissement du château de Rouen, celui d'Angers, des fortifications à Fréteval et Amboise ou encore, à Quevilly, un manoir qui ouvrait le regard sur des envolées d'oiseaux exceptionnelles. Oui, des chantiers partout, pour affirmer haut et clair aux autres suzerains combien étaient solides leur entente, leur puissance et leurs ambitions.

Aussi cette pique de Louis au cœur même de leurs projets valut-elle le fracassement violent de deux vases précieux contre un mur blanchi à la chaux. Je ne dus qu'à un recul prudent, sitôt qu'elle s'en fut saisie, de ne pas être touchée par les milliers d'éclats qui volèrent. Aliénor en reçut deux, un sous l'œil droit qui se piqua en aiguille, l'autre au coin de la lèvre inférieure, qui l'entailla sauvagement avant que de retomber. Loin de s'en inquiéter, elle arracha le premier qui la chatouillait détestablement et, ruisselante d'un sang vermillon, se tourna vers moi.

— La paix ! La paix ! Il veut la paix mais déclare la guerre ! Que croit-il ? Que je vais continuer de m'aplatir devant Thibaud de Blois ? Passe encore pour Henri de Champagne, que je trouve fort bien assorti à ma fille et de bon aloi, mais l'autre ! L'autre !

Elle écarta les doigts d'exaspération, avant de les resserrer sur une gorge invisible. Sa mâchoire aux angulations alourdies se crispa, activant un reflux de sang à sa bouche.

— Il... Il... Grrr...

— ... t'insupporte, achevai-je en m'avançant pour tamponner ses blessures.

Elle repoussa mon geste, passa la pointe de sa langue à la commissure de ses lèvres.

— Pire que cela, Loanna. Pire que cela. Son impertinence se masque de notre prétendue réconciliation, mais, tu l'as vu comme moi, tout lui est bon pour nourrir sa rancœur intestine.

La dernière preuve, je le savais, était ce courrier que Thibaud de Blois s'était permis d'écrire en place d'Alix, en réponse à une lettre qu'Aliénor avait adressée à sa fille.

« *Souffrez, madame, qu'elle se porte au mieux et n'ait temps à perdre à vous donner chaque mois le détail de ses journées...* »

En clair, Alix n'avait pas même lu le message, intercepté, de sa mère. Aliénor avait jeté aux flammes celui de son futur gendre avec la même impulsion vengeresse que les deux vases au col de cygne. Malgré la prétendue trêve instaurée, elle ne reverrait pas de sitôt sa fille, elle en était persuadée. Et cette évidence lui pesait telle une petite mort en l'âme.

Je lui tendis le linge. Elle le pressa sous l'œil.

— Ce scélérat resserre l'étau autour du trône. Si un fils naît à Louis, c'en sera terminé pour nous. La France sera à la maison de Blois-Champagne, et cela, Loanna, cela je ne saurais l'accepter.

Je me gardai de lui avouer ma prémonition et quelques-unes de ses conséquences. Sans que je le tienne pour vérité absolue, le passé m'avait enseigné que tout acte pour les contrer ne servait qu'à leurs rets. L'Histoire ne s'écrivait pas de sourire et de plénitude, elle s'arrachait, de la même manière qu'Aliénor avait arraché cette aiguille de cristal.

— Que comptes-tu faire ?

— Récupérer la dot de la petite Marguerite.

Je souris, amusée de cette perspective.

— Il faudrait pour cela la marier avec Henri le Jeune. Or, tu en conviendras, c'est contre tout principe. Elle n'a que deux ans, Aliénor, et lui cinq. Mais je suppose qu'ayant obtenu dérogation auprès du pape pour leurs fiançailles tu n'hésiteras pas à en demander une autre pour leur hymen.

Elle s'apaisa, ragaillardie par sa trouvaille autant que par mon approbation.

— Nous allons reprendre ce que nous avons si joliment donné à Louis en gage de paix. Le Vexin normand et Gisors. Et en toute légitimité, encore.

Une moue narquoise marqua mes traits.

— Aussi légitime que la réponse de Thibaud de Blois à ton courrier.

Son œil scintilla d'une lueur vengeresse.

— Exactement. Et tu vas t'en réjouir, ma douce, car Gisors sera arrachée aux Templiers qui en assurent la garde et, de fait, la jouissance jusqu'au mariage des enfants.

Elle avait raison. Une part de moi n'avait jamais pardonné à l'Ordre son acharnement contre ma famille. Le spolier d'un bien était, d'une certaine manière, récupérer un peu des miens. Lors, mon rire s'envola pour rejoindre, complice, le sien.

Bien évidemment, il en fut ainsi.

Le mariage des deux enfants fut célébré à Rouen et, dans les jours qui suivirent, Henri se présentait devant Gisors et s'en faisait remettre les clefs. La première réaction de Louis fut de s'accorder à la colère de Thibaud de Blois, son sénéchal. Il lança quelques offensives aux frontières du Vexin, qu'Henri contint sans peine, puis, averti de la puissance de son rival et peu enclin somme toute à une guerre qu'il avait refusée à Toulouse, se résigna dans l'attente de cet héritier que je lui avais promis.

Je partageais, je l'avoue, le même espoir que lui. Huit ans s'étaient écoulés depuis la naissance de mon petit Geoffroy et, malgré tout l'amour dont Jaufré me couvrait, aucun autre enfant ne s'était présenté quand Aliénor en avait mis cinq au monde. Certes, mon aimé ne m'en faisait aucun reproche. Nous avions chacun notre héritier, mais l'envie de maternité me tenait souvent et j'aurais eu bonheur à la voir devenir réalité. Pour me rendre plus encore chagrine, Aliénor avançait de nouveau gros ventre alors que, porté par ses élans aux quatre coins du royaume, Henri la voyait peu. Cette pensée me devenant obsession, je résolus d'en chercher la raison au seul endroit de magie qui pouvait m'offrir réponse. Brocéliande.

Alors que le printemps de cette année 1161 s'annonçait, accompagnée des miens, je me présentai donc aux frontières de mes domaines sous cette pluie battante qui, dix lieues avant, avait vu un de nos chevaux de bât se briser la jambe dans une ornière. Fort heureusement, cantonnés avec nous dans la voiture, derrière les volets de cuir que les gouttes cinglaient avec violence, les enfants n'avaient pu voir le chef de notre escorte achever l'animal près d'un genévrier. Nous étions repartis cahin-caha sur une voie défoncée par trois semaines d'intempéries et n'espérions plus que le confort désuet du vieux castel, en plein cœur de mes terres. Nous le trouvâmes tel que je l'avais laissé quelques années plus tôt, planté sur les bords du lac et baigné de cette lumière si particulière qui ambrait l'air ambiant d'un éternel été. Déjà, en pénétrant sous la voûte des arbres multicentenaires de la forêt, avions-nous entendu le chant des oiseaux se substituer au fracas de l'eau sur le toit cuirassé. Eloïn l'avait fait remarquer à son frère, impatient de dérouiller ses jambes comme elle l'était de féerie. Un souffle différent nous portait. Jaufré avait dégagé les fenêtres et nos deux enfants s'étaient accrochés aux portières, chacun d'un côté, ouvrant de grands yeux, aussi ébaubis que notre escorte devant les papillons multicolores qui voletaient en nuées autour de nous, les rais de lumière qui trouaient les frondaisons et éclairaient là un groupe de chevreuils paisibles, ici un faon près de sa mère, le museau traversé d'une touffe d'herbe tendre, plus loin des marcassins, zébrés encore de leur première robe et fouissant la terre en quête de glands, un cerf d'une noblesse sans âge surveillant notre progression, une famille d'écureuils sautant de branche en branche ou encore une hermine qui, pour échapper aux roues de la voiture, avait bondi dans un pied de bruyère. Rien qui soit exceptionnel et, cependant, tout semblait l'être. Geoffroy nous prenait à témoin, le doigt tendu à tout bout de champ, Eloïn humait les parfums d'humus, de thym et de chèvrefeuille sauvage, les traits illuminés par la sérénité de l'endroit, qui semblait arracher toute emprise au temps en refermant sur nous son cocon.

Le castel, laissé à l'intendance du vieux Mauray, offrit la même impression aux miens. D'allure bien moins austère que les donjons de son temps, quoiqu'il fût le plus ancien de la région, il dardait vers un ciel redevenu d'azur quatre tourelles d'angle, reliées les unes aux autres par une galerie à mâchicoulis. Des fenêtres carrées à croisée de pierre piquaient harmonieusement chaque étage et se reflétaient dans l'eau tranquille du lac. La herse était levée et c'est dans un silence recueilli que nous en franchîmes le passage. Quelques secondes seulement. Car Geoffroy attendit à peine que la voiture soit immobilisée pour pousser un cri de joie et s'en arracher. Je le suivis, laissant Jaufré descendre par l'autre côté, derrière Eloïn.

— Vous avez vu, mère ? Il m'aime déjà.

— Je vois surtout qu'il va te faire verser, répondis-je.

Aussitôt dit. Les pattes de l'énorme chien vers lequel Geoffroy avait bondi, si ce n'était l'inverse, se levèrent dans un saut festif pour s'accrocher aux frêles épaules. Geoffroy partit vers l'arrière dans un éclat de rire et ne dut qu'à la prévenance du vieux Mauray, surgi aussi discrètement qu'à son habitude, de ne pas choir le cul sur la roche de la cour.

— Assis Toblart. Assis, intima l'intendant à l'animal, après lui avoir concédé quelques coups de langue affectueuse sur les joues rebondies de mon fils, indifférent à sa rudesse. Geoffroy épousseta son mantel, l'œil gourmand en direction du chien qui ne s'était éloigné que de quelques pas, la queue battant fébrilement le sol dans l'attente d'une levée d'ordre.

— Pardonnez-moi, dame Loanna, j'aurais dû l'enfermer aux premiers signes de votre arrivée.

Mauray s'était incliné, cette lueur d'affectueux respect dans son iris aux indéfinissables nuances de gris. Je haussai les épaules, un sourire aux lèvres.

— Nous savons vous et moi qu'il aurait laminé la porte ou sauté par la fenêtre. Comme sur vous, mon bon, les années et l'affection n'ont pas de prise…

Je le pressai dans mes bras. Bien loin de ses prérogatives, Mauray s'était occupé de moi comme un père à chacun de mes séjours ici, et j'éprouvai une sincère tendresse pour lui. S'il salua Jaufré avec le même plaisir, je vis son œil se troubler devant Eloïn. Je lui tapotai l'épaule.

— Vous aurez, je devine, vous aussi à m'apprendre sur Aude de Grimwald.

— Je suis heureux que la vérité vous ait été révélée, me répondit-il simplement avant de tourner un œil embrumé vers Geoffroy qui avait fini par trouver, près des marches de l'entrée, une branche déjà mâchonnée.

Elle s'envola vers les écuries, siffla non loin de l'oreille d'un des chevaux de bât qui fit un bond de côté, puis un second en voyant fondre sur lui le chien aux longs poils et à l'allure exubérante. Toblart rattrapa le bâton avant qu'il n'eût touché terre, s'attira les grognements d'un des soldats de l'escorte, serré d'un peu trop près par le cheval apeuré, puis s'en revint s'aplatir des pattes avant devant Geoffroy, satisfait.

— Bon chien. Bon chien.

— Joue avec lui de l'autre côté, exigeai-je.

Ravi davantage de l'autorisation sous-entendue qu'inquiet des conséquences de sa sottise, Geoffroy récupéra le bâton déposé à ses pieds et, entraînant l'animal bondissant, partit en courant vers le fond de la cour, où se dressait mon ancien pigeonnier.

Eloïn sur les talons, en proie à un inhabituel mutisme, et laissant aux valets le soin de nos hommes, Jaufré et moi poussâmes la lourde porte d'entrée, y précédant de peu Mauray qui s'était effacé, respectueusement, sur la dernière marche.

*

— Que pouvez-vous me raconter sur elle ?

La question n'était pas venue de moi mais d'Eloïn. Dès le lendemain matin, alors que Mauray, dans la cuisine où nous venions de nous imposer toutes deux, achevait de farcir avec entrain une poularde pour le dîner. Il ne marqua qu'un subtil temps de surprise avant de hocher la tête.

— J'avais dix-sept ans lorsqu'elles sont venues au monde. Pas ici, dans l'hotié de Viviane, comme chacune de la lignée. Mon père était déjà l'intendant du castel. À sa mort, deux ans plus tard, j'ai repris la charge, et veillé sur elles jusqu'à leur neuvième année où elles partirent pour l'Angleterre. Je n'ai revu Aude qu'à deux ou trois reprises ensuite. Mais il est des visages que l'on n'oublie jamais. Sa fin, tragique, me fut racontée par Guenièvre quelques années plus tard.

Une autre version. Un frémissement me parcourut que le vieil homme devina. Anticipant ma requête dans le regard de ma fille, il poussa un profond soupir tout en s'essuyant les mains à son tablier déjà maculé de graisse.

— J'en sais bien peu en vérité. Guenièvre a surgi un matin, à bout de forces et de larmes. Elle m'a annoncé la mort de sa sœur. Elle avait besoin de ce lieu pour la pleurer. Je me suis fait discret jusqu'à ce qu'elle m'invite à partager sa peine. Je n'ai rien demandé. Et j'ai obéi lorsqu'elle m'a fait jurer de ne jamais en parler. À vous moins qu'à quiconque.

— Votre fidélité vous honore, Mauray, répondis-je, déçue malgré tout, tandis qu'il s'emparait d'une paire de ciseaux pour effiler des feuilles d'ortie. Il marqua une pause, leva vers nous son visage moucheté de taches brunes comme autant de pierres dans les chemins creux de sa vieillesse.

— Il y a toujours une malle. Emplie des effets de leur enfance à toutes deux.

L'œil d'Eloïn pétilla.

— Où se trouve-t-elle ?

— Sous les solives.

Elle tourna les talons aussitôt, comme happée par une main invisible. Une dernière question avant de lui emboîter le pas :

— Guenièvre y est-elle montée après la mort de sa sœur ?

Il sourit tristement.

— Elle y demeura enfermée trois jours et trois nuits sans accepter seulement de boire ou de manger.

— Merci, Mauray, répondis-je.

Il haussa les épaules, me laissa partir, presque à la course. Tandis que je grimpais les escaliers, relevant le bas de mon bliaud pour ne pas trébucher, je songeais que ce lieu, retrouvé dans l'espoir de réponse à ma stérilité, allait peut-être en amener d'autres au cœur de ma propre fille. Car, de fait, depuis qu'elle en avait franchi les murs, Eloïn était autre. Une autre d'un temps passé et avec qui j'avais rendez-vous. Maintenant ou jamais.

26.

Je ne me souvenais pas d'avoir déjà franchi cette vieille porte, basse et moulurée. Pas seulement même d'en avoir eu connaissance. Elle était entrouverte. Je l'écartai davantage. La salle, doucettement éclairée par deux ouvertures, couvrait toute la surface de l'édifice. Encombrée de malles, de tapis, de meubles éventrés par les années, elle semblait ce qu'elle était. Un tombeau pour souvenirs désuets. Le silence n'y était troublé que par les voix de mes hommes, portées par le vent depuis l'étang au milieu duquel, sur une barque, ils pêchaient.

— Là, là, un gros ! C'est un gros, père ! s'impatientait Geoffroy, certainement arc-bouté sur la canne qui pliait.

Je passai le seuil.

— Eloïn ?

Elle ne répondit pas, mais je sentais sa présence, percevais le froissement de tissus. J'avançai de quelques pas. Elle m'apparut, agenouillée sur le sol poussiéreux, fouillant dans une grande malle oblongue au couvercle relevé. Une malle parmi d'autres, mais dont elle paraissait reconnaître chaque effet. Je me glissai délicatement jusqu'à elle. Je savais ces instants où l'univers bascule, où l'on cesse de s'appartenir pour devenir quelqu'un d'autre. J'en avais eu l'expérience. Guenièvre était à mes côtés. La possession n'avait duré que quelques minutes, une vieille femme qui s'était servie de mon corps pour parler à son époux, inconsolable de sa perte. J'avais l'âge de ma fille, et j'en étais ressortie perturbée pendant de longs mois avant d'admettre pour normal ce don. Jamais plus il ne m'avait visitée. Je m'accroupis lentement. Ne pas briser l'enchantement. Ma voix se fit murmure :

— Aude ?

Eloïn tourna vers moi son visage. Me sourit.

— J'ai perdu ma pierre de lune. Peux-tu m'aider ?

Mon cœur se serra. Une pierre de lune. Aude de Grimwald possédait une pierre de lune. Instinctivement, ma main chercha à mon col avant de se rabattre dans l'entrelacs des bliauds aux couleurs fanées. Était-ce celle-ci que Merlin avait glissée à mon cou le jour de mon initiation, avant de me la reprendre à la guérison de Jaufré ? Si cela était, comment aurait-il pu la remettre en ce lieu, lui qui n'était plus qu'énergie pure ? Mauray ? Était-ce Mauray qui l'avait fait ?

Eloïn arracha une toile grossière, laissa échapper un petit cri de surprise. Elle me la brandit sous le nez.

— J'ignorais que tu l'avais conservée.

Me prenait-elle pour sa sœur en cet instant, malgré notre piètre ressemblance ? Son œil s'attrista, elle fit bomber le tissu sous sa paume ouverte, en fit ressortir une large tache sombre.

— Regarde, le sang de tes couches y est encore imprimé.

Je tiquai. Guenièvre n'avait jamais enfanté aux dires de l'emperesse Mathilde.

— Je ne me souviens pas, Aude.

Elle caressa ma joue, l'iris empli de tendresse.

— Mais si, tu te souviens. En même temps. Nous l'avons eu en même temps.

Cela devenait incohérent. Je faillis rompre la possession. Mais une larme coula sur sa joue. Elle serra la toile sur son cœur.

— Tu sais bien que c'est pour ça que je t'ai confié ma Loanna quand Pierre est venu me chercher. Pour remplacer ta petiote. Elles se ressemblaient tant.

Je me mis à trembler. Me revenaient soudain en mémoire certaines paroles de Guenièvre à propos du duc Guillaume le Troubadour, le grand-père d'Aliénor. Elle n'avait pas menti à son sujet. Elle l'avait aimé. Et avait eu une fille de lui, comme Aude. Une fille dont j'avais pris la place. Elle avait dû se réfugier ici pour la porter puis la mettre au monde. Ailleurs, elle aurait été montrée du doigt, répudiée. Tout devenait logique soudain. Mauray n'avait-il pas dit que toutes celles de ma race naissaient ici, dans l'hotié de Viviane ? Moi aussi, de toute évidence.

— Te souviens-tu du lieu où elle fut enterrée ?

— Bien sûr. Dans la crypte. Sous le château. Mauray a la clef.

Mauray. Encore un secret bien gardé.

— Pourquoi cherches-tu ta pierre de lune, Aude ?

La lumière revint sur ses traits.

— Pour Eloïn. C'est elle désormais qui doit la porter. Il faut qu'elle protège le prochain roi. Il faut toujours l'une de nous à ses côtés, tu me l'as bien assez répété.

Elle me plaqua la toile dans les bras, replongea sa main dans la malle, en vida le contenu, fébrile, jusqu'à laisser deviner le fond cueilli de pénombre. Elle tâtonna. Le charme cesserait avec la découverte de l'objet. Une dernière question. Celle qui m'avait amenée là.

— Pourquoi ta Loanna ne peut-elle plus enfanter ?

— Parce qu'à la fin, au tout dernier jour, ses enfants seront là. Deux. Deux comme ceux, encore vivants, d'Aliénor. Une fille. Un garçon. La loi de l'équilibre… Je l'ai.

Elle ramena le pendentif. Ce n'était pas le mien. Mais cela me laissa indifférente. Une profonde tristesse venait de me prendre face à cette prophétie, justifiant plus que jamais ma place aux côtés de ma reine. Eloïn s'ébroua tel un petit oiseau. Me fixa sans comprendre. Relâchant enfin le linge, je ramenai une mèche derrière son oreille.

— Tu ne te souviens de rien Canillette…

Eloïn secoua la tête. Je récupérai la pierre de lune à ses doigts serrés et la lui présentai. Instinctivement, elle ploya son cou. J'y glissai la chaîne d'or, claquai le fermoir.

Lorsque j'eus raconté toute l'histoire, la mienne, celle de ces sœurs siamoises, nous descendîmes en silence jusqu'à la cuisine. Mauray enfournait la poularde. Son œil accrocha tout de suite la pierre de lune dans le décolleté d'Eloïn. Il dodelina de la tête.

— L'entité s'en est allée…

— Oui, Mauray. Vous délivrant de tous vos secrets.

Il détacha son tablier, le suspendit à un clou planté au mur, près d'une série de casseroles.

— Ils furent bien lourds à porter, dame Loanna. Oui, bien lourds, avoua-t-il avant d'embraser une allumette au foyer pour illuminer la bougie d'un lanterneau.

— Allons, dit-il, suivez-moi.

Nous nous effaçâmes en silence pour le laisser passer. Il nous fit traverser la vaste salle de réception attenante aux cuisines, ne rompit le silence qu'une fois parvenu devant une lourde armoire que j'avais toujours vue contre ce mur, face à la cheminée. Il détacha le trousseau de sa ceinture, présenta une clef à deux têtes entrelacées devant la serrure, nous imposa de reculer de quelques pas et tourna. L'armoire se mit à pivoter, révélant un escalier et des relents humides. Encore une fois, il nous y devança.

— Prenez garde à ne pas glisser. Les marches sont irrégulières et infiltrées par l'étang, malgré l'épaisseur du schiste.

J'en comptai une quarantaine. Par réflexe. Pour ne pas me laisser emporter par l'émotion. L'odeur de moisissure piquait la gorge mais Eloïn ne s'en plaignit pas. Elle avançait résolument devant moi, investie d'une tâche dont j'avais autrefois mesuré l'importance et souffert le joug. Je ne savais quant à moi si je devais m'en réjouir avec elle ou la plaindre en silence. Accepter. Oui, sans doute. Accepter. Nous débouchâmes enfin dans la salle circulaire. Des cercueils de pierre en occupaient le tour, ne laissant que la travée et le centre pour y accéder.

— Toutes celles qui vous ont précédées dorment ici, à l'exception d'Aude, m'annonça calmement Mauray.

Je sursautai.

— Même Guenièvre ? Je la croyais enterrée à Rouen.

Il déplaça sa lanterne vers la droite, accrocha la pierre, les lettres de son nom tout à côté du mien. À une lettre près. Loanne au lieu de Loanna. Des larmes montèrent à mes yeux. Jusqu'où avait été le mensonge ?... Au nom de quoi ? M'avait-elle pensée incapable de comprendre ? Mauray s'approcha du caveau et, comme s'il avait lu dans mon cœur, caressa d'une main usée la pierre aux veinures d'iris dans sa rougeur sanguine.

— Personne n'a su pour l'enfant. Pas même l'emperesse. Tandis qu'Aude repartait au Puy du Fou avec vous, Guenièvre confiait sa fille à mon épouse. Chaque mois, elle revenait. Cela dura un an. Nous avons élevé la petite Loanne comme la nôtre jusqu'à ce jour tragique où nous la découvrîmes morte dans sa couche. Elle était passée dans son sommeil, un sourire aux lèvres, comme un petit ange.

Sa voix se teinta des remous d'hier.

— Mon épouse en mourut de chagrin quelques mois plus tard. Même si Guenièvre ne lui reprocha rien, elle se sentait responsable. Je demeurai là. Et puis, il y eut votre initiation. Quelques mois avant, Guenièvre me demanda d'ouvrir le cercueil de la petiote. Elle y récupéra sa pierre de lune. Pour vous.

— Pourquoi pas celle d'Aude, puisqu'elle se trouvait là-haut? Pourquoi s'être infligé pareille épreuve? Je ne comprends pas.

— Elle ignorait, comme moi jusqu'à ce jourd'hui, qu'Aude l'y avait abandonnée en même temps que ses devoirs envers l'Angleterre.

— Mais vous disiez que Guenièvre s'était enfermée au grenier.

— Dans l'espoir de capter Aude, j'imagine. Seul le sentiment profond de sa mort avait forgé sa certitude. Elle voulait la retrouver pour la rapatrier ici. Elle n'y est jamais parvenue. Je doute qu'elle ait fouillé dans la malle, remué les souvenirs. Vous savez, dame Loanna, Guenièvre de Grimwald était d'une trempe exceptionnelle. Lorsqu'elle quitta Brocéliande, ce fut les yeux secs. Rien ne se crée...

— Tout se transforme. Oui je sais. Une vie pour une vie, répétai-je.

Je comprenais mieux à présent ce qui avait inspiré à Guenièvre ce couplet. Ma vie contre celle de sa fille. Ainsi devaient être nos chemins. Mauray passa derrière le sarcophage, se pencha, puis revint ouvrir sa paume devant moi.

— Merlin savait que vous reviendriez à l'Angleterre. Il m'avait demandé de la garder pour vous jusqu'au jour où vous descendriez en cette crypte. Le moment est venu, visiblement. Voulez-vous que je vous l'attache?

Je secouai la tête, récupérai la pierre entre mes doigts.

— Non, Mauray. C'est libre que je continue de servir. Et je veux que ma fille le soit aussi.

Eloïn brisa enfin le silence d'un timbre affirmé :

— Si je n'avais choisi, mère, et espéré, Aude ne m'aurait pas remis la pierre.

À cet instant, la voix de son frère, comme un appel lointain, glissa jusqu'à moi. Sa pêche était finie, il s'en revenait au castel. L'ayant sans doute perçue elle aussi, Eloïn tourna les talons et remonta lentement l'escalier.

— Elle deviendra une grande dame, me dit Mauray à voix basse.

— Elle l'est déjà, affirmai-je avec fierté.

Mes hommes rapportaient une perche de plusieurs livres que nous réservâmes au lendemain, tant la poularde de Mauray embaumait le castel. Au soir venu, je contai à Jaufré notre étrange rencontre qui venait ponctuer l'histoire d'Aude de Grimwald. Nous n'avions pas reparlé d'elle depuis la mort du balafré. Il était temps de tourner la page. Ensemble. Tous les trois puisque, de toute évidence, notre petit Geoffroy avait d'autres qualités. Avant que de repartir, sacrifiant à la tradition, je menai Eloïn à la fontaine de Barenton. Merlin lui apparut comme il m'était apparu de nombreuses années plus tôt, ruisseau d'eau pure de la tête à ses pieds ancrés dans la roche. Il posa sa main sur le haut de son crâne et prononça les paroles que j'entendis en mon temps.

« Voici tout ce qu'il te reste à savoir. »

Mensonge d'hier. Mensonge d'aujourd'hui. Je ne dis rien. Elle le verrait bien. Apprendrait comme moi au jour le jour. Sachant que, sur le fond, Merlin avait raison. L'essentiel tenait en un seul mot. L'amour. Et qui mieux que moi pouvait le lui enseigner ?

27.

Quittant l'Aquitaine où il s'obstinait à mater d'autres féaux, sans cesse en guerre de voisinage, Henri galopa jusqu'à Rouen. Aliénor y avait posé ses bagages, malade de grossesse à en régurgiter dix fois par jour, et il s'inquiétait pour elle. En outre, l'archevêque Thibaud de Cantorbéry venait de s'éteindre. Ses derniers mots avaient été pour recommander Becket à sa succession. Henri, qui, à plusieurs reprises, en Angleterre ou sur le continent, avait bousculé l'Église avec la discrète complicité de son chancelier, se rengorgea de l'aubaine. Et, sitôt qu'il eut mis pied à terre, voulut me donner son sentiment :

— Ainsi se verraient unis à travers lui le pouvoir temporel et l'ecclésiastique, de sorte que nul, Dieu ou simple mortel, ne pourrait décider à ma place.

Orgueil et prétention ! Jusque-là, Henri en avait usé les rouages à plaisir. Pourquoi ce jour-là en fus-je inquiétée, je n'aurais su le dire. Il se tenait face à moi dans sa trentaine superbe, les racines des cheveux brunies par la maturité, les pointes rousses sur son front tailladé d'une ride. Un sanglant qui rejoignait sa barbe au menton puis cascadait sur ses épaules forgées par les exercices quotidiens autant que par les guerres. Son regard vert avait pris cette patine propre à l'âge sans pour autant éteindre les gourmandises d'hier.

Le nez était resté droit malgré les aléas des batailles, l'écart léger entre ses deux premières incisives n'avait pas noirci comme d'autres. Il portait beau. Plus beau qu'il n'avait été. Et se sentait, chez lui comme en tout lieu, le maître incontesté. Presque le roi du monde. Lui donner le ciel n'était pas une bonne idée. Quel argument lui opposer pourtant? Il avait fait de Thomas Becket une caricature de l'homme que j'avais connu. En quelques années et malgré mes remarques, le prélat s'était laissé piéger par le faste de la cour d'Henri. Depuis son retour de Paris, où il avait porté délégation, et moi la requête d'Aliénor concernant ses filles, Becket s'était aspergé de magnificence comme un de ces parfums de prix qu'il faisait venir d'Orient. Sa table était autant prisée que celle du roi. Quant à sa demeure, choisie pour lui par Henri tout à côté de Westminster, elle reflétait l'opulence. Une opulence qu'il traduisait par une morgue détestable à l'égard des petits, une graisse fade et des bijoux précieux sur des mises de prince. Tout ce que, comme moi encore, il avait exécré en son jeune temps. Je le supportais, mais, ainsi qu'il me l'avait autrefois conseillé, avais cessé d'être son amie.

— Loanna?

Je ramenai mes pensées vers Henri. Il souriait. De cet air de connivence qu'il adoptait parfois lorsque nous étions seuls. Rarement, car un reste de méfiance me tenait en sa présence, que pas même les événements de Tintagel n'avaient réussi à défaire. De sorte que, lui laissant Becket pour conseiller, je demeurais quasi exclusivement dans l'ombre d'Aliénor. Je lui renvoyai son sourire dans un haussement d'épaules.

— Ne l'avez-vous modelé en cet espoir, mon roi?

Son rire, bref, semblable à un coup de tonnerre, éclata dans cette salle octogonale qu'Henri avait voulue à la croisée des corridors. On y entrait de chaque face par des portes en plein cintre qui interdisaient tous meubles sinon un lutrin sur pied, en plein centre de l'espace. Une bible ouverte, tous les jours à un chapitre différent, y reposait. La trouvant forcément sur le passage, on pouvait s'arrêter pour la lire et en tirer enseignement. Il existait une réplique de cette pièce. À Woodstock. En plein cœur du labyrinthe qui tenait lieu de jardin et sous une tonnelle recouverte de jasmin.

Il tourna une des pages enluminées. Au hasard. Ne s'y attarda pas davantage qu'il s'attardait à toutes choses qui barraient son chemin. J'eus envie de reculer d'un pas, de placer entre nous autre barrière que celle de ce simple objet sculpté de deux léopards dressés. Vieux réflexe. Stupide réflexe. Henri ne me convoitait plus. Ou, s'il m'espérait encore, n'en avait plus montré le moindre signe.

— J'ai donné le goût du lucre à Becket, c'est vrai. Pour que, en craignant de le perdre, il ne cesse jamais de me servir. Mais, à dire vrai, je doute qu'il en soit épris autant qu'il le laisse croire.

Cette idée, que j'avais remisée au plus secret de mon cœur, le réchauffa. N'en déplaise à Henri, j'aurais aimé retrouver le prélat d'hier prêt à ôter ses sandales pour les offrir à un va-nu-pieds, à couper son manteau en deux à l'exemple de saint Martin pour en couvrir une vieille femme. Combien de fois l'avais-je reçu à Paris, démuni parce qu'il avait trouvé plus misérable que lui sur son chemin? Son visage d'aujourd'hui s'imposa devant mes yeux, me ramenant au dégoût. S'il simulait, il simulait trop bien. Il ne trahirait pas Henri. Je secouai la tête.

— Qui résisterait au pouvoir?

— Toi. Toi tu y as résisté et y résistes encore.

Je détournai les yeux des siens, fugitivement douloureux.

— J'ai d'autres arguments que Becket pour cela.

De nouveau son rire d'enfant, gâté par trop de superbe.

— Bah! j'ai appris à m'y faire, Canillette. Même si je déplore que tu passes bien plus de temps auprès de ma chère épouse que de moi.

— Ne formez-vous pas un ?

Il eut une moue, pencha la tête d'un côté puis de l'autre avant de me répondre :

— Entre les draps seulement...

Je rougis. Non d'un excès de vertu, la mienne s'autorisant toutes les audaces dans des bras aimés, mais du rappel inconscient de son corps sur le mien. Je m'empourprai plus encore de le comprendre dans l'œil égrillard d'Henri. Il enroula d'autorité sa main sous mon avant-bras, refusant, comme chaque fois, ma raideur immédiate.

— Le reste du temps, l'aigle surveille le léopard. Et vice versa. N'est-ce point là le secret d'un hyménée sans faille ?

Je ne répondis pas, le laissai m'entraîner vers la porte qui ramenait à la salle de musique. Il ajouta, sûr de lui :

— Il en est de même d'un royaume, Loanna. D'en haut on voit plus loin. Becket sera mes yeux. Des yeux qui fermeront ceux d'une Église dont ni toi, ni moi, ni Aliénor n'avons jamais véritablement admis l'obédience.

Henri ne resta pas davantage. Avant que de placer Becket, il avait fort à faire pour asseoir l'autorité, sans cesse bafouée, de son épouse dans ses domaines. Car, de fait, si la chute de Thouars avait calmé les esprits, l'Aquitaine était trop vaste pour que la voix de la raison se soit infiltrée partout. Après avoir embrassé Aliénor au front, lui avoir souhaité meilleure santé puis me l'avoir confiée, il repartit en guerre, son cher chancelier à ses côtés.

Août vit plier Castillon en une semaine et la fin des souffrances de ma reine, qu'aucune de mes médications n'avait, jusque-là, réussi à apaiser.

— Ce sera une fille, à n'en pas douter, affirmai-je.

Elle naquit à Domfront, au début de l'automne, à terme, entre l'emperesse Mathilde et moi. Elle fut baptisée Éléonor quelques semaines plus tard par l'évêque d'Avranches, Raymond de Thorigny.

Le printemps de l'année suivante s'accorda aux relevailles de ma reine, en Poitiers où elle voulait assister à la mise en chantier de la nouvelle cathédrale qu'elle avait commandée. Tandis que nous nous divertissions de cours d'amour, de déjeuners aux bords du Clain, de danses ou de chevauchées, Henri, qui ne parvenait à rester en place, allait et venait d'une châtellenie à l'autre pour s'assurer de l'allégeance des vassaux aquitains. Il revenait pourtant souvent pour soutenir la candidature de Jean de Belmais au siège épiscopal poitevin. Belmais était un vieil ami de Becket et ce dernier se rengorgeait à l'idée de le voir, comme lui, briguer une si haute fonction ecclésiastique. En effet, puant d'une suffisance qui me faisait l'éviter, il attendait dans le sillage d'Henri que la papauté valide son investiture à Cantorbéry. Quand il ne s'occupait pas d'instruire Henri le Jeune, placé sous sa responsabilité, il rançonnait les abbayes pour le trésor royal, s'amusait de chasses au milieu des chevaliers du roi tout en prenant soin de baisser la tête lorsque, par hasard, nos chemins se croisaient. Je le saluai du bout des lèvres, avec ce sentiment douloureux d'avoir perdu un ami cher. Un ami que je ne retrouverais jamais.

Milieu avril, Henri renvoya son aîné et son chancelier en Angleterre, me soulageant d'une présence devenue détestable. Ce départ advint au moment où le pape officiel, Alexandre III, se voyait chassé de Rome. Henri, protégeant ses intérêts, lui avait, à plusieurs reprises et avant que les choses ne s'enveniment, porté soutien contre son adversaire, un dissident soutenu depuis deux ans par l'empereur d'Allemagne. Pourtant, c'est à Sens, sous la protection du roi de France, qu'Alexandre III se réfugia. Henri passa de longues heures à se demander comment, désormais, obtenir les nominations qu'il espérait. Malgré mon peu d'allant à voir Becket devenir primat d'Angleterre, je lui conseillai de faire la paix avec Louis et, pour ne point davantage être mêlée à cette œuvre qui m'attristait, je regagnai Blaye, en même temps qu'Aliénor redescendait sur Poitiers.

De fait, une sécheresse sans précédent continuait d'appauvrir le royaume. Les épis de blé n'avaient pas fleuri, les raisins se ratatinaient sur les grappes. Fruits et légumes étaient en trop petit nombre, quant au bétail, pour celui qui survivait, on lui voyait les côtes. De nombreuses sources s'étaient taries et les cours d'eau, pollués par manque de drainage, avaient engendré la malemort. Les villes comptaient un nombre croissant de malades, réduits à traquer les rats, lesquels se nourrissaient d'excréments. Les paroisses n'étaient pas mieux loties, qui se voyaient ravagées par des hordes de brigands en mal de denrées. Malgré les gens d'armes qu'on dispersait partout, à la fois pour contenir les exactions, réglementer la distribution d'une nourriture arrachée aux princes et tenter d'endiguer les épidémies, les charniers croissaient, rendant à la purulence ce que la saison aurait dû offrir en bouquets.

Au mitan de cette souffrance qui nous vit, Jaufré et moi, vivre aussi chichement que nos gens, Henri et Louis se donnèrent le baiser de paix. La conséquence de cette réconciliation ne tarda guère. Aux fêtes de la Pentecôte qui suivirent, Becket fut intronisé à Cantorbéry et Belmais promis à Poitiers.

Semblant vouloir contredire mon peu d'entrain à cette nouvelle, une pluie douce se mit à couler, remontant le niveau des puits, lavant les pavés autant que les hères. Et si la disette, contenue grâce à la gestion sans faille des richesses de l'empire Plantagenêt, broyait encore l'estomac des petites gens, les élans de générosité des abbayes et des barons ramenèrent un souffle de confiance dans les endroits les plus reculés.

28.

De nouveau, au gré de nos chevauchées ou de nos villégiatures, nous pûmes voir des paysans se courber en chantonnant dans les sillons, les meuniers réparer à plusieurs les toiles des moulins, et, dans les villes, les chantiers reprendre avec ardeur. La gaîté éclairait les visages avec l'espoir revenu et, si l'on craignit encore quelque vilenie au moment décisif des récoltes, personne ne le laissa transparaître. Le mois d'août confirma les espérances. Aliénor nous entraîna sur le bassin d'Arcachon. Nous y dégustâmes de ces huîtres charnues et laiteuses dont les enfants raffolaient et nombre de crevettes marinées dans des agrumes et du safran. Le temps était aux bliauds légers, largement échancrés, que nous relevions jusqu'à mi-cuisses pour nous tremper dans une eau tiède, bercés du chant des cigales et du parfum des résineux. L'air était doux. Petits ou grands, les enfants s'ébattaient devant nous, se jetant des gerbes qui se moiraient d'arc-en-ciel sous les rayons d'un soleil lourd. Jaufré me délaissait deux jours par semaine pour se rendre à Blaye, refusant d'ôter les enfants à leurs amis et moi à ma reine. Chaque fois, son absence me poignait. Je le regardais enfourcher son cheval, s'élancer au milieu de son escorte, craignant quelque brigand sur sa route. Parfois, il emmenait Geoffroy pour l'instruire de son rôle à venir, et mon fils, qui chevauchait gaillardement à ses côtés, pointait le premier de l'avant dans un hurlement de joie qui, me ravissant de son bonheur, m'arrachait une part de moi-même. Mon œil tombait alors sur les enfants d'Aliénor et je ne pouvais m'empêcher de songer à la prédiction qu'Aude de Grimwald m'avait offerte par le biais de ma fille. Je les observais les uns après les autres dans leurs jeux de mer. Mathilde qui allait sur ses six ans, Richard sur ses cinq, Geoffroy sur ses quatre et la petite Éléonor de quelques mois à peine, joufflue et ravissante. Lesquels d'entre tous, présents ou placés, survivraient à leur mère ? Deux. Deux seulement, avait affirmé Aude. J'avais cessé de m'inquiéter de la mort des miens, mais gardais au cœur l'angoisse des petiots de ma reine. Elle les chérissait tant ! Il ne se passait pas un jour où, malgré ses nombreuses contraintes, elle ne leur réservât du temps. Elle jouait avec eux, avec Eloïn et moi, riait aux larmes, se roulait sur les tapis ou, comme là, sur le sable, retrouvant en elle cette part d'enfance que j'aimais. Et rien ne me semblait plus injuste, plus impensable que de l'imaginer encore telle que je l'avais vue après la mort du petit Guillaume. Je me rassurais en faisant le compte des années passées depuis la mort d'Étienne de Blois et cette prémonition qui m'avait rappelée auprès d'eux. Le couple Plantagenêt était solide. Si, par ma présence constante, j'avais pu infléchir le cours du destin de l'Angleterre, ne pouvais-je espérer que la camarde s'en soit détournée ? Lors, reléguant ces menaces sournoises dans un coin obscur de ma mémoire, j'étais heureuse.

Heureuse parce que comblée, comme l'était ce jourd'hui ma reine et ce malgré les errances de son époux.

Septembre ayant vu couler le jus de la treille dans les barriques avec l'assurance d'une exceptionnelle cuvée, le raisiné dans les pots de confiture, les fruits et légumes en conserve et les sacs de blé à toucher le haut des greniers, nous reprîmes le chemin non pas de Rouen, mais de la Saintonge. Raoul de Faye, qu'Aliénor avait nommé là-bas sénéchal, s'était de nouveau laissé aller à une de ses frasques. L'oncle d'Aliénor, par sa défunte mère, était un pendard. D'un charme exquis auprès des dames, ripailleur avec ses amis et aussi irrévérencieux que l'avait pu être Guillaume le Troubadour, grand-père d'Aliénor, il n'en était pas à sa première exaction envers l'Église. Becket, en sa qualité de chancelier du roi, avait grincé des dents à plusieurs reprises pour le rappeler à modération. Il n'avait trouvé en retour que le verbe haut d'Aliénor. Raoul de Faye était intouchable, quoi qu'il fasse. Le seul argument que m'en donna Aliénor fut pour lui une profonde tendresse. Il était, de fait, le seul lien vivant avec ses défunts parents dont il conservait la mémoire, et elle n'aurait voulu se fâcher avec lui sous aucun prétexte. Bien évidemment, le bougre en profitait.

Cette fois, c'étaient les moines de Saint-Georges-d'Oléron qui avaient à s'en plaindre. Raoul de Faye, sur le seul argument de son envie, s'était présenté à l'abbaye, avait exigé les comptes, puis le renversement des coffres sur la table à manger. Laissant tout le monde médusé, il avait ratissé la moitié du trésor, le faisant allégrement tomber dans une grande besace de cuir que l'un de ses acolytes soutenait. Au grand prieur qui s'en était courroucé, il avait seulement répondu en avoir besoin, avant de repasser la porte et de partir comme un voleur, en grande chevauchée. Je fus la première, arrachant les rires de mon auditoire, à singer ses manières lors d'une impromptue qu'une de nos cours d'amour avait initiée. Il n'avait aucune excuse. Aliénor lui en trouva pourtant lorsqu'il piqua du nez devant elle, tel un enfant grondé, couinant que ses dépenses de sénéchal étaient bien plus grandes qu'il n'y paraissait. N'avait-il pas usé du même droit que le chancelier du roi lorsqu'il rançonnait de taxe les abbayes d'Angleterre pour servir les frais de cour ? Elle ressortit de l'entrevue sans avoir rien réglé. Pourtant, l'affaire étant remontée jusqu'au pape Alexandre III, elle ne pouvait rien d'autre que dédommager les moines. Or, amputée largement par la disette de l'an dernier, la cassette de liquidités qu'elle réservait à cet usage était vide.

Au coucher, profitant de ce qu'Henri l'avait rejointe, elle se laissa aller à soupirer contre son épaule, après des ébats charnels qui, comme chaque fois, la laissaient épuisée. Il caressa son front, y déposa un baiser.

— Je sais ma mie ce qui vous tourmente. Votre sénéchal de Saintonge. Quand allez-vous cesser de l'absoudre ?

— Quand vous-même cesserez de lui donner des arguments pour ses méfaits.

Bien que le ton ne soit ni rancunier ni souffreteux, Henri tiqua.

— Lesquels, par exemple ?

Aliénor redressa la tête. L'amour emplissait son cœur, son âme et, malgré les années qui filaient, malgré les infidélités discrètes de son époux et leurs séparations successives que le gouvernement exigeait, elle le voyait avec le même regard qu'hier. Même si, parfois, par tel acte ou telle phrase, elle sentait son pouvoir s'émousser. Elle sourit.

— Vous le savez bien, Henri. On chuchote aux quatre coins du royaume, vous voyant œuvrer pour placer vos proches aux postes les plus stratégiques de la hiérarchie ecclésiastique. Mes barons en sont jaloux. Plus encore ceux qui, déjà, par vos soins, ont été révoqués. Leurs droits entendaient des taxes que votre cher chancelier fait entrer plus sûrement dans vos caisses que dans celles de mon duché.

Immobilisant sa paume épaisse sur une hanche laissée de nouveau trop en générosité par la naissance de leur cadette, Henri se troubla.

— Je n'ai pas le sentiment de vous avoir spoliée. Ne formons-nous pas un seul empire ?

— Si fait, Henri, si, et je ne vous reproche rien. Au contraire. Vous défendez mes terres et mes gens avec autant d'ardeur que les vôtres, et vous me comblez chaque jour davantage. Mais, vous le savez, j'entretiens pour Raoul de Faye un attachement particulier. Le même que pour le sénéchal de Sanzey. Tous deux me mettent en garde et, pour que je les entende, chacun à leur manière trouve un moyen.

— Je ne crois pas que brigander soit le meilleur.

— Certes.

Henri laissa glisser de nouveau sa main, la remonta jusqu'à l'omoplate d'Aliénor. D'un mouvement impérieux, tel qu'il en était coutumier, il lui imposa de rouler sur lui. Encore. Elle s'en réjouit. Elle aimait ses manières, sa façon cavalière de la prendre, de lui arracher des larmes de jouissance, même si leurs ébats lui laissaient depuis quelque temps un goût d'inachevé, Henri se lâchant en elle plus vite qu'autrefois. Froissant sa chevelure dénouée, il écrasa avec volupté ses lèvres sur les siennes, fouilla l'intérieur de sa bouche d'une langue gourmande, s'excita de la pointe durcie de ses seins alourdis contre son torse. Il la renversa, le vit pointé, le désir exacerbé par l'envie de la plier à sa volonté. Elle gémit d'impatience dans ce souffle qu'il lui interdisait. S'arrachant au baiser, il s'arqua des reins pour mieux la pénétrer, loin. Le plus loin en elle qu'il le pouvait. Elle en cria de plaisir, s'invita à sa danse sans plus de retenue qu'hier, lorsque son corps svelte et musculeux s'enroulait des bras et des jambes autour de lui. Dans ces moments-là, elle oubliait la mère qu'elle était devenue, acceptait les jurons, les audaces de son homme, se repaissait de lui jusqu'en l'odeur de sa transpiration, des piques de sa barbe qui l'irritaient parfois à trop frotter entre le cou et l'épaule. Elle aimait sa rudesse. Elle aimait sa furie charnelle, la puissance de sa trentaine farouche et indomptée. Elle aimait lui appartenir jusqu'à mourir de lui, se rendre dans un feulement animal sous son regard de victoire avant d'écouter le sien rouler tel un grondement de tonnerre et d'en subir l'abat en elle. Alors, seulement, elle éprouvait ce sentiment, comme lui l'instant auparavant, de lui avoir arraché une part de lui-même. Une part de semence qui, peut-être, les lierait plus encore l'un à l'autre et à jamais.

Henri demeura quelques secondes avachi, lourd, sur son ventre en sueur, le nez contre son oreille, le souffle dans l'ambre de ses cheveux. Puis, avec plus de délicatesse que de coutume, il se rejeta en arrière, ignora le tremblement de ses paumes ouvertes sur les draps de chaque côté du visage réjoui et l'embrassa du bout des lèvres.

— Je rembourserai les moines sur le trésor royal, murmura-t-il. Une fois n'est pas coutume.

Une bouffée de joie la gagna tout entière. Il roula sur le côté, indifférent à souiller des fragments de sa jouissance ce ventre repu. Il essuya d'un revers d'avant-bras la sueur qui lui collait au front. Tourna son regard vers elle, muette, domptée.

— Je ne veux pas d'une dissension entre nous, Aliénor. Pour autant, je ne peux désavouer ce que j'ai promis. Écrivez au pape Alexandre III pour qu'il rétablisse quelques prélats de vos gens dans leurs droits. Ils penseront avoir gagné et les miens n'en prendront pas ombrage. Gardez-moi toutefois votre confiance en ce qui concerne les plus hauts postes. Je crains le tempérament des Aquitains. Les Normands sont plus mesurés et y assureront mieux nos intérêts.

Aliénor hocha la tête. Revint se pelotonner contre lui dans le creux de ce bras qu'il étendit sous sa nuque.

— Je vous aime, Henri.

Il la pressa contre lui, ne répondit pas. Elle ne s'en étonna pas. Henri n'était pas homme à exprimer ces sentiments-là.

*

Avec l'approche de la cour plénière, Aliénor présidait celle d'amour à Cherbourg. Séparé d'Henri le Jeune, resté en Angleterre auprès de Becket pour y poursuivre son enseignement, mon Geoffroy s'accordait, comme à son habitude, à enrager ses précepteurs. Eloïn affirmait sa prestance parmi d'autres damoiselles de son âge, dont Marie de France, un des trois enfants illégitimes que Geoffroy le Bel avait eus avec Adélaïde d'Angers. Eloïn s'entendait fort bien avec cette brunette délicate, dont la voix, exceptionnellement harmonieuse, ravissait le cœur de chacun dès lors qu'elle se mettait à chanter. Je découvrais avec ravissement à quel point Jaufré était heureux de les initier toutes deux au maniement des instruments de musique, à la versification et aux vocalises. Si bien que, au soir de l'avent, la cour s'enorgueillit de deux damoiselles, toutes de blanc vêtues, reprenant en chœur ces chants que nous avions si souvent laissés s'envoler.

De fait, tout portait à la joie. L'Aquitaine, apaisée par les colères d'Henri, avait vu s'incliner ses barons et, bien que les denrées réservées aux fêtes de Noël se fussent perdues dans les intempéries des mois derniers, c'est le cœur léger que nous attendions la nouvelle année.

Au 28 de ce mois de décembre, l'arrivée d'un clerc envoyé par Thomas Becket et chargé d'une mission de la plus haute importance ravit le cœur d'Henri. Il imagina que son chancelier lui faisait porter, avec ses vœux et comptes, les premiers effets de son siège archiépiscopal. Il ressortit de l'entrevue le front barré et l'œil noir, nous en servit froidement la raison. Estimant qu'il lui était désormais difficile de s'acquitter équitablement des deux charges, Becket lui rendait celle de chancelier.

29.

Janvier 1163 nous ramena donc en Angleterre. Henri, sur mes conseils, avait fait taire son amertume en des exercices d'armes d'une violence inaccoutumée. Aliénor se rangea à mon sentiment. Trop de fonctions tuaient la fonction. Becket l'avait sans doute anticipé et continuerait de servir son roi en adoucissant les réactions de l'Église. À n'en pas douter.

De fait, en apparence, rien n'avait changé. Becket apparut aussi servile qu'à l'accoutumée et Henri eut l'air soulagé. Il trouva de même son aîné bien grandi, rengorgé de prestance et de solennité, et put juger sur pièces que son royaume avait été judicieusement administré en son absence. De sorte que, félicitant son ancien chancelier, il ne laissa rien voir de la déception qui l'habitait. Face à ces flatteries que son roi distribuait à l'envi, Becket, pourtant habitué à les recevoir avec gourmandise, lorgnait ses chausses à bouts pointus, entièrement tissées de fils d'or. Lorsqu'il releva le front, nos regards se croisèrent et j'y découvris avec étonnement une tristesse en forme de demande de pardon. Mon cœur se serra. Me serais-je trompée sur lui ces derniers mois ? Homme d'absolu, rongé par le pouvoir, mais contraint par ses démons autant que par son maître, Becket avait donné à sa charge de grand chancelier la splendeur qui lui convenait. J'en fus soudain convaincue. Il l'avait rendue pour d'autres raisons que celles qu'il avait évoquées.

Dès le lendemain, alors qu'Aliénor et nos enfants s'adonnaient au plaisir des retrouvailles avec Henri le Jeune, Becket me fit mander, chez lui, pour la première fois depuis bien longtemps. J'hésitai à l'y rejoindre. Jaufré me décida.

— Suis ton instinct, me dit-il après m'avoir embrassée au front, sous la résille de ma coiffe.

Je recouvris mes épaules d'un mantel de laine, prête à l'entendre sinon à l'absoudre. Depuis que nous nous connaissions, je n'avais que trois années d'aveuglement à lui reprocher.

Becket m'attendait dans une petite chapelle ouverte en sa demeure. S'il n'avait été seul, j'aurais douté que ce fût lui. Dépouillé d'apparat dans une coule noire, en génuflexion devant la croix, il me tournait le dos, nu-pieds sur le carreau, le front courbé sur ses mains jointes. Je m'agaillardis de cette simplicité retrouvée et vins prendre place à ses côtés. Il ne releva pas la tête. Murmura seulement d'un timbre brisé :

— Pardonnez-moi, mon Père, parce que j'ai péché. J'ai sacrifié ma foi sur l'autel satanique de mes égarements, de ma bassesse d'homme et n'aspire plus ce jourd'hui qu'à racheter mes fautes.

Mon émotion n'eut d'égale que sa sincérité. Je posai ma main sur son bras, retrouvant le contact de sa robe rapiécée, celle que je lui avais si souvent vu porter à Paris et que j'imaginais depuis longtemps jetée.

— J'ignore si Dieu vous répondra, Thomas Becket, mais je l'espère.

Il ramena enfin ses yeux ravagés vers moi, grimaça un sourire triste.

— C'est votre regard qui m'a sauvé, Loanna de Grimwald. Votre regard sur mes chausses, hier.

L'avais-je baissé avant qu'il ne le fasse ? Je ne m'en souvenais pas, mais il était vrai que leur magnificence m'avait écœurée alors que le royaume tout entier avait souffert de mal ou trop peu manger. Il recouvrit mes doigts des siens épurés de bagues.

— Elles me sont apparues soudainement laides. Infiniment laides. Tout en moi m'apparut laid. En vérité, je n'écoutai rien des paroles qui furent prononcées hier, submergé soudain par d'autres, lointaines, d'une conversation que nous eûmes à ce sujet.

— Je m'en souviens.

Balayés par le jeu des flammes des cierges tout proches, ses traits se détendirent. Avait-il craint que, à l'inverse de son Dieu, je ne puisse lui pardonner ? Il recouvrit mes doigts des siens.

— Jeûne et mortification seront désormais mes compagnons d'expiation.

Je tiquai.

— Est-ce bien nécessaire ?

— Indispensable. Combien ai-je humilié de petites gens par ma mise ? Combien ai-je souillé de vies en m'offrant à l'existence ? Chacune des aiguilles du lin sur ma peau sera une des larmes que j'ai refusé de voir couler. Seule la souffrance pourra me ramener à la pureté.

Que pouvais-je lui objecter ? Ne l'avais-je pas moi-même condamné ? Thomas Becket s'appliquerait à sa rédemption de la même manière qu'il s'était appliqué au pouvoir et à ses vices. Tout au moins pouvais-je l'avertir, comme autrefois je l'avais fait.

— Henri ne l'entendra pas de cette oreille. Il vous a choisi pour que vous le serviez.

Son œil, affadi de remords, se teinta de détermination.

— J'en mesure le fardeau. Mais c'est un de plus qu'il me faut porter. J'irai dans son sens, si c'est celui du Seigneur. Me heurterai à lui s'il s'égare.

Il prit mes mains, les joignit en prière entre les siennes.

— Une tâche m'incombe. Elle se fera sous le costume que vous voyez, celui des moines augustins de Merton qui me furent si proches. Ma maison redeviendra celle des démunis qui trouveront le boire, le dormir et le manger. L'or, l'argent, les pierreries, toutes ces richesses amassées ces dernières années, serviront à leur cause. Je ne veux plus rien, Loanna, plus rien sinon votre amitié.

Je m'en troublai. Hochai la tête.

— Elle n'avait jamais cessé, je crois, bien qu'enfouie profondément dans ce conseil que vous m'aviez donné de l'oublier.

— En ce cas, je suis riche. Bien plus riche que je n'étais hier. Vous redeviendrez fière de moi, ma petite sorcière.

Je lui souris.

— Vous seul devez l'être. Vous seul au regard de Dieu. Et puis cessez de m'appeler ainsi…

Je me mordis la lèvre, me repris aussitôt :

— Non. Continuez. Continuez. Je m'aperçois à quel point j'en fus privée dans votre bouche ces temps derniers.

Il éclata de rire, malgré, je le devinai, ce cilice qui rayait sa poitrine soulevée. Et parce qu'il avait choisi cette fois sa prison et l'assumait en pleine liberté, je l'acceptai aussi pour rire à ses côtés.

Lorsque Henri vit reparaître son ancien chancelier quelques jours plus tard, il s'étrangla de stupeur devant la longue robe de bure noire bordée de laine, tiqua sur le surplis blanc, l'étole et les sandales de corde, au point qu'il fallut lui taper fort l'échine pour le sauver. Becket vint me saluer tout de suite après. Il regagnait Cantorbéry et m'affirma en riant qu'il ne s'était jamais aussi bien porté, malgré la totale incompréhension de son roi.

Les mois qui suivirent me donnèrent régulièrement de ses nouvelles. Il se disait heureux d'avoir retrouvé la foi. La vraie. Henri, quant à lui, voyant s'envoler ses espoirs d'unité matérielle et sacrée, n'y trouvait guère son compte. Il décida pourtant de ne pas heurter Becket. Tenta quelques intrusions dans l'ordre établi des affaires divines, prit la mesure des manœuvres qu'on lui laissait, bien peu en réalité. Aliénor refusa de se faire l'arbitre de cette dissension. Outre qu'elle l'avait évitée du temps de leur complicité, elle savait l'attachement que j'éprouvais pour l'archevêque comme ma décision de ne pas m'en mêler. D'autant plus, sans doute, qu'Henri l'avait mal prise lorsque je la lui avais annoncée.

— Et depuis quand, Loanna de Grimwald, soutenez-vous les curés ?

— Depuis que mon roi essaie de se prendre pour Dieu, lui avais-je répondu, défiant la colère en ses yeux.

Il avait serré les poings. Une autre que moi aurait vu s'envoler un soufflet. Forte de ce privilège, j'avais poursuivi sur ma lancée :

— Je sers l'Angleterre, la justice, l'honneur et l'équité, comme le firent celles qui m'ont précédée. Becket en a rejoint la voie par votre seule volonté. Pas la mienne.

Il s'était mis à battre le parquet, le sang vif à ses tempes.

— Tu aurais dû me dissuader de le faire nommer archevêque !

— Et sur quels critères ?

Il avait écarté les bras dans un geste d'exaspération.

— Alors quoi ? Ta prescience ne doit-elle pas servir mes intérêts ? mes seuls intérêts ?

Je m'étais redressée sous l'aiguillon. Ma voix s'était faite aussi rêche que le cilice contre la peau de Becket.

— Ma prescience, Henri, ne coule pas comme un ruisseau. Elle se nourrit d'absolu, de loyauté et d'amour. Il ne vous suffit pas de claquer des doigts pour la faire jaillir, encore moins pour me retenir. Que voulez-vous que je fasse ? Que je supplie Becket de tomber à vos genoux, de redevenir l'être abject que j'avais fini par repousser ? Que je pervertisse à ce point toutes les valeurs vers lesquelles il s'est de nouveau tourné et qui, parce qu'elles sont vôtres envers l'Angleterre, me gardent près de vous ?

Il s'était dressé devant moi, m'écrasant de sa prestance. Postillonnant de détermination :

— Exactement !

— Eh bien non. N'y comptez pas ou, plus sûrement que lui, vous me perdriez !

Il avait blêmi. S'était statufié. Puis avait tourné les talons aussi brusquement qu'un animal traqué. Sur le pas de la porte, dans un reste d'humeur, sa main avait balayé l'air, puis, se reprenant sans doute, il était sorti sans rien ajouter. Au lendemain, il avait agi avec moi tel qu'à l'accoutumée et, comme d'autres sujets, désormais tabous, évita d'en reparler.

30.

Jusqu'en octobre, la tension entre les deux hommes demeura larvée. Becket, s'il s'opposait de plus en plus fréquemment aux décisions de son roi, le faisait en privé. Henri en ressortait exaspéré, ulcéreux au possible, mais respectueux, se gardait de traduire sa colère dans les faits. Il n'avait pas pour autant renoncé à plier l'Église à sa volonté. Il attendit le synode de Westminster pour étaler ses intentions au grand jour. Devant l'assemblée des prélats réunis pour examiner les problèmes de la vie ecclésiaste, il annonça haut et clair qu'il entendait prochainement lever taxes sur les terres de l'Église.

— Quant à vous, vous tous, ajouta-t-il, pointant les bancs de son index, vous serez, du simple clerc à l'archevêque, sous ma juridiction.

Ce fut un tollé général. Becket le laissa croître quelques minutes, les mains jointes, le regard fixe. Cette idée n'était pas nouvelle. N'en avait-il pas débattu à maintes reprises avec son roi, du temps de ses précédentes fonctions? Ce qu'il avait encouragé hier, il ne pouvait l'accepter ce jourd'hui. Il avait changé de camp. Et de maître. Il se leva calmement. Aussitôt, le brouhaha s'apaisa et Henri, mesurant, à ce signe, la nouvelle influence de son ancien chancelier, blêmit légèrement sous sa couronne. Becket le fixa droit dans les yeux, séparé de lui par quelques toises dans cette demi-arène où le roi s'était invité quelques minutes plus tôt.

— Par ses biens et ses ressources, l'Église doit œuvrer en faveur des plus démunis, pas des princes, Votre Majesté. Nous ne tolérerons pas de telles mesures.

Henri redressa le menton, le railla :

— La leçon vous va bien, Thomas Becket, vous, mon charognard d'hier, qui tant de fois par le passé avez poussé jusqu'en les plus lointaines abbayes d'Angleterre pour vous en faire remettre impôt. En avez-vous alors versé une part aux loqueteux et aux pouilleux? Nenni. Ils servaient aux besoins de la cour, et par ricochet aux vôtres!

L'argument fit mouche dans les rangs. Becket ne s'en émut pas. Il écarta ses bras pour faire taire les murmures d'indignation.

— Voilà pourquoi, mon roi, ces loqueteux et pouilleux récupèrent ce qui leur revient. Ma table est devenue la leur, ma maison leur maison. Je ne possède plus rien, sinon la paix de Dieu, et sème mon repentir dans les champs de sa bénédiction.

Henri haussa les épaules.

— Je vous en laisse la récolte spirituelle. L'autre, d'espèces sonnantes et trébuchantes, entrera dans mes coffres. Par la raison ou la force, termina Henri avant de tourner les talons.

Janvier 1164 n'était pas fini qu'il faisait placarder les constitutions établies en la ville de Clarendon. Outre les éléments soulevés par Henri au cours du synode, leur texte réduisait l'ingérence du pape et les privilèges du clergé, les ramenant à l'usage qu'ils avaient du temps de son grand-père, Henri Ier Beauclerc. Un des articles, tout particulièrement, souleva remous. De fait, de nombreux abus avaient terni l'image de l'Église. Quand ce n'étaient ces prélats débordant de graisse et de fourrures, c'étaient des religieuses qui s'étaient ouvertes à la fornication avec des convers, comme en l'abbaye d'Amesbury, ou des prieurs qui copulaient en sodomie avec des enfançons hurlant de douleur. Les scandales éclataient, entraient au tribunal de Dieu et n'en ressortaient plus. On éloignait les coupables, qui avaient acheté leurs indulgences, et l'affaire s'en tenait là. Je savais qu'Henri estimait inacceptables, et depuis longtemps, ces pratiques. Lors, il décida que, désormais, tout clerc coupable de faute grave ou de meurtre serait jugé par un tribunal civil au même titre qu'un laïc, sans pouvoir se défausser sur le jugement de Dieu ou la protection des archevêques. Je ne pouvais qu'approuver ce point. Trop souvent, j'avais mêlé ma voix à la sienne, trop souvent Becket lui-même s'en était indigné. Si j'avais refusé de me faire le porte-parole d'Henri auprès de lui, c'était par affection pour l'un comme pour l'autre, ne doutant pas que dans les grands débats comme celui-ci ils se retrouveraient unis.

La première visite que je lui rendis à Cantorbéry me conforta dans ce sens. Becket n'avait réagi que sur un point des constitutions de Clarendon. Celui qui privait le clergé de plus de la moitié de ses revenus anglais, défavorisant les gueux. Pour le reste, il avait tempéré, à la condition qu'Henri juge ses barons accusés des mêmes débauches avec autant de sévérité que les prélats. Henri y avait consenti. Aliénor s'y appliquait déjà dans ses domaines, et il avait lui-même fait battre à mort un de ses vassaux qui, par jeu, avait fait dévorer douze nourrissons par des chiens affamés.

Ils se virent une dernière fois à Northampton, discutèrent comme de vieux amis retrouvés puis s'étreignirent en se quittant. Le lendemain, Becket annonçait haut et clair qu'il avait contresigné les actes.

La situation se renversa quelques semaines plus tard. Pour autant qu'il eût besoin du soutien d'Henri, le pape ne pouvait admettre de telles intrusions dans les affaires de l'Église. Becket tergiversa, appuya ses arguments en faveur du roi, puis, devant une ultime injonction, courba l'échine et se rétracta. Henri s'enflamma. Il le provoqua jusque sous ses fenêtres, le traita de parjure avant de claquer du sabot de son cheval et de s'en retourner.

La guerre, cette guerre que j'avais tant redoutée, était déclarée. Je voulais pourtant croire encore que reviendrait la paix.

De fait, Henri retravailla ses textes, en présenta nouvelle mouture, obtint des concessions. Mais son humeur restait amère. Le ton avec lequel il soulignait le nom de Becket indiquait clairement combien la haine avait désormais supplanté l'amour et l'estime en son cœur.

Les jours, les semaines, les mois filèrent, maussades et pluvieux, jusqu'à la fin du printemps. Dans le port de Londres, pourtant, le va-et-vient des navires révélait l'opulence retrouvée du royaume. On y venait des Flandres pour acheter la laine des abbayes cisterciennes, et il n'était pas une seule taverne qui ne servît du vin d'Aquitaine. Les coffres étaient pleins, les bonnes gens joyeux. Aliénor, elle-même, était épanouie malgré ses quarante-deux ans et ses nombreuses grossesses. Elle portait le teint vif, avait retrouvé la finesse de sa taille, la souplesse de ses hanches, le velouté de sa peau. Au lieu de s'en féliciter avec elle, Henri se rongeait de rancœur. Il ne la touchait plus, ne gagnait pas même sa couche pour y dormir, entrait dans d'absurdes colères puis, ayant épuisé son irascibilité auprès de ses proches, il s'absentait sans prévenir, avec quelques familiers dont il avait fait sa garde. Il ne revenait qu'au bout de plusieurs jours, sans explications mais d'humeur plus agréable, organisait moult distractions pour ses gens, se parait d'exquises délicatesses pour chacun et chacune et déployait alors, pour la reine, des trésors d'attention.

Avec l'été revenu et la tiédeur de l'air, nous reprîmes nos errances d'un bord de l'île à l'autre, poussant même jusqu'en Irlande pour consolider l'amitié d'un roi qui conservait vivantes les traditions celtiques. J'y étais reçue chaque fois avec le même respect. Henri disait que j'étais son meilleur atout contre la guerre, me rendant un sentiment d'utilité. Je percevais néanmoins, sous le phrasé aimable, la teinte de son amertume, tant il regrettait mon amitié retrouvée pour Becket au moment où tout en lui l'exécrait. Appelé régulièrement ailleurs pour ses affaires, il ne passait que peu de temps à nos côtés. Aliénor, qui en était coutumière, s'en contentait. De fait, par ces belles journées ensoleillées, battre campagne était un plaisir renouvelé. Nous déjeunions sur une herbe grasse et épaisse au pied des maisons rouges du Devon, des ruisseaux chantant ou des fermes aux pierres ocrées de Sherbonne, piquions un galop dans les vals boisés de Woodstock, assistions aux débats enflammés des universitaires ou aux cours magistraux de leurs maîtres à Oxford. Fin août nous ramena même à Tintagel, pourvu désormais d'un pont qui enjambait le vide causé par l'épée d'Arthur. Les travaux, achevés, furent l'occasion d'un grand banquet qui, cette fois, ne fut marqué par rien d'autre qu'une exceptionnelle nuit d'étoiles filantes. La cour se distrayait avec ses chasses, ses jeux d'extérieur, ses petites intrigues amoureuses, ses ragots de palais qui faisaient pouffer les unes, rougir les autres et pleurer d'autant. Avec le même sentiment. Il fallait user et abuser de ce que l'été offrait de légèreté. Ses dispenses disparaîtraient trop vite sous le velours glacial de l'automne puis de l'hiver, et il faudrait de nouveau oublier la richesse des parfums, s'emmitoufler au lieu de laisser les chairs se dénuder, trompant les élans du corps dans la surveillance étroite, défendue et hostile des prélats, des douairières ou des maris.

31.

Une méchante toux avait pris Jaufré par traîtrise et la fièvre le tenait depuis cinq jours, malgré mes médications. Je ne quittais plus son chevet, la peur transpirant chaque pore de ma peau, nouant ma gorge d'un sentiment d'impuissance. Je n'étais pas habituée à ce qu'il fût souffrant. De fait, depuis que Merlin avait guéri en lui les stigmates de son étrange maladie survenue en Tripoli, il affrontait les saisons avec une désinvolture aussi grande que la mienne ou que celle des enfants. Je guérissais les autres. Les miens n'en montraient pas besoin. Du coup, j'avais refusé que quiconque à part moi l'approche. Pour le voir si faible, si délirant à certains moments, je craignais autant sa perte que la contagion. Mes repas étaient déposés devant la porte sur un plateau de bois jeté ensuite au feu, mes excréments comme les siens atterrissaient directement du pot à un puits de terre recouvert de chaux. Je ne pouvais rien d'autre qu'attendre, le cœur dardé d'épines, purifiant l'air autour de lui de feuilles d'eucalyptus jetées dans un bouillon au-dessus des flammes, lui oignant la poitrine de mes onguents. Par instants, jaillissant de son abattement, il tournait vers moi ses yeux désolés dans lesquels pourtant s'inscrivait une confiance aveugle. Ma main s'attardait sur sa joue, je m'y ressourçais de courage, lui interdisais de parler, l'enjoignant de patience et de repos. Je veillais. Nuit et jour. M'assoupissant pour me dresser au moindre gémissement, tâtant son pouls, vérifiant ses humeurs, remontant ses couvertures lorsqu'il claquait des dents. Deux jours passèrent encore, me laissant dans l'inconnu, m'interdisant tout renoncement pourtant, tant qu'un souffle éraillé jaillissait de sa poitrine, tant qu'il pressait mes doigts courageusement.

Nous étions à la Saint-Michel, date, avec Pâques, de la séance de l'échiquier. Au vu des circonstances, j'avais décliné le privilège de l'arbitrer avec d'autres grands du royaume, scrupuleusement choisis par le roi. Durant plusieurs jours, sur une grande table quadrillée, le trésorier du royaume et son clerc, aidés de quelques chevaliers et du chambellan, comptabilisaient les recettes des shérifs à l'aide de tailles de bois et de jetons. Une fois que le résultat avait été validé par les témoins, les calculs comme leur résultat se voyaient notifiés, contresignés sur des rouleaux de parchemin qu'on archivait, avant, enfin, de verser les deniers dans les coffres.

Cela me laissait indifférente. Ma richesse à moi tenait dans cette couche qui tant de fois déjà avait vu s'enrouler au mien le corps de Jaufré. Je m'accrochais au souvenir de ces étreintes passées, tour à tour lascives ou fiévreuses, pour refouler mes larmes, invoquer la magie. Je ne la trouvais pas, trop épuisée par l'attente, l'angoisse. Jaufré s'amenuisait. Et même Merlin semblait l'avoir, nous avoir abandonnés. Au soir du sixième jour, mon époux n'était plus qu'une ombre, si pâle dans la blancheur des draps que je me résolus enfin, convaincue de sa non-contagion, à mander nos enfants. Je ne voulais pas qu'il passe sans les avoir revus.

Ils s'avancèrent d'un même pas, main dans la main, s'arrêtèrent devant moi qui leur masquais le lit aux courtines relevées.

— Votre père est mourant, avouai-je dans un frémissement des lèvres.

Comme les miens, les yeux de Geoffroy s'emplirent de larmes. Ceux d'Eloïn se troublèrent mais restèrent secs. Je m'écartai enfin pour leur livrer passage. Mes jambes me portaient à peine et je dus prendre sur moi pour les lancer de l'avant. Je ne devais pas baisser ma garde. C'était dans ma force que les petiots puiseraient la leur.

— Papa, c'est moi, papa, chuchota mon petit homme à l'oreille de son père.

Jaufré ouvrit un œil injecté de sang, sourit. Ses doigts s'envolèrent lourdement jusqu'aux boucles brunes et bouclées, il en suivit le rebond d'un index recourbé avant de le laisser retomber. Je me sentis vaciller, cherchai l'appui du montant du baldaquin, m'y accrochai. Par son silence, lourd, Jaufré avouait son renoncement. J'eus l'impression que tout se déchirait en moi. Je mordis mes lèvres pour ne pas hurler. Rester digne. Je l'avais pu une fois déjà. Non. Non c'était différent. En ce temps-là, un espoir irraisonné au fond de moi m'avait tenue droite, sans doute parce que je n'avais pas assisté à son trépas. En avais-je encore en cet instant? Je ne savais plus. J'étais perdue. Mon souffle était devenu aussi court que le sien, mon cœur aussi lent. Comme lui, j'avais la soif aux lèvres et la fièvre dans l'âme. Geoffroy leva les yeux vers sa sœur, de l'autre côté du lit. Muette, elle fixait les paupières retombées de son père, les bras le long du corps.

— Je veux pas qu'il meure. T'entends, Nillette, je veux pas, gémit Geoffroy, me broyant plus encore le ventre.

— Il ne mourra pas, petit frère. Papa vivra très vieux. Comme mère, lâcha enfin Eloïn d'une voix apaisante.

Un coup de fouet me battit l'échine tandis qu'elle prenait la main de son père et se courbait pour y déposer un baiser. Un simple baiser de foi. Jaufré ne réagit pas. Elle se tourna pourtant vers moi, un sourire confiant aux lèvres.

— La malemort s'en va. Au petit jour, la fièvre sera tombée.

Je ne trouvai pas la force de la contredire, incapable de discerner la vérité de l'espoir. Geoffroy dodelina de la tête.

— T'es sûre, Nillette ?

Elle lui fit signe de la rejoindre. À pas de loup, repris de confiance, il vint nicher ses épaules sous son bras.

— Demain, nous reviendrons, et il nous embrassera.

Je les suivis d'un pas hésitant jusqu'à la porte. Eloïn fit passer son frère dans l'huis entr'ouvert avant de se retourner vers moi. Elle avait menti. Pour lui, bien sûr, en conclus-je. Elle pointa pourtant sur moi ses deux prunelles mauves pailletées d'or et de tendresse.

— Sois en paix, maman. Je veille. Nous ne le perdrons pas.

La porte se referma. Je me sentis m'avachir, glisser lentement sur moi-même. Je ne cherchais plus à lutter. Je m'assis sur le tapis souillé des chausses boueuses de Geoffroy, et, mordant mon poing à en faire jaillir des perles de sang, y étouffai un long, un profond sanglot.

Au mitan de la nuit, Jaufré n'allait pas mieux et, malgré les paroles de ma fille, j'attendais son dernier souffle entre la résignation et la colère. Je ne voulais pas que notre histoire finisse là, si loin de Blaye. Je ne voulais pas qu'elle finisse. Lorsque la porte s'ouvrit, vers les deux heures du matin, je levai à peine les yeux de ce visage décharné, sur lequel je traquai la moindre crispation macabre à la lueur d'une chandelle posée sur le chevet. Comme précédemment, Eloïn s'immobilisa contre le matelas, de l'autre côté du lit.

— J'ai besoin d'aide, mère.

Je consentis enfin à m'arracher à ma morbidité. Les épaules recouvertes d'un mantel sur son chainse de nuit, elle tenait, d'une main, un entonnoir, de l'autre, un broc. Son visage était d'une telle sérénité que j'en repris quelque courage. Comprenant son intention, je redressai Jaufré et lui cassai légèrement la nuque en arrière dans un creux de l'oreiller. À ma surprise, il claqua de la langue dans sa bouche et, comme s'il avait deviné, ouvrit puis referma ses lèvres sur l'embout. Eloïn versa délicatement le breuvage, s'accordant à le laisser avaler sans s'étouffer. Je n'osai le moindre mot, la moindre remarque. À l'odeur du liquide je devinai une décoction de saule. J'avais déjà usé de la médication, jusqu'à ce que Jaufré la régurgite. Je l'en avais alors bassiné depuis le premier jour de sa maladie jusqu'à la tombée de cette nuit. Aucun secours ne lui en était né. Devant le besoin d'agir de ma fille, je refusai de le lui dire. Jaufré téta, tel un nourrisson au sein, le breuvage amer. Jusqu'à la dernière goutte qu'Eloïn avait préparée.

Dans un silence bercé seulement de nos respirations, elle écarta de lui les objets, devenus inutiles, ouvrit ses doigts puis les posa délicatement jusqu'à lui en recouvrir la face. Je n'entendis pas les mots qu'elle prononça. Je ne vis bouger que ses lèvres. Lorsqu'elle retira sa main, les joues auparavant diaphanes étaient redevenues rosées. Mon cœur s'affola dans ma poitrine. Je cherchai le pouls de mon mari à sa jugulaire, le retrouvai régulier et non plus filant comme les heures précédentes. Pendant ce temps, Eloïn avait attiré un tabouret contre le lit. Elle s'y installa. Je retrouvai ma propre assise, un espoir redevenu fou dans mes veines. Elle me sourit. Je me mis à pleurer.

Plus tard. Plus tard, je comprendrais. La passation de pouvoir en Brocéliande. La magie en elle par la puissance de la fontaine de Barenton, de Merlin et de la pierre de lune qu'elle glissa dans la main refermée de son père sur la sienne. Plus tard. Lorsque le coq chanta et que la fièvre s'enfuit avec les derniers instants de la nuit, une seule chose compta.

Jaufré était sauvé.

Il lui fallut quelques jours encore de lit avant qu'il puisse se lever. Jaufré était amaigri, épuisé de courbatures tant la fièvre avait roulé son corps dans ses rets. J'eus le sentiment de le retrouver devant moi tel qu'en ces jours d'hier où, espérant mon amour, il était revenu de Tripoli. Je me gardai de le lui faire remarquer. Le moindre regard sur moi, le moindre geste pour retenir une de mes caresses, la moindre de ses paroles m'enflammait avec d'autant plus de braise que j'avais senti les cendres affleurer. Les enfants, Eloïn la première, me relayaient à son chevet, exigeant que je sorte, respire, bouge. Vive. Aux premières heures de sa résurrection, j'en fus incapable, comme si, enchaînée à ce lit, à ce souffle peu à peu ragaillardi, une part de moi craignait encore le tombeau. Je finis par m'y résoudre. C'est ainsi que j'appris la nouvelle. Au détour d'un couloir.

Thomas Becket venait d'être publiquement accusé par le roi non plus cette fois d'outrage, mais de détournement d'argent à des fins personnelles. Un étourdissement me prit que l'homme, enflammé de colère, remarqua à peine. Des bourdonnements aux oreilles, je le laissai s'emporter, m'assurer que l'ancien chancelier devrait rendre compte de ses actes devant l'assemblée des grands du royaume, qu'il serait châtié avec la plus grande sévérité, car où allions-nous en ce bas monde si la plus grande des trahisons se doublait de la vilenie la plus noire ? Le roi en était défait au point de n'avoir pu paraître, furieux au point d'avoir brisé le mobilier. Et il n'était pas le seul. L'indignation gagnait chaque pièce, chaque ruelle de Londres. Bientôt, elle viendrait au pays tout entier. Profitant qu'un autre de ses amis arrivait, je quittai ce duc sur sa diatribe. Titubante. Ahurie. Car, pour autant que j'aie regretté les manières de Becket en leur temps, pas une seule fois je n'avais douté de son intégrité.

Je revins auprès de Jaufré, le trouvai dans le bain, veillé par son valet. Ses bras, épaissis, depuis qu'il engloutissait goulûment pintades et rôtis, reposaient de chaque côté du baquet fumant. Nuque abandonnée contre le bois, les yeux clos, mon époux s'alanguissait sous un rai de soleil qui, timidement, avait réussi à se glisser entre deux nuages, puis à forcer les verres épais de la fenêtre de notre chambre. Il reconnut mon pas, non sa vivacité, et sortit de son flegme d'un air curieux. Je me laissai choir sur le premier siège à ma portée pour lui raconter cet étrange procès.

Jaufré ne fut pas long à réagir. Moins que moi en vérité. Avec son autorité retrouvée et sa confiance en mon instinct, il m'encouragea à chevaucher jusqu'à Cantorbéry. Becket n'oserait me mentir. S'il était d'innocence, ainsi que j'en étais persuadée, il aurait besoin de moi pour apaiser Henri. Ni l'un ni l'autre nous n'évoquâmes la lointaine prémonition qui m'avait saisie à son sujet, cette curée de laquelle Becket ne réchappait. Moins de une heure plus tard, et avec d'autant plus de discrétion et de facilité que j'avais disparu pour soigner Jaufré, je quittai le palais. Je n'emportais avec moi qu'un seul objet, certaine qu'il serait de nécessité. La bague que Louis de France m'avait un jour confiée.

32.

Becket venait de recevoir sa sommation à comparaître lorsque je déposai pied devant les écuries de l'abbaye. Laissant ma jument entre les mains d'un des valets, je me fis conduire jusqu'à lui. Le cou ceint du pallium, seul ornement qu'il tolérait à sa mise, il était exsangue. La porte de son cabinet se referma sur nous, le laissant assis derrière son écritoire, la lettre au sceau royal repliée au tiers sur elle-même à l'endroit où, s'échappant de ses mains, elle s'était posée. À son regard égaré, je persistai dans ma certitude qu'il était le jouet d'un complot destiné à le déchoir. Ce qu'Henri avait donné, il le voulait reprendre. Sans attendre qu'il m'y invite, je rapprochai mes doigts glacés du feu.

— Vous irez la tête haute. Vous n'avez rien à vous reproch...

Il ne me laissa pas terminer.

— Si.

Mon sang se figea. Je pivotai. Sa main battit l'air de lassitude.

— Si, Loanna de Grimwald. Je suis indéfendable et, mieux que quiconque, Henri le sait.

Il me désigna un siège. Un simple tabouret tendu de cuir par de gros clous de cuivre. Je le refusai de la même manière que cet aveu.

— Expliquez-vous.

— J'ai en effet retiré des sommes importantes du trésor royal au cours de cette dernière année, et falsifié les comptes en conséquence. Mais non pour ce dont on m'accuse.

— Si ce n'était pour vous, alors pourquoi, pour qui ?

Il eut un rictus désabusé.

— Le roi lui-même.

Le silence s'abattit en moi, tel que sur une grève après la tempête. Il me fallut quelques secondes pour m'accorder à l'incohérence du fait. Henri pouvait puiser à loisir dans les coffres. Pourquoi s'en cacher ?

— Je ne comprends pas.

Je le sentis hésitant, rechignant à livrer la vérité. Un reste de loyauté envers celui qui, ce jourd'hui, s'en servait pour le perdre ? Je me penchai au-dessus de l'écritoire, dressée sur mes poings.

— Parlez, Thomas. Je ne saurai vous venir en aide sans tout entendre.

Il se recula contre le dossier de son faudesteuil, le front humide.

— Je détiens un lourd secret pour le royaume, un secret dont Henri m'acheta le silence par toutes ces richesses dont je vous parus puer. Je le servis jusqu'à sa dernière exigence, celle-là même dont on m'accuse.

Ébahie, je me laissai tomber, cette fois, sur l'assise du tabouret. Il se prit le visage entre les mains, les remonta jusqu'à son crâne tonsuré avant de les poser à plat sur le bois, de chaque côté du courrier.

— Vous ne pouvez rien pour moi, ma petite sorcière. Cette sommation est une mise à mort, il vous faut le comprendre.

— Le comprendre, mais non l'admettre... Si Henri seul est responsable, je saurai lui faire entendre raison.

Il ricana.

— Ce serait avouer une trahison bien plus grande, qui me verrait cette fois poignardé au détour d'une ruelle ainsi que vous m'en avez prévenu autrefois. Non, croyez-moi, Henri ne veut pas vous voir découvrir la vérité, Loanna de Grimwald.

Un sursaut de colère me projeta de l'avant.

— Ce seul argument exige que je vous protège, vous et d'autres que visiblement votre silence met en danger !

Je m'adoucis face à sa tristesse.

— Au nom du ciel, mon ami ! Vous en avez déjà trop dit pour que ce soit assez. Vous servez Dieu, je sers l'Angleterre et n'aurai que suspicion désormais.

Ses doigts pianotèrent sur le cuir de l'écritoire. Quelques secondes. Il s'en aida pour repousser son siège. Je le regardai gagner un coffre qu'il ouvrit à l'aide d'une clef prise dans l'attache de sa ceinture de corde.

— Vous souvenez-vous de Rosamund Clifford ?

Tandis qu'il écartait plusieurs documents, visiblement en quête de l'un d'eux, je dus faire un effort de mémoire pour finalement retrouver le souvenir d'une jeune beauté placée quelque temps comme dame de compagnie auprès d'Aliénor. Elle nous avait quittés pour se marier. Nous ne l'avions revue à la cour.

— Une agréable damoiselle, rieuse et appréciée... Quel rapport avec notre affaire ?

Becket me tendit un rouleau de parchemin noué d'un ruban de soie rouge.

— Tout, dit-il simplement d'un air navré.

C'était à Tintagel qu'Henri, pour la première fois, avait découvert Rosamund Clifford. S'il avait accordé à son père, fidèle baron normand, qu'elle figure parmi les proches de la reine, il ne l'avait jamais vue. Peu avant le tournoi qui lui coûta Caliburnus, et alors qu'il reprochait à son écuyer de mal serrer les sangles de sa cotte de mailles, son œil s'était égaré sur la silhouette d'une brunette aux atours seyants. Elle se faufilait telle une jeune chatte entre les tentes du campement, en quête visiblement d'un des chevaliers. Il s'en troubla. Bien davantage qu'à l'ordinaire, lorsqu'un joli minois lui donnait désir de troussage. Il eut envie d'en découvrir davantage. Allongea son pas derrière elle puis, la voyant relever un pan de toile, s'y glissa à son tour, les sens aux aguets. Quelques secondes plus tard, elle lui était présentée par le baron Clifford lui-même, de qui elle était venue s'inquiéter après qu'il eut été désarçonné. Ce n'était pas seulement le drame, survenu peu après, qui avait eu raison de l'attachement d'Henri pour moi, mais elle. Avec la complicité de son vieux compagnon de bataille, Henri décida du sort de la damoiselle éprise aussi soudainement de lui que lui d'elle. Clifford avait prévu de la marier. Le roi fit rompre les fiançailles par une collée discrète au fond d'un bois, puis, gardant la belle pour lui seul, la déplaça au gré de ses errances, sans que jamais personne s'en aperçoive. Seuls ses plus proches furent au fait, semant ici et là des rumeurs de bélinage pour maintenir Henri dans une infidélité de bon aloi. Et tromper autant la reine que moi.

Le parchemin s'était de nouveau enroulé sur mes genoux crispés, à côté de son attache parfumée, me renvoyant comme une injure les serments enflammés de Rosamund.

Becket soupira.

— J'étais chargé du courrier entre eux. Henri n'avait confiance qu'en moi. Je lisais celui de Rosamund lorsqu'il était sur le continent, codais ses mots selon nos accords pour les glisser au milieu des miens. En retour, j'en recevais d'autres que je déchiffrais, retranscrivais puis portais moi-même à la belle.

— Habile, lui accordai-je, voyant là un souci de préserver Aliénor.

— Certes. Mais cette discrétion coûtait cher à Henri, enchaîna Becket adossé à la fenêtre, traquant la tiédeur d'un rai. Rosamund s'ennuyait de l'attendre, subissait tous les inconvénients d'une captive sans les avantages d'une maîtresse. Et moins encore d'une épouse. Elle exigea davantage. Une preuve d'amour. Il lui fit construire un palais.

— L'origine des sommes détournées…

— Oui. Ce qu'Henri n'avait pas prévu fut que la disette s'installerait avec son lot de pestilence, qu'elle grèverait les finances et qu'une telle ponction, injustifiée, deviendrait dès lors visible. Moi non plus, en vérité, sinon je me serais gardé de rendre ma charge trop tôt et de le braquer.

Je m'emmurai dans le silence, mesurant la distance qui me séparait d'Henri. Bien plus grande que je ne l'avais imaginé. Lorsque je relevai la tête au son de sa voix, Becket fixait un horizon invisible derrière la croisée.

— Rosamund n'aura pas d'enfants. Henri y a veillé. J'ignore comment.

Je frissonnai à l'idée de quelques aiguilles et potions en son bas-ventre, me laissai gagner par la pitié.

— Pauvre petite. Somme toute, je la plains.

Il pivota, un rictus cruel aux lèvres.

— Gardez-vous-en bien. Elle n'est rien de ce qu'elle a pu vous paraître par le passé. Tout n'est que calcul en elle, derrière l'amour. Elle veut la couronne, Loanna. Elle la veut et Henri le sait. Il le sait d'autant mieux qu'il a juré devant Dieu de la lui donner.

Passé la stupeur, une rage sourde battit mes tempes. Je comprenais mieux soudain l'empressement d'Henri à m'éloigner de son chancelier et sa colère au regain de notre amitié. Becket était devenu une épée de Damoclès au-dessus de sa tête. Le roi m'avait-il invitée à la séance de l'échiquier pour que, le détournement de fonds découvert, je me range à son avis et à celui de ses barons ? De fait, les preuves n'auraient pas manqué. Ou bien avait-il profité de la maladie de Jaufré pour régler discrètement ses comptes, avant même que j'aie su de quoi il retournait ? Je connaissais assez le tempérament d'Henri pour lui prêter tous les possibles. Je ne voulais pourtant pas croire que mon roi puisse songer à se débarrasser d'Aliénor d'une manière ou d'une autre. Elle était trop précieuse à son empire. Sauf... Sauf si, comme peu à peu il s'y employait ces dernières années, il remplaçait en Aquitaine les gens d'Aliénor par les siens. Des hautes fonctions ecclésiastiques aux alliances choisies, les barons normands gagnaient du terrain et de l'influence. Viendrait un jour où, retranché derrière ses fils, Henri serait, de fait, le maître établi. Aliénor étant son aînée de quinze ans, misait-il sur ses nombreuses grossesses ou sur la logique pour s'imaginer veuf bientôt et se remarier ? Était-ce là son calcul d'hier pour me mettre, moi, sur le trône ? J'avais refusé de l'entendre. Visiblement, une autre l'avait fait. Je ne pouvais intervenir de face. Ni en faveur de ma reine, ni en celle de Becket. L'ombre était mon domaine et Henri allait regretter de me l'avoir accordé. L'heure n'était pourtant pas aux suppositions, ni à la rancune d'avoir été bernée. Il fallait lui soustraire son trop gênant témoin. Et, pour ce faire, le roi de France m'aiderait. Louis me l'avait garanti en me remettant son sceau : son porteur trouverait asile et assistance sur ses terres. Il accueillerait Becket s'il le voyait mon protégé, et trouverait moyen de tirer profit de la situation. D'autant plus que, l'antipape étant mort quelques mois plus tôt, Alexandre III avait repris de l'assurance. Becket serait soutenu par le Saint-Siège contre cette destitution arbitraire qu'Henri n'allait pas manquer d'imposer, selon les termes de la constitution qu'il avait si judicieusement amenée. Dans l'idée, sans doute, déjà, de perdre Becket. Si son habileté de manœuvre était remarquable, seules l'amertume et la tristesse accompagnèrent mes pensées tandis que je récupérai le sceau de Louis dans la bourse pendue à ma ceinture pour le tendre à Becket.

Il fronça les sourcils à sa vue.

— Prenez, Thomas. Il me vient du roi de France lui-même et vous assurera terre d'asile.

Il secoua la tête.

— Mais je ne veux pas fuir, ma petite sorcière.

— Vous le ferez pourtant, car je veux croire que ce sauf-conduit ne m'a été donné que pour conjurer le sort funeste que j'ai entrevu pour vous autrefois. Quittez l'Angleterre, Thomas Becket. Et laissez-moi agir dans l'ombre pour réduire les griefs d'Henri, opposer la raison à Rosamund Clifford, sauver le royaume. Que sais-je ! Je refuse d'admettre que la partie soit jouée.

Il écarta ses bras et je m'y blottis, avec cette tendresse profonde qui me liait à lui, la tête contre son torse, acceptant d'écraser contre sa poitrine le lin du cilice.

— Quittez la place dès ce soir. Je vous fournirai des mercenaires pour couvrir votre retraite.

— Non, non, Loanna. J'aurai plus de chance dans la discrétion des petites gens. Ils m'aideront. Quoi que le roi dise ou fasse, ils m'aideront.

Je m'éloignai de lui. Nos regards se joignirent avec la complicité de la première heure. Le sien était serein face au mien, désarmé. Il caressa ma joue du revers de son index.

— Cessez de vous inquiéter, Loanna de Grimwald. Je suis aussi teigneux et aussi obstiné qu'Henri. Sitôt que je serai sous la protection du roi de France, fort du poids de l'Église, je le mettrai au pas sans que vous ayez besoin de vous en mêler. Croyez-moi, mieux vaut pour l'Angleterre que vous restiez en dehors de notre querelle et de la vérité. Car c'est à vous qu'il revient, si je ne le peux plus, d'assurer la pérennité de l'entente entre Aliénor et Henri. Si ma mort doit en être le prix, j'y suis depuis longtemps préparé.

L'âme douloureuse, je hochai la tête. Son sacrifice d'aujourd'hui rejoignait le mien d'hier. Que pouvais-je lui objecter ?

Dès le lendemain, apprenant cette fuite qui confirmait, aux yeux de tous, la culpabilité de son ancien chancelier, Henri faisait boucler les ports et lâchait ses meilleurs limiers.

Tandis que, toute de fausseté, je partageais le courroux de mon roi, me réjouissais de la santé revenue de Jaufré et de la passation des pouvoirs druidiques en Eloïn, Becket sillonna les routes, mendia quelques denrées, plongea dans les taillis à la moindre alerte, se réconfortant du soutien des gens. Oui, on savait de quoi il était accusé, des placards couvraient le royaume. Mais une rumeur plus grande courait, faisant état de sa générosité envers les plus démunis, et l'on voulait croire, partout, que Becket n'avait délesté le roi que pour mieux adoucir les maux du bas peuple. Partout il trouva chandelle amie. Il parvint ainsi à son but, dans la nuit du 1er au 2 novembre de cette année 1164.

Profitant d'une aube brumeuse qui lui permettait sans crainte de longer les quais, il avisa un navire en phase d'appareillage. Il se jeta à l'eau, s'accrocha à l'ancre qu'on remontait puis, invisible aux yeux des matelots appliqués à leurs manœuvres, il descendit dans la cale. Tremblant de froid dans ses vêtements trempés, il se glissa au plus noir de son renfoncement, se coinça entre deux pyramides de fûts solidement amarrés puis se frotta les épaules vigoureusement, activant le crin du cilice sous ses vêtements civils. Son sang ainsi fouetté, il se mit à prier entre ses lèvres violacées.

Indésirable comme ces rats qui frôlaient ses chevilles, il quittait l'Angleterre.

33.

Rosamund Clifford avait toujours été belle. Lorsqu'elle était enfançonne, on s'ébaubissait devant ses joues diaphanes au pastel velouté et ses boucles sombres aux reflets cuivrés. À l'âge des premiers pas, c'étaient ses yeux rieurs, entre le cuivre et l'or, qui attiraient les bras. Jouvencelle, elle marqua autant de grâce qu'elle paraissait de bonté, semblant danser sur un fil invisible tandis que d'autres marchaient. Sa taille était fine, sa poitrine ronde et haute, ses hanches émoussées. Quant à ses chevilles ou ses pieds, discrètement révélés à l'occasion d'une montée d'escalier, ils semblaient dessinés pour sublimer toute chausse. Rien pourtant n'attirait autant l'attention que son sourire. Ponctué en haut de chaque joue par une fossette, il s'étirait du matin au soir, simple trait, ou large croissant qui révélait alors un chapelet de perles à l'ivoire parfait. Elle faisait la fierté de ses parents, la convoitise des hommes, la jalousie des femmes, sans paraître le moins du monde en être affectée. À cela, prétendait-on, elle possédait un esprit aussi joliment tourné que le reste, une gaîté naturelle et une piété sans faille, comme si, dans son infinie générosité, Dieu avait créé la plus parfaite et la plus modeste des créatures. Henri en était persuadé.

Mais, comme les autres, Henri se trompait.

Contrairement à ce qu'il avait cru, leur rencontre à Tintagel n'avait pas été fortuite. Rosamund Clifford avait toujours voulu le roi et se souvenait parfaitement de l'instant où ce désir avait commencé. Elle allait sur ses neuf ans. Son père revenait d'une de ces guerres de vassalité au côté de Geoffroy le Bel. Henri l'accompagnait. Elle s'était inclinée devant eux avec déférence. Geoffroy le Bel avait caressé sa joue, lancé un compliment sur sa délicatesse. Henri, débraillé par la course, les cheveux hirsutes, longues langues de cuivre sur ses épaules déjà massives, avait seulement claqué sa langue dans sa bouche et demandé à boire. Rosamund, habituée à soulever grand intérêt, y compris chez ceux et celles de son âge, venait de rencontrer l'indifférence. Elle ne s'en remit pas. Certes, nul ne vit le changement qui s'opérait en elle. Devant chacun, elle était toujours Rosamund Clifford, à la nature si bien faite qu'aucune malice ne pouvait l'habiter. Mais là où, auparavant, elle ne faisait rien pour attirer l'attention sur elle, peu à peu elle se mit à noter les réactions à sa joliesse. Tel regard plus appuyé amenait de la rougeur sur les visages, tel geste pour replacer une mèche derrière son oreille dilatait les pupilles. Ce lui devint un jeu. Un jeu de plus en plus cruel, que personne ne pouvait interpréter et qui laissait pantelants les hommes, séduites les femmes. Lorsque Henri monta sur le trône, cet Henri dont elle entendait si souvent son père parler, cet Henri qui l'avait ignorée, elle se jugea fin prête à mesurer sur lui l'étendue de ses manœuvres. Certes, il était l'époux d'une des femmes les plus convoitées de son temps, mais Aliénor portait quinze années de plus que lui et Rosamund était persuadée qu'aucun amour ne pouvait naître des mariages d'intérêt. Elle en savait quelque chose. Son père l'avait promise à un être fat, aux jambes courtes et aux bras qui lui touchaient les genoux quand il les balançait. Henri serait à elle. Mieux, il la délivrerait de son promis. Non, mieux encore. Il ferait d'elle la reine d'Angleterre. Voilà. Tel serait son défi. Une bien modeste réparation pour l'humiliation qu'elle avait subie par le passé. Elle annonça à son père qu'elle désirait apprendre, auprès de la reine, les manières les plus délicates. Il ne vit là que le désir légitime d'une future épouse chargée d'une maisonnée. Henri accorda qu'elle paraisse et Aliénor, conquise par les heureux propos que l'on tenait sur Rosamund, laissa, sans s'en douter, la louve s'approcher du berger. Sans cesse en guerroie, Henri fut long à reparaître. Certes, à la cour, Rosamund peaufinait ses arguments, s'attirant louanges et amitiés, mais le temps lui durait d'enfin se mesurer à sa cible. Ce fut à Tintagel. Elle n'avait pas prévu pourtant à quel point l'arrivée inopinée d'Henri, sa prestance, sa virilité la bouleverseraient. Elle tomba en amour. Et décida sur l'instant qu'elle n'attendrait pas davantage pour obtenir ce qu'elle désirait. Servie par le prétexte de la chute de son père, elle quitta l'échafaud, espionna quelques minutes les allées et venues des chevaliers, puis, dans cette guerre des sens si longuement préparée, elle s'en fut de l'avant. Cette fois, Henri plia. Devant son sourire d'abord, puis sous ses baisers. Un mois plus tard, il était si épris d'elle qu'elle obtenait de lui tout ce qu'elle voulait. Tout. Y compris un serment arraché un 6 avril de l'an 1160, alors que, le ventre pourri par l'infection d'une aiguille, elle avait failli passer. Henri, à son chevet, avait supplié Dieu de la lui laisser. Elle avait tourné vers lui ses yeux éteints par ces longues années de clandestinité.

— À quoi bon, puisque je ne veux plus vivre ?

Il s'était liquéfié.

— Et pourquoi donc, ma mie ? Ne m'aimez-vous plus ?

— C'est vous, Henri, qui ne m'aimez pas assez.

Il avait embrassé ces mains brûlantes de fièvre.

— Sotte idée, ne me voyez-vous pas suspendu à vos souffles, à vos moindres désirs et volontés ?

— Futilités. Futilités pour me tenir à raison, quand vous me refusez l'essentiel au risque que j'en meure.

Il s'était mis à trembler, presque autant qu'elle de fièvre.

— N'est-ce pas vous qui refusez d'enfanter ?

L'œil, affadi, de Rosamund s'était rehaussé de colère.

— Je ne serai jamais la mère d'un bâtard ! Ne vous suffit-il pas de m'avoir perdue aux yeux de Dieu, voulez-vous encore que je sois salie aux yeux des hommes ?

Il avait baissé le regard. Rosamund avait gémi. Il s'était affolé, avait saisi la bible posée sur le chevet, glissé sa main droite dessus et murmuré :

— Devant Dieu et ce jourd'hui, je fais serment d'épousailles à votre égard, Rosamund Clifford, si un veuvage me vient.

— Et s'il ne vient pas ?

Il n'avait hésité que quelques secondes.

— Malgré son étonnante constitution, la reine entre en un âge où les grossesses lui sont interdites. Une de plus risque fort de la tuer.

Rosamund avait guéri dans cette attente. Aliénor avait porté gros ventre et faiblesse jusqu'à ses couches. Pour autant, elle s'était relevée. Loin d'en consoler Rosamund, de la rejoindre ou de la faire quérir, Henri était demeuré sur le continent pour, ensuite, dès son retour, agir avec elle comme si de rien n'était. Et pire encore. Rosamund devait se contenter d'instants volés. Y pouvait-il grand-chose ? Aliénor s'attardait en Angleterre, à son côté. Rosamund vivait plus que jamais recluse. L'affaire Becket, plaidait Henri dans un soupir exaspéré. Qui mieux qu'elle savait ce que ce désaveu cachait ? La couardise d'un roi, le parjure d'un roi qui avait préféré la fuir et, en place du trône promis, lui offrir un palais.

— Un autre enfant, bientôt, viendra y remédier, avait-il assuré en la voyant éplorée.

Cette fois, il avait tenu parole. Après quatre années de stérilité, Aliénor avait de nouveau porté gros ventre. Elle venait d'avoir quarante-trois ans. Rosamund s'était embrasée d'espoir. En octobre 1165, une petite Jeanne était née au couple royal. Tandis que Rosamund serrait les poings sur sa colère, les cloches s'envolaient pour saluer le miracle. La mère et la fille se portaient bien. La voyant dépérir et craignant de nouveau de la perdre, Henri avait renvoyé Aliénor sur le continent, limité les arbitrages et le pouvoir de son épouse en Angleterre. Renouvelé sa promesse. Mais, sous l'air apaisé de Rosamund Clifford, la haine couvait. Une haine dont Henri lui-même ignorait la puissance destructrice.

Ce 20 septembre de l'an 1166, dans cette demeure bordée d'un étang sur lequel glissaient sans bruit de superbes cygnes, Rosamund avait pris sa décision. Elle frotta l'intérieur de ses poignets avec une goutte d'essence de rose puis fit entrer la servante qu'elle avait mandée.

— Mes malles sont-elles chargées ?

— Oui madame.

— Mon escorte ?

— À vos ordres.

— Bien... Tu peux vaquer.

Rosamund s'attarda quelques minutes encore dans cette chambre où Henri, si souvent, l'avait rejointe, aimée, épuisée. Le temps de ramasser un collier de perles dans une coupelle puis un petit coffret dans une niche au mur, derrière une des tapisseries. Prise d'une excitation malsaine, elle fit rouler le bracelet qu'elle portait au poignet jusqu'à libérer une petite clef cachée au creux même des maillons. Avec précaution, elle l'enchâssa dans la fine serrure, la tourna puis releva le couvercle de l'écrin. Sur un fond de velours noir, une fiole de verre fumé attendait son heure.

D'un ongle carminé, Rosamund en suivit les contours arrondis, un sourire aux lèvres. Un de ces sourires mauvais que nul, sinon son reflet dans les miroirs, ne voyait jamais.

La reine était à trois semaines d'accoucher de nouveau, lui avait annoncé Henri la veille. Cette fois, Rosamund Clifford ne laisserait pas le hasard s'en mêler.

34.

À l'effroi qui voila les traits d'Henri, rieur et gai la seconde précédente, je compris qu'il n'attendait pas à la cour cette jolie personne qui venait de s'y présenter. Les pas de Rosamund Clifford traversant la vaste salle du vieux château d'Oxford soulevaient la surprise, et l'on voyait se réjouir autour d'elle ceux et celles d'hier qui la reconnaissaient. Elle prit le temps pour chacun d'eux, sentant, comme je le voyais moi-même, l'œil d'Henri souligner son avancée.

— N'est-ce point cette damoiselle Clifford que ses épousailles nous ont enlevée voici quelques années? demanda Aliénor depuis le trône dans lequel, près de celui d'Henri, elle était assise.

À peine ressaisi, Henri grommela :

— C'est possible. Je l'ai trop peu côtoyée pour l'affirmer.

Je me tenais debout, à sa droite, et lui retournai une œillade appuyée. Il la soutint, des perles de sueur à peine perceptibles au front. L'occasion était trop belle. J'enfonçai ma pique :

— Cela m'étonne de vous, Henri. Une si parfaite beauté…

Aliénor n'entendit pas. Elle s'était dressée pour accueillir l'infâme avec un plaisir candide. Pour seule défense contre mon cynisme, Henri haussa les épaules. Mais le message était entendu. Il venait de comprendre. Je savais.

Je m'étais bien gardée jusque-là d'intervenir. À moins d'une collée qu'Henri lui-même aurait donnée dans leur intimité, ma présence auprès d'Aliénor éloignait d'elle tout danger. Conformément au souhait de Becket, j'avais continué de me taire, laissant Henri s'accorder, pour perdre son ennemi auprès de ses alliés, à des trésors de diplomatie et d'alliance. Jusqu'à fiancer sa fille Mathilde avec le très vieil Henri de Saxe, vassal direct de l'empereur d'Allemagne et ennemi du pape Alexandre III. Rien n'y avait fait. Becket jouissait d'une incompréhensible immunité et coulait des jours redevenus sereins à l'abbaye de Pontigny, fondée par Bernard de Clairvaux. Il avait écrit à la reine sur mes conseils, réclamant son aide, qu'elle avait, sur mes mêmes conseils, refusée. Manœuvre habile pour laisser croire à Henri que Becket ne m'avait rien révélé.

Je l'avais visité à plusieurs reprises lors de nos séjours sur le continent et, chaque fois, il m'avait exhortée à la discrétion. Aliénor aimait Henri et, refusant ma prudence concernant l'influence normande en Aquitaine, elle s'accordait sans faillir au moindre de ses jugements. D'autant plus depuis qu'un Philippe Auguste était né au trône de France, deux mois avant la petite Jeanne à la cour d'Angleterre. Louis tenait son héritier. Et, si Becket se plaisait à les révéler, suffisamment de secrets pour rabattre les prétentions d'Henri. Plus que jamais, l'empire Plantagenêt devait faire bloc. Henri le savait. Il avait encore besoin d'Aliénor. Même s'il ne pouvait se séparer de Rosamund. Et voilà que celle-ci bousculait ses projets.

Elle s'inclina au pied de l'estrade, ouvrant, avec sa révérence, une vue plongeante sur son décolleté ajouré de dentelle. La beauté laiteuse de ses fruits fermes et ronds était sublimée par une cascade de perles ligotées, à mi-course, avec un diamant noir. Un présent royal, pensais-je, tandis que je lui offrais le même sourire accueillant que ma reine, laissant Henri se perdre d'inquiétude et de perplexité derrière un masque de civilité.

— Chère, chère Rosamund, s'exclama Aliénor, descendue d'une marche en lui tendant une main amie.

Rosamund s'en empara, se redressa gracieusement puis, acceptant les bras de la reine autour de ses épaules, s'accorda à leur étreinte. Faveur qui, elle le savait, venait de la placer parmi ses familiers. Ravie de l'aubaine, elle teinta sa voix d'humilité :

— Votre accueil, Majesté, fait de moi votre obligée.

— Comment en serait-il autrement ? Vous nous quittâmes bien trop vite, en vérité, se mit à rire Aliénor.

Ses doigts pincèrent avec délicatesse le carmin des joues, à l'endroit de leur fossette.

— Vous voici plus belle encore qu'en mon souvenir. La femme d'aujourd'hui n'a rien à envier à la jouvencelle d'hier. N'est-ce pas, Henri ?

Il ne répondit pas. Elle se retourna vers lui. M'ayant écartée sous le prétexte d'un message urgent, un de ses plus fidèles barons venait de se pencher à l'oreille du roi.

— Un souci, mon époux ?

Henri garda figure ennuyée, se leva.

— Rien qui m'autorise à vous gâter ce moment, très chère. Je ne serai pas long à revenir le partager, croyez-le. Damoiselle Clifford…

— … de Launay, Votre Majesté. Je suis mariée.

Il tiqua, sourit, puis pivota des talons derrière Patrick de Salisbury, me laissant sur le sentiment que cette intervention tombait à point nommé. Je décidai, quant à moi, de rester. Par ses manières, sa douceur, son semblant d'innocence, Rosamund Clifford, soi-disant « de Launay », n'était pas sans me rappeler ma pire ennemie et celle de la reine, du temps de Louis. Béatrice de Campan. Un visage d'ange servant la duplicité et la noirceur d'une âme. Aliénor se laisserait-elle berner comme autrefois ou, avertie par l'expérience des comportements humains, découvrirait-elle très vite les intentions cachées de sa rivale ? Quoi qu'il en soit, aujourd'hui comme hier, elle me trouverait à ses côtés. Forte des mêmes armes. Je les affûtais avec discernement tandis que l'on s'installait sur des bancs, de chaque côté du trône. Béroul, un des barons anglo-normands, apprécié de tous pour ses chansons de geste, avait décidé quelque temps plus tôt de se mettre à l'écriture. À l'exemple du *Roman de Brut* de Wace ou des légendes arthuriennes, il avait composé un *Tristan et Iseult* dont il tenait à nous laisser apprécier des passages. Rosamund Clifford se glissa avec délicatesse entre Eloïn et Marie de France, qui s'étaient écartées à la demande d'Aliénor. Béroul déroula son parchemin, se racla la gorge à la manière d'un héraut.

« Oyez, oyez, bonnes gens et Votre Majesté, la tragique histoire d'un amour interdit, de deux amants, d'âme et de corps si entremêlés… »

Je n'écoutai pas la suite, attirée par les réactions des quatre femmes que, de mon coin, je pouvais surveiller. Eloïn avait fermé ses paupières sur un songe intérieur, dicté, je le devinai, par la présence de fourberie à ses côtés. Marie de France pianotait des doigts sur un instrument imaginaire, en quête d'une musique que le conteur lui inspirait, Aliénor jetait quelques regards à la dérobée vers Rosamund Clifford. Rosamund Clifford dont l'œil, soudain empli de tristesse, s'était discrètement mis à couler.

Je compris aussitôt que ce simple détail venait d'alerter ma reine. Il me fallait agir. Agir avant un scandale qui la laisserait anéantie et humiliée. Béroul, comme la veille, retiendrait l'attention de tous pendant une bonne heure au moins avant que ne lui succèdent les joglars. Me décrochant du mur contre lequel j'avais appuyé une épaule nonchalante, je quittai la salle de réception à pas feutrés.

Henri n'était pas loin. Retranché dans une pièce attenante pour décider de la conduite à tenir face à sa maîtresse, il venait d'engloutir quatre godets d'élixir. Son teint était vif, ses joues rouges. À ma vue, il congédia Patrick de Salisbury qui, pour le sauver de son embarras, était venu le quérir. Je demeurai à quelques pas de l'huis refermé, les mains jointes au dos. Enveloppée d'un silence qui le mit mal à l'aise. Il s'en accommoda quelques secondes dans une nouvelle lampée puis, ragaillardi par la boisson, reposa violemment le hanap d'argent. Son cou, de naturel épais, forcit davantage encore. Ses bras s'ouvrirent dans un mouvement d'exaspération.

— Alors quoi ? Qu'est cette mine ? Ne puis-je seulement disparaître quelques minutes sans qu'on m'envoie chercher de part ou d'autre ?

— Loin de moi cette idée, mon roi. Je m'inquiétais juste de vous.

Il leva les yeux au ciel.

— J'ai passé l'âge de vos inquiétudes, Loanna de Grimwald.

Je lui offris un sourire complice.

— Mais pas celui des sottises, visiblement.

Il me foudroya d'un œil mauvais. J'éclatai d'un rire léger.

— Allons, Henri, cessons voulez-vous ? Je me doutais bien, et depuis fort longtemps, qu'une jolie dame était l'objet de votre éloignement. Et, j'avoue, piteusement, que j'en ai été soulagée.

Il eut cet air hébété de sa prime enfance, lorsque, avertie de ses bêtises par quelque valet, j'arguais de mes pouvoirs pour l'obliger à la vérité avant de m'en faire la complice et de lui pardonner. Je m'approchai enfin, enlevai le flacon ouvragé de son plateau pour m'en servir une rasade. Henri referma le bec. Demeura muet. Dans l'attente sans doute d'une sentence. Ne l'avait-il pas crainte au point de condamner Becket? Tout en sirotant élégamment une gorgée au parfum de prunelle, je plantai des yeux tendres dans les siens. Il déglutit.

— Me trahiras-tu?

— Pourquoi le ferais-je? Vous avez jusque-là protégé les intérêts de l'Angleterre autant que l'honneur de sa reine par votre discrétion. Le reste vous appartient, à vous et vous seul. Je n'ai pas à juger.

Ses épaules, tendues, se relâchèrent, décrispant cette paume qu'il avait enroulée au pommeau de l'épée pendue à sa ceinture.

— Je l'avais tenue à l'écart. Elle...

— Elle en a eu assez...

— Je le crains.

Je haussai les épaules.

— Une fleur pareille mérite un jardin et des yeux pour la mirer.

Il sembla ne pas comprendre. Je m'avançai et, retrouvant les gestes d'autrefois, caressai sa joue mangée de barbe.

— L'affection que je vous porte est inchangée. Malgré mon attachement à la reine, je ne demande rien que de vous voir heureux en retour. Acceptez ce conseil. Profitez de la venue de Rosamund pour, aux yeux de tous, prétendre en être subjugué. L'amour partagé éloigne la vindicte. Ce qu'on vous reprochera d'avoir caché sera admis dès lors que partagé.

Il recula d'un pas, suspicieux.

— Aliénor ne me le pardonnera pas. J'y perdrai l'unité du royaume.

Mes traits marquèrent ma tristesse.

— Certes, Aliénor en souffrira et je souffrirai de sa souffrance. Mais elle est bien trop fine pour ne pas entendre raison derrière la blessure, trop forte pour ne pas s'en relever. Elle sur le continent, vous en Angleterre. Je ne vois pas d'autres moyens pour empêcher votre alliance de se briser. Songez-y, Henri. Sacrifier Rosamund la rendra amère, tôt ou tard dangereuse pour vous, pour l'Angleterre, et peut-être pour Aliénor. Nommez-la maîtresse en titre, et non seulement elle aura ce semblant de pouvoir qui semble lui manquer, mais encore sera à l'abri des complots qui la voudraient supprimer.

Il s'éclaira enfin et je mesurai à quel point il était épris d'elle. Becket avait raison. Elle n'aurait eu de cesse que la mort de ma reine et Henri aurait fini, tôt ou tard, par la lui donner. En la plaçant au grand jour, je lui coupais l'herbe sous le pied. Il m'attira dans ses bras. Fraternellement. Chuchotant un « merci » soulagé. Je me laissai faire. Je n'avais plus à craindre ses assauts charnels. J'en souffrais d'autres. Ceux de ma conscience. Je n'avais que ce moyen pour sauver Aliénor d'une grossesse de trop. La tuer de chagrin. L'éloigner et l'aider à se reconstruire, à faire de Richard, en Aquitaine, le futur roi que la prophétie de Merlin évoquait, même si pour l'heure Henri le Jeune était l'héritier désigné du trône. Car je n'en pouvais plus douter désormais. L'heure viendrait où mari et femme s'affronteraient.

35.

Le soir même, au banquet qui réunissait invariablement les familiers de Leurs Majestés, Henri s'accorda à mes conseils. Sans peine, d'ailleurs. Il lança fréquemment des œillades à Rosamund Clifford. Un instant surprise, cette dernière baissa les yeux, gênée. Elle les détourna lorsque Henri y appuya un trouble plus marqué. À quoi jouait son roi ? Voulait-il les perdre ? la perdre ? Ou brûlait-il si fort d'amour qu'il ne pouvait le cacher ? Quoi qu'il en soit, elle ne voulait prendre le risque d'inquiéter la reine. Elle devait rester dans son sillage pour pouvoir, le plus simplement du monde, l'exécuter. Afin de contrer son amant, elle reporta son attention sur le fils d'un jeune baron, promis à la petite duchesse de Montfort. Aymeric de Garderre. Boutonneux, flanqué d'un double menton malgré son allure étriquée, le nez épaté sur un regard qui louchait, il ajoutait à sa disgrâce un manque total de conversation. La rose et le crapaud, se dit-on dans les rangs, n'imaginant pas un instant que l'intérêt de Rosamund puisse s'y arrêter. Elle en était consciente, mais n'avait d'autre choix que s'en contenter. Il était son plus proche voisin non marié. Aliénor, de fait, sembla ne rien voir. Rieuse, enjouée malgré l'approche de ses couches, elle répétait à l'envi que c'était grand bonheur pour la cour d'y voir reparaître damoiselle si bien tournée.

Elle alla même jusqu'à glisser à l'oreille de la comtesse de Calberston, une duègne fripée assise à ses côtés :

— Et voyez sa piété, qui accorde complaisance à ce pauvre garçon, quand une autre l'aurait méprisé d'être si laid.

Je n'étais pas dupe. À lui trouver trop de qualités en public, Aliénor se réservait les défauts de la belle en privé. Je devinai sans peine qu'en cet instant où elle se devait de tenir son rang, d'imposer sa supériorité elle avait déjà lu dans l'attitude de son époux, sinon la vérité, du moins celle qu'il était en train d'amener. Henri était séduit par cette donzelle ? Fi donc ! Qui ne l'était ? Elle-même, par cette attirance d'autrefois qui l'avait alanguie sur ma couche, en devinait les attraits. Qu'avait-elle donc à craindre ? Une coucherie de plus de la part d'Henri ? Elle en avait essuyé d'autres. Beaucoup d'autres. Certes, plus discrètes. Mais, en se montrant d'affection pour Rosamund Clifford, elle obligerait les ragots à se taire d'eux-mêmes. Et, comme pour les précédentes, Henri se lasserait sitôt obtenu ce qu'il convoitait. Autant donc le lui permettre au plus vite, tant qu'elle était grosse et ensuite en relevailles. Ainsi, la gourmandise affichée d'Henri trouverait cause dans son indisponibilité. Une cause qu'elle pouvait, en toute magnanimité, tolérer. Pour le reste, ces aiguilles ardentes qui lui pénétraient le cœur, elle s'en raccommoderait.

Tandis qu'Aliénor était à son calcul, la soirée déroulait ses fastes, somme toute assez coutumiers. L'on avait beau alterner les entremets, varier les chansons de geste, les cansouns des troubadours, les lais ou les pièces à danser, rien n'amenait guère de surprise. Les jongleries, pitreries, acrobaties ou tours savants se ressemblaient de place en place et je devinai que les grands du royaume, privés depuis quelque temps de débats d'idées ou de nouvelles sordides, ne tarderaient pas à se goberger de l'affaire Rosamund.

Lorsque nous quittâmes la table sur les souhaits d'heureuse nuit de Leurs Majestés, quelques coups d'œil furtifs escortèrent jusqu'au perron du castel le départ de la belle. Où logeait-elle ? Qui était ce mystérieux baron de Launay qu'elle prétendait avoir épousé ? Personne n'en avait entendu parler. Pourquoi ne s'était-il pas montré ? Où se cachait le sire Clifford, le père de Rosamund ? Souvent dans le sillage du roi, il s'était absenté au moment précis où il eût pu répondre à leur curiosité. Autant d'éléments qui, dès le lendemain, tiendraient les conversations d'alcôve et priveraient les amuseurs de leur auditoire.

Au seuil de la chambre de son épouse, qu'elle occupait toujours seule en fin de grossesse, Henri s'inclina respectueusement devant elle avant de lui embrasser le bout des doigts. Elle retint sa main dans la sienne, lui offrit un regard aussi tendre que pointé d'une jalousie douloureuse.

— Je sais pour qui vous me quittez ce soir, Henri.

Bien qu'il eût tout fait pour ce résultat, il blêmit. Ne sut que répondre. Aliénor avança sa main gauche jusqu'à ces traits tant aimés, les cueillit dans sa paume.

— Voudra-t-elle de vous ? Oui, sans doute. Qui ne voudrait ? J'imagine pourtant qu'elle résistera quelques jours, partagée entre désir et remords. Non pour son époux qui me semble bien inconscient de la laisser, mais par égard pour sa reine.

Henri baissa les yeux. Elle retint une envie de pleurer. Soupira.

— Ne vous comportez pas en jouvenceau pris en faute, Henri, mais en roi. Un roi qui s'est toujours emparé des terres qu'il convoitait. Je vous donne mon consent, ne le voyez-vous pas ? Il me coûte autant que vous vous en doutez, mais je vous l'offre.

Il l'attira contre lui, indifférent au valet d'étage derrière eux qui tenait chandelle sans bouger. Gênée par ce ventre protubérant qui lui interdisait une véritable étreinte, elle leva un menton frémissant vers son regard baigné de pénombre.

— Je ne vous demande qu'une chose en retour, mon mari. Ne l'aimez jamais. Ne l'aimez jamais, Henri, répéta-t-elle d'une voix suppliante. J'en mourrais.

Il se contenta de lui biser le front, de l'étreindre quelques secondes encore puis de s'écarter d'elle et de lui tourner le dos. Averti par le mouvement de son maître, le valet le devança le long du corridor. Aliénor s'adossa lourdement contre la porte de sa chambre, ses poings contre son cœur emporté de battements irréguliers. Henri tenait ses épaules voûtées, comme si le ciel tout entier s'y était déposé. Elle secoua la tête pour en chasser l'augure, le verdict. Non. Pas si vite. Pas si vite, l'amour ne naît pas de l'instantané, se répétait-elle pour s'en convaincre tandis qu'Henri s'éloignait. Il tourna l'angle d'un mur. La lumière s'éteignit avec lui. Dans un sursaut de dignité, elle tâtonna dans son dos pour trouver le loquet de sa porte, le fit jouer. Elle se rabattit à l'intérieur de sa chambre, prise d'une telle panique qu'elle fut incapable d'aller plus loin. Elle demeura adossée à l'huis refermé, le cœur en sang, les mains à plat sur son ventre, la gorge nouée sous ce râle qui l'étouffait. Il finit par jaillir en un gargouillis immonde sans pour autant lui rendre ce souffle qui lui manquait.

Le lendemain, pourtant, la vit telle qu'à l'accoutumée. Si les cernes se devinaient sous le fard, son état pouvait sans peine les justifier. De fait, on en chercha davantage sur le visage épanoui de Rosamund Clifford. Mais, comme Aliénor, la cour en fut pour ses frais. La belle reflétait la sérénité d'une nuit de sommeil et le même sourire enjoué qu'on lui connaissait. Elle l'offrit à sa reine en tout premier dans une révérence aussi délicate que celle de la veille. Aliénor la complimenta, renouvela haut et clair le plaisir qu'elle avait de sa présence, allant jusqu'à espérer la voir se prolonger. Henri, quant à lui, ne parut pas. En début d'après-midi, Aliénor annonçait que le roi, souffrant, priait chacun de l'excuser. Comme Rosamund, elle n'en sembla pas affectée. Cela me troubla d'autant plus que, tuant l'inquiétude de ses vassaux par un battement de mains, Aliénor lança un jeu de chassé-trouvé dans le palais.

Le divertissement étant fort prisé en ces jours où les bourrasques automnales cinglaient le pays, les groupes se formèrent aussitôt dans un joyeux brouhaha. Aliénor en profita pour se glisser à mon bras. Comprenant son intention, je m'esquivai discrètement à son côté. Elle referma sur nous les portes de ce petit cabinet dans lequel, la veille, j'avais interpellé Henri. Une servante s'approcha, qu'elle chassa sans aménité. Nous nous retrouvâmes seules. Aliénor tremblait.

— Me diras-tu ?

Elle eut la réponse que j'imaginais :

— Rosamund Clifford.

Je me contentai de hocher la tête d'un air convenu. Elle se mit à marteler le parquet de la pièce d'un pas fiévreux, broyant ses paumes l'une dans l'autre.

— Tu as donc remarqué, toi aussi.

— Comme tout un chacun, hier, le trouble d'Henri... Et de nombre de ses barons. La damoiselle éclipse par son éclat toute autre en cette maisonnée. Même Eloïn, soulignai-je à regret.

Aliénor s'immobilisa pour me fixer. Sa détresse me poignit. Je me précipitai pour lui prendre les mains.

— Sais-tu quelque trahison de la part d'Henri ?

— Rien que je n'aie consenti, avoua-t-elle, avant de me raconter leur échange de la veille.

Je la pressai dans mes bras, écartelée par son courage, harcelée par ma culpabilité. Elle s'accorda au léger balancement de mon buste, acceptant l'espace de quelques instants d'être bercée comme une enfant. Cela ne dura pas. La femme se redressa. La reine, cette reine que j'aimais tant, s'imposa.

— Henri cuve le vin mauvais qu'il a ingurgité cette nuit avec deux de ses complices, dit-elle, amère. J'ignore si cette beuverie fait suite à ses remords de m'avoir trompée ou à ses regrets de n'avoir pu soudoyer la belle. Je ne connais qu'un moyen de le vérifier.

Je compris aussitôt son stratagème. Profitant du jeu, Rosamund n'allait pas manquer de se précipiter dans les appartements du roi pour y prendre de ses nouvelles. J'aurais pu dissuader Aliénor. Je n'en fis rien.

— Et ensuite ?

— S'ils n'éprouvent l'un pour l'autre qu'attirance, elle ne se montrera pas et je passerai mon chemin. Dans le cas contraire…

Ses yeux étrécis s'embrasèrent de haine. Je soupirai.

— Tuer ta rivale ne te rendrait pas l'amour d'Henri, Aliénor, bien au contraire.

Elle eut un rictus cruel.

— Rassure-toi. Ma furie est aussi froide et calculée que l'a été ma nuitée. J'aurai la dignité qui convient…

— Pour mieux de vengeance, si j'entends bien…

Ses traits se durcirent d'une impitoyable détermination.

— Dans quel camp serais-tu alors, Loanna de Grimwald ?

— Le tien, ma reine. Sans hésiter, le tien, affirmai-je en lui ouvrant le chemin.

36.

C'est la tête haute et l'œil pétillant d'une feinte gaîté qu'Aliénor lança la partie. Aussitôt, le premier groupe s'éparpilla, qui en courant, qui en riant, qui sur la pointe des pieds. Le second groupe, assis confortablement, se mit à regarder la pendule au mur. La règle voulait qu'on laissât une heure filer avant que les poursuivants ne se mettent en quête de leur gibier. Une fois trouvé, il était porté prisonnier et se voyait épinglé d'un ruban aux couleurs de son geôlier. Chaque partie durait deux heures et voyait les rôles s'alterner. Ensuite, on comptait les points et la reine distribuait les récompenses. Rosamund Clifford était dans le premier groupe, celui des cachés. Aliénor et moi aussi. Nous partîmes ensemble toutes trois, pour nous séparer au bas d'un escalier en nous souhaitant bonne chance. Je rejoignis Aliénor quelques minutes plus tard, dans la bibliothèque. Une coursive secrète permettait, depuis l'endroit, de rallier les appartements royaux, à l'étage au-dessus. Elle ne servait qu'en cas de danger mais son mécanisme était entretenu et, en dehors du roi et de la reine, seulement connue du grand chancelier. Devenues des ombres au cœur même de la muraille, nous grimpâmes une volée de marches puis avançâmes sans bruit à l'horizontale, l'une derrière l'autre. Malgré un air vif puisé au-dehors par de fines meurtrières à hauteur de nez, j'éprouvai le détestable sentiment d'étouffer. Davantage sans doute qu'Aliénor, rongée de doutes. Nous laissâmes l'étroite voie qui, à droite, menait à sa chambre, pour emprunter celle de gauche. Quelques toises d'un pas égal, amorti. Un mur se dressa enfin devant nous.

— Nous y sommes, confirma la reine, en me pressant la main.

Elle étouffa la flamme de sa lampe à huile. L'obscurité nous enveloppa, me laissant plus encore percevoir le désordre des battements de mon cœur. Mais peut-être étaient-ce les siens ? Elle fit jouer un taquet de bois vertical, libérant une des meurtrières qui couvrait le pan nord de la chambre. Henri nous apparut dans une lumière tamisée par l'épaisseur des rideaux. Il était assis dans un fauteuil confortable, face à la cheminée et à proximité d'une chandelle. D'une main, il tenait un livre à hauteur des yeux, de l'autre, il caressait mollement un de ses chiens. Il était seul. Nous prîmes patience. Immobiles. Silencieuses. Combien de temps faudrait-il à l'infâme pour arriver jusqu'à lui ? Prendrait-elle des chemins détournés pour ne pas attirer l'attention, ou, conquérante, se risquerait-elle au plus tôt ? Par ce passage, nous avions pris de l'avance sur elle, quoi qu'elle décide. J'en étais à cette déduction lorsque la porte s'ouvrit. Henri prit l'air mauvais avant de relever le nez de son ouvrage. Sans doute avait-il donné des ordres pour qu'on ne le dérange pas. Je n'eus pas besoin qu'Aliénor pressât douloureusement ma main pour m'avertir, le soudain embrasement des traits du roi me convainquit que son amante venait de pénétrer dans la chambre. Dans son impatience à se dresser, il lâcha le livre à terre. Ils se rejoignirent sous nos yeux en une étreinte si fougueuse que les ongles d'Aliénor s'enfoncèrent au sang dans le dessus de ma main.

— Folie, folie, douce folie, répétait Henri entre deux embrassements, Rosamund à son cou, fouillant sa bouche d'une ardeur exacerbée par le danger.

Cette migraine qui le tenait à l'écart depuis le matin s'envola dans le parfum de myrtille des lèvres gourmandes, dans les caresses de ces doigts qui, depuis sa nuque, arrondissaient ses épaules, sa taille, ses fesses. Une étreinte d'homme, de conquérant, songeait-elle, le corps aux abois devant son vit dressé. Il s'en arracha pourtant, les mains posées sur les joues de sa dame. Planta son œil douloureux dans le sien, aimant. Elle sourit.

— Pas d'inquiétude, mon roi. Une partie de caché-trouvé tient la cour et la reine. Nous avons du temps. Tout le temps.

Il la reprit sur son cœur. La berça, les yeux clos, le visage douloureux d'un amour trop grand.

— Je t'ai cherchée, toute la nuit. Tu apparais, tu disparais. Voulais-tu me rendre fou ?

Elle rit.

— Non, non, Henri, seulement vous donner la mesure du sort auquel, depuis trop longtemps, vous me contraignez. Je n'en veux plus, entendez-vous ? Je n'en veux plus.

— Oui... Oui...

Il l'embrassa encore, à pleine bouche. Goulûment. Puis, de nouveau, s'écarta d'elle pour mieux la soulever dans ses bras. Elle enroula ses poignets autour de son cou, nuque renversée dans un rire léger. Il la porta jusqu'au lit. Avec de douces précautions, il l'étendit sur la courtepointe puis remonta lentement sur ses cuisses le bliaud de soie.

Refusant qu'Aliénor en voie davantage, je repoussai devant ses yeux le taquet de bois. En cet espace confiné, l'obscurité reprit ses droits. Je n'osai rompre le silence malgré la douleur qui me pétrifiait la main sous la mutilation des ongles d'Aliénor. Elle n'avait pas desserré son étreinte, pas bougé d'un cil. Avait-elle seulement conscience qu'elle me torturait? C'était peu probable. Je bougeai. Imperceptiblement. Pour la ramener à la réalité de ce tombeau qui nous emmurait et dans lequel je refusais de la perdre. Elle sembla réagir. À peine. Un simple froissement de tissu. Puis ce furent ces quelques mots. Si calmes. Anormalement calmes :

— J'ai perdu les eaux. Une chance... Ma chambre est à deux pas.

Son cynisme accentua mon trouble, m'enfermant dans un mutisme inhabituel. Je connaissais l'Aliénor emportée, coléreuse, tumultueuse, vengeresse, exigeante, bouillonnante, battante, révoltée. Je connaissais l'Aliénor blessée, larmoyante, apeurée, craintive, désolée, désespérée. Mais celle-ci, avec ce timbre glacial devant ce qui, moi, me bouleversait, m'était une inconnue. Elle avait lâché ma main pour relever son bas de bliaud, l'empêchant comme à l'aller de se salir de poussière. Nous n'avions pas de quoi rallumer la lampe. Je pris les devants, me guidant des doigts le long du bâti jusqu'à l'intersection que nous avions précédemment dépassée. Elle suivit. Chaque pas martelé derrière le mien me broyait le cœur. Était-elle à ce point au-delà de la douleur, pour ne pas même souffrir des premières contractions de l'enfantement? Parvenue à notre but, devant ce mur qui me barrait passage, je tâtonnai en quête du mécanisme d'ouverture.

— À deux pieds du sol, à dextre, m'indiqua-t-elle d'une voix tout aussi inhumaine.

Je me baissai. Trouvai un levier qui s'affaissa sous ma pression. Le mur pivota vers l'intérieur de la pièce et j'en pris la clarté en plein visage. Le lieu, rafraîchi, était désert à cette heure de la journée, les rideaux grands ouverts sur les petits carreaux de verre ambrés, les courtines du lit relevées. Les draps avaient été tirés et, sur la courtepointe de fils d'or tissés, un lion dressé me nargua de sa gueule rouge. Combien de temps encore son règne durerait-il? songeai-je en m'effaçant pour laisser Aliénor entrer. Elle marcha droit vers la couche, le front haut, le visage inexpressif, comme figée par une glaciation soudaine, sans un seul regard pour moi. Agir. Il fallait agir. Parler. Souffrir. Hurler... Vivre... C'est lorsque je voulus refermer le passage secret que mes yeux accrochèrent le sol. Mon cœur cessa de battre. Ce n'était pas les eaux qu'Aliénor venait de perdre, mais du sang. Un sang qui, traîné par le bas, relâché, de son bliaud, formait un sillon aux arabesques étranges. Ahurie, je pivotai brusquement vers elle.

Debout près du lit où elle s'était immobilisée, face au portrait grandeur nature d'Henri qui ornait le mur est, Aliénor souriait. Diaphane. Vaincue.

Henri en aimait une autre. Elle en mourait.

Des heures qui suivirent je ne gardai qu'un sentiment d'urgence, de combat acharné contre l'implacabilité.

S'étendant avec la rigueur d'un gisant, Aliénor avait croisé ses bras sur sa poitrine. Ce fut le seul ordre auquel elle se rangea. La seule réponse qu'elle consentit à mes mots, à mes gestes, tour à tour d'apitoiement, d'inquiétude ou de colère. Elle ne voulait pas entendre. Ou ne le pouvait. Choquée par les images, par l'attitude même d'Henri avec Rosamund Clifford, qui témoignait d'un amour qu'elle n'avait jamais arraché, elle n'éprouvait plus rien. Et ce rien m'était insupportable. Me fut insupportable. La sauver malgré elle? Un instant, me laissant choir lourdement à son chevet, je fus tentée d'y renoncer. N'était-elle pas en paix dans ce renoncement? N'avait-elle pas donné assez d'enfants au trône? J'étais venue au monde pour servir l'Angleterre et Henri, l'aider à grandir sa puissance, sa suprématie, comme toutes celles de ma lignée avant moi.

Aliénor faisait partie de ce tout, comme un pion sur un échiquier. C'était à Henri que je devais fidélité, pas à elle. Et pourtant… Depuis le premier instant où elle était entrée dans ma vie, je l'avais aimée. Aimée dans ma chair. Aimée dans mon âme. Aimée dans mon cœur. Plus que mon roi. Autant que Jaufré. Et, de fait, quelle place avais-je encore auprès d'Henri ? Peu à peu, il m'avait écartée. Par cet amour qu'il m'avait voué, possessif, égoïste et exclusif jusqu'à la violence, par sa complicité avec un Becket corrompu, déshumanisé, par son silence à propos de Rosamund. N'avais-je pas tout sacrifié pourtant pour le mener sur le trône ? N'avais-je pas, trop d'années durant, repoussé Jaufré quand mon cœur me hurlait sa souffrance, quand je le voyais dépérir, mon troubadour, de ma feinte indifférence ? Au point de l'avoir laissé partir pour Tripoli quand il avait tant besoin de ma présence, au point d'avoir failli le perdre là-bas, seul, par le simple fait d'avoir désuni nos deux âmes ? Henri ! Henri ! Qu'avais-je reçu en retour pour tout ce temps gâché, ces combats de l'ombre contre moi-même, pour la voix merveilleuse de Jaufré perdue à jamais ? Rien. Rien ! Henri m'avait rendu la liberté que j'avais réclamée avec trop de facilité pour que j'aie pu croire un seul instant, depuis que j'étais revenue en son sillage, qu'il avait encore besoin de moi. Il gouvernait seul. Il avait toujours gouverné seul. Malgré les concessions qu'il avait accordées à Aliénor dans un semblant de pouvoir ou de dérogation. Si je disparaissais avec elle, en serait-il seulement attristé ? J'en doutai. N'avait-il pas souri devant la tendre affection qu'Eloïn vouait à Richard quand l'emperesse Mathilde m'avait, elle, rappelé que c'était vers Henri le Jeune, héritier du trône, que ma fille se devait tourner ? Mon roi avait eu un balancé de la main et ces mots que je n'avais réussi à oublier :

— Laisse donc Eloïn servir qui lui plaît, mère, la lignée de Merlin s'est éteinte avec le début de l'empire Plantagenêt.

Huguette
et Bertin
+ Theriault
1450
Plessis
#802
H2L
2X4

CLSC Côte-des-Neiges

Ass. malade

514 731
8531
2553

La lignée de Merlin. J'avais pu constater pourtant à quel point elle était vive encore, malgré le peu de crédit qu'Henri lui accordait ! Se souvenait-il seulement de la prophétie ? « L'aigle de l'alliance brisée se réjouira en sa troisième nichée. » L'aigle... N'était-ce pas ainsi qu'Aliénor s'était présentée à moi ? N'était-ce pas ainsi qu'Henri lui-même me l'avait désignée ? La troisième nichée. Si ses frères venaient à disparaître, comme, hélas ! ma prescience me le laissait à craindre, Richard serait le prochain roi d'Angleterre. Il trouverait près de lui Eloïn pour le guider, comme elle le faisait depuis sa naissance, comme les grandes prêtresses d'Avalon, dont nous étions toutes deux les descendantes, l'avaient toujours fait. Une place qu'Henri ne conserverait pas plus à ma fille qu'à moi de son vivant, si Aliénor n'était là pour la lui imposer. Et il faudrait qu'il s'étonne encore que cette fois j'en aie assez ? que je le repousse sans regret ? certaine qu'Aliénor était plus digne que lui de mon respect, de mon soutien ? de cette couronne ?

Alors je me dressai, les yeux rivés à ce ruisseau pourpre qui, s'échappant lentement du ventre d'Aliénor, noyait le lion sur lequel elle s'était étendue, de son ultime geste de fierté. Elle devait vivre. Elle devait vivre pour l'Angleterre et pour Richard. Fût-ce contre Henri. Ne m'y étais-je pas déjà, depuis longtemps, préparée ? Ne lui avais-je pas, moins de une heure plus tôt, renouvelé mon serment de fidélité ?

La porte s'ouvrit alors que je découpais son bliaud souillé d'un couteau à fruit récupéré sur une tablette. Eloïn parut, le front grave. Je n'en fus pas surprise. Du haut de ses quatorze ans, ses pouvoirs supplantaient les miens, autant par ses prémonitions que par sa gestuelle. Comme souvent depuis qu'elle avait guéri Jaufré, je m'écartai pour la laisser agir auprès des malades ou des blessés. Aussitôt, elle imposa les mains sur ce ventre immobile. L'écoulement se raréfia jusqu'à cesser. Le front ruisselant de son effort, Eloïn tourna vers moi son visage de nouveau serein.

— Ton sang sera de compatibilité. Il faut le lui donner, mère.

Je m'installai au chevet de ma reine, sur cette chaise qui s'y trouvait et, qu'empilant des livres sous ses pieds, je rehaussai d'un quart de toise. Je relevai le manchon du chainse qui recouvrait mon poignet sous la manche en entonnoir de mon bliaud. Tendis l'intérieur de mon coude à ma fille. Sans s'émouvoir ni se presser, elle garrotta mon avant-bras, puis fit de même avec celui de la reine. Du temps que nos veines gonflaient, elle entailla en biseau un fin et long roseau qu'elle avait apporté. Elle m'incisa la première, d'un geste sûr, vif, comme guidé par une main invisible, puis nous relia l'une à l'autre. Semblant revenir à la réalité par cet influx soudain en elle, Aliénor tourna sa tête vers moi, délicatement. Je lui souris avec confiance et amour. Sans plus d'expression que la seconde d'avant, elle me fixa, fixa jusqu'à ce que vienne une larme, une seule larme, mais qui sembla ne vouloir tarir jamais.

37.

La nouvelle s'empara du castel par l'indiscrétion d'une servante que j'envoyai chercher linge et eau chaude. La reine était en enfantement et le sang épongé n'augurait rien de bon. Deux heures plus tard, la rumeur se relayait de couloir en salle d'apparat, d'alcôve en placard à balais ; tous savaient. Henri fut un des premiers avertis. Agenouillé sur le matelas, il troussait allégrement Rosamund, rompue à quatre pattes sur la courtepointe, les gémissements étouffés par un oreiller qu'elle plaquait contre sa bouche. Refusant tout d'abord l'accès à sa chambre, il perdit toute ardeur en entendant, par-delà l'épaisseur de la porte, son fidèle ami Thomas Antelburgh crier que la reine se mourait. Désarçonnée de cette chevauchée sauvage, Rosamund roula sur le côté, entre la jouissance de cette surprise et la frustration de ne l'avoir vulgairement consommée dans un dernier coup de reins. Son plaisir retomba lorsqu'elle découvrit Henri, évidé de couleurs, occupé déjà à ranger son vit ramolli dans ses braies remontées. Elle ramena ses mollets contre ses cuisses, redressa le buste, s'assit puis attira les draps pour recouvrer décence. Injustement blessée de l'inquiétude qui le tenait, elle ne trouva rien de mieux que lui en faire reproche :

— Vous l'aimez encore, avouez-le.

Il lui tourna le dos, rabattit sur ses épaules le bliaud au velouté d'émeraude qu'elle lui avait précédemment arraché.

— C'est la mère de mes enfants et la reine d'Angleterre, Rosamund. À défaut d'amour, elle a conquis ma tendresse et mon respect.

Il récupéra sa ceinture aux cabochons d'or, reléguée jusque-là aux carreaux de terre cuite, l'ajusta à sa taille musculeuse, puis, d'un geste sûr, en boucla le fermoir. Alors, seulement, il se retourna vers elle, les traits tendus, le regard dur.

— Rhabillez-vous et attendez quelques minutes après mon départ pour vous éclipser. Je ne veux pas d'un scandale autour d'elle, Rosamund. Suis-je clair ?

Elle masqua à peine son amertume derrière un sourire.

— On ne peut plus, mon roi.

Il s'adoucit, voulut se pencher au-dessus de la couche. Rosamund n'avait que faire de si piètres excuses. Elle détourna la tête. Il renonça à son baiser, le cœur bousculé de sentiments contraires. Comme seul rempart entre ses inutiles remords et ses douloureux regrets, il crissa d'une voix froide :

— Réjouissez-vous au lieu de bouder. Avant ce soir, vous aurez, semble-t-il, ce dont vous, vous rêviez.

Il sortit sans se rendre compte à quel point Rosamund Clifford s'en sentit humiliée.

Tandis qu'au pas de son ami Antelburgh, qui l'avait attendu derrière le battant, Henri se faisait donner de plus amples détails et se rapprochait de la reine, Rosamund, n'ayant d'autre choix, se pliait amèrement aux ordres qu'elle avait reçus. Elle se tamponna l'entre-jambe à l'eau de mélisse d'une bassine, se sécha, se rhabilla, rajusta son allure et sa coiffe puis se mêla aux autres courtisans atterrés d'angoisse. Elle n'eut aucune peine à simuler son chagrin. L'affront d'Henri lui donnait autant la nausée qu'envie de pleurer.

La porte de la chambre d'Aliénor s'ouvrit sur Henri, et Eloïn se recula du lit pour le saluer d'une révérence. Il prit aussitôt la mesure, à ma posture, au teint d'Aliénor et au sanglant des linges dans le baquet, des efforts que ma fille développait. Il en blêmit plus encore. La releva d'une main tremblante.

— Je te vois aussi savante que ta mère, Eloïn. J'en suis rassuré.

Il tourna aussitôt la tête vers moi, toujours liée à ma reine.

— Que s'est-il passé ?

— Nous l'ignorons, Votre Majesté, répondit Eloïn à ma place.

— Prise de faiblesse, elle m'a fait mander. Le temps de la soutenir jusqu'à ces draps et elle les couvrait de sang, ajoutai-je.

Henri chercha une autre réponse en mes yeux. Je refusai de la lui donner. Si Aliénor le jugeait utile, elle s'en chargerait elle-même. Pour l'heure, connaissant les intentions de Rosamund, mieux valait jouer de prudence.

Henri s'accroupit sur l'opulent tapis qui servait de descente de lit. D'un geste tendre, il caressa la joue de son épouse, n'obtint qu'une crispation des paupières qu'elle avait refermées.

— Je suis à vos côtés, ma mie. Tendrement à vos côtés.

Sa voix fut salutaire à la reine. Alors qu'elle demeurait en ces limbes sans plus l'envie d'en revenir, elle sursauta sur la couche, comme si, soudain, entre ses omoplates, un insecte l'avait piquée. Elle tourna la tête, planta dans celles de son époux deux prunelles de jais.

— Vous êtes la dernière personne que je veux voir à mes côtés, Henri.

Il manqua de souffle. Prisonnier de cette haine soudaine. Aliénor pointa un index tremblant vers la porte.

— Sortez...

Sa fougue retomba sur l'oreiller, lui laissant pourtant aux joues de nouvelles couleurs. Henri hésita. Leva vers moi son visage défait. Je hochai la tête pour le contraindre à obéir. Il se redressa. Aliénor gardait souffle court, haché. Elle grinça, les yeux rivés cette fois sur le pan de mur refermé.

— Et dites à votre catin de ne pas se réjouir trop vite. J'ai bien l'intention de garder, à défaut d'amour, cette couronne que vous m'avez donnée.

Il ne prit pas la peine de répondre. Il avait suivi son regard et accroché, comme une sentence, les traînées de sang qui revenaient du passage secret. Il tourna les talons, acculé. Aliénor ne l'avait invité dans les bras de Rosamund que pour mieux vérifier s'il s'y vautrerait. Comment avait-il pu oublier ce couloir entre leurs deux chambres ? Comment n'avait-il pas deviné la manœuvre lorsque Rosamund lui avait parlé de caché-trouvé ? Fallait-il qu'à ce point il l'ait sous-estimée ? Elle, la plus intelligente des femmes qu'il avait rencontrées. Il traîna son pas lourd jusqu'à la porte.

Dans sa brusquerie, Aliénor avait fait sauter le roseau, m'obligeant sur-le-champ à ôter mon bout et à presser mon index sur la veine percée. Je devrais attendre quelques minutes avant de pouvoir me lever sans vaciller. Elle, visiblement, avait repris des forces de ce sang frais. Elle n'attendit pas qu'Henri soit sorti. Elle plaqua ses mains sur son ventre avant d'exploser.

— Qu'on m'arrache cet enfant si je ne puis moi-même l'expulser. Il ne m'en viendra pas d'autre, alors tailladez, mesdames, tailladez ! Vous n'en aurez aucun mal. Je suis déjà entraillée par mon époux !

Henri fit volte-face, effrayé autant de cet implacable souhait que de l'accusation qu'elle lui portait. Elle le défia du menton, un rictus cruel aux lèvres. Arrêta d'un geste de la paume le mouvement d'Eloïn vers un coustel.

— Un instant, ma filleule... Revenez à moi mon cher, si cher mari.

Henri sentit une sueur froide lui perler les reins. Lui, dont le courage exemplaire lui avait toujours fait regarder la mort en face, lui, capable de tout souffrir sans un seul gémissement, eut soudain envie de fuir à toutes jambes. Lâche. Oui. Pour la première fois de sa vie, face à cette femme hors norme et à son cynisme affirmé, il se sentit lâche. Le comprenant, elle adoucit légèrement son timbre :

— Allons. Approchez.

— Aliénor, le temps presse.

— Ne te mêle pas de cela, Loanna. C'est entre lui et moi. Qu'il répare ce qu'il a fait.

Henri en trembla plus encore. Mais moins que moi, en vérité. Il s'acquitta pourtant de ses ordres, emmuré dans un silence que je ne lui avais jamais vu auparavant. Un silence plombé de culpabilité.

— Votre épée, Henri. Donnez-la à la petiote, qu'elle la porte aux flammes.

Il obtempéra. De nouveau je ne pus m'empêcher d'intervenir :

— C'est folie, Aliénor.

— Tais-toi !

Je me tus. Était-ce ce sang de féerie que je lui avais donné qui l'emplissait d'une telle force, d'une telle superbe ? Eloïn semblait confiante, s'activant à rougeoyer le fil de la lame dans la cheminée. Je me repoussai contre le dossier de la chaise. Lasse. J'étais lasse soudain. Advienne que pourrait.

38.

— Dénudez-moi le bas-ventre, Henri.

Face à la détermination de son épouse, le roi repoussa les draps. Se racla la gorge.

— Que voulez-vous que je fasse, Aliénor ? Je risque de vous tuer, vous et l'enfant...

Elle ricana méchamment.

— En ce qui me concerne, c'est déjà fait, et je refuse les remords que vous en avez. Pour l'enfant, par contre, il me convient assez que vous portiez le poids de vos péchés. Vous avez su le mettre, vous le retirerez.

Eloïn revenait avec l'épée. Elle la lui tendit par la garde. Henri puisa loin, très loin en lui ce courage qui lui faisait défaut. N'avait-il pas, en Écosse, alors qu'il guerroyait contre Owain Gwynedd, vidé de même le ventre d'une inconnue, tuée dans sa maison par ses guerriers au moment de ses couches ? Henri se souvint des doigts qui avaient agrippé sa manche, tandis qu'il se détestait de ce carnage inutile. Un souffle de vie. Quelques mots. On avait dû les lui traduire. « Finissez le travail. » Il l'avait fini. Avait confié l'enfant arraché aux entrailles à une nourrice d'un village voisin. Aliénor connaissait l'histoire. Il la lui avait racontée entre la fierté et la honte. Entre la fierté et la honte, se répéta-t-il. Il prit l'épée. Lança un dernier regard à son épouse au calme inquiétant. S'enquit :

— Ne voulez-vous quelque médication pour vous étourdir ?

— Cessez de tergiverser, Henri. La lame refroidit.

Il suivit des yeux les doigts d'Eloïn dessiner une ligne imaginaire et transversale sur la peau tendue. À trois doigts au dessus du pubis. Son cœur s'emballa dans sa poitrine. Le mien aussi, malgré cette faiblesse qui me rivait à la chaise. Henri fléchit sur ses jambes, les tétanisa comme avant un combat, inspira largement pour pouvoir mieux retenir son souffle, tuer le tremblement de ses mains sur le pommeau. Il comprit qu'Aliénor lui reprocherait davantage sa couardise que la mort de l'enfant. Il était le roi. Le devait rester à ses yeux. Là, et là seulement, serait son pardon.

De la pointe effilée, il incisa la peau. Aliénor serra les dents, referma ses poings sur le drap mais ne bougea pas. Henri suait à grosses gouttes. Je me sentis rapetisser sur mon siège. Ensanglantée de nouveau, Aliénor tenait bon dans ce combat pour l'honneur.

— On y est presque, annonça Eloïn.

Dans sa lancée et d'un second passage, Henri entailla la masse graisseuse, puis la membrane souple qu'il trouva au-dessous. Des images lui revenaient, guidant le fil. Pendant qu'Eloïn épongeait la saignée, il posa l'épée, se savonna les mains, les rinça soigneusement puis revint vers Aliénor, muette, livide. Sans plus attendre cette fois, il enfonça deux doigts à l'intérieur de la plaie pour écarter les muscles, ignorant l'imperceptible gémissement que lui concéda sa femme. Un nouveau tissu apparut. Ce fut Eloïn cette fois qui le transperça puis, à pleines mains, qui maintint les chairs en écartèlement. L'enfant était au-dessous. Dans une poche blanchâtre et mobile, injectée de sang. Henri récupéra le stylet qu'Eloïn avait préparé. Ne pas se tromper d'épaisseur. Un simple trait, par le travers. Du sang gicla de nouveau sur la lame. Il la posa sur la courtepointe, acheva la perforation d'un index affermi jusqu'à ce qu'il s'inonde de liquide. Le haut du crâne se dessina enfin. Henri redressa la tête, trouva le regard confiant d'Eloïn en face de lui. Elle lui sourit. Il ferma les yeux. Enfonça sa main, impulsa délicatement.

— Ouiiiii, gémit Aliénor de soulagement.

La tête jaillit dans la paume ensanglantée d'Henri, puis le reste du petit corps.

— Un garçon. C'est un garçon, ma mie.

Des larmes ruisselèrent sur ses joues, tandis qu'il fixait dans ces deux mains ouvertes ce petit être, bleui, chétif, mais vivant. Il venait de donner naissance à son fils. Mais plus encore. Il venait de sauver son épouse. Au sourire cynique qu'elle lui adressa, il en comprit la symbolique. Entre le trône et Rosamund se trouverait désormais ce geste. Henri en demeurerait esclave jusqu'à son dernier jour. Repoussant un ultime vertige, je m'étais levée. Enfin. Je tendis les bras. Henri me confia l'enfançon. Ensuite, seulement, il tomba à genoux et chercha la main d'Aliénor. Elle ne se refusa pas, accepta la sienne souillée d'elle et cependant lavée d'une autre.

— Puissiez-vous un jour me pardonner, ma reine…

L'enfant hurla. Elle ne lui accorda pas un regard, tout entière dans celui d'Henri.

— Jamais, Henri. Vous l'aimez trop. Vous n'y pouvez rien. Moi non plus.

— Alors quoi ?

— Je vous l'ai dit. Je suis la reine et le resterai. Mais je rentre chez moi, en Aquitaine, et ne reviendrai que si, impérieusement, mon devoir l'exige.

Il tomba le front sur son poing. Elle caressa une dernière fois cette tignasse de plus en plus brune, indifférente aux gestes d'Eloïn qui fourrageait ses chairs pour achever sa délivrance, aux miens pour laver le nouveau-né dont le cordon venait d'être coupé. La douleur, la vraie, était au tréfonds de son âme.

— Une chose encore avant que vous ne passiez cette porte pour ne plus la refranchir. Cet enfant. Je ne veux plus le voir, plus l'entendre. Il est vôtre. Seulement vôtre, puisque le fruit de votre trahison. J'emmène les autres. Tous, à l'exception de votre héritier.

Il redressa son visage, marbré de vermillon.

— Je comprends...

— Non vous ne comprenez pas. Ce fils, né de votre épée, en a ensanglanté la lame. Je vous le prédis. Comme vous m'avez trahi, il vous trahira. Comme vous avez espéré ma fin, il espérera la vôtre.

Je blêmis. Autant qu'Henri et Eloïn. Indifférente à nos mines, Aliénor planta son dard une dernière fois :

— Cet enfant sera ma vengeance, Henri. Il vous tuera.

Quelques minutes plus tard, Rosamund Clifford se voyait discrètement remettre un billet dans lequel Henri lui demandait de le rejoindre en ses appartements. Elle ne douta pas qu'il voulait lui apprendre avant tout autre le trépas de la reine. Elle s'excusa auprès de ses amies, pétrifiées d'angoisse, prétexta des mauvaises nouvelles de son époux et se hâta. Lorsqu'elle poussa la porte de cette chambre dans laquelle Henri l'avait bélinée moins de une heure plus tôt, elle ne trouva que deux de ses familiers. Ils l'invitèrent avec tous les égards dus à son rang à les suivre par le passage secret qu'ils ouvrirent sous son nez.

— Ordre du roi, annonça en souriant Thomas Antelburgh.

Elle obtempéra, entre la curiosité et l'impatience. Ils s'immobilisèrent à hauteur de la chambre d'Aliénor, firent coulisser un taquet de bois. Rosamund colla un œil amusé à la fine meurtrière. Son sang se figea devant l'enfant qu'Eloïn nettoyait. Plus encore devant le regard de la reine, froid et vengeur, sur elle. Instinctivement, elle se recula. Antelburgh referma l'œilleton.

— Comme vous l'avez pu voir, la reine et son fils se portent bien. Le roi souhaite que cet état leur dure.

Elle manqua défaillir. Trouva pourtant le courage de s'enquérir :

— Allez-vous m'occire ?

— Non point, damoiselle Rosamund. Seulement vous escorter à résidence. Le temps pour la reine de quitter le pays.

Elle sentit ses jambes flageoler.

— Est-ce à dire... ?

— Qu'elle n'y reviendra pas.

Rosamund ferma les yeux. Triomphe ou défaite ? En cet instant, elle ne savait plus.

— Et Henri ?

— Il vous prie de l'attendre sous bonne garde. Il craint pour votre sécurité.

Rosamund hocha la tête, soulagée. Henri ne l'avait pas trahie. Il avait répudié la reine. Elle s'allégea de cette évidence. Le poison ne servirait pas. Elle sourit dans la pénombre de l'endroit.

— Alors, hâtons-nous, messires. Plus tôt je serai au secret, plus vite le roi me reviendra.

— À n'en pas douter, damoiselle, lui concéda en toute sincérité Thomas Antelburgh.

Nous accordant au souhait d'Aliénor et d'Henri, ni Eloïn ni moi ne racontâmes les terribles circonstances de cette naissance. Le royaume ne retint que le fait. Un petit Jean était né. Il était le huitième de la lignée d'Henri Plantagenêt et Aliénor d'Aquitaine. Il fut baptisé discrètement, confié à une nourrice. Aliénor ne parut pas. Pas plus qu'elle ne remercia Henri d'avoir ôté de sa vue Rosamund Clifford. Elle présida la cour plénière de ce Noël 1166 puis, comme ce fut le cas à de nombreuses reprises par le passé, nous embarquâmes pour le continent. Seul un œil averti aurait pu s'étonner du nombre de ses malles. Il n'y en eut pas.

Tandis que lentement le navire se détachait du bord, Henri demeura au quai, les mains nouées au pommeau de sa selle, les yeux rivés sur sa reine, appuyée dignement au bastingage. Duel de regards. Pas un ne le baissa. Je me tenais à quelques pas d'elle, en retrait, douloureuse moi aussi jusqu'en l'âme. Laissant s'éloigner les rives d'une terre pour laquelle je m'étais battue. D'une alliance que j'avais nouée. Une écharpe de brouillard flotta, puis s'intensifia brusquement, effaçant le port. Comme Henri, il ne reparaîtrait pas. Aliénor resserra son col de fourrure. Tendit sa main gantée vers l'arrière. Sans hésiter je vins y nouer mes doigts. Une corne de brume lança son dernier appel dans le velouté humide.

Un long sanglot y répondit, qui précipita Aliénor dans mes bras.

39.

L'hiver qui suivit s'accorda à la décision d'Aliénor. Prétextant des relevailles difficiles, elle vint se réfugier en Blaye avec ses enfants et quelques proches. Pour autant, et malgré fort peu de mangeaille, elle ne se referma pas sur elle-même. Elle insista pour redécouvrir le lieu qui s'étirait mollement le long de l'estey de la Gironde. La ville haute, accrochée au flanc gauche du castel sur l'éperon rocheux et qui descendait en pente douce vers sa jumelle, hors les murs d'enceinte, sur l'autre rive de la petite rivière Saugeron. Le port à son embouchure, dans lequel s'échouaient les barques à marée basse. L'abbaye Saint-Sauveur avec, en face, au pied du castel, celle de Saint-Romain. Leur petit marché journalier. Les bords d'eau piqués d'ajoncs. Les vignes qui se déversaient des mottes alentour en troncs noueux. Les échoppes, nombreuses, ouvertes en les façades de pierre. Là un maréchal-ferrant, ici un maraîcher, plus loin encore un poissonnier dont les anguilles s'agitaient dans des panières d'osier, au pied des étals d'esturgeons ou d'aloses. Un rouleur de barrique qui, malgré le froid, donnait spectacle pour vanter la solidité des fûts de son cousin, tonnelier. Ici encore, une taverne près d'un négociant en vins. Et, au pied de la falaise, la longue rangée des gabariers qui appelaient à la remontée du fleuve vers Bordeaux, des chariots emplis de bois pour le chauffage, de fourrage pour les bêtes. Le tout dans l'agitation simple et évidente des gens qui vaquaient. Elle fut heureuse de voir combien Jaufré était aimé, compréhensif envers les plus démunis dont il voulait ignorer le braconnage, bienveillant envers les abbés et leurs œuvres, soucieux des malades et attentif à rendre justice.

Avec ces exercices journaliers qu'elle reprit pour redessiner au plus tôt sa silhouette, je savais qu'elle construisait sa vengeance. Pour la conforter, elle se nourrissait, comme autant de coups de poignard en plein cœur, des nouvelles que ses espions rapportaient d'Angleterre ou de Normandie. Si Henri avait eu quelques scrupules du temps qu'elle était à ses côtés, il les avait chassés dès les jours suivant notre départ d'Angleterre, imposant sa maîtresse à la cour, ignorant tout de la fourberie de celle qu'on aimait, jalousait ou désirait déjà. Rosamund fut élevée à ce rang avec le même élan bienveillant qu'hier. Et plus encore. Qui était son ami devenait celui du roi.

Rosamund en usait à l'envi, cultivant avec un talent inégalé l'image qu'elle avait créée d'elle. Ne semblait-elle pas, parfois, prise de remords d'occuper une telle place au cœur d'Henri ? Elle souffrait tant de l'idée qu'Aliénor en soit meurtrie. Et, cependant, seigneur Dieu, qu'y pouvait-elle ? Elle s'était éprise de lui comme lui d'elle. Privilège de jeunes corps, douceur de jeunes gens. Elle refusait de penser que la reine lui en veuille, elle dont l'automne, déjà, étouffait le printemps. Pensez donc ! Quarante-cinq ans. D'autres déjà, au même âge, frôlaient le tombeau ! Pour ajouter à ces dires et faisant notre chagrin, quelques-unes, à peine plus vieilles que nous, s'éteignirent brutalement, ne laissant auprès de cette Rose immonde que de jeunes louves au sourire aussi croquant que le sien.

« Rira bien qui rira la dernière ! » grinçait Aliénor entre ses dents en resserrant d'un cran la ceinture à sa taille. Elle n'était pas finie. Loin s'en faut. Et plus encore depuis que mon sang coulait en ses veines. Chaque jour davantage renaissait la femme derrière la mère. Une femme mature, certes, aux yeux griffés de ridules et aux paupières alourdies, à l'arrondi du visage plus marqué, mais bien moins que d'autres en vérité. La bouche n'avait rien perdu de sa sensualité, les pommettes, hautes, de leur rebond, et si quelques rides les caressaient, c'était pour mieux souligner l'intensité d'un regard plus que jamais empreint de fierté. Comme sur ma propre silhouette, le temps semblait retarder son emprise. Ne lui restait plus qu'à redonner ardeur à ce que son cher époux avait consumé.

— Ce qu'il me faudrait, c'est un amant, lâcha-t-elle un soir dans une moue pensive, alors qu'assise devant un miroir elle me laissait sagement appliquer une teinture sur sa chevelure pour en foncer les rares cheveux blancs.

Je suspendis mon geste, un sourire moqueur aux lèvres.

— Ventadour ?

Elle haussa les épaules.

— Il a beau continuer à m'appeler sa dame en cansoun, je doute qu'il accepte de se contenter de si peu quand tant d'amour nous a, hier, liés.

— N'éprouves-tu plus rien pour lui ?

Elle soupira.

— Si fait, tu le sais bien, mais Henri était si parfait ! Attentionné et généreux, inventif et déroutant, parfois tendre, aussi tendre que tu l'étais, puis brutal... Non, animal. Animal serait plus juste. Tu vois, comme un fauve qui prendrait son temps avant de fondre enfin sur une proie et de la faire sienne. Il me laissait épuisée, anéantie de plaisir ou de désir quand il décidait de jouer et qu'il me contraignait à la patience...

Elle claqua des mâchoires sur un démon invisible avant d'ajouter tristement :

— Que Dieu me damne, Loanna, mais il me retournait le cœur, les sens et l'âme... Et cela me manque infiniment, en vérité.

Je posai mon pinceau dans une petite bassine d'eau tiède, sur la table que Camille m'avait dressée, juste à côté du bol de teinture ocrée. Ainsi masquée par les pigments qui débordaient légèrement sur son front et lui plaquaient les mèches vers l'arrière, elle possédait un charme indéfinissable, presque masculin. Troublant.

— Crois-moi ma reine, il ne te sera pas difficile de prendre un autre homme dans tes filets. Vois par toi-même, ce nez droit et fin, ce regard perçant sous l'émeraude, ce sourire à croquer...

Elle en convint d'une grimace à son reflet avant de tordre la bouche.

— Ce n'est pourtant pas dans nos proches que je le trouverai ! Ils ont tous l'âge de raison.

— Le nôtre, je te le rappelle.

— Parce que tu te sens de raison, toi, Loanna de Grimwald, dont les gémissements parviennent chaque nuit ou presque jusqu'à ma couche...

— Jaufré est en bonne santé.

Elle singea mon air satisfait.

— Jaufré est en bonne santé, gnagnagna... Et c'est tant mieux ! Pour autant, cela ne résout pas mon dilemme. S'ils ne sont pas trop vieux pour me béliner, les hommes que je côtoie me sont trop familiers. Ils se gobergeraient et je refuse tout scandale qui puisse retirer ses torts à Henri. Sans compter que les enfants grandissent et leurs oreilles aussi. Pour eux, je dois m'afficher irréprochable.

— Si je comprends bien, ma reine, il te faut du sang neuf.

Son menton se tendit de l'avant dans un mouvement de défi.

— Oui et, crois-moi, je finirai bien par le trouver !

Tandis qu'elle se confortait de cette idée sans pour autant rencontrer l'être tant convoité, en Aquitaine où les rumeurs de l'infidélité du roi filtraient peu à peu, les petits barons grincheux fourbissaient les armes du ressenti. Plier devant un homme qui faisait si peu cas de leur duchesse ? Eux qui se trouvaient à peine capables d'admettre le joug de la vassalité ? Fi donc... Si l'Anglois ne se montrait plus, les guerres intestines enfleraient. Bien vite, Aliénor le constata. Elle avait besoin d'autorité pour tenir ses gens. La femme qu'elle redevenait devait se doubler d'une guerrière, impitoyable, affermie. Dans la froidure ou le brouillard qui montaient de l'estey, sous la pluie ou le soleil, les abords du castel de Blaye devinrent le siège de jeux d'armes et d'adresse. Combats à l'épée émoussée, au sol, à cheval, piqués de quintaine, courses d'obstacles, prouesses de chevauchées. Fille ou garçon de nos enfants, aucun n'y échappa et moins que les autres Richard, destiné au duché d'Aquitaine.

— Un jour viendra où vous devrez apprendre à survivre... Cessez de pleurnicher, Mathilde !... Les égratignures d'aujourd'hui vous seront des baumes demain si votre terre est en flammes, vos gens ouverts, vos richesses pillées... Mathilde ! Allez-vous entendre ? Que croyez-vous damoiselle ? Que votre futur époux s'accordera entièrement à votre sécurité ? Nenni, damoiselle. C'est un rustre ! Un rustre de vingt-huit ans votre aîné auquel vous devrez pourtant donner des héritiers et, à sa mort, vous battre ! Vous battre pour imposer votre volonté. Alors, mouchez votre nez, ajustez votre cotte de mailles et relevez le menton !

Mathilde, du haut de ses dix ans, mouchait son nez, ajustait sa cotte de mailles et relevait le menton, tout comme le petit Geoffroy, huit ans, et la petite Éléonor, cinq ans, qui singeaient les grands. Ces grands qui, eux, accordaient une attention particulière à leur mère ou leur reine. Elle les impressionnait, leur donnait la dimension de leur rang. La noblesse de leur race. Ils ignoraient ce qui avait provoqué ce changement en elle, cette transformation de la mère en femme de cour et de la femme de cour en furie guerrière, échevelée par le combat, provoquant la pique ou les larmes pour les obliger à se relever. Encore et encore. Et à aller de l'avant.

— Avancer, c'est survivre, combattre, c'est survivre ! Souffrir, c'est survivre ! Mais survivre n'est pas suffisant ! J'attends davantage de chacun de vous. J'attends que vous viviez. Que vous imposiez votre marque dans l'Histoire !

Elle montrait la bannière déroulée à sa fenêtre, ajoutait, vindicative, en martelant l'herbe devant leur rang parfait :

— Je veux que l'on se souvienne de chacun de vous comme de l'un de ces lions dressés.

Ils ne se posaient plus de questions, alors. Ils ramassaient leurs armes et, comme Denys de Châtellerault l'avait autrefois fait pour elle, Aliénor les entraînait.

Elle ne leur autorisait aucune plainte, subissait l'œil noir de sa fille sans sourciller.

— Un jour, tu me remercieras de t'avoir appris à ravaler tes larmes ! disait-elle.

Mathilde baissait la tête sur sa rancœur, persuadée pourtant au fond d'elle que sa mère disait vrai.

40.

La matinée épuisée, Aliénor nous concédait enfin du repos. Il commençait par un déjeuner copieux dans la salle à mangeaille aux modestes proportions du castel. Jaufré refusant là les usages de la cour, les enfants partageaient notre repas. L'occasion de revenir sur les exercices du jour, de rire, de se moquer gentiment les uns des autres et, pour Aliénor, surtout, qui entre Jaufré et moi présidait la tablée, de nous unir tous et durablement.

L'après-midi la voyait s'isoler avec Mathilde, revenue à la gaîté. Aliénor la formait aux coutumes de la cour germanique où elle devrait résider, renouant avec elle cette complicité qu'elle avait volontairement brisée quelques heures plus tôt. La mère se préparait à la déchirure, inévitable, qu'Henri, pour tenter de perdre Becket, avait provoquée. Mathilde devrait bientôt rejoindre son futur époux, le duc de Saxe. Qui mieux qu'Aliénor, mariée contre son gré à Louis de France, savait combien seraient difficiles les premières heures de cet hyménée ? Elle caressait les boucles de jais de sa fille, plantait son regard dans le sien, en amande, et, refusant de lui mentir, lui parlait de courage, de force, d'abnégation pour la suprématie de l'empire Plantagenêt. Je me souviens de cet échange qu'elles eurent un après-midi où je m'étais jointe à elles pour évoquer la couleur de son trousseau. Devant les énièmes arguments de sa mère, Mathilde avait soupiré :

— Mais avec père, n'est-ce point un mariage d'amour avant que d'intérêt ?

Aliénor avait senti son cœur s'émietter. Rien pourtant ne trahit sa souffrance. Elle s'arma d'un sourire et d'un haussement d'épaules.

— Je fus reine deux fois, ma fille, et, par deux fois, c'est ma terre qu'on a aimée. L'amour, le véritable, celui qui te tiendra éveillée, prête à toute folie pour un geste interdit, dormira à jamais dans le secret de tes rêves. Tu le croiseras. Oui, tu le croiseras. Peut-être y succomberas-tu, mais je ne te le souhaite pas, car il t'arrachera le cœur puis l'âme, pour finalement t'enlever la seule chose d'importance. Le pouvoir, Mathilde. Le pouvoir. En lui seulement tu trouveras ta vérité. Car tu es femme. Et, privée de pouvoir, une femme en ce monde n'a pas le droit de cité.

Je m'étais interposée, les tissus à teindre sur mon avant-bras :

— Ta mère a raison, Mathilde, ton rang t'impose des devoirs. Mais, une fois que tu seras débarrassée de cet époux qui se contentera de soupirer à tes côtés, un autre viendra que tu pourras choisir par toi-même, autant d'intérêt que d'amour. Lors, tu devras te battre pour le garder.

Aliénor m'avait couverte d'un œil de reproche que Mathilde ne vit pas. Elle s'était jetée dans les bras maternels, s'y était bercée de tendresse avant qu'Aliénor ne la repousse délicatement.

— Suffit pour ce jourd'hui, damoiselle. Il te faut, comme moi, apprendre à t'en passer.

Au fil de ces jours que Blaye protégeait, Mathilde grandissait, se durcissait, se préparait à son destin. Consciente qu'elle était un maillon de l'édifice complexe d'une famille qu'Aliénor, la toute première, avait construite de son sang et de sa fierté.

L'après-midi était pour Richard, Eloïn et mon Geoffroy le temps d'autres jeux. Ils formaient un trio inséparable et plus encore depuis qu'ils avaient laissé leurs amis derrière eux. Cette complicité se renforçait de leurs face-à-face armés. Eloïn y participait par jeu. Guerroyant d'instinct, elle faisait peu cas des armes mais elle aimait la présence de Richard, la sueur de Richard, l'œil de Richard, et corrigeait autant qu'Aliénor sa posture, sa gestuelle, non pour ajuster sa frappe, mais pour la parer de fluidité et de panache. Son frère, du coup, bénéficiait de son enseignement et, comme Richard, s'y appliquait. En quelques semaines d'entraînement, tous deux avaient forcé l'admiration de ma fille et de ma reine. Quant à Eloïn, elle s'essoufflait dans ces mêmes gestes qu'Aliénor m'obligeait, à ses côtés et à ceux de Jaufré, à perfectionner.

Pourtant, j'aimais les regarder. L'un affichait neuf ans, l'autre treize. Qui ne les connaissait aurait eu du mal à déterminer lequel des deux garçons était le plus âgé. Richard possédait la carrure de son père, la même tignasse flamboyante, le même regard, entre la délicatesse et l'autorité. Mon Geoffroy avait hérité de Jaufré son allure fluette, sa gracilité et sa voix, longtemps camouflée par les tonalités de l'enfance. En muant, elle s'était révélée chaude, profonde, veloutée, égale à celle de Jaufré. Une fois les exercices physiques terminés, ainsi que l'enseignement du connétable Saldebreuil de Sanzey suivi par Richard, mon époux les prenait tous trois dans la salle de musique. Je me glissais dans leur sillage, ombre discrète, pour me rassasier d'eux quatre. Car la musique naissait des instruments caressés, montait sous les solives de la pièce et m'emplissait d'une lumière oubliée. Pourtant, Jaufré ne chantait plus dans cette pièce, il écoutait. Comme moi, il écoutait son fils. Il écoutait sa voix d'hier et en refleurissait ses jardins. Nos jardins de lumière. Loin de s'en contenter, il y invitait celle d'Eloïn, pure comme un diamant. Puis encore celle de Richard, grave, prenante, harmonieuse, malgré son jeune âge. Et c'était un accord parfait dans lequel, en bout de souffle, il abandonnait lui-même quelques notes d'un timbre redevenu limpide parce que apaisé.

Nous étions tous rompus à ces mois d'existence blayaise, entre la détermination guerrière d'Aliénor, les enseignements plus ou moins légers, les jeux des plus jeunes, les discussions politiques des plus âgés, les longues chevauchées, les obligations de seigneuries, les veillées, et tant d'autres moments privilégiés, lorsque nous parvint une nouvelle insensée.

Henri venait de s'allier au comte de Toulouse pour le protéger de la colère du roi de France. Était-ce parce qu'il se trouvait alors en la même situation que lui, bien qu'il n'en eût pas franchi la limite ? Toujours est-il que le plus farouche des ennemis d'Aliénor venait de répudier la sœur de Louis de France, son épouse, pour convoler avec celle du comte de Provence dont il était follement épris. Aliénor n'y vit qu'un outrage supplémentaire, sans doute inspiré par Rosamund qui ne rêvait que de la supplanter sur le trône. Pour comble, un courrier de Louis lui arriva, qui tenait en quelques mots :

« *Il me peine sincèrement de vous voir si peu considérée par celui qu'hier vous choisîtes pour me remplacer. Et d'autant plus qu'à propos de Toulouse, pour laquelle je me suis porté, hier, contre vous, j'aurais été heureux ce jourd'hui d'être à votre côté.* »

Aliénor se garda de répondre. Non qu'elle doutât de la sincérité du roi de France, mais elle enrageait bien trop de cette évidence pour laisser le droit à quiconque de s'en rengorger. Henri se trouvait en Normandie. Elle fit préparer ses malles.

— Allons, ma reine, ne peux-tu point te calmer ? tentai-je devant sa colère. As-tu vraiment envie de te confronter à Rosamund ? Car tu te doutes bien qu'elle sera auprès de lui.

S'arrêtant de mouliner du vent et de gêner le ballet silencieux de ses dames d'atour qui pliaient son linge, Aliénor se planta devant moi et souffla du nez comme un cheval des naseaux.

— Je l'écraserai telle la punaise qu'elle est, si elle ose seulement me regarder. Mais je doute de sa présence. L'emperesse Mathilde est mon alliée depuis toujours. Ce royaume est son œuvre. Elle ne permettra pas que je sois bafouée sous son toit.

Je m'accordai à son sentiment. Dès les premières rumeurs, en effet, ma marraine avait fait porter courrier à Aliénor, dans lequel elle se désolait de si méchante affaire et voulait croire que son fils, rappelé à l'ordre et à plus de discrétion, saurait s'en faire pardonner. Aliénor lui avait répondu sur le même ton. En la remerciant de son soutien et de son affection, mais en arguant qu'en ce qui la concernait elle avait donné assez d'enfants à l'Angleterre pour sortir de ce deuxième lit sans rien lui voler. Elle avait conclu son courrier de la même phrase servie à Henri :

« Soyez sans inquiétude pour l'unité du royaume, je suis la reine et entends bien le demeurer. »

Il ne restait plus désormais qu'à le prouver.

Je me rendis à cette évidence.

— Soit. Mais je t'accompagne. Pour rien au monde je ne voudrais manquer cette joute.

Elle me laissa amorcer quelques pas jusqu'à la porte.

— Loanna…

— Oui, ma reine ?

— Qu'adviendra-t-il de moi, de mes enfants, si je ne parviens à me réconcilier avec Henri ?

D'un timbre appuyé mais avec délicatesse, je chassai les servantes de la pièce, puis, restée seule avec elle, son ire fauchée par cette angoisse soudaine, je vins lui prendre les mains et planter mon regard dans le sien.

— Est-ce ce que tu veux ? Te réconcilier avec lui ?

— Il me manque, je ne le peux nier. Mais c'est à notre royaume que je songe. Parfois, je me dis qu'il suffirait que je pardonne, que je ferme les yeux pour que tout redevienne comme avant. À d'autres moments, je me sens incapable d'y arriver. J'imagine une nouvelle grossesse, ma mort et son règne, à elle. Ma colère est si forte alors que…

— Je sais, ma reine. Je sais.

Je la pris dans mes bras. Elle posa sa tête sur mon épaule qu'un bliaud de soie verte recouvrait sous ma longue chevelure rousse.

— Il y a longtemps de cela, le jour de la mort d'Étienne de Blois, j'ai eu une prémonition. Toi et Henri, dressés l'un contre l'autre tandis que l'Angleterre se noyait dans une mare de sang. Le sang de Becket.

Elle s'écarta, comme piquée par un insecte, ahurie.

— Ainsi donc, c'est pour cela que tu es revenue à nos côtés ?

— Pour tenter de l'empêcher, oui. Je veux y croire encore, mais je doute que ce soit en ravalant ton orgueil, car aucun de tes vassaux ne te le pardonnerait.

Elle hocha la tête, le regard empreint de cette détermination qui lui avait toujours permis d'agir avec rapidité, selon son instinct et sur la foi de notre complicité.

— Alors, il ne me reste qu'une seule chose à faire. Composer.

41.

Nous abordions juillet lorsque notre escorte s'engagea sous la herse du castel de Rouen. Un messager ayant prévenu Henri et l'emperesse Mathilde de notre arrivée, tous deux nous attendaient devant le corps de logis, l'emperesse flanquée de son jovial sourire de bienvenue malgré une lassitude évidente, Henri affichant un masque indéfinissable. Anticipant pourtant le geste du portier, il s'avança lui-même pour déplier le marchepied de la voiture et offrir à Aliénor une main amie. Je la sentis hésitante une fraction de seconde et je puis jurer que, sans la présence de ma marraine, elle l'eût refusée. Elle s'y cramponna pourtant, releva de l'autre le bas de son bliaud de soie cramoisie, et descendit.

— Avez-vous fait bon voyage, ma mie ?

— Excellent, lui répondit Aliénor en dégageant ses doigts et sans le regarder.

Le plantant là, davantage surpris de son allure sculptée par les passes d'armes que de sa froideur, elle s'empressa dans les bras tendus de sa belle-mère. Déjà, s'arrachant de la deuxième voiture, les enfants royaux s'avançaient vers leur père. Les plus jeunes à pas feutrés, impressionnés par sa carrure et le trop peu de temps qu'ils avaient passé à ses côtés, les aînés avec déférence. Je les laissai à leur hommage pour, à mon tour, étreindre l'emperesse. Au peu de vitalité qu'elle dégageait, je devins moite et douloureuse. Sans doute perçut-elle mon inquiétude, car, lorsque je m'écartai, elle enveloppa ma joue dans sa paume, comme autrefois en ma petite enfance. Me couvrant de sa vue faible, elle me sourit avec chaleur.

— Le temps me durait de toi, Canillette...

Réponse discrète pour me confirmer que le sien était désormais compté. Elle tendit la main vers Eloïn, qui s'était avancée après avoir salué le roi d'une révérence. L'emperesse Mathilde ne lui permit pas de recommencer.

— ... Et de toi aussi, ma beauté.

Elle l'embrassa avec la même soif de jeunesse. Celle que l'on tente de saisir au vol pour éloigner la faucheuse. Eloïn la pressa plus fort encore, bouleversée comme moi de son aveu discret.

Derrière nous, le silence n'était troublé que des questions d'Henri à ses enfants. Aliénor, digne, s'était mise en retrait, au côté de Jaufré qui attendait de pouvoir à son tour saluer l'emperesse. Cette dernière le lui accorda d'un sourire, tout en nous accolant à ses flancs par un bras passé autour de nos tailles. Deux bâtons soudain, pour soutenir l'épreuve que les époux royaux allaient lui imposer.

Henri nous rabattit d'un éclat de rire vers la demeure, l'épaule de Richard dans le creux de son bras.

— Diantre, mon fils ! Vous me quittâtes en gringalet et je vous vois un homme aux muscles d'acier ! Par quel prodige ?

Richard coula un œil ravi à sa mère, prête à s'engager dans l'escalier.

— Un entraînement des plus rigoureux, père, que tous vos enfants suivirent sans discuter.

— Tous ?

— Tous, garçons et filles.

— Ma foi, je n'en vois guère l'utilité pour vos sœurs, mais, vous concernant, c'est un joli résultat. Il vaudra mes félicitations à votre maître d'armes. L'avez-vous amené ?

— Il vient de nous devancer, père, se rengorgea de fierté Richard en désignant Aliénor.

Henri tiqua, marqua un arrêt, puis, devant le sourire cynique et l'œil narquois de son épouse, retournée d'un quart vers lui sur la plus haute des marches, il comprit que son fils disait vrai. Il pencha la tête de côté, souligna d'un coup d'œil rapide la tonicité des formes d'Aliénor. Rattrapé par un mauvais pressentiment, il le dissimula sous le ton de la plaisanterie :

— Je suis heureux de voir que votre mère se soucie autant de vous préparer à la guerre qu'elle œuvre pour la paix.

S'immobilisant sous la voûte du chambranle, Aliénor pivota cette fois entièrement vers eux, un véritable sourire sur ses traits rajeunis.

— N'était-ce pas, mon cher mari, la dernière des recommandations que vous me fîtes hier, après la naissance de Jean et juste avant de me quitter ?

Il ne sut qu'éclater de rire, comme on fuit de l'avant. Personne n'en fut dupe, sinon les enfants.

La partie était commencée.

Henri en gagna la seconde manche dans les minutes qui suivirent, lorsqu'il nous apparut clairement que la cour avait été déplacée peu avant notre arrivée.

— Pour donner à nos retrouvailles plus d'intimité, s'en justifia Henri avec panache.

Aliénor, bien évidemment, entendit autre discours qui faisait de son retour un affront pour Rosamund. Finement, elle le remercia chaleureusement de s'en être inquiété.

L'emperesse n'ayant rien changé à son hospitalité, l'heure qui suivit se plut en échanges courtois autour de tisane de fleur d'oranger et d'oublies. Les enfants prenaient leurs marques, profitèrent de la conversation avec leur père qui se montra enthousiaste de leurs progrès en tous les domaines d'enseignement. Il se laissa même aller à tester les réflexes guerriers de ses garçons et fut surpris de constater que son fils Geoffroy se montrait presque aussi vif et dégourdi que Richard, malgré leur dissemblance physique.

— Et vous n'avez point tout vu, père. Je connais sur le pouce le nom de chacune des grandes villes de l'empire Plantagenêt. Voulez-vous les entendre ?

Henri eut le malheur d'accepter. Cinq minutes plus tard, Geoffroy attaquait l'énumération des ports sans se tromper.

— Une fameuse mémoire, mon fils. Par Dieu ! oui, une fameuse mémoire, l'interrompit-il avant de lui donner congé.

Ce fut le signal pour les autres qui, recevant même dérogation à paraître, s'éclipsèrent vitement sous la surveillance d'Eloïn. Une portée de jeunes chiots avait jappé dans le chenil à notre arrivée.

— Nul doute qu'ils vont s'y précipiter, nota l'emperesse Mathilde, revenue dans ce fauteuil, usé du nombre de ses assises ces deux dernières années.

Elle passa une main lasse devant ses yeux, voilés d'une blancheur qui trahissait le léger brouillard dans lequel nos visages se perdaient.

— Quoi qu'il en soit, mes enfants, leurs amuseries ne sont plus les vôtres, et c'est bien tristement que je me vois contrainte d'arbitrer vos nouvelles règles de jeu. Car c'est bien de cela qu'il s'agit, Henri. Un jouet. Fort joli, je vous l'accorde, mais un jouet tout de même.

Pour autant de fois qu'il avait baissé le nez devant l'autorité de sa mère, cette fois Henri garda le front droit.

— Je conçois qu'il vous plaise de l'entendre ainsi mère, mais je crains que le terme ne soit peu accordé aux sentiments qui me tiennent.

Piquée au vif, l'emperesse prit appui sur la pomme des accoudoirs pour se soulever à demi.

— Je ne parle pas des vôtres, mon fils. Mais de ceux de cette catin que vous osez prétendre digne d'un royaume que je vous ai construit à feu et à sang !

— Elle ne joue pas, je vous le répète !

Aliénor, demeurée jusque-là d'un calme qui avait forcé mon admiration, leva deux mains en signe d'apaisement.

— Paix, dame Mathilde. Paix. Et vous aussi, Henri. Je ne suis point venue pour débattre de vos pitoyables coups de boutoir. À dire vrai, ils m'indiffèrent.

L'emperesse sembla sur le point de suffoquer et se rassit brutalement. Henri, surpris de sa vulgarité, ne trouva rien d'autre que d'en rajouter :

— Ce n'est point ce que vous disiez hier...

Aliénor lui retourna un rictus méprisant.

— Et c'est ce qu'elle dira demain, lorsque, revenue de sa rêverie, elle prendra conscience de ce dont je me contentais.

Ce fut à moi d'éclater d'un rire sec, comme on brise un objet. Davantage pour permettre à ma marraine de retrouver un souffle que cette joute indécente avait coupé que pour alléger l'atmosphère. Le regard que dardaient les époux royaux l'un sur l'autre était autant de flèches assassines.

— Fi ! Vos Majestés. Laissez aux charretiers cet ordurier verbiage et venons-en au fait. Si vous le permettez, dame Mathilde...

Elle ne me l'accorda que d'un geste, occupée, pour retrouver force, à se tamponner le nez avec un carré parfumé. Je me tournai vers mon roi, genoux croisés, peu amène à l'égard de mon intervention. Il y avait bien longtemps que son courroux m'indifférait. Pourtant, ma voix se fit douloureuse sans que je l'eusse cherché. Simple conséquence, sans doute, d'une vérité refoulée. Ce m'était un crève-cœur de les voir s'entre-déchirer.

— Les faits sont établis et furent jugés par votre épouse en leur temps. Il est inutile d'y revenir. S'il eût été seyant que vous affichiez plus de réserve, le mal est fait, Henri. Pour Aliénor, mais aussi pour le royaume. Le Poitou gronde, ragaillardi de vindicte contre votre autorité. Et, au lieu d'apaiser l'Aquitaine souffreteuse jusqu'en ses frontières toulousaines, au lieu de livrer ce combat tant et tant espéré, vous offrez protection à leur ennemi juré. Que cherchez-vous, enfin ? À soulever les territoires de la reine contre vous ? ou contre elle ? Car, s'il vous en souvient, vous formez un bloc, indissoluble au regard de Dieu et des hommes. Gifler l'un, c'est rougir l'autre. Avez-vous donc oublié tout ce que je vous ai enseigné ?

Je le vis se ratatiner sur son siège. Imperceptiblement, certes, car il avait de la ressource, mais assez pour qu'Aliénor prenne le relais.

— Que vous ayez cessé de m'aimer, Henri, je le conçois. À mon cœur défendant, certes, mais notre différence d'âge me fait admettre ce que j'ai longtemps voulu rejeter. Vous êtes dans la force de l'âge et elle incarne cette beauté que le mien a fanée.

Elle se leva, vint s'accroupir devant lui.

— Mais l'Aquitaine, Henri ! Tant convoitée par tous et vous le premier. Comment avez-vous pu la trahir, elle qui ne cesse de s'enjoliver, de porter atour de lumière et de vie ? C'est dans vos pas qu'elle s'est mise à danser. Dans vos rires qu'elle s'est éclairée. Je ne veux pas croire que vous ayez cessé de l'aimer.

Il déglutit, troublé par son regard fervent.

— Ce n'est pas le cas, ma mie, vous le savez.

— Alors quoi ? Qu'attend-elle de vous, cette Rosamund ? De vous voir détruire tout ce qui me fait exister à votre côté ? Qu'en soutenant Toulouse, c'est l'Aquitaine que vous répudierez ?

Il ne répondit pas. Ses doigts tremblaient. Aliénor les couvrit des siens.

— Aimez-la, bélinez-la, affichez-la, j'en ai pris mon parti. Mais, de grâce, reprenez-vous. Ne la laissez pas briser, pour de mauvaises raisons, cette unité que je conserve pour de bonnes. Nos enfants, Henri.

Il resserra ses mains autour de celles de son épouse. L'emperesse nous adressa un signe de tête. Déjà Jaufré et moi, nous levant discrètement, l'avions anticipé. À l'instant où nous franchîmes la porte, la joue d'Aliénor venait de se coucher sur le genou d'Henri, et ses doigts à lui d'en suivre délicatement le tracé.

Réconciliation ? Mes doutes trouvèrent leur réponse dans le regard de biais que m'adressa Aliénor sous cette caresse. Toute la duplicité du monde s'y retrouvait. Mêlée à de la jubilation.

Partie gagnée.

42.

Henri s'arracha le souffle à décapiter à la volée cette tête ennemie qui le narguait sous le heaume. Elle s'envola dans une traînée de sang au-dessus du champ de bataille boueux dans lequel il pataugeait. Comme si cela ne pouvait suffire, il attendit que le corps s'écroule pour le planter en plein thorax d'une saignée supplémentaire. Ensuite, seulement, il jeta un œil alentour. Le combat était à son avantage dans cette lande, mais, comme lui, ses hommes fatiguaient. Une main s'agrippa à sa cheville, lui faisant baisser les yeux. « Chiens de Bretons », gronda-t-il en voyant un de ceux qu'il avait déjà rendus à la terre retrouver assez de vie pour le crocher. Sans hésitation, il l'acheva d'une estocade à la gorge, éclaboussant un peu plus ses braies. Il s'arracha à l'étreinte macabre d'un mouvement agacé de la jambe, renfonça sa botte jusqu'au mollet dans la tourbe et chercha un autre adversaire. Douze jours, douze jours qu'il s'appliquait à plier à son autorité le comté de Léon. Les vassaux de Louis, envoyés par le roi de France pour se venger de son alliance avec Toulouse, avaient été plus faciles à plier ! Mais ceux-là… Ceux-là étaient comme les Aquitains. On en soumettait un qu'un deuxième sortait l'épée. Il n'en finissait pas d'arracher des hommes à ces familles, regroupées en clan comme en Écosse. Pour autant, il les materait.

Il les materait comme il avait toujours maté les rebelles, les inféodés, les chiens. Enragé de sang à verser, il se précipita aussi vitement qu'il put au secours du comte Patrick de Salisbury, fine lame de ses familiers. Deux Bretons le ferraillaient avec la même intention de le découdre. Fort de sa tactique, Henri leva son épée, ajusta son bouclier à sa main et se jeta de l'avant en hurlant. L'un des deux, aussitôt, se détourna de Salisbury pour se mesurer à lui. Les deux lames se choquèrent dans un tintement assourdi par l'épaisseur du sang et de la boue. Henri était plus grand, plus lourd, plus féroce, mais, empêtré dans cette fange qui retenait ou déroutait ses pas, il se sentait bien moins agile que son adversaire. Il décida de charger pour le faire choir de cul. Par un chassé imprévisible, le Breton s'esquiva de quelques pouces et Henri, le frôlant à peine, ne réussit qu'à plonger lui-même de l'avant. L'épée de son adversaire lui émailla le haubert à hauteur de taille. Il se serait étalé de tout son long s'il n'avait trouvé roc sous ses bottes et repris un appui inespéré en moulinant des bras. Il en perdit son bouclier mais pas sa colère. Le Breton revenait sur lui. Henri pivota à temps, se brisa les reins en s'arquant sous le choc mais le contint du plat de son épée. Lentement, les muscles tétanisés par l'impact précédent, les traits crispés par l'effort, il se redressa. Le bougre refusait de céder. Henri lui lança son poing ganté de fer en travers de la mâchoire. Une fois, deux fois. À la troisième, l'homme recula. Assez pour qu'Henri reprenne son équilibre et son mordant. Mais pas son bouclier. De sa main gauche, il arracha un poignard à sa ceinture puis revint à la charge. Tout près de lui, Salisbury écaillait de coups sauvages la résistance de son adversaire. Il en fit de même, cherchant le fer de sa main droite, tout en protégeant son flanc gauche. Au lieu de frapper sa lame, chaque fois le Breton esquivait d'un bond de côté, espérant sans doute l'épuiser. Pour ajouter encore, une pluie drue et froide se mit à tomber. Henri en avait assez. Il réaffirma sa poigne. Attendit cette fois, bien campé sur cette portion de roche qu'il venait de retrouver. L'autre s'y laissa prendre. Il s'engagea dans cette ouverture feinte. Henri le prit aussitôt en étau. Barra du plat de son épée la collée qu'on lui destinait tandis que le poignard glissait sous l'oreille. Avant qu'il ne l'ait compris, le Breton se vidait à grands soubresauts et gargouillis, la langue tirée en quête d'un air introuvable, l'aorte sectionnée. Il tomba aux côtés de son cousin que Salisbury venait lui aussi de percer.

Henri porta sa main en visière. La pluie battait la lande, rinçait le sang versé, le noyait à la glaise, laissant les vaincus s'y enliser. Il avança de quelques pas, récupéra son bouclier puis revint vers son compagnon.

— On n'y voit goutte, beugla Salisbury.

— Rentrons, ordonna Henri avant de s'apercevoir qu'il ne savait de quel côté aller.

Les mercenaires revinrent un à un de cette bataille. Il ne manqua pas un des barons anglo-normands et Henri, réorienté sitôt l'averse passée, se soulagea autant du récit de leur victoire que d'arracher enfin ce haubert qui l'écrasait. Nombre d'impacts avaient bleui ses chairs et tout son corps était douloureux. Pourtant, il n'en avait cure. Il avait suffisamment appris à connaître ses adversaires pour craindre l'attaque de cette abbaye dans laquelle ils avaient dressé campement. Certes, des avant-postes couvraient leur position, mais ces chiens savaient comment les atteindre, les relever du lit, les fatiguer. Henri ne leur cédait pouce, mais avait du mal à regagner du terrain. Il s'assura auprès des moines que ses hommes auraient nourriture en quantité puis que les tours de garde avaient été correctement désignés. Malgré la confiance qu'il accordait à ses proches, il refusait de déléguer des détails si importants. Ils étaient tous fatigués. Tous. Mais lui était le roi. Et le seul qui ne devait pas le montrer.

Lorsqu'il regagna enfin la cellule qu'on lui avait allouée, il y trouva un messager, arrivé comme lui sous l'averse.

— Qu'est-ce ? demanda-t-il.

En même temps qu'il lui tendit le pli, l'homme secoua tristement la tête.

— Votre mère, Majesté.

Henri se laissa choir sur un simple tabouret à trois pieds, les yeux rivés à ce cachet bien connu, qu'un autre, visiblement, avait scellé.

La mort de l'emperesse nous ramena à Rouen. Partout où nous passâmes, les cloches s'envolaient pour saluer la tristesse des Normands. La mienne, comme celle d'Eloïn, était dénuée de larmes. En la quittant deux mois plus tôt, nous savions que son baiser serait le dernier. Nous avions fait notre deuil dans l'attente. Nous trompant l'esprit au côté d'Aliénor qui avait voulu regagner Poitiers. Sa rencontre avec Henri n'avait rien résolu, mais cela ne lui avait pas été une surprise. Elle n'avait voulu que le ramener à la raison pour éviter d'autres écarts. L'alliance avec Toulouse ayant été ratifiée, Henri devait en assumer les conséquences, ce qu'il fit au tout début de l'été en obligeant les Aquitains à taire tout combat. Dans la foulée, il agaça les vassaux de Louis aux frontières du Vexin normand, et, pour son fils Geoffroy à qui devait revenir le duché de Bretagne, mata les Bretons. Aliénor ne l'avait pas revu. Elle savait que Rosamund non plus. La guerre laissait peu de place à l'amour. Et Henri avait entendu le plaidoyer de sa femme. L'empire Plantagenêt ne pourrait continuer d'exister que par leur descendance. Une descendance bien trop jeune encore pour se tailler la part du lion. C'était à lui de la leur préparer. Il l'avait fait. En cela, elle avait retrouvé un semblant de respect à son égard, assez pour se montrer à son côté dans l'affaire de Toulouse et taire la colère des siens. Assez pour, ce jourd'hui, l'accompagner dans sa peine. Assez pour accepter son bras et, digne, infiniment digne sous le regard de tous, suivre le convoi funèbre. Assez oui, pour comprendre que, l'emperesse défunte, c'était à elle désormais qu'il incombait de jouer la mère. Le garde-fou. L'autorité.

Lorsqu'ils se retrouvèrent tous deux devant le monument funéraire refermé, Henri tourna vers elle un visage ravagé de chagrin. Il baissa les yeux et murmura ces mots qu'Aliénor attendait depuis leur dernière rencontre :

— J'ai besoin de vous, ma reine. L'Angleterre a besoin de vous.

Elle posa la main sur son avant-bras et répondit sans animosité aucune :

— Accordez-vous aux dernières volontés de votre mère, Henri. Distribuez ses biens, tous ses biens propres, aux églises et aux gueux et veillez à ce qu'ils ne regagnent nos coffres sous aucun prétexte ni imposition. Prenez le temps qu'il vous faudra. Je tiendrai ma place.

Elle releva le menton, et moi seule, occupée à consoler mon fils niché dans mes bras, devinai sa véritable intention. Elle n'était que vengeance et celle-ci n'avait qu'un nom : Rosamund.

43.

Rosamund Clifford s'était accommodée de sa position de maîtresse royale. Henri ne lui avait pas laissé d'autre choix. Bien qu'elle n'en connaisse pas la véritable raison, elle se doutait bien qu'Aliénor tenait son époux par quelque secret inavouable dont l'origine avait pris naissance en même temps que leur dernier fils. Henri ne répudierait pas la reine. Même si, pour lui donner à croire le contraire, il avait soutenu le comte de Toulouse dans ses amours interdites. Parfois, à la faveur d'un moment de dépit et de solitude, Rosamund ressortait le poison de son coffret, en caressait amoureusement le flacon avant de le remettre en place. Si la reine mourait d'un excès d'ellébore, tous les soupçons désormais la désigneraient coupable. Elle risquait davantage d'y perdre que d'y gagner. Mais l'idée avait creusé son nid et, malgré tout l'amour dont elle couvrait Henri, malgré toute l'abnégation dont elle paraissait faire preuve et le bonheur qu'elle affichait, aucun de ses rêves ne s'achevait sans cette couronne au-dessus de son front et son roi à son côté.

La rumeur du retour d'Aliénor pour remplacer son époux en Angleterre lui parvint au jour même du message d'Henri qui s'en désolait.

« À l'heure où, en nos frontières, la révolte gronde, il m'est nécessaire, pour le bien du royaume, de montrer à tous un semblant d'unité. Priez, mon aimée, comme je prie chaque jour pour que, les

affaires de succession de ma mère réglées, nos retrouvailles soient plus ardentes encore, nos baisers plus enflammés. Mais, je vous le demande, offrez à notre amour cet écrin de discrétion qui met si joliment en lumière la beauté de votre âme. Ne froissez pas la reine par votre présence. Accordez-vous à l'Angleterre comme je m'accorde en vos rets. Soyez digne d'un trône à défaut d'y siéger. Votre Henri, de fidélité et de maistre. À toujours et à jamais. »

Loin d'apaiser sa rancœur, Rosamund froissa le parchemin et le jeta aux flammes. Installée avec la cour au château de Woodstock, dans les appartements d'Henri, elle n'avait pas l'intention de déménager.

Aliénor n'en attendait pas moins de la traîtresse. À peine étions-nous descendues du navire dans le port de Southampton qu'une bourrasque glaciale lui arracha son chapel d'hermine pour le perdre à la mer. Sur la terre anglaise, le froid s'était déjà installé. Tandis qu'un valet se précipitait pour tenter de le repêcher, elle se tourna vers moi, dans le vacarme des malles que l'on déchargeait, du vent qui sifflait, des oiseaux de mer criards et du frottement des drisses dans la mâture des vaisseaux à l'ancre.

— Je vais finir par croire que tout, en ce pays, m'est devenu hostile !

— Bah ! je te connais bien assez, ma reine, pour savoir que cela ne durera pas.

Elle me retourna une œillade amusée. Vers nous s'avançait Patrick de Salisbury, un des barons normands qu'Henri lui avait alloués pour la protéger.

De cinq ans plus jeune qu'Aliénor, il possédait ce charme particulier des hommes entre deux âges. Les tempes grisonnantes, un teint hâlé rompu au grand air, une bouche charnue, des yeux d'un bleu profond ponctué de rides joyeuses. Le tout servi par une silhouette fluide et musculeuse, habilement proportionnée. Pour ajouter encore à ce tableau, Patrick possédait le courage, la vaillance, mais aussi le plaisir courtois des bons mots et un caractère dont beaucoup prétendaient qu'il était parfait. Ajouter à cela une fidélité sans faille à la famille Plantagenêt. Henri ne s'y était pas trompé qui, en accédant au trône, l'avait tout naturellement admis à ses côtés, reconduisant ses privilèges, y compris sa charge de constable du castel de Salisbury et l'honneur de Chitterne qui le voyait ce jourd'hui à la tête de plus d'une quarantaine des chevaliers du Wiltshire. Pas un seul instant, sur les champs de bataille où Henri l'avait entraîné, comme en toute mission exigeant du doigté, Patrick de Salisbury n'avait démérité. Autant d'arguments qui avaient poussé ma reine à reporter sur lui sa soif de conquête, avec d'autant plus d'assurance qu'elle avait, depuis longtemps, remarqué dans l'œil du comte qu'il n'était pas indifférent à sa beauté. Car quoi de plus savoureux en vérité que de trahir son époux avec le plus irréprochable de ses familiers ?

— Ne voulez-vous gagner cet abri à quelques pas, le temps qu'on avance la voiture que je vous ai commandée et qu'on noue solidement les lanières de ses volets ? s'inquiéta-t-il devant son front nu que les bourrasques battaient.

— Votre prévenance me touche, comte, mais ce ne sera pas nécessaire. Faites-moi plutôt seller un cheval que je galope à vos côtés.

— Autant pour moi, comte, décidai-je dans sa lancée.

— Permettez-moi d'insister…

Sans prendre la peine d'ajuster un autre chapel sur sa chevelure, Aliénor releva la capuche de son mantel de fourrure puis la lia à son cou par un nœud solide.

— Non, comte de Salisbury, je ne vous le permets pas.

Il lui offrit une courbette par-dessus laquelle elle me cligna d'un œil larmoyant, conséquence du vent qui le cinglait puis, s'approchant de la monture qu'il avait délaissée, posa le pied sur l'étrier. Il se précipita aussitôt pour l'aider. Quelques secondes plus tard, tandis que son palefroi piaffait sur la jetée, Salisbury et moi enfourchions ceux que deux hommes de notre escorte nous avaient, eux aussi, cédés. Aliénor attendit à peine que le comte se rapproche d'elle pour partir au grand galop sur la route qui, contournant les bâtiments portuaires, l'avait tant de fois auparavant ramenée chez elle. Elle voulait s'y imposer en conquérante, pas en victime. Mais ce n'était pas la seule raison, en vérité. Elle avait bien l'intention de prouver à Salisbury qu'elle était loin d'être fanée.

C'est donc à ses côtés et aux miens, parmi les chevaliers qu'il avait nommés à sa garde rapprochée, dont son fils Patrice et son neveu Guillaume le Maréchal, que, bravant les traits cinglants de la pluie, elle fit son entrée à Woodstock. Et si, en descendant de cheval devant le labyrinthe des jardins du castel, elle fut moins à son avantage qu'elle ne l'aurait dû, aucun ne se gaussa en apprenant sa chevauchée. Car Aliénor le savait. On ne remporte pas une guerre avec des atours princiers, mais par le panache, le courage et la vitalité. Qualités qu'elle avait décidé d'imposer dès son arrivée. On l'avait crue finie, au tombeau ? Lorsque la cour, lui offrant haie d'honneur, se courba révérencieusement pour escorter ses pas humides jusqu'aux trônes, Aliénor savait que plus aucun n'y songeait. Pour autant, sous ce mantel trempé qui la faisait ressembler à un animal mouillé, Aliénor avait fourbi ses armes mondaines. Parvenue en haut des marches de l'estrade, tournant toujours dos à ses gens et le regard soulignant narquoisement le portrait de son époux au mur, elle me laissa dégrafer sa chape d'hermine, la poser délicatement en travers des accoudoirs du trône d'Henri, puis dénouer ses cheveux attachés. Ils tombèrent en cascade soyeuse jusqu'à ses reins, offrant un écrin à son teint avivé par la pluie, à ses yeux à peine fardés mais brûlant d'intensité. J'y posai avec délicatesse la couronne d'Angleterre qu'Aliénor m'avait confiée. Alors, seulement, elle pivota avec légèreté sur elle-même et invita les Anglais, toujours en révérence, à se redresser. Ils en demeurèrent bouche bée tandis qu'elle les toisait avec assurance. Pour la circonstance, Aliénor avait rompu au travail une dizaine de couturières, mais le résultat était là. Un bliaud long à la traîne somptueuse qu'elle avait dû relever et jeter au travers de la selle pour chevaucher. Un bliaud cintré à la taille, et soulignant d'autant plus la finesse de ses hanches qu'une ceinture à cabochons de diamants noirs y reposait. Un bliaud au décolleté profond qui rehaussait sa poitrine généreuse et dans laquelle un cœur de rubis se perdait. Un bliaud aux manches ballonnées jusqu'au coude puis largement évasées telle une fleur de lys, du poignet qui laissait entrevoir un chainse de dentelle, jusqu'aux pieds en un plissé parfait. Un bliaud, enfin, à la soie écarlate et rebrodé de minuscules léopards d'or, semblable à la bannière des Plantagenêts et affirmant clairement le respect qu'on lui devait.

Ce ne furent pourtant pas dans les regards subjugués qu'elle retint son triomphe, tandis qu'elle invitait ses enfants à entrer, mais dans celui, ahuri, incrédule et furieux de Rosamund Clifford, qu'elle venait d'éclipser.

44.

Le castel de Woodstock était situé à l'écart de tout et au plus profond d'une forêt majestueuse. « Un havre de paix », s'était émerveillée Aliénor à sa première rencontre avec l'endroit. « Un exceptionnel lieu de chasse », avait surenchéri Henri. L'idée du castel était née de cet échange-là. Certes, que Rosamund désormais en capture les richesses agaçait Aliénor. Mais c'était le moindre de ses affronts. La prendre de front et dresser la cour en deux camps distincts n'amènerait qu'à empuantir son atmosphère. Feindre d'ignorer la vérité, et Aliénor passerait pour une sotte. Elle était plus fine que cela. Comme autrefois avec Béatrice de Campan, il fallait ruser. Rosamund ne lui échapperait pas.

De fait, dès le premier instant, sa rivale se comprit prise au piège. Elle qui était restée pour jubiler de la décrépitude de la reine se trouvait face à une femme, mature certes, mais d'une telle splendeur retrouvée que cela en paraissait anormal. Aliénor s'en expliqua avec joie à ces sujets qui l'en félicitèrent. Aucun sortilège ni association maléfique. Elle avait recommencé à guerroyer. Ses enfants, superbement grandis et devant lesquels tour à tour, Rosamund comprise, tous s'inclinèrent avec déférence, pouvaient témoigner d'une reprise en main totale de la reine face à son apparence et à ses devoirs. Mais rien ne fut plus jubilatoire pour Aliénor que de voir sa rivale glisser discrètement vers la sortie et, du haut de son trône, de l'en empêcher.

— Rosamund Clifford !

L'interpellée s'immobilisa dans un sursaut. Dignement, pourtant, elle se retourna, son sempiternel sourire aux lèvres, comme cousu à ses fossettes. Évidemment, ainsi que l'avait escompté Aliénor, son intervention fit reculer chacun, inquiet d'en subir les retombées. En quelques secondes, Rosamund se trouva isolée en plein centre de la salle du trône et contrainte à une révérence devant tous. La laissant s'y abîmer les cuisses de crispation, Aliénor descendit lentement les marches pour aller jusqu'à elle. Le silence s'était fait, chacun et chacune de la noblesse anglaise attendant le couperet. Aliénor se planta devant elle et la saisit aux épaules.

— Comment donc, très chère ? Alliez-vous partir sans m'embrasser ?

Aliénor la sentit tressaillir sous sa poigne appuyée tandis que d'autorité elle la relevait. Elles s'affrontèrent une seconde du regard, dans le souffle suspendu de la noblesse. Pour seule arme, Aliénor lui rendit son sourire.

— Vous voilà bien pâlotte, ma jeune amie. Auriez-vous quelque raison de me craindre ?

Rosamund, privée de repartie par sa position d'infériorité, ne trouva pas même à s'en défendre. Aliénor éclata de rire.

— Suis-je stupide ! Mais oui, bien sûr, vous me craignez…

Elle lui pinça la joue comme à leur dernière rencontre mais, cette fois, à y imprimer la marque de son ongle et lui arracher une larme réflexe. Puis elle tapota cette pommette écarlate.

— Vous avez tort, Rosamund. Car, finalement, que sommes-nous vous et moi sinon un tout pour le roi ?

C'était dit. On échangea des regards embarrassés dans l'assistance. Aliénor enroula son bras autour des épaules de sa rivale, mortifiée de cette condescendance. Ce n'était que le commencement d'une leçon d'humilité. Aliénor la ramena vers le trône, et, comme si elles avaient été seules en cette place, ajouta d'un air détaché :

— Évidemment, vous êtes le cul et moi la tête !

On gloussa. Rosamund se cabra sous l'étreinte. Aliénor la resserra plus encore, empêchant la belle de s'en arracher. Elle n'avait pas terminé. Elle la ramena en haut des marches et, de sa main libre, enleva de son trône le coussin qui en adoucissait l'assise. Elle le laissa choir à terre puis le désigna à sa rivale.

— Je ne saurais admettre que vous soyez privée de ce qui vous revient, ma chère. Vous l'allez voir, la place est confortable et vos attributs royaux y seront préservés.

Elle retira son étau, planta cette fois un regard sans équivoque dans celui de l'impertinente, puis ordonna, aussi simplement qu'un coup de poignard bien ajusté :

— Asseyez-vous ! Au nom du roi, où je suis désormais, vous serez.

À moins de se voir sévèrement punie pour un crime de lèse-majesté, Rosamund Clifford n'eut d'autre choix que s'exécuter.

Au soir venu, elle avait tout subi. Des œillades moqueuses des courtisans qui l'avaient enviée à celles détournées par la pitié qu'elle inspirait. Réduite à l'état de chienne du royaume, elle en subit les fers sans un mot, sans même se départir de son sourire, donnant enfin à deviner qu'il pouvait être un leurre. Elle qui, depuis une année, tenait ces gens sous son joug, comprenait qu'elle n'aurait plus jamais sur eux le même pouvoir. Loin d'en être brisée, elle se drapa d'importance pour mieux masquer l'idée de sa vengeance.

Ce fut un fait entendu lorsque Aliénor lui accorda enfin le droit d'aller se coucher… dans le lit, désert, du roi.

Rosamund Clifford n'y trouverait plus le sommeil tant qu'Aliénor vivrait.

— Elle va essayer de te perdre. Par la lame ou le poison. C'est inévitable, Aliénor.

Je l'avais rejointe en sa chambre, sur sa demande, sitôt le couvre-feu. En chemise et mantel de nuit, les cheveux brossés, parfumés puis savamment liés en une tresse qui reposait sur sa poitrine, ma reine était assise à même un tabouret rembourré de velours grège, ses pieds nus enfoncés dans les mèches d'un épais tapis. Les deux mains tendues vers la cheminée, les yeux perdus dans les flammes, elle haussa les épaules.

— Tenir ses ennemis dans son cercle est le meilleur moyen de s'en protéger. N'est-ce point un de tes enseignements, ma douce ?

— Si fait. Mais tu n'en es pas moins en danger.

— Elle n'est pas aussi rusée que moi. Il existe un moyen de tuer sa rancœur et tout autant de me donner compensation.

Je me glissai derrière elle, massai ses épaules. La tension de ce petit jeu l'avait épuisée. Elle gémit de soulagement en laissant tomber les bras le long du corps et la nuque vers l'avant. J'affinai mes pressions en longs mouvements de la base du crâne aux trapèzes. Elle se relâcha.

— Toi seule me connais, Loanna.

— Assez, en effet, pour deviner tes intentions. Je ne suis pourtant pas certaine d'avoir envie de m'en faire complice.

Elle redressa la tête, caressa sa joue à mon bras avant d'y poser un baiser léger.

— Un reste de jalousie ?

— De prudence.

Aliénor sourit.

— Je ne crains rien si tu es avec moi.

— Que fais-tu de la colère d'Henri ?

Elle pivota vers moi, des étoiles dans les yeux rehaussées par l'éclat des flammes.

— Elle n'en dira rien.

— Et pourquoi non ?

— Parce qu'elle aimera ça.

Je m'accroupis devant elle, soulignai de l'index la ligne d'un cerne.

— Et toi, ma reine ?

Elle se mit à rire, d'un rire léger qui me rappela les belles heures d'autrefois.

— Henri me doit bien cela, non ?

Pour toute réponse, je me redressai et lui tendis la main. Elle s'y accrocha.

Rosamund s'était tant tournée et retournée de colère dans les draps qu'elle s'en était ligotée toute seule. Elle les arrachait avec la même violence qui couvait en elle lorsque la porte de sa chambre bâilla. Ayant pris soin de la boucler, elle se crut en proie à un mauvais rêve dans lequel elle se dépêtrait contre tous. Prise d'un réflexe, elle lança :

— Qui va là ?

Son cauchemar empira lorsqu'elle découvrit la reine derrière la lumière de sa lampe. Elle aurait dû se douter qu'elle avait la clef et tout aussitôt comprit qu'on lui avait tendu un piège. Instinctivement, elle recula contre l'oreiller et ramena sur elle les toiles qu'elle venait de repousser.

— Que voulez-vous ? En finir, c'est cela ?

Son œil pris de panique venait de me reconnaître dans la pénombre. Aliénor me tendit le falot puis, négligemment, s'assit sur le bord du lit. Rosamund tremblait. Effrayée de notre mutisme comme de notre froide détermination. Elle s'écarta d'un mouvement de reins, incapable pourtant de fuir tant l'humiliation subie l'avait contrainte à l'allégeance.

— En finir, oui, répondit Aliénor d'une voix douce. En terminer avec cette querelle stupide dont nous sommes, vous comme moi, les victimes. Je suis venue faire la paix.

Rosamund tiqua, ouvrit des yeux comme des soucoupes. Aliénor souriait, n'avait visiblement pas d'arme sinon de la douceur dans le regard. Et autre chose. Autre chose qu'elle ne définit pas.

— Je ne comprends pas. Vous me détestez.

— Non Rosamund. En vérité, non. Pas plus que je n'en veux à mon époux de vous aimer. Votre beauté ne me fait pas d'ombre, elle rehausse mon éclat. Oh ! je ne dis pas. Les premiers jours, les premiers mois m'ont arraché le cœur, mais la réalité a pris le dessus. Vous serez encore que je ne serai plus. Alors quoi ? Allons-nous nous entre-déchirer et briser le cœur d'Henri, diviser le royaume, le perdre peut-être ? Vous ne le voulez pas davantage que moi. Au contraire. Vous voulez cette couronne à ma tête. Mais que serait-elle, si, tiraillé entre vous et moi, Henri en perdait le contrôle ? Si ses États se morcelaient ? Elle ne vous plaît, il ne vous plaît que par sa puissance, ne le niez pas.

Rosamund avait repris de l'assurance et des couleurs.

— Je ne le nie pas, non.

— Bien. Votre sincérité vous honore et conforte mon sentiment. Henri ne me répudiera pas, Rosamund. L'Aquitaine lui est trop chère. Savez-vous qu'il m'a sauvé la vie à la naissance de Jean ?

Le cœur de Rosamund manqua un battement, la laissant livide. Aliénor soupira.

— Il vous ment comme il m'a menti et pour les mêmes raisons. Il vous aime autant qu'il a besoin de moi. Si l'une de nous venait à disparaître de la main de l'autre, il ne s'en relèverait pas. Épargnons-lui cela, voulez-vous ? Et préparons demain. Ensemble.

— Qu'est-ce à dire ?

— Une alliance secrète qui vous garantit le trône à mon trépas. S'il n'est pas le fait de quelque assassinat, s'entend...

Aliénor avança sa main, enroula ses doigts à ceux de Rosamund, étourdie.

— L'âge éteint toute chose, mais pas les sentiments lorsqu'ils sont aussi forts que les miens pour Henri. Je le veux voir heureux. Si le royaume Plantagenêt est puissant, Henri pourra se permettre d'épouser la femme qu'il aime et non une autre que l'intérêt du royaume lui dictera. Ce sera vous, si vous prenez patience. Ce sera vous, car ma dernière volonté, par testament, l'y contraindra.

— Vous feriez cela ?

— Je ferai cela, Rosamund.

Elle dodelina de la tête, abasourdie.

— Mais qu'y gagnerez-vous ?

— Que gagnerais-je d'une autre ? Je vous crois assez fine pour jouir du pouvoir sans faire ombrage à mes enfants, assez cupide pour soutenir Henri dans ses choix de conquête et les doter d'autant, et assez honnête pour adoucir mes vieux jours d'un respect de bon aloi. Notre amitié fera taire les ragots. Les passations de pouvoir servent à cela. Je peux à loisir continuer de vous humilier ou servir notre cause en laissant entendre que je vous ai choisie bien avant mon époux pour me remplacer à un âge où l'ardeur des sens s'émousse. À vous de décider, Rosamund.

— Amie ou ennemie, c'est bien cela...

Aliénor avança l'autre main, enveloppa la joue, caressa l'ourlet des lèvres avec son pouce. Elle la sentit frémir sous la caresse. Elle ne s'était pas trompée. La dame bouillait d'un feu ardent. Sa voix se fit rauque, sensuelle, son œil brûlant.

— Plus que cela.

Gênée par l'impertinence du sous-entendu, Rosamund détourna la tête. Aliénor ne s'en émut pas. Son index replié glissa jusqu'au creux de la nuque, entre l'oreille et l'épaule, suivit lentement la ligne du chainse de nuit, s'assurant des battements irréguliers à la carotide. Elle connaissait assez les caresses rustaudes de son époux pour savoir combien les siennes, d'une infinie douceur, pouvaient trouver écho dans cette chair délaissée. De fait, apprivoisée déjà, bien que réfugiée dans un prude baissement de tête, Rosamund ne disait mot. Aliénor s'avança jusqu'à l'arrondi parfait d'un sein qui affleurait sous les festons de son chainse, puis retira sa main et se leva.

— Les documents seront rédigés demain à la première heure. En les signant, vous m'appartiendrez comme vous appartenez à Henri. Car le prix de ma générosité passe aussi par votre trahison, Rosamund, même si Henri ne la découvre jamais. Je vous veux, lascive et abandonnée en ma couche comme en la sienne. Jouissant de moi comme vous jouissez de lui. Je veux qu'il soit trompé de vous avec moi comme j'ai été trompée de lui avec vous.

Rosamund releva enfin les yeux vers elle. Reprise de pâleur autant que de trouble, elle murmura :

— La vengeance suprême, n'est-ce pas ?

Aliénor sourit.

— Elle ne sera complète que le jour où vous m'aimerez autant que vous l'aimez.

Rosamund secoua la tête.

— N'y comptez pas.

— Ne me sous-estimez pas. Ne vous sous-estimez pas, Rosamund Clifford…

Elle pâlit plus encore. Aliénor ajouta, la voix frappée de certitude :

— Que la nuit vous soit douce… La mienne l'est déjà.

M'entraînant, témoin discret, derrière elle, Aliénor gagna la porte après m'avoir repris la lampe à huile des doigts. Rosamund garda le silence. Un silence dont nous savions toutes trois qu'il était un accord tacite. Autant contraint par un désir défendu que par celui de pouvoir absolu.

Lorsque, le corridor traversé, je laissai Aliénor aux portes de sa chambre, préférant garder entre nous et sa sensualité réveillée la distance de mon serment à Jaufré, je n'eus qu'une question pour taire un dernier doute :

— Tu n'as pas réellement l'intention de la laisser prendre ta place sur le trône n'est-ce pas ?

Elle eut ce petit rire de victoire propre à chacune de ses guerres.

— Bien sûr que non, Loanna de Grimwald. Ton sang coulant désormais en mes veines, je n'ai aucune inquiétude. Elle mourra bien avant moi.

45.

L'aiguille piquée dans la chair d'Henri ne lui arracha qu'une grimace. L'esprit encore dans les nouvelles qu'il venait de recevoir d'Angleterre, il laissa un œil soucieux suivre le mouvement du fil entre les pans déchiquetés de sa plaie. Une belle entaille un peu avant la saignée du coude qu'il avait récoltée d'une collée traître, non plus en Bretagne, où enfin la révolte était matée, mais en Poitou, à quelques lieues de Lusignan. Pour l'heure, rompu à ces bigourelles de guerre qui, de-ci de-là, marbraient ses membres de cicatrices et dont la douleur le laissait froid, il avait un autre sujet de tourment. Malgré le ton du courrier de Salisbury.

« Soyez rassuré, mon roi. Contre toute attente et après un échange assez vert, vos dames ce jourd'hui s'entendent à merveille. L'une ne va plus sans l'autre. Elles se confortent d'amitié et de tendresse que leurs regards, sans équivoque, relaient. La reine non seulement semble avoir pris le parti de sa disgrâce, mais encore s'est déclarée heureuse qu'une autre d'aussi aimable qualité que Rosamund Clifford lui succède en une couche que son grand âge ne lui permet plus d'honorer. L'atmosphère de la cour, tendue à notre arrivée, se retrouve désormais dans le rire franc de vos dames, et je puis affirmer sans me tromper qu'elles se confortent de vos courriers, les partagent avec la même gourmandise et offrent par leur complicité le plus joli des paysages à regarder. »

Si Salisbury avait voulu le réconforter, il se trompait. Henri connaissait trop bien ses « dames », comme son ami les appelait, pour se laisser prendre à ce florilège. Il cachait quelque manœuvre, de l'une ou de l'autre. Ou des deux ensemble, dont il ferait, lui, les frais.

Une dernière fois, l'aiguille courbe du barbier transperça un côté de la peau, puis l'autre. L'homme, râblé, au regard fuyant et au teint grêlé, aussi laid qu'efficace, coula un nœud bien serré puis, sans s'attarder sur la régularité des points, dix au total, cisailla le fil inutile. Ensuite de quoi, indifférent aux pensées contradictoires qui ombrageaient l'humeur d'Henri, il lui adressa un soupir qui en disait long sur la manière dont il jugeait la pratique de son roi.

— Douze jours, Votre Majesté. Pas un de moins, cette fois, ou je ne garantis pas la cicatrisation.

Henri hocha le menton, par habitude. Il n'en ferait qu'à sa tête et ôterait lui-même les ligatures lorsqu'il en aurait assez qu'elles le grattent, le piquent, l'agacent. Le barbier connaissait bien son procédé. Il poussa un nouveau soupir, pointa son index sur une précédente cicatrice, boursouflée d'avoir été délivrée trop tôt. Henri en gardait une gêne au poignet.

— À quoi cela sert-il que je m'applique si Votre Majesté saccage mon travail ? Un jour verra la pourriture s'infiltrer dans cette porte ouverte et ce ne sera plus les fils qu'il me faudra couper.

— Merci, Beauford ! voulut le congédier Henri.

Le barbier refusa d'entendre. Il venait de saisir des bandes propres. Henri se laissa panser. Il n'avait pas le choix. Assis sur ce tabouret de campagne, sous sa tente, dans le froid humide de novembre, il ferma les yeux sur des images. Woodstock. Le rire de Rosamund. Les fossettes à ses joues, rappel vibrant de celles qui ponctuaient le haut de ses fesses. Ah ! ces fesses ! Charnues, fermes. Le bout de ses doigts s'agita de l'envie de les saisir, de les presser, de les amener à son entrejambe. Il en crispa les mâchoires de désir frustré, même s'il se trouvait toujours, pour le soulager, quelque catin dans une bourgade, quelque servante enfiévrée. S'y superposa le corps ragaillardi de son épouse, lui pointant un peu plus le vit dans ses braies. Étonnant comme le plaisir d'elle lui était revenu. Étonnante cette gourmandise avec laquelle elle s'en était rassasiée à Rouen, après que sa mère, Loanna et Jaufré les eurent quittés. Une gourmandise qui l'avait laissé, lui, aussi alangui dans son fauteuil que désemparé.

— Un dernier cadeau, mon sire, bien loin de vos saillies. Je les laisse à ma rivale. Sans le moindre regret, avait-elle affirmé en s'essuyant la bouche.

Jamais auparavant elle ne le lui avait offert. L'avait-il seulement demandé ? Non. Non, bien sûr. Il réservait cette pratique, réprouvée par l'Église, aux dames de joie qu'il payait. Elle s'était redressée, avait tourné les talons et quitté la pièce. Au soir venu, elle lui avait refusé sa couche, le laissant derrière la porte bouclée. Aliénor n'était pas éteinte d'ardeurs, bien au contraire. Elle n'avait réembrasé sa flamme à lui, appelé la luxure, que pour mieux le lui affirmer. Alors, que signifiait ce discours ? cette prétendue abnégation envers Rosamund ? Elles se détestaient hier. Amies ce jourd'hui ? Il ne le pouvait croire. D'autant plus que les lettres de Rosamund n'en laissaient rien percer. Si Salisbury n'avait espionné pour lui, il n'aurait pas même pu deviner que sa maîtresse était demeurée à Woodstock, transgressant les consignes qu'il lui avait données. Alors quoi, bon sang ! Nouveau cadeau d'Aliénor, comme à Rouen, pour l'inciter à servir les intérêts du royaume et par là même les siens ? Ou vertu détournée ? Son vit retomba en même temps que les mains du barbier de son bras bandé. Henri se dressa, bousculant la table sur ses tréteaux, faisant sursauter l'homme qui recula d'un pas.

— Vous aurais-je épinglé ? s'enquit-il, l'œil inquiet sur l'agrafe.

Henri le fixa sans le voir, absorbé par ce souvenir d'hier. Les corps entrelacés d'Aliénor et de Loanna de Grimwald. Le plaisir interdit. Le lien de chair qui avait sûrement ramené Aliénor dans ses filets à lui.

— Non, non. Bien sûr que non, lâcha-t-il pour lui-même, soulageant le barbier qui se dépêcha vers l'issue et d'autres blessés.

Tandis qu'il passait sous le rabat de toile, la bruine couvrant de nouveau ses épaules sèches, le front d'Henri s'emperlait de sueur. Le roi dut se rasseoir, gagné d'angoisse. Aliénor était bien capable de l'avoir cocufié.

*

Eloïn et Mathilde ne se quittaient plus, laissant mon Geoffroy, Richard et Henri le Jeune s'escarmoucher ensemble malgré le brouillard qui s'enroulait autour d'eux comme autant d'adversaires cachés. Refusant les salles d'armes où nombre de chevaliers en mal d'action s'entraînaient, ils préféraient le labyrinthe des jardins de Woodstock, s'y perdaient, s'y rejoignaient, s'y harcelaient de l'épée mouchée, y riaient, avec la même envie au cœur. Devenir les meilleurs, les plus habiles, les plus retors face à l'ennemi, face au danger. Mon Geoffroy pour tromper sa constitution, enjeu gagné chaque jour davantage, Richard pour pouvoir se frotter à ses vassaux aquitains rebelles à toute autorité, Henri le Jeune pour se garantir de l'étoffe d'un grand roi guerrier. S'ajoutait souvent à leur compagnie le jeune Guillaume le Maréchal, neveu du comte Patrick de Salisbury, avec qui ils avaient noué une amitié solide.

Les journées filaient donc au rythme de leurs affrontements, sur lesquels certains prenaient autant de paris qu'ils en perdaient. Nous, dames retranchées derrière les murailles altières et les larges fenêtres de l'élégant corps de logis rectangulaire du château, vivions au rythme du trousseau de Mathilde. Aliénor l'ayant voulu somptueux, Henri avait dressé taxes en conséquence, ainsi que le permettait la coutume anglaise. À cela, peu de temps avant sa mort, l'emperesse avait ajouté une généreuse participation. Mathilde revenait souvent avec tendresse sur sa grand-mère et sur ses mots destinés à apaiser ses craintes à leur dernière rencontre.

« Ton prénom te prédestinait à ma succession dans le Saint Empire germanique. L'on se souvient de moi encore comme de la fille du roi d'Angleterre, qui bouleversa l'ordre établi parmi les grands de la cour. Il est heureux qu'une autre Mathilde, de même lignée et tempérament, y fasse son entrée. S'il a l'âge de ton père ou à peu près, Henri de Saxe ne manque ni de charme ni de panache. Il aura à cœur de te choyer et de t'élever à la place qui t'échoit. Telle la grande dame que tu es déjà. »

En suivant le convoi funèbre, Mathilde la Jeune avait soudain mesuré à quel point sa grand-mère se sentait fière de la voir conquérir une terre qu'elle-même avait aimée jusqu'à la mort de son empereur d'époux. Ses dernières réserves étaient tombées dans la promesse posthume de s'en montrer digne. Depuis, elle s'employait avec sa mère, Rosamund, Eloïn, moi et quelques autres à parfaire ses atours. Ils étaient princiers. Outre les parures de diamants, les cinquante-six coffres en argent marquetés, incrustés d'émeraudes et la vaisselle d'or, s'ajoutaient les tissus les plus précieux, les toilettes les plus délicates, mais aussi des selles d'apparat rembourrées de plumettes et recouvertes de soie ou de brocart. Sans compter les linges de table ou de toilette que nous nous appliquions à broder de ses initiales tout en devisant de tout et de rien. Chacune y allait de son couplet, qui sur le mariage, qui sur les enfants, qui sur les devoirs d'une épouse, qui sur ses droits, puisant dans sa propre expérience. Aliénor était seule à oser y aborder le sujet de l'infidélité, ourlant vers Rosamund un regard complice. Mathilde l'avait compris, comme chacun des enfants d'Henri. Le roi avait failli. La reine avait pardonné.

— Un homme reste un homme, ma fille. Il va où ses pulsions le portent et, bien que l'Église condamne l'adultère, sache qu'un époux s'en voit absous par le Très-Haut autant que par l'usage. Là où une épouse fautive se verra répudiée, battue ou parfois assassinée, lui recevra un sermon avec pour tout châtiment un *Pater* et deux *Ave.* Deux poids, deux mesures qui laissent peu de place à l'amour, le vrai, le pur, en nos vies de femme. Il te faudra donc, toi, te contenter du courtois, et avoir pour les amants l'indulgence d'une reine.

Et Mathilde de se dire que sa mère en avait bien trop pour la catin rieuse à ses côtés, parce que, aussi bien que ses frères, elle-même l'aurait déjà piquée de l'épée. Évidemment elle ignorait, comme tous au castel, les douces punitions que la reine infligeait à sa rivale sitôt la nuit tombée. En deux mois, elle était arrivée à ses fins. Rosamund Clifford était autant éprise d'elle que d'Henri. Elle ne le criait que le visage étouffé par l'oreiller tandis qu'Aliénor la butinait jusqu'à la jouissance, allant ensuite parfois jusqu'à lui bander les yeux et la faire prendre par un valet qu'elle avait soudoyé. Révélée sous toutes les facettes de sa sensualité par ces jeux qu'Henri n'aurait pas même osé imaginer, Rosamund s'était perdue très vite et, contre toute attente, redoutait bien plus le départ de la reine que le retour de son aimé. Elle était pourtant fort loin d'imaginer à quel point Aliénor intriguait.

46.

La porte du cabinet se referma sur Patrick de Salisbury, et Aliénor se détourna de la fenêtre depuis laquelle elle s'amusait du nouveau jeu des garçons. Perdre quelques servantes dans le labyrinthe pour ensuite les chatouiller. Seul Richard, trop jeune sans doute, refusait de participer. Ils ignoraient que, du sommet de cette tour, conçue justement pour observer les jardins, Aliénor se réjouissait de leur tempérament amoureux ou guerrier. Elle pivota vers l'espion de son époux et lui tendit un courrier. Salisbury put aussitôt juger que le cachet avait été brisé.

— N'y voyez aucune malice de ma part, mon cher, mais l'étourderie d'un valet qui, au vu du sceau royal, me rapporta ce bref d'emblée. J'avoue ne pas en avoir vérifié moi-même le destinataire…

Convaincu du mensonge, il hocha pourtant la tête, partagé entre l'envie de lire sur place et celle de prendre congé. Aliénor ne lui accorda pas le temps de trancher. Elle soupira.

— Votre fidélité à mon époux vous honore, et je suis bien aise qu'il fasse encore si grand cas de moi qu'il vous assigne à me surveiller.

— Dans l'unique dessein de votre sécurité, Majesté.

Elle lui sourit, une pointe de cynisme dans le regard.

— Vous devriez glisser un œil sur ses déliés, comte.

Elle insista d'un geste gracieux de la main. Il déroula le parchemin, inquiet.

« Vos remarques quant au rapprochement amical de mes dames, ainsi que vous les nommez, m'alertent davantage qu'elles ne me rassurent. J'en veux connaître l'exacte teneur. Et si, d'alcôve et de frisson, elles vous laissent suffoqué, en veux apprendre le moindre détail pour mieux m'en protéger », écrivait le roi d'un trait haché par l'inquiétude et la jalousie.

Salisbury redressa le front, gêné lui-même par le sous-entendu du roi, si éloigné de ses propres hypothèses. Seule la nervosité de sa main glissant le rouleau dans un des anneaux de sa ceinture trahit son trouble. Aliénor, retournée à sa contemplation quelques secondes, avait déjà ramené vers lui son plus chaleureux sourire et, pour rompre la distance entre eux, s'était approchée de quelques pas. Il s'inclina avec déférence devant elle.

— Que souhaitez-vous que je lui réponde, Votre Majesté ?

Elle se mit à rire.

— Êtes-vous donc si sûr de mon innocence que vous osiez me le demander ?

Il s'en troubla plus encore. À quoi donc jouait la reine ? Elle s'affranchit des dernières toises qui les séparaient, posa une main sur sa poitrine, brusquement tétanisée, et, amusée, planta dans son regard d'azur le sien.

— Ce serait faire injure à votre honneur, Patrick de Salisbury, que d'accepter. L'ordre du roi nous contraint, vous comme moi, à la vérité. Je n'y ferai aucun obstacle. Mieux encore. Lorsque, après le couvre-feu, je quitterai ma chambre, je feindrai d'ignorer votre présence dans l'ombre, votre pas dans le mien.

Les doigts d'Aliénor esquissèrent une caresse discrète avant de se retirer. Patrick de Salisbury suffoquait presque sous ses dehors impavides. Il se racla la gorge.

— Vous m'épargneriez, Votre Majesté...

— Mais je ne le veux point, mon ami. Le ver est dans le fruit et il vous resterait un doute que je ne supporterais pas d'imaginer. Vous me suivrez et vous observerez. Ensuite, libre à vous et à votre constat de m'absoudre ou de me condamner.

Il acquiesça d'un signe de tête, empêtré dans les plus incertaines supputations. Elle lui tourna ostensiblement le dos pour retourner à son observatoire. Il hésita quelques secondes à se retirer. Demeura à danser d'un pied sur l'autre puis finit, face à son silence, par tourner les talons. Elle le cueillit avec cette autorité convaincue par le poids des années.

— Bien entendu, il s'agit là d'un ordre, comte. Tout manquement...

Elle ne termina pas sa phrase, le sachant plus que quiconque apte à en combler les pointillés. Il referma la porte sur lui et le sourire d'Aliénor entailla sa face calculatrice. Le poisson était solidement ferré.

Le cœur battant à tout rompre, discrète ombre parmi les ombres de ce corridor que la nuit avait avalé, elle balaya pourtant sa lanterne pour s'assurer de la présence de Salisbury. Il eut la délicatesse d'un pas bruyant sur le parquet pour la conforter. Elle cessa son inspection, allongea le sien vers la chambre de Rosamund, dont au fil des jours elle s'était lassée. Sa vengeance n'avait de goût que dans sa trahison. Il était temps pour elle de revenir à un corps d'homme et le courrier d'Henri, celui-ci parmi tous les autres qu'elle avait savamment interceptés, lus, recachetés puis fait remettre, arrivait à point nommé. Salisbury l'ignorait encore, mais cette nuit même il serait son prisonnier. Parvenue devant les appartements du roi, elle en poussa la porte cintrée, réveillant un couinement léger. Elle attendit quelques secondes, feignant une indécision, puis se glissa dans la chambre en prenant soin de ne pas rabattre le battant tout à fait. Elle le savait, Salisbury aurait le lit en mire s'il osait un œil. Et, connaissant la rigueur d'âme du personnage, elle se doutait qu'il ferait bien davantage qu'oser. Il se plierait aux ordres. Jusqu'à la honte. Jusqu'à chanceler de son propre désir réveillé.

Rosamund ne savait jamais quand la reine la rejoignait. Elle l'espérait à chacun de ses couchers, veillait parfois tard, suspendue au moindre craquement de plancher, le corps en sueur, se remémorant chaque instant de la journée qui eût pu se traduire en promesse. Elle, si sûre, deux mois plus tôt, de son attachement au pouvoir, si inflexible dans sa jalousie possessive, n'était plus rien dans la pénombre qu'un être brisé par le besoin que les savantes caresses de la reine avaient induit en elle. Elle s'était attendue à du dégoût devant sa vieillesse, devant sa propre motivation à lui céder. Il n'en avait rien été. Contre toute attente et malgré ses dix grossesses, la peau d'Aliénor était aussi soyeuse et ferme que la sienne, les seins haut perchés encore et ronds. Rosamund avait été surprise par sa beauté, soumise par ses jeux, et conquise par ses attentions qui la célébraient mieux que le roi ne l'avait fait. Au point qu'elle en avait oublié le poison dans son coffret. Au point qu'elle découvrait avec stupeur la réalité du verbe aimer. Avec cette sécurité supplémentaire de ne point courir le risque d'être engrossée, donc trahie par les faits aux yeux du roi, puisque même les hommes qu'Aliénor lui offrait se retiraient d'elle avant de semencer. Pour interdits que soient ces ébats au regard de l'Église, Rosamund savait désormais que d'autres qu'elle s'y livraient pour combler le manque de tendresse d'époux mieux empressés à la guerre et à la queutée que de bélinage d'amour vrai. Du coup, ses appréhensions rangées au même tiroir que ses remords, elle ne cultivait plus que les regrets lorsque le petit jour s'annonçait et que la reine ne s'était montrée. Aussi, à l'ouverture de la porte, sésame prodigieux, se dressa-t-elle sur sa couche avec l'impatience d'un jeune cervidé avide de grands espaces. Comme lui aussi, ses cuisses tremblaient. La gorge palpitante et nouée, elle n'osa le moindre mot, suspendue déjà aux caprices de son amante, régalée d'avance de savants jeux. Elle se contenta de rabattre les draps tandis qu'Aliénor déposait sa chandelle sur le chevet.

Un autre soir que celui-ci, la reine se serait glissée à ses côtés avant de la dénuder délicatement par petites touches et de la rompre de désir. Mais elle avait soif d'autre chose. D'une apothéose qui, en ouvrant l'appétit du sieur de Salisbury, marquerait la fin de cette relation. La fin, pour elle, de Rosamund Clifford. Elle se contenta de s'asseoir à ses côtés et de lui sourire avec une fausse tendresse, la laissant de la joie passer à l'étonnement puis à l'inquiétude. Jusqu'à ce que la voix se brise :

— Ne me voulez-vous plus, ma reine ?

Aliénor se releva, avança de quelques pas jusqu'à la porte, l'œil dans celui qu'elle devinait de Salisbury puis, jugeant que Rosamund autant que lui vibraient suffisamment de doute, porta la main aux liens qui retenaient son mantel de nuit.

— Déshabille-toi, ordonna-t-elle par-dessus son épaule. Debout.

Un gémissement autant de soulagement que de contentement arracha Rosamund à son angoisse et à son lit, tandis que les épaules d'Aliénor se découvraient. Elle s'écarta de côté, offrant au regard de l'espion non pas le sien, mais l'effeuillage impudent de la maîtresse royale. Sans se douter un seul instant des manigances de sa reine, Rosamund se retrouva nue, la peau dardée de frissons que le feu moins ardent dans la cheminée ouvrait aux froidures des vieilles pierres reprises d'hiver. Elle n'osait bouger, la poitrine soulevée d'un souffle irrégulier. Aliénor revint dans le champ de vision de Salisbury. Dévêtue à son tour, elle lui offrit au jugé la cambrure de ses reins chevauchés de boucles soyeuses, puis, en se tournant de quart, la lourdeur somptueuse de ses seins. Elle tendit la main vers Rosamund qui s'empressa aussitôt de la rejoindre au mitan de la pièce. Refusant pourtant toute étreinte, Aliénor la contraignit à demeurer droite tandis qu'elle dessinait des arabesques sur sa peau frémissante, s'attardant sur le galbe de la poitrine hautaine ou le pubis foisonnant. Rosamund vacillait sur ses jambes entrouvertes, mordait sa lèvre inférieure pour étouffer ses gémissements, mais, les bras le long du corps, n'osait le moindre geste qui eût pu interrompre le tracé de sa reine. Aliénor s'en lassa vite. Elle fureta dans ce corps impatient, assez pour le cambrer légèrement en arrière dans l'arrondi de son bras, assez pour lui arracher une ébauche de jouissance, assez pour que Salisbury en salive derrière la porte. Puis, retirant ses doigts de l'entrejambe humide, elle obligea la belle, pantelante, à se redresser.

— Il suffira pour ce jourd'hui.

Elle la vit blanchir. Déposa un baiser léger sur ses lèvres. Demain, demain elle lui dirait qu'elle avait cessé de goûter sa vengeance. Demain. Elle la planta là, au bord des larmes, le corps ardent, mais trop pleutre somme toute pour lui arracher ce plaisir refusé. Finalement, c'était cela dont Aliénor s'était lassée le plus vite. De sa passivité. Désormais, elle le savait, Henri se fatiguerait de même. Il lui suffisait d'être patiente. Indifférente à sa détresse visible bien qu'inexprimée, Aliénor repassa dans l'ombre. À la fois pour se revêtir et pour laisser à Salisbury le soin de juger dans quel état la maîtresse du roi se trouvait. Rosamund n'eut pas un mot, pas une supplique, rien. Elle demeura là où Aliénor l'avait laissée, espérant peut-être que sa cruauté de l'instant faisait partie du jeu, qu'elle allait revenir, l'arracher à sa torture. Les bras ballants, elle semblait un animal pris à un piège et qui, craignant de s'arracher un membre, refuse tout mouvement. Aliénor reparut dans l'entrebâillement de la porte. Vêtue, un sourire cynique aux lèvres destiné au comte. Pourtant, comme elle s'y attendait, elle ne le trouva pas derrière l'huis lorsqu'elle l'ouvrit. Il avait eu la décence de s'éloigner. Pas bien loin, jugea-t-elle en entendant son pas se suspendre dans le corridor désert, empesé d'obscurité. Elle passa le seuil sans un regard en arrière, indifférente au sanglot contenu de Rosamund. Elle le tua en rabattant le loquet. Elle avait mieux à faire. Sans hésiter, dans cette nuit propice aux conspirateurs privés de lanterne, elle se dirigea vers ce renfoncement à quatre ou cinq toises de là. Son cœur battait à lui écarteler la poitrine, ses jambes frémissaient d'une ardeur de pouliche. Salisbury n'avait pas repris sa marche. Il l'attendait. Mieux. Il l'espérait. Elle ne fit qu'un pas près de lui, laissant croire qu'elle le voulait dépasser. Il la retint par le bras, l'attira avec cette violence des trahisons les plus injustifiées et la noua à lui avant de la retourner pour la plaquer dos au mur, à droite d'une fenêtre aux volets intérieurs rabattus, dans le drapé d'un rideau. Elle n'eut qu'un gémissement, étouffé.

— Il vous a fallu bien du temps pour compren…

La fin de sa phrase mourut sur ses lèvres, écrasées. Elle s'en fouetta d'un sang juvénile. Les ouvrit pour embrasser à pleine bouche celles de cet homme repoussé dans ses derniers retranchements. Il trahissait son roi. Pour la première fois. Mais la culpabilité même l'entraînait dans ce gouffre de sensualité débridée que la reine avait ébauché. Aliénor le laissa agir, avec la même soumission qu'avait eue Rosamund pour elle. Elle connaissait bien les hommes, mieux encore les guerriers. Plus tard, elle lui apprendrait la patience, plus tard elle se révolterait, prendrait le contrôle, lui arracherait, comme à Rosamund, des attentes insoutenables. Il savait désormais qu'elle en était capable. Mais, pour l'heure, il fallait consommer. Consommer cette fièvre qui les tenait tous deux. Ne pas lui laisser le temps de l'hésitation, du remords. Elle s'offrit en se cabrant sous ces mains volubiles, presque violentes, qui retroussaient son chainse de nuit. Il connaissait ses dessous de peau nue. Il s'en était régalé d'avance, sans bien savoir encore qu'il les caresserait. Qu'il oserait les faire siens. Avait-il dégrafé ses braies du temps qu'elle couvrait la distance jusqu'à lui, ou là, tandis qu'elle s'enivrait de son parfum de musc ? Elle ne sentit que son vit dressé contre son ventre. Elle se hissa sur la pointe des pieds, il s'accroupit légèrement. Un accord parfait, songea-t-elle en le sentant venir en elle. Elle noua ses bras à son cou, ses jambes à ses reins et, perdant la notion du danger qui les guettait dans le couloir de ce palais, elle s'efforça de ne plus penser qu'à ne pas hurler tout le bien qu'il lui faisait.

47.

Rosamund Clifford dodelinait d'un pied sur l'autre. Elle oscillait entre la colère et le désespoir devant ces malles ouvertes qui indiquaient clairement le départ de la reine. Indifférente à son trouble, la dame d'atour continuait de plier savamment chacun des effets avant de le ranger. Assise devant son écritoire, Aliénor, elle, finissait de rédiger un courrier à l'intention d'Henri. Courrier destiné à les précéder sur le continent. Bien qu'elle eût autorisé la visite de Rosamund, elle avait à peine relevé le nez à son entrée. D'une main sûre que caressait un rai de soleil derrière le verre épais de la fenêtre, Aliénor signa puis plia en trois volets le message, avant de chauffer la cire à une chandelle allumée quelques secondes plus tôt à cet effet. Le vermillon s'étala sur le rabat. Sans attendre, Aliénor, débaguée de son sceau, y imprima sa marque. Un lion, symbole du duché d'Aquitaine. Ensuite, seulement, elle releva le nez pour apostropher sa fidèle servante et lui tendre le courrier.

— J'ai terminé, Brunehilde.

Servie par la force de l'habitude, cette dernière s'accorda le temps de déposer dans un coffre rectangulaire un bliaud long brodé de fil d'or avant de récupérer le bref. Elle s'effaça aussitôt avec toute la discrétion dont elle était coutumière.

Enfin seules, songea Rosamund devant le sourire affectueux de sa reine. Elle le lui rendit, la laissa repousser sa chaise et venir à elle. Quatre jours depuis son ébauche d'étreinte. Quatre nuits d'insomnie que les journées n'avaient aidé à résoudre. Aliénor ne leur avait pas laissé la moindre possibilité d'une intimité. Et voilà qu'en ce matin du cinquième la nouvelle lui était parvenue par sa propre chambrière. La reine quittait la place avec les siens. Rosamund se nicha dans ces bras tendus, le corps repris d'un désir qui noya aussitôt sa rancune. Elle ne sut que geindre, le nez dans le cou parfumé de son amante.

— Me fuyez-vous ?

En une caresse furtive, Aliénor ramena ses mains vers les épaules de Rosamund puis, les gardant en sa paume, la repoussa délicatement. Leurs regards se nouèrent. Celui de Rosamund était alourdi de tristesse et Aliénor tua en sa gorge les mots, terribles, de sa vengeance. Sa rivale soudain ne lui inspira plus qu'une pitié légitime. Elle souffrirait de sa perte comme elle, Aliénor d'Aquitaine, avait souffert de celle d'Henri. À quoi bon enfoncer davantage le poignard ?

— Non. Je ne vous fuis pas. Au contraire. Je nous sauve.

— Expliquez-vous...

Aliénor s'écarta d'elle pour récupérer sur son écritoire le billet d'Henri que Patrick de Salisbury lui avait confié. Elle le tendit à Rosamund.

— Je l'ai intercepté par mégarde et n'ai pu que m'en réjouir. Lisez.

Rosamund le parcourut. Lorsqu'elle le lui rendit, elle était blême.

— J'ai jugé plus prudent de ne plus vous rejoindre, ignorant si le comte avait reçu d'autres ordres depuis.

Rosamund recula jusqu'au bord du lit et s'y posa comme une feuille d'automne détachée par le vent. Elle hocha la tête.

— Vous avez bien fait. Si le roi...

— Il n'en saura rien. Ainsi étaient nos accords et, vous le constatez, je ne tiens pas à les briser.

L'œil de Rosamund s'égara sur les traits trop sereins de la reine.

— Nos accords, dites-vous... Est-ce donc tout ce que j'ai représenté pour vous ? L'aboutissement de votre ire ?

Aliénor ne répondit pas. Pas de mise à mort, certes. Mais point de mensonge non plus. Rosamund baissa les yeux, appuya lourdement une main sur l'édredon, la laissa s'enfoncer jusqu'à retrouver la fermeté du matelas et chasser son vertige. Elle secoua la tête, la voix teintée d'amertume.

— Bien sûr. Que pouvait-il naître d'autre que cela en vous ? Moi-même, au premier jour, eus le sentiment d'un joug. D'une défaite. Il n'en reste plus rien ce jourd'hui. Vous avez gagné, ma reine. Je vous aime. Et peux affirmer à votre mérite que, de tous les sentiments qui me lièrent à Henri, celui-ci est le plus fort. Le plus destructeur aussi.

Aliénor vint s'accroupir devant elle, la gorge nouée d'indulgence. Sa main en coupe cueillit l'ovale du visage, le releva pour qu'elle puisse en sonder la défaite.

— Vous savez donc ce qu'il me coûta de le perdre. Je devrais m'en réjouir mais, croyez-le, Rosamund, j'en suis attristée. Qu'il souffre mille angoisses à l'idée de votre détachement, oui, oui je le réclame. Mais je refuse votre douleur.

— Je n'ai que faire de pitié, Majesté.

— Et moi de votre orgueil.

Rosamund éclata en sanglots. Aliénor l'attira contre elle, la berça jusqu'à ce qu'ils s'apaisent.

— Henri me demande de le retrouver à Argentan pour y tenir avec lui la cour plénière. Ce sera le dernier Noël de Mathilde avec nous. Elle rejoindra sitôt après le duc de Saxe. Mon départ était imminent de toute manière. Mais les faits sont là, Rosamund. Je me suis attachée à vous malgré mon semblant. Peut-être parce qu'à travers vous c'était lui que j'aimais encore. Je ne sais. Quoi qu'il en soit, c'est terminé. Henri ne nous laissera pas d'autres occasions de tête-à-tête, quand bien même il n'aura vérification de ses craintes. Je ne veux pas les conforter. Vous mettre en danger.

Elle s'écarta, arracha un carré de toile de la dentelle qui, recouvrant son coude, dépassait du dessous de sa manche ouverte en fleur de lys. Elle le lui tendit.

— Allons, mouchez-vous et louez-moi plutôt de vous rendre à lui. C'est un royaume que vous vouliez avant mon arrivée ici. C'est un royaume que je vous abandonne. Ainsi doit s'écrire l'Histoire.

— Et si je n'en voulais plus ? hoqueta Rosamund après un mouchage discret.

Un sourire étira les traits déterminés de la reine.

— Ne dites pas de sottises. Vous aimez le pouvoir autant que moi. Vous serez vite guérie de mes caresses dans les bras de servantes. Il n'en manque pas qui, elles aussi, recherchent quelques privilèges. À la différence près qu'elles disparaîtront lors des séjours du roi pour vous rassasier ensuite de son départ. L'amour s'accorde à nos envies, Rosamund Clifford. Il ne se guérit jamais aussi bien que dans la douceur d'un autre.

Rosamund frotta ses yeux, renifla, puis laissa un sourire creuser ses fossettes.

— J'imagine que vous avez raison.

— N'imaginez pas. Soyez-en certaine.

Aliénor se redressa et lui tendit une main amie.

— Allons, à présent. Fi de tristesse. Enorgueillissez-vous au contraire.

Rosamund retrouva un appui plus ferme qu'elle ne l'aurait imaginé. Mais ouvrit tout de même des yeux aussi ronds que rougis.

— Et de quoi donc ?

Aliénor la raccompagna à la porte, un rire aux lèvres.

— Diantre, damoiselle, n'avez-vous pas béliné une reine et son roi ? Qui peut se vanter, même aussi discrètement que vous, de cela ?

*

Henri Plantagenêt ne savait, en toute franchise, s'il devait se réjouir de retrouver sa reine ou bien plutôt de la voir s'éloigner de l'Angleterre. À défaut, il se sentait soulagé. Pas serein, mais soulagé. De fait, il avait mis dans ces derniers jours toute sa fureur angoissée. Le résultat ne s'était pas fait attendre. Face à lui, le château de Lusignan semblait un champ de ruines. Sa seule contrariété à cette victoire venait de l'échappée de son propriétaire par un souterrain dont Thomas Antelburgh venait de découvrir l'existence. Écartant son mantel, il glissa sous son haubert la lettre d'Aliénor qu'on venait de lui remettre, puis réclama son destrier. Déjà, quelques-uns de ses compagnons s'étaient mis en selle, impatients de courir après le lâche. Lui-même se sentait des fourmis dans les jambes. Arrachant presque le licol des mains du palefrenier, il se hissa à son tour sur son destrier et lança le signal de la poursuite. Hugues le Vieux était loin d'avoir l'étoffe de son père, dit le Brun et ami de Jaufré Rudel. Il n'était qu'un fourbe querelleur, aussi cupide qu'aviné. Il était grand temps de lui faire goûter du cachot, songea Henri tandis que sa chevelure ondoyait dans le vent glacial de ce milieu décembre. Henri n'en ressentit pas la morsure. Contre son cœur, la lettre de son épouse lui offrait un rempart épais.

Il ne rentra que cinq jours plus tard, après avoir épuisé ses hommes en une traque impitoyable entre vals et forêts. Une pluie drue avait, en quelques heures, noyé les traces du passage de la troupe et ils s'étaient dès lors dirigés à l'aveuglette, cherchant une destination de recoupement à défaut de certitude. Ils s'étaient retrouvés sous plusieurs remparts, et avaient demandé des informations concernant le fugitif. Si on leur avait offert l'hospitalité, personne n'avait su les renseigner. Le seigneur de Lusignan était demeuré introuvable. La première chute de neige avait eu raison de l'entêtement du roi. Hugues le Vieux connaissait la région comme sa poche. Il s'était probablement abrité en lieu sûr quand ils se dispersaient en tous sens. Henri ne gagnerait que l'épuisement, même si ses barons étaient, comme lui, rompus aux pires contraintes.

La barbe drue, les yeux injectés de sang à force d'avoir soutenu les éléments, les cheveux emmêlés en une crinière semblable aux léopards de son écu, les mains autant que sa dernière estafilade rougies d'engelures, et les habits crottés, il ramena la quinzaine de ses compagnons sous les murailles altières du château d'Argentan. Une bannière jouxtait la sienne à la fenêtre de sa chambre. Il sentit son cœur se serrer. Aliénor était rentrée.

48.

Elle l'attendait avec le même sentiment. Entre la crainte, la jubilation, la rancœur et l'amour. Cet amour que, contre toute attente, elle continuait d'éprouver pour lui. Pour mieux nourrir sa vengeance, se convainquait-elle. À la vérité, elle savait bien qu'elle ne s'en guérirait jamais. Aucun autre n'avait réussi à l'embraser de cette manière. Aucun. Dès qu'on nous annonça le retour d'Henri, je la vis s'empourprer et quitter le jeu d'échecs devant lequel nous étions installées, elle et moi.

— Viens, m'invita-t-elle dans son sillage.

Une autre que moi aurait perçu l'ordre. Je n'entendis que la supplique. Elle n'avait toujours, n'aurait toujours confiance qu'en moi. Certes, je m'étais effacée ces deux derniers mois, refusant d'entrer plus avant dans son jeu charnel avec Rosamund. Mais j'étais là. À en capter les moindres failles, à en conforter les rouages. Jaufré n'approuvait pas. Nous nous étions chamaillés à ce sujet. À sa réserve, j'avais opposé l'excès. Préférait-il le poison, le poignard, un cul-de-basse-fosse pour la maîtresse du roi ? Il avait fini par soupirer, m'attirer dans ses bras et m'avouer ses craintes. En réveillant des désirs oubliés, ma reine était bien capable, une fois Rosamund mouchée, de ne pouvoir s'en passer. Je l'avais rassurée d'une étreinte brûlante. Je lui appartenais. À lui et lui seul. Aliénor le savait. Il s'en était convaincu mais avait choisi, lui aussi, de demeurer à l'écart, préférant parfaire l'enseignement musical de Richard, d'Eloïn et de mon Geoffroy. Pouvais-je le lui reprocher? Car, de fait, il avait raison sur un point. Cette petite vengeance contre Henri nous avait plus encore rapprochées, Aliénor et moi.

Henri aurait aimé se montrer sous un meilleur jour, mais son épouse ne lui en laissa pas le temps. Il la vit paraître, me précédant de peu en haut du double escalier de pierre, alors qu'il arrachait de ses épaules son mantel crotté. Elle lui sembla plus rayonnante que jamais et, tout à la fois, coupable. Coupable par cette seule attention. Elle tenait un enfançon dans les bras. Le leur. Dernier. Jean. Ce Jean qu'elle avait refusé seulement de voir à sa naissance. Henri acheva de congédier ses hommes qui, comme lui, n'aspiraient qu'à un bain, puis, d'un pas autoritaire, gravit les marches à notre rencontre. Je me fendis d'une révérence. Aliénor d'un sourire.

— Je crois, mon époux, que nous avons vous et moi beaucoup à nous conter, dit-elle simplement, d'un timbre plus apaisé qu'elle ne l'était.

— Ce sera avec joie, sitôt que cette pestilence m'aura quitté.

Aliénor s'écarta pour le laisser passer.

Il n'était pas plutôt dans le baquet à savourer la bienfaisance d'une eau tiède et savonneuse qu'elle s'invita dans la pièce. Henri la regarda congédier le valet puis désigner la brosse douce qui attendait dans le seau.

— Me permettez-vous? demanda-t-elle.

— Vous allez mouiller vos manches.

— Qu'à cela ne tienne…

Elle dégrafa son bliaud, le fit glisser à terre, puis, habillée de son seul vêtement de dessous, passa derrière lui. Henri, plus troublé à la vérité qu'il ne s'y attendait, s'agenouilla pour qu'elle puisse lui frotter le dos. Elle s'y employa avec délicatesse et fermeté à la fois, jouant sur les pleins et déliés de sa musculeuse corpulence. Il ferma les yeux, oscillant sous les mouvements de la brosse, tantôt plongée dans l'eau tantôt rapprochée de ses épaules, rappelé à quelques souvenirs torrides des premiers mois de leurs épousailles. Il lâcha un soupir de contentement.

— Il y a bien longtemps, ma mie.

— Quinze années.

— Si je n'étais convaincu de votre inimitié, je m'accorderais à croire à de vraies retrouvailles.

Elle eut ce petit rire de gorge qui avait su, souvent, l'enflammer.

— Les sentiments vont et viennent, Henri. J'ai appris beaucoup au contact de votre amante.

— Vraiment ?

Elle insista sur le bas des reins en mouvements latéraux, à peine marqués, pour que la soie agace les chairs au lieu de les zébrer. Il se cabra autant sous les aiguilles de désir qu'il y revint. Elle soupira.

— Je vous en veux. Je vous en veux de l'aimer, c'est un fait. Mais je comprends. Elle est aimable en tous points. Ambitieuse certes, mais sensuelle. Charnelle même.

Il se durcit, rattrapé par ses doutes, et tout autant excité. Il déglutit.

— Est-ce à dire que vous… ?

Elle marqua une pause. Henri lui était devenu si prévisible ! Elle s'en convainquit de victoire.

— Auriez-vous préféré que je prenne un amant ?

Il pivota de quart, les yeux enflammés. Se heurta à deux prunelles de défi. Il hésita. Empêtré dans des impressions contradictoires comme en cette posture inconfortable. Elle tempéra, moqueuse :

— Paix mon mari. Paix. J'ai pris soin d'elle comme vous de mes gens. N'était-ce point ce que vous vouliez? Que je vous remplace sur le trône d'Angleterre?

— Je n'apprécie pas vos sous-entendus...

Aliénor contourna le baquet, l'obligeant à suivre le mouvement. Elle s'employa à brosser cette poitrine emballée sans pour autant détourner son regard du sien.

— Douteriez-vous d'elle? de ses sentiments?... ou de l'irremplaçable de vos caresses?

Il s'empara de son poignet, le lui retourna presque. Elle n'eut pas un gémissement. Le toisa avec la même morgue.

— Assez, Aliénor.

Elle lâcha la brosse dans le bain, éclaboussant son chainse de mousse et d'eau souillée.

— Dois-je vous rappeler qui a commencé?

— Assez!

À son étonnement, elle enjamba le rebord et s'accroupit face à lui, dans un débordement qui inonda le parquet. Il n'avait pas relâché sa tenaille. Elle se mordit la lèvre inférieure. Plongea sa main gauche entre ses cuisses. Il se durcit. Sous ses doigts. Sous son emprise. Elle sourit, l'œil de braise, la voix veloutée.

— Assez?

Il ne répondit pas. Prisonnier de ses sens, comme toujours. Le souffle rendu court par ses va-et-vient sur son vit embrasé. Elle se colla à lui, se frotta quelques secondes, le temps qu'il la libère enfin. Alors seulement, anticipant d'autres entraves, elle se redressa, pour, d'un pas en arrière, sortir du bain.

— Je pourrais jouir de vous avec la même intensité qu'hier, tant vous regarder, vous toucher m'émeut encore. Tant votre seul contact m'embrase. Mais je m'y refuse, Henri. Je viens en amie, vous me traitez en ennemie. De quel droit? Ai-je démérité votre confiance ? Moi qui, soucieuse du bien du royaume, ai pris sur moi de me lier à votre maîtresse pour taire les ragots ? Moi qui suis parvenue à chasser ma rancœur dans l'évidence de ses qualités ? Moi qui, reniant ma douleur, me suis rapprochée d'un berceau pour ramener l'enfant d'une trahison à un gage de paix ?

Il avait baissé les yeux, empourpré d'une honte soudaine.

— Ma mie, je…

Elle le coupa sèchement :

— Vous, vous, vous ! Toujours vous, Henri Plantagenêt. Que reste-t-il aux autres ? Des rognures d'espérance ? Que suis-je donc devenue à vos yeux ? Une de ces catins que vous payez grassement ? Excusez-moi du peu, j'oubliais. Un royaume. Un royaume contre une queutée !

Elle recula, des larmes non feintes aux yeux, les mains croisées sur son entre-jambe révélé par le tissu mouillé.

— Vous m'avez humiliée pour la dernière fois, Henri. Je m'accorde à ce lieu puisque je vous y ai rejoint mais, ensuite, je vous veux en Angleterre et moi en Aquitaine. Quant à ce fils que je vous ai repris, c'est à Fontevrault qu'il sera confié. À la garde de votre tante. Loin de vous. Loin de moi. Peut-être alors grandira-t-il sans haine. La mienne, vous venez, définitivement, de la gagner.

Il se sentit aussi boueux que cette eau devenue froide autour de lui. Il frissonna. Elle aussi. Elle se rapprocha de son bliaud, le rajusta sur son vêtement trempé puis, agacée de son silence, de son immobilisme, ajouta, perfide :

— Je me demande ce qui me manquera le plus en vérité. De vous… ou d'elle. Mais cela, mon mari, vous ne le saurez jamais.

Elle quitta la pièce sur son visage défait.

49.

Les jours qui suivirent marquèrent irrémédiablement entre eux la rupture. Si Henri pénétrait dans une pièce, Aliénor en sortait. Il ouvrait bouche pour un bon mot, elle le chassait d'un autre, quand elle ne prenait pas plaisir à le rabattre d'une réflexion bien sentie dont elle seule riait, la cour baissant plus sûrement le nez. Henri rendait justice de ses gens, Aliénor des siens quand, auparavant, tous deux siégeaient communément ou indifféremment. Fut-ce le fruit de cette atmosphère particulière ? À la Noël, les grands vassaux du royaume s'agenouillèrent devant eux avec plus de déférence qu'à l'accoutumée. Espéraient-ils, en refusant leur arbitrage, empêcher l'éclatement de ce royaume qui avait sécurisé leurs terres, enrichi leur manne malgré les taxes que le roi imposait ? Difficile à dire. Je n'avais qu'une certitude. Si Aliénor portait hautainement ce masque de froidure, Henri restait pâlot. Là où il eût pu la moucher sans peine, il se taisait. N'intervenait que d'un regard en oblique lorsqu'elle approchait les limites de la lèse-majesté. Fut-il, pour justifier sa clémence, à l'origine de la rumeur prétendant que l'attitude de la reine s'expliquait par son chagrin au départ de Mathilde ? Elle ne le démentit pas. C'était vrai. En partie. Les trois vaisseaux qui avaient traversé la Manche sous la garde de Robert, comte de Kent, avaient dégorgé leurs richesses sur des charrois pour finalement arriver jusqu'à nous. Henri s'appliqua, dès lors, à réunir une armée destinée à escorter sa fille et sa dot jusqu'au Saint Empire germanique, Aliénor à remplir les derniers instants en sa compagnie de gaîté et de musique.

Une fois de plus, je m'étais mise en retrait. Pour écouter un chant qui me raccommodait le cœur des brisures royales. Mon Geoffroy était amoureux. Oh ! rien de flagrant encore. Il riait, festoyait, s'adonnait à la lutte ou aux exercices, quand il ne chassait pas avec ses inséparables amis, Henri le Jeune, Richard et Guillaume le Maréchal, pourtant de dix ans son aîné, mais, à la moindre occasion, son œil s'arrêtait sur Agnès, la fille du seigneur d'Angoulême, bien différemment de toutes les autres que son chemin avait croisées. Nous avions refusé, Jaufré autant que moi, de lui imposer des épousailles sans amour. La châtellenie de Blaye était riche des bienfaits d'Aliénor, nos gens joyeux, nos abbayes renommées et, somme toute, il nous plaisait davantage de savoir nos enfants heureux. Je dus pourtant reconnaître, à m'y intéresser discrètement et de plus près, que cette petite damoiselle, nouvellement arrivée dans le sillage de la reine, avait autant d'atouts de séduction qu'elle en avait pour nos terres. Elle possédait une âme généreuse, encline à l'empathie, une droiture exceptionnelle et, malgré ses quinze ans, la douceur des gestes alliée à la fermeté des choix. Eloïn, avec cette finesse qui la caractérisait et n'avait cessé de s'accroître au fil des années, l'avait immédiatement intégrée dans son cercle d'amies. Quelques heures lui avaient suffi. De sorte que, tout naturellement et sans même s'en rendre compte, Agnès se rapprochait de Geoffroy, battait des cils qu'elle portait fournis et longs sur de beaux yeux sombres, baissait un nez en trompette sur une gorge aux fruits délicats et rosissait des pommettes hautes et joliment dessinées. L'avait-il séduite par cette voix qui ravissait la cour tout entière, par son allure désormais affirmée, à laquelle ses boucles brunes accordaient une tonalité rêveuse et indisciplinée, par la braise de son regard ou par ses attentions courtoises ? Je ne pouvais juger. Mon fils réunissait, du haut de ses quatorze ans, le meilleur de nous-mêmes. Il plaisait aux dames de tout âge par son élégance et ses manières délicates, aux hommes par sa trempe, sa droiture et sa loyauté. Il m'amusait parfois de surprendre sur lui quelques commentaires ciselés par les écrits de Wace : « Il a tout d'un Lancelot ! » ou encore : « Merlin n'aurait pas mieux choisi s'il l'avait voulu placer à la Table ronde ! » Le pays, les pays du royaume n'étaient pas guéris de l'influence de la matière de Bretagne, mais ils étaient loin de se douter à quel point, par ces images, ils rendaient à mon fils une part de sa lignée. Et d'autant plus que les enfants royaux, bercés eux-mêmes de ces légendaires récits, en revendiquaient l'héritage. Leur père n'avait-il pas arraché Caliburnus du tombeau avant de la rendre aux flots dans un combat de légende ? De quoi enflammer d'idéal leur esprit déjà chevaleresque, dont mon Geoffroy s'était montré digne. Assez pour être adoubé par le roi lui-même au lendemain de Noël. J'étais fière de lui. Autant que d'Eloïn, dont la place grandissait chaque jour davantage à la cour. En la regardant vivre, druidesse respectée, femme désormais dans la sublimité de ses traits et de son allure, je m'émerveillais de sa bonté, de sa finesse d'esprit et d'écoute, de sa modestie autant que de son savoir. M'évinçant sans le vouloir par le simple fait de son charisme et de sa présence, c'était vers elle que l'on se tournait le plus souvent pour chercher l'apaisement des maux et angoisses de l'avenir. Loin de lui en vouloir, réservant à ma reine l'usage de mes propres dons, je l'encourageais à exercer les siens, puissants et bénéfiques, me plaçant sous leur protection comme je lui avais, jusque-là, accordé la mienne, complice de chacun de ses gestes, de ses mots, de ses actes qui, de Richard, s'étendaient à toute cette nouvelle et hautement respectable génération. Oui, j'étais fière. Et cette fierté me tenait tout entière. J'étais une mère comblée. N'est-il pas de meilleur sentiment d'avoir réussi son existence que de la voir épanouie dans la joie de ses enfants ?

*

— Entre Canillette.

Je tiquai de me voir ainsi nommée par Henri, avec d'emblée cette familiarité. Je repoussai pourtant la porte derrière moi. M'inquiétai plus encore de l'odeur de purulence qui stagnait dans la chambre. La rumeur voulait le roi souffrant. Rien de plus n'avait filtré depuis la veille au soir. Mais qu'il me réclamât à son chevet m'avait arrachée à ma méfiance, sitôt mis pied à terre, le teint rougi encore de la chevauchée dans laquelle Jaufré, réclamant un peu d'intimité, m'avait entraînée. Je m'empressai vers le fauteuil dans lequel, avachi et le teint blafard, le roi m'attendait. Il ramena son bras sur l'accoudoir, me révélant aussitôt la nature de son mal. La plaie raccommodée quelque temps plus tôt dans la saignée du coude ne formait plus qu'un amas de chairs tuméfiées par une méchante infection. Je m'accroupis pour l'examiner. L'avant-bras avait doublé de volume et brûlait, comme Henri, de fièvre. Inutile de me demander encore ce qui, sournoisement, rongeait le roi depuis l'arrivée de la reine.

Je grimaçai.

— Ce n'est pas de bon augure, Henri.

— Je sais.

— Pourquoi avoir tant attendu ?

Il eut un maigre sourire.

— Orgueil stupide... Je refuse l'amputation que ce charlatan de Beauford préconise en cas de pourrissement. Je le soupçonnerais trop de jubiler intérieurement, lassé de me voir transformer ses conseils en inconséquence. Peux-tu agir ? Ou ton attachement à la reine… ?

Je le fustigeai d'un regard noir.

— Personne ne veut vous voir passer ou diminué.

Il abandonna sa nuque contre le haut du dossier, le front perlé d'une sueur aigre. Je me redressai.

— Je vais aller quérir Eloïn.

Il me retint par le bras.

— Non. Toi. Je ne veux que toi pour me soigner.

— Elle est plus puissante, plus efficace que moi.

Il roula de la tête sur l'arrondi, les yeux embrumés.

— Je m'en moque. C'est à toi que je dois ce trône, Loanna de Grimwald. Si j'en suis digne encore, tu me sauveras. Sinon…

Je soupirai d'agacement, refusant ce langage, même si, connaissant Henri, je savais qu'il s'y tiendrait. Je n'avais d'autre choix que me plier à ses ordres, avec toute la responsabilité que cela impliquait.

— Je vais chercher mes médecines.

— Va. Mais pas un mot. À quiconque, Loanna de Grimwald.

Cela sous-entendait Aliénor en tout premier. Je promis d'une voix terne avant de m'éclipser.

Les heures qui suivirent me furent difficiles. La tuméfaction entaillée révéla un pus épais, hautement pestilentiel, des chairs rongées jusqu'à l'os. Si de le libérer amena un soulagement immédiat à la douleur du roi, il perdit connaissance sitôt que je me mis à curer. Je refusais de penser qu'il pouvait passer là, sous mes doigts, emporté par une infestation massive. Moi-même, pour m'en protéger, avais dû nouer un foulard autour de mon nez. Malgré cela, la pièce empestait. Je me guidais à mon instinct, doutant parfois de sa réalité au point d'en trembler et de suspendre mon geste, puis reprenant confiance dans une prière muette aux anciens, à Merlin, à mère. J'avançais par petites touches, servie par l'inconscience prolongée d'Henri, mais aidée pourtant par ses gémissements dès que j'atteignais la chair saine. L'autre, morte aurait pu s'ôter à la cuillère. À plusieurs reprises, épuisée, les membres tétanisés par ma posture accroupie, tendue à l'extrême, je dus me redresser, marteler le sol pour tuer les fourmis dans mes jambes, mouliner des bras, recharger en bois l'étroite cheminée en forme de cornet, singularité d'architecture qui ramenait stupidement au sol des volutes de fumée. Je toussais, frottais mes yeux d'un revers de manche, me savonnais de nouveau les mains puis revenais à mon charnier. Il ne resta plus enfin qu'une plaie large de deux doigts sur onze, impossible à recoudre. Une chair à vif dans laquelle j'avais, je l'espérais, réussi à préserver l'innervation, le tissu musculeux. Sans garantie pourtant de le voir épargné par une deuxième vague de gangrène. Mère m'avait enseigné, voilà longtemps, que le seul moyen de s'en guérir, s'il marchait, était la cautérisation par le feu. Je mis quelques longues minutes à m'y résoudre, assise dans le sang répandu, à même le sol où un abîme de faiblesse m'avait fait verser. J'avais soif. Je me mis en quête de cette bouteille d'élixir qu'Henri gardait toujours à portée. Je finis par la découvrir sous le lit, des trois quarts vidée. J'en avalai successivement trois goulées pour regagner des forces puis, la remettant en place, allai récupérer dans les braises le tisonnier que j'avais mis à rougir. Je n'avais trouvé que la finesse de son bout arrondi pour atteindre partout sans léser davantage. Ce me fut de nouveau un travail de patience dans lequel Henri demeura tout aussi inerte, malgré ses râles. Loin de m'attrister, ils me rassuraient, m'apportaient la preuve qu'il vivait encore, ressentait encore. Que je pouvais le sauver. L'odeur de chair brûlée, immonde, finit par prendre le pas sur toutes les autres, me portant le cœur au bord des lèvres. J'aurais voulu en avoir terminé, ouvrir en grand les fenêtres, laisser la froidure de ce 27 décembre assainir la pièce. Mais je ne pouvais laisser la plaie telle quelle. De nouveau, je me lavai les mains, les essuyai puis me mis en quête d'un linge propre dans les malles d'Henri. Je découpai des morceaux de tissu dans un drap. Récupérai le reste de l'élixir. En vidai un peu au fond de la cavité, puis sur chacune des bandelettes dont je la remplis, jusqu'à les imbiber. Les dernières formèrent bandage. Ensuite, seulement, je tirai la cordelette, ramenant en la pièce le valet d'Henri.

— Nettoie partout et soigneusement. Mais ne quitte jamais ton roi du regard. Le temps de me rafraîchir et je reviens. S'il s'éveille, me réclame ou s'évide des quelques couleurs qui lui restent, viens me quérir. En courant. Une dernière chose. Nul ne doit savoir. Si la nouvelle filtre, tu seras châtié en conséquence.

Il acquiesça et je quittai enfin cette chambre dans la plus totale des incertitudes. Les jours à venir verraient le roi guérir ou trépasser.

50.

Jaufré, avec cette indulgence coutumière qui lui faisait me pardonner même l'impardonnable, à savoir son inquiétude, m'assura de sa confiance. Elle était aveugle mais je l'acceptai comme telle. J'en avais besoin. Il m'avait cherchée pour m'avertir de l'arrivée de Breri le Gallois, dont j'appréciais depuis longtemps les chansons. N'avait-il pas été le premier à introduire sur le continent la matière de Bretagne ? Les enfants le cernaient déjà. Frottée du sang, du pus et de l'odeur de chair brûlée, je m'apprêtais pour une longue veille, le laissant retourner donner le change auprès d'Aliénor et du barde. Rien de mieux que le prétexte d'une migraine pour excuser l'absence.

Henri reprit connaissance tard dans la nuit, par une succession de gémissements qui m'arracha du sommeil où je m'étais engluée. J'avais aidé le valet à le recoucher après qu'il l'eut nettoyé et changé, puis, dédaignant le fauteuil nettoyé, j'en avais approché un autre et m'y étais oubliée. Si le brave homme n'avait jugé bon de me rapporter un plateau chargé de victuailles, je n'aurais pas même mangé. De fait, le nez encombré des odeurs qui, malgré plusieurs minutes d'aération, persistaient, j'avais oscillé entre le besoin de me sustenter et la nausée, avant de sombrer d'un bloc dans ma propre obscurité.

Éveillée dans la froidure de la pièce rendue à la pénombre, je dénouai mes membres engourdis par un étirement léger puis me levai pour regagner la cheminée. Des braises y rougissaient encore, que j'attisai d'un souffle. Le petit bois s'embrasa. J'attendis quelques secondes, savourant ces flammes vives, l'oreille surveillant les signes de vie du roi, puis rechargeai le foyer de bûches plus conséquentes. Quelques minutes plus tard, ayant allumé une lampe à huile, je la balayai au-dessus de ses traits immobiles pour jauger sa réaction. Elle ne se fit pas attendre. Gêné par la lumière, il détourna la tête. Rassurée, je me débarrassais de l'éclairage sur la table de chevet. La fièvre s'était atténuée.

— Soif, grogna-t-il, la bouche pâteuse.

Je lui relevai la nuque d'une main, rapprochai un gobelet tenu à proximité, de l'autre. Il le vida puis pesa dans ma paume, assez pour que je comprenne qu'il voulait retrouver le confort de l'oreiller. Durant un bon quart d'heure, il demeura silencieux, les yeux clos, le souffle régulier. J'avais repris mon assise avec la discrétion des gardiens. Il finit par rompre le silence :

— Quelles sont mes chances ?

— Je ne peux me prononcer encore, Henri, mais j'ai bon espoir, si vous vous accordez mieux à mes conseils qu'à ceux de votre barbier.

Il tourna cette fois son visage vers moi, les yeux redevenus vifs.

— Je ne parle pas de cette blessure-ci, Loanna de Grimwald.

Toutes les pourritures n'étaient pas nettoyées. Je soupirai.

— Je doute qu'une réconciliation soit encore possible entre la reine et vous. Quant à Rosamund Clifford, elle vous attend.

Il s'en accommoda un temps puis sourit.

— J'ai douté de toi, sais-tu ?

Je ne répondis pas. Il referma les yeux.

— J'ai, il est vrai, accumulé suffisamment d'erreurs pour te détourner de moi. Entends ce que tu veux, Canillette, mais je ne veux pas te perdre. Toi moins que toute autre.

— Allons donc. Vous n'avez plus besoin de moi depuis longtemps.

— Tu te trompes. Je t'aime toujours.

Instinctivement, je me durcis. Il ricana.

— Croyais-tu vraiment que Rosamund avait pu tuer mon attachement ? J'éprouve pour elle une attirance irraisonnée, une pulsion au-delà de toute mesure, je le confesse. Au point de ne pouvoir envisager ma vie sans elle. Au point d'avoir renié, sali puis chassé mon vieil ami Becket et de continuer encore pour masquer mon indignité. Mais s'il me fallait choisir, là, entre elle et toi… c'est toi que je supplierais de rester à mes côtés. Alors je te le redemande, Loanna de Grimwald. Quelles sont mes chances ?

Je déglutis, rattrapée sous cet œil brûlant par un froid glacial. Secouai la tête. Il insista.

— N'as-tu rien éprouvé alors que tu tenais ma vie entre tes mains, tantôt ? Ni crainte, ni désespoir à l'idée de ma fin ?

— Rien que de légitime. Vous êtes l'Angleterre. Vous êtes mon roi.

— Tu mens, Loanna de Grimwald. Je le devine au tremblement de tes mains.

Je me dressai, refusant l'idée de sa perversion.

— Alors quoi ? N'avez-vous laissé pourrir votre bras que pour cela ? Me mettre en conflit avec moi-même ? Me ramener en vos rets ? Vérifier si je tenais à vous au point de vous sauver de vous-même ?

Un voile douloureux passa sur ses traits tirés.

— Peut-être. Je ne sais, en vérité. Je suis déchiré de mensonge, de jalousie. Déchiré de mes égarements, de mes guerres. Déchiré de sentiments contradictoires qui m'ont fait, quelques jours, espérer une issue fatale ou une rédemption. Mais dans ce chaos, toi seule me semblais fiable. Lumière d'espoir dans ma tourmente. Ne t'indigne pas, Canillette. Enfant, c'était auprès de toi que je trouvais ma force. J'en suis toujours là. Quoi que tu en penses. Ma fierté me force à régner seul, mais te savoir dans l'ombre, même auprès d'Aliénor, me rassure. Pas un instant avant ces dernières semaines je n'ai douté que ma reine s'effacerait, me partagerait, me reviendrait pour le bien du royaume. Te rendrait à moi par son pardon. Ne l'avait-elle pas fait déjà en me sachant épris de toi ? J'ai compris enfin qu'il n'en serait rien. Qu'elle me haïssait assez pour avoir nourri en moi l'idée de ses caresses avec Rosamund. Dans l'espoir de m'en pourrir la jouissance. Mais, plus encore, je le devine, dans la certitude que sa vengeance passerait par toi.

L'espace d'une seconde, ce fut bien l'enfant d'hier, mon petit roi bouleversé de craintes, que je revis là. Ma colère retomba. Je revins m'asseoir sur le bord du lit. Mes doigts s'enroulèrent aux siens. Ma main repoussa une flammèche aux racines noires à son front.

— Comme autrefois, il faut que vous brisiez vos jouets, Henri Plantagenêt. Comme autrefois, vous espérez me voir les recoller. Mais la magie ne suffit pas toujours. Il faut des choix, des actes, des repentirs. Et parfois même, malgré cela, admettre sa défaite. Je tenterai d'infléchir la reine mais il faudra du temps. Insistez pour qu'elle admette Salisbury à ses côtés pour veiller à sa sécurité. Symbole d'un reste d'alliance entre la Normandie et l'Aquitaine. Faites-vous discret. Et patientez.

Il porta nos mains à ses lèvres, embrassa la jointure de mes doigts repliés.

— Mais toi, toi, Canillette ?

— Je suis là. Vous l'avez vérifié. Confortez-vous-en si cela vous agrée, mais mes sentiments sont les mêmes qu'hier. Un seul est ma respiration, ma vie. Et ce n'est pas vous, mon roi. Ce ne le sera jamais.

Il soupira.

— Je me contenterai donc, si je survis, de Rosamund Clifford.

— Vous survivrez. J'y veillerai. D'autant mieux que, à l'écoute de votre confession, il est une injustice que je vous veux voir réparer… Becket.

Henri tordit la bouche.

— Tu sais comme moi qu'il ne se rendra pas. Si je ne l'avais fait chasser de Pontigny par les Cisterciens en agitant devant eux l'idée de représailles contre leurs abbayes anglaises, je serais, comme ma famille et l'Angleterre, toujours frappé d'interdit et d'excommunication par sa colère.

— Elle me semble justifiée. N'avait-il pas appris alors que Rosamund se pavanait à la cour ? et que, par conséquent, votre pardon s'imposait ? Or, vous le lui avez refusé.

Il blêmit de nouveau.

— Ainsi donc, tu savais…

— Oui, mon roi. Vous voyez. Ma trahison n'est pas pour demain. La sienne non plus.

Je me levai. Malgré cet échange, la tiédeur normale de ses lèvres m'avait rassurée sur sa guérison.

La confession avait eu raison de la malignité. Je me penchai sur son front pour y déposer un baiser léger.

— Reposez-vous, Majesté. Vous n'êtes pas de la trempe des vaincus mais de celle des justes. Si votre conscience est en paix, alors je serai auprès de vous celle que j'ai toujours été.

51.

Parce qu'il était né de droiture comme d'autres de robe, depuis qu'il avait trahi son roi Patrick de Salisbury dormait mal. Lui qui, par deux fois déjà, emprisonné par l'ennemi au cours d'une des campagnes d'Henri, n'avait pas cédé à la torture, mieux, avait trouvé le moyen de s'échapper, souffrait cette fois son joug avec la plus molle des lâchetés. Cette image de lui ne lui seyait guère. Ses nuits se peuplaient de cauchemars qui voyaient Henri à l'agonie devant les ébats de ses dames. Il entrait alors dans l'idée de les séparer, de guérir son roi, mais, en place, il le poignardait dans le dos avant de se laisser avaler par les baisers d'Aliénor. Chaque fois, il se dressait en sueur sur sa couche, des palpitations en la poitrine, décidé à mettre fin à ce tourment par des aveux. Enfiévré, il se levait, trop tôt, s'approchait du roi, acceptait son bras enroulé autour de ses épaules, et ployait, effondré par sa couardise en l'entendant l'appeler son ami. Non que la disgrâce l'eût effrayé, non qu'il eût perdu à ce point le sens de l'honneur, mais lui revenaient invariablement les paroles d'Aliénor au tout lendemain matin de leur première étreinte. Lorsqu'il avait plaidé l'égarement, imploré son pardon et espéré qu'elle s'en contente.

— Je vous laisse à choisir, messire, de la vengeance que vous m'autorisez contre mon époux. Vaut-il mieux pour lui perdre la femme qu'il aime et que j'ai rompue à mes rets, ou conserver cet ami que vous êtes et qui le sauve en la libérant de moi ?

Elle s'était collée à lui, le renflammant d'une fièvre sournoise, née du premier instant de leur rencontre, quinze années plus tôt. Avait ajouté, perfide :

— Réfléchissez-y jusqu'à la nuit prochaine. Ma porte restera ouverte. Si vous la franchissez, je jure devant Dieu que mon époux retrouvera intact le souvenir de sa belle et que je ferai mes malles pour ne plus revenir en Angleterre.

Il avait cédé. S'était convaincu alors que la compensation de la reine était dérisoire et dans l'intérêt du royaume. Mais chaque fois qu'il se délectait en sa couche, la cabrait de plaisir et s'accordait à en prendre, une part de lui concédait à l'ignominie ce qu'il gagnait à l'amour.

— Cessez de vous tourmenter. Je vous aime, vous m'aimez, je n'y vois que la plus naturelle des choses. Et puis fi ! mon bel amant. N'est-ce point vous dont Henri me vantait les mérites, sans cesse prêt au combat sur nos domaines ? Prompt à dompter un vassal indiscipliné ? Vous ne faites rien de moins ce jourd'hui. Vous chevauchez ma terre et pliez ma rébellion. Sans votre héroïque dévouement, Henri me verrait sa plus farouche ennemie. Hardi donc à tuer ces remords. Ils déshonorent votre vertu bien plus qu'ils ne la servent !

Mais les remords revenaient, chiens errants et galeux des nuits de solitude. Ces mêmes nuits, depuis qu'ils étaient à Argentan. Pour les tromper, il s'accordait dans le sillage du roi, à chevaucher d'une traite jusqu'aux bords de mer, suivait auprès de lui le mouvement des navires lorsque le brouillard autorisait davantage qu'un bruit de corne, mentait en confiant au roi ce qu'il avait envie d'entendre. La fidélité de Rosamund à sa mémoire, ses efforts d'amitié avec la reine et l'abnégation de cette dernière à la cause du royaume. Il s'était même surpris à ajouter, sincère :

— C'est une grande reine, Votre Majesté. Mais plus encore une grande dame. Il m'est triste de vous voir vous bouder.

Avant de tourner bride de cette falaise où ils s'étaient arrêtés pour jouir de la vue prenante, Henri lui avait semblé plus las que d'ordinaire, peinant à tenir bride et la voix altérée.

— Je sais, mon ami. Je sais. Certaines indignités nous rongent jusqu'à l'os parfois, et l'on se demande s'il vaut mieux les assainir ou les laisser gangrener. C'est au temps qu'il appartient d'en être juge lorsque, comme moi, on ne peut choisir. Au temps et à la prière. Avec cet espoir fou qu'un tour de magie pourra vous en délivrer.

Lorsqu'il avait appris que le roi, souffrant, refusait toute visite, il avait aussitôt imaginé le pire. Il s'en était ouvert à Aliénor, arguant que, malgré leurs précautions redoublées depuis que le roi était en les murs, quelqu'un avait parlé. Sa dame de compagnie peut-être ? Aliénor lui avait ri au nez. Jurant plutôt que la maladie du roi n'avait d'autre but que de la culpabiliser. Indécis au même titre que les autres familiers, évincés pour la première fois, Patrick de Salisbury s'était plus encore rongé les sens. Jusqu'à ce que, enfin, Henri le fit mander dans sa chambre. Quatre jours après leur dernière rencontre.

Assis dans un faudesteuil, vêtu d'élégance, il avait bonne mine et souriait, malgré la saignée de son coude largement ouverte sur les genoux du barbier qui en vérifiait la propreté.

— Entrez donc, mon ami, et voyez ma chance. Je croyais mes chairs pourrissantes et j'en suis guéri. Asseyez-vous… Asseyez-vous, insista-t-il en lui désignant un tabouret.

Salisbury le ramena à ses côtés, osa un œil suspicieux sur la plaie. Le rire d'Henri claqua, rabattant son inquiétude autant que l'œil noir du barbier.

— Sous les remparts de Lusignan. Une flèche glissante. Cela ne semblait rien, mais il a fallu recoudre. Et malgré tout le talent de maître Beauford, une méchante engelure a creusé la plaie.

Le susnommé haussa les épaules, la voix ulcérée.

— Si vous n'aviez gratté les points plus tôt qu'il ne le fallait !

Salisbury connaissait assez les deux hommes pour savoir que c'était entre eux une guerre dont aucun ne sortirait vainqueur. À moins que la camarde ne décide d'arbitrer. Puisque le danger était écarté et qu'Henri levait les yeux au ciel, il s'en amusa.

— Une fois encore, je constate que vous avez réussi là où notre bon roi s'obstine à vous voir échouer.

Beauford s'indigna, avec son honnêteté légendaire :

— Ah ! pardon comte, s'il n'avait été que de moi, ce bras aurait été coupé. C'est la dame de Blaye qui s'est chargée de curer, et si Sa Majesté n'avait décidé de quitter la place, je n'en aurais pas même été informé !

Ce ne fut pas le nom de l'intervenante qui fit tiquer Salisbury, mais l'idée du départ. Si elle ne pouvait que soulager ses nuitées, elle l'écartelait avec cette contradiction propre aux jouissances les plus coupables. Il la commenta dans un soupir maladroit :

— Ainsi donc nous regagnons l'Angleterre.

— Pas vous, mon ami. Moi, puisque maître Beauford vient de me juger hors de danger…

— Si cette fois vous vous pliez à mes ordres ! gronda le petit homme.

— Je vous ai donné ma parole, vous faudra-t-il une bible pour que mon serment ait valeur ?

— Plutôt un gourdin pour vous assommer jusqu'à la cicatrisation complète, osa le barbier en s'appliquant à son bandage.

De nouveau le rire d'Henri tonitrua dans le silence réservé de Salisbury. Il le laissa retomber avant de s'enquérir, comme chaque fois qu'Henri laissait sous-entendre qu'il y aurait pour lui quelque mission d'importance :

— Qu'attendez-vous de moi, mon roi ?

Henri lui offrit un sourire gaillard. Il laissa pourtant le temps au barbier d'achever son office, puis de rabattre les pans de son nécessaire de cuir et de prendre congé. Une fois seulement qu'ils furent seuls, Henri afficha une mine de conspirateur sous un regard de fouine.

— La plus délicate et la plus personnelle des implications à la cause de l'Angleterre, mon ami.

— Je vous écoute.

Henri se rapprocha de lui.

— J'ai plus que jamais besoin d'un espion auprès de la reine.

Salisbury blêmit.

— Sire… J'aimerais mieux guerroyer à vos côtés…

— Mais c'est de guerre qu'il s'agit ! D'une guerre froide, calculatrice. Une guerre vengeresse dans laquelle je risque de perdre gros à la sous-estimer.

— Ne le pouvez-vous demander à Loanna de Grimwald ?

Henri haussa les épaules.

— Ses armes sont éculées.

— La reine me refusera sa confiance. Elle est loin d'être sotte.

— C'est exact. C'est pourquoi il vous faut la gagner autrement.

Il lui posa la main sur le haut de l'épaule, darda dans le sien son regard pesant.

— Devenez son amant.

Salisbury sursauta.

— Plaît-il ?

Henri soupira.

— Oui, je sais, elle n'a pas la fraîcheur des jouvencelles que nous troussons en campagne, mais elle le compense par une ard…

S'arrachant à cette tenaille comme si un taon l'avait piqué, Salisbury se redressa, tuant la fin de ses arguments dans la gorge d'Henri. Renversé par le sursaut, le tabouret roula sur le côté. Salisbury tendit vers Henri un index suspicieux.

— Votre Majesté, si je n'étais votre ami, je jurerais que vous me voulez perdre.

Les traits d'Henri s'affaissèrent de surprise.

— Eh ! quelle idée donc ? Puisque je vous commande. N'y voyez-vous pas l'évidence ?

Salisbury se mit à marteler le parquet de long en large, indécis quant à la réelle motivation du roi. Il s'arrêta, écarta les bras en signe d'incompréhension.

— Je n'y vois que votre cocufiage, sire.

Henri soupira.

— Oui. Bien sûr. Dans les faits. Et c'est bien cela que je veux que la reine croie.

Il se leva, fonça d'un pas vif sur le comte pour le prendre en étau aux épaules.

— Je lui offre sa vengeance, comprenez-vous ? Pour taire en elle l'idée d'autres bien plus pernicieuses pour moi ou le royaume. Je conçois que son accomplissement vous indigne, voire vous dégoûte, mais je vous préfère en sa couche, vous, mon plus fidèle compagnon, qu'un autre, Aquitain de nature, qui s'appliquera comme elle à me nuire.

Salisbury ne trouva plus rien à redire sinon…

— Mais pourquoi moi ?

Henri lui tapota la joue.

— Parce que vous l'avez louée devant moi de jolie manière, que vous la respectez et qu'elle ne vous laisse pas indifférent. Non, ne niez pas. C'est dans le regard franc et la droiture d'âme de compagnons tels que vous que j'ai pu lire au premier temps de mon règne ma chance d'avoir à mes côtés une reine de sa trempe et de sa beauté. Je n'ai pas su la goûter. Trouvez-y votre compte. Je n'en suis point jaloux. Non seulement vous avez ma bénédiction, mais encore c'est un ordre, comte de Salisbury.

— Votre Majesté...

— Fi. Il n'est aucun de mes compagnons en qui j'aurai davantage confiance. Dévouez-vous à la reine comme vous vous dévouez à moi. Avec le même attachement. Lors, malgré Rosamund Clifford, l'unité du royaume perdurera. Puis-je compter, en toute discrétion, sur vous ?

Patrick de Salisbury se détacha de son roi pour poser un genou à terre. Levant son regard marine harcelé autant de doute que de soulagement, il murmura :

— Jamais serviteur ne sera plus fidèle à son roi.

52.

Aliénor ne fut pas longue à convaincre, même si, pour la forme et pour tuer les soupçons d'Henri elle s'indigna, arguant qu'elle était largement à même de s'opposer aux Lusignan ou autres de ses vassaux et qu'un baron aquitain valait autant qu'un Anglo-Normand. L'argument majeur que lui opposa Henri fut l'attachement de ses fils à Guillaume le Maréchal, neveu du comte de Salisbury, qu'il devrait ramener dans son sillage en cas de refus. Aliénor feignit de s'y laisser prendre. Elle regarda donc partir le roi une pince au cœur, qu'elle détacha d'un œil gourmand en direction de son amant sitôt qu'Henri eut passé le pont-levis.

Les jours qui suivirent la comblèrent. Lavé enfin de ses remords, Patrick de Salisbury donna la pleine mesure de ses capacités d'amant et d'aimant. Puisqu'il était mandaté par son roi, il ravit la reine de mots doucereux autant que de compliments. Lors, malgré le douloureux et imminent départ de sa fille, Aliénor s'accorda au bonheur dont seul Bernard de Ventadour, retranché dans sa disgrâce avec la tristesse des amours perdues, prit conscience avec désolation. Pour autant, fidèle parmi les fidèles, ce dernier demeura près de nous pour préparer avec Jaufré l'avènement des deux plus fameux troubadours de leur temps : Richard et mon Geoffroy.

— Un jour viendra où l'on ne saura plus qui du père ou du fils louer. Nous ne ferons plus qu'un dans les mémoires, se mit à rire Jaufré au cours d'une de nos promenades à cheval.

Le temps était splendide. Un de ces froids secs de janvier que j'affectionnais. Il nous avait menés d'un même galop jusqu'aux plages d'Ouistreham, à deux bonnes heures d'Argentan. La marée était basse, l'azur immense.

— Cela te chagrine-t-il ?

— Non. Non ma douce. Au contraire. Cela m'emplit de fierté. Une seule voix pour un même nom, n'est-ce point là la plus belle des continuités ?

— À n'en pas douter, avais-je répondu avant d'ouvrir le chapitre de cette Agnès d'Angoulême, privée de son promis par une chute de cheval quatre années plus tôt.

Jaufré, qui avait repéré l'intérêt que notre fils lui portait, fut de mon avis.

— Mieux vaut agir avant que le père ne lui trouve meilleur parti..., conclut-il avant de talonner sa monture, soulevant les gerbes d'écume qui caressaient le sable blond.

J'attendis quelques secondes, le laissant à sa course au milieu des oiseaux de mer qu'il délogeait, pour le simple plaisir de les voir s'éloigner, vifs et libres. Il s'arrêta, tourna la tête de quart, m'offrant ses joues rosées et son sourire. Lors, le cœur emballé de son attente, je le rejoignis. Quelques minutes plus tard, n'ayant croisé que deux ou trois manants creusant le sable en quête de tellines, nous mettions pied à terre et, les brides d'une main, nos doigts entrelacés de l'autre, nous laissions le lieu taire nos discours pour respirer à pleins poumons cet air salin dans lequel s'épanouissait notre complicité.

*

Mon fils était embarrassé. S'il connaissait la science des armes, celles des rapaces ou de l'amitié, il ne savait de l'amour que le gloussement de servantes peu farouches. Agnès d'Angoulême était d'une autre trempe. Il suffisait qu'elle s'approche pour qu'il perde ses mots, devienne gauche. Au point de verser son hanap s'il le tenait ou de s'emmêler les pieds dans un coin de tapis puis de plonger de l'avant sous les rires. Il désespérait de lui offrir l'image réelle d'un chevalier de bonne naissance, cultivé et généreux. Tel que les autres le voyaient. Tel qu'il en était fier. Eloïn, pourtant, lui avait dit de ne pas s'inquiéter. Que son mérite avait atteint les oreilles de la belle et qu'elle éprouvait pour lui un penchant dont, en rougissant, elle s'était confiée. Mais, entre les mots et les actes !... Geoffroy était plus gourd encore d'imaginer qu'il lui plaisait. Lorsque son père le prit à part au sortir d'une de ses leçons qu'il s'autorisait encore, pour le plaisir plus que par nécessité, il pensait à elle. Encore et toujours à elle. Au moyen de lui révéler enfin ce qu'il éprouvait. Il en était au point qu'aucune distraction ne l'en détournait et que son appétit s'en ressentait. Jaufré n'y alla pas par quatre détours. Il se planta devant lui, lui montra sa cithare, patinée par les années, celle qui, un jour lointain, avait aidé son timbre à voler mon âme. Il n'avait, jusque-là, autorisé personne à la toucher. Élevant même la voix lorsque, enfançons, Geoffroy ou Eloïn avaient tenté de l'approcher. Geoffroy écarquilla donc les yeux de surprise lorsqu'il lui demanda d'en jouer.

— Êtes-vous bien sûr, père ?

Jaufré enroula son bras autour de ses épaules et le mena à l'instrument.

— Certain. Le temps est venu de passer la main. C'est ce jourd'hui. Je te l'offre. Avec le titre de prince de Blaye et ce que cela sous-entend.

Geoffroy gonfla sa poitrine d'une indicible fierté. Tandis que son père s'adossait à un des murs de pierre de la salle de musique, puis croisait ses mains sur sa poitrine, Geoffroy s'installa. Il frotta ses mains l'une dans l'autre, hésita encore à effleurer les cordes, comme s'il touchait là au sacré. L'émotion qu'il perçut dans les yeux de son père amena des perles de tendresse dans les siens. Jaufré hocha la tête. Geoffroy pinça le fil, se troubla de son contact. Retint le suivant.

— Oublie ce que tu as appris. Imagine seulement que tu caresses l'instrument comme tu caresserais une femme. Celle que tu aimes... Agnès...

Un fard monta aux joues de Geoffroy.

— Vous avez donc remarqué...

— Nous avons tous remarqué. Même elle. Joue, mon fils. Joue avec ton âme. Pour elle. Lors, tu verras, tous ces mots que tu cherches te viendront en cansoun, sans y penser. Et comme moi hier, maladroit et gourd, tu te nimberas de cette lumière qui donne tous les courages.

— Il m'en manque tant, père.

— Chut... Ferme les yeux et joue. Il y a de la magie dans cet instrument. Et plus encore en toi. Joue.

Alors Geoffroy ferma les yeux, jeta une note hésitante dans la pièce puis, séduit par la pureté du son, le velouté du grain, une autre et une autre encore. Et, telle que l'avait décrite son père, telle que je l'avais vécue autrefois, la magie opéra. La serena s'emplit de mots d'amour, de promesses subtiles, de déraison et d'attente.

Lorsqu'il les tut et rouvrit les yeux, baigné d'une aura étincelante, son père n'était plus seul à pleurer de joie. Agnès aussi était là. Elle ne lui laissa que le temps, étourdi et troublé, de s'arracher de son siège pour se jeter dans ses bras.

Le père, grand ami de Saldebreuil de Sanzey et par là même de la reine, reçut la visite de Jaufré dans l'heure qui suivit. Rien ne pouvait lui plaire mieux que la promesse de ces épousailles. Au soir venu, l'affaire était conclue, la dot de la damoiselle réduite à quelques lopins de terre dont l'église forteresse de Rudelle dans le Lot, qu'elle tenait d'un lointain cousinage par l'épouse de Gérard Ier Rudel, le frère de Jaufré. S'y ajoutaient quelques bijoux, toilettes et bibelots. Mais le plus important nous fut, à tous, le bonheur dont rayonna mon fils lorsque Aliénor lui donna son consentement. Bonheur que, dès l'instant, Agnès répercuta sur ses jolis traits juvéniles. La date des épousailles fut fixée au mois de juillet, en Blaye.

Mais, en attendant, l'heure était, pour certains, au départ.

Dans l'aube naissante de ce 17 janvier 1168, mère et fille s'étreignirent longuement avant de s'arracher l'une à l'autre avec autant de dignité que de tristesse. Mathilde leva son menton pour l'empêcher de trembler, coula un dernier regard vers ses frères et sœurs, vers ses amies unies par une même peine, puis, s'appuyant sur le poing de Richard, monta résolument dans la voiture qui l'attendait. Menée par les comtes de Pembroke et d'Arundel, la lourde escorte qui devait les convoyer, elle et sa dot, se mit en branle dans la cour du castel d'Argentan. Chaque soubresaut des roues sur les pavés sembla un arrachement au cœur de la reine. Elle n'en laissa rien paraître. Juste avant de passer le pont-levis, Mathilde glissa une dernière fois sa tête à la portière, puis une main.

— Je vous écrirai, hurla-t-elle dans le froid blême avant de laisser le volet de cuir se rabattre sur ses larmes.

Aliénor ne montra pas les siennes. Seule sa voix trahit cette émotion qui la brisait.

— Préparez vos bagages. Nous rentrons à Poitiers.

53.

Poitiers. Aliénor avait décidé d'y remonter, comme son grand-père le Troubadour, la plus brillante des cours d'Europe. Puisque Henri l'écartait du trône, il lui fallait d'une autre manière éblouir ses pairs. Louis le premier dont, malgré l'arrivée d'un héritier et la construction d'une exceptionnelle cathédrale pour laquelle il avait fait raser en l'île de la Cité celle dédiée à Saint-Étienne, le vieux Paris demeurait terne. En quelques semaines, relayée de village en village par des hérauts, la nouvelle parvenait jusqu'aux frontières de l'empire Plantagenêt. La duchesse d'Aquitaine était de retour dans ses terres et y recevait qui possédait assez de talent pour la distraire. Malgré la rigueur de l'hiver, on vit bientôt se presser aux portes du palais ducal, rafraîchi jusqu'en son mobilier, la fine fleur de ce temps. Jaufré et Bernard de Ventadour se virent chargés d'auditionner les jeunes troubadours. Leur sélection, jugée infaillible, se produisait alors devant Aliénor et ses familiers qui, en dernier lieu, se prononçaient. Un tel restait à la cour, un autre passait route, avec toutefois la recommandation de la duchesse en tous lieux où il se présenterait. Nous assistâmes ainsi au triomphe de quelques-uns comme Rigaud de Barbezieux, Gaucelm Faidit, Gui d'Ussel, Arnaut Daniel, Gavaudan, Garin d'Apchier ou Arnaud de Tintignac, de la génération de mon Geoffroy. Tous, bénéficiant de l'appui des anciens, révélèrent des trésors de subtilité et d'émotion qui les firent se distinguer et devenir les meilleurs amis de Richard, d'Eloïn, de Geoffroy et de Marie de France, la sœur illégitime d'Henri, autorisée par ce dernier à demeurer à nos côtés. Si bien que le printemps s'annonça sous les meilleurs auspices. Les nouvelles d'Henri, bien que rares, se voulaient rassurantes et amicales, le Poitou et le Limousin s'étaient accordés à la trêve depuis que les Lusignan demeuraient introuvables, la jeune Mathilde était parvenue sans encombre chez le duc de Saxe, Aliénor se repaissait de son amant qui, chaque jour davantage, la comblait d'attentions. Du coup, débarrassée de sa rancœur, elle donnait le ton des cours d'amour par de grands débats sur les subtils problèmes posés par les sentiments, arbitrait les serments et les épreuves imposées aux amoureux pour conquérir leurs damoiselles, organisait tournois et chasses quand elle n'invitait pas elle-même à danser la carole en s'accrochant à mon bras. La légèreté renaissait en Aquitaine. Les prélats, sous la coupe de Jean de Belmais, l'évêque de Poitiers, voyaient avec bonheur se terminer le chantier d'une cathédrale qui, sans posséder le faste de celle commandée par Louis de France, dressait haut ses flèches dans un ciel d'azur balayé d'hirondelles. Tout semblait de nouveau profiter à la reine. À ses enfants dont les précepteurs affinaient les connaissances en tous domaines. À Eloïn qui voyait les jeunes troubadours comme les chevaliers tomber à ses pieds pour louer sa beauté et sa lumière. À mon Geoffroy qui, délaissant quelque peu ses amitiés garçonnes, roucoulait avec Agnès tout en se pliant aux épreuves courtoises. À Jaufré qui, baigné de fierté devant ses enfants, accordait plus de temps à nos échappées, se rajeunissant d'allure et de force. À moi enfin, qui trouvais dans le refuge permanent de ses étreintes les meilleures raisons d'oublier que le destin, parfois, peut s'écrire en lettres de sang.

*

Patrick de Salisbury était nerveux. On lui avait signalé autour de Poitiers quelques exactions commises par une troupe de brigands qu'aucune expédition punitive n'était parvenue à saisir. Or, les beaux jours aidant en cette semaine pascale, Aliénor s'était mis en tête de pousser du galop dans les forêts alentour avec ses fils Richard et Geoffroy, quatre de leurs amis dont son propre neveu Guillaume le Maréchal et un jeune troubadour nommé Robert de Pujol. À la réserve de son amant, Aliénor avait éclaté de ce rire clair dont il restait friand.

— N'êtes-vous point là pour nous protéger, mon tendre ami ? Que feront ces bougres devant notre vaillance ? Qu'ils y viennent donc ! Enfin nous les rabattrons pour mieux les clouer au pilori et débarrasser mes gens de leur menace.

Il s'était donc plié, comme il le faisait toujours, au plaisir de sa reine, en prenant toutefois précaution de renforcer leur escorte et d'armer les jouvenceaux. Aliénor elle-même, pour lui plaire davantage que par inquiétude, avait décroché son épée du râtelier pour la piquer à sa ceinture. L'humeur joviale des promeneurs n'en avait pas été entachée. Tout au contraire. On se mit en selle, la plaisanterie aux lèvres et les paris ouverts sur qui, le premier, fendrait boutonnière à la poitrine d'un malandrin.

Malgré cela, Patrick de Salisbury se tenait sur ses gardes, peinant à desserrer les dents, alors que l'air était doux, les bourgeons naissant aux branches des hêtres, les parfums d'humus entêtant d'ébauche printanière et que, après un galop vif sur la grand-route, ils s'étaient enfoncés dans les allées étroites des chemins de traverse, délitant leur groupe en deux ou trois solidement encadrés de gardes. Aliénor restait dans son pas, bercée du chant des oiseaux et du rire des jouvenceaux que portait une brise fraîche. Elle pencha la tête de côté, accrocha avec gourmandise son profil à l'affût. S'en attendrit.

— Allons, mon ami, allez-vous vous détendre ?

Il consentit à lui retourner un sourire.

— Je m'y efforce, Votre Majesté.

— Mais…

— Mais mon instinct m'avertit d'un danger. Le voudrais-je que je ne le pourrais taire. Trop de fois il me sauva sur les champs de bataille.

Elle le couvrit de tendresse.

— Je comprends. Et regrette que Loanna se soit absentée en Blaye avec son époux et ses enfants. Je suis persuadée qu'elle, ou Eloïn, auraient apaisé vos tourments par leur prescience.

Sa sérénité, ses certitudes lui arrachèrent un soupir résigné.

— Sans doute. Oui, sans doute avez-vous raison.

Aliénor ralentit un peu plus l'allure, l'obligeant à se caler dans son pas. Elle se pencha par côté pour se rapprocher de lui et baisser la voix.

— Savez-vous ce que je crois ? Qu'à la vérité vous craignez de me perdre.

Il cueillit son clin d'œil complice lorsqu'elle reprit son assise, s'en troubla et consentit enfin à arracher son poing du pommeau de sa lame. Déjà, Aliénor s'était fendue d'un rire léger. Un rire chargé de promesses. Elle ajouta, dans un murmure qu'il entendit à peine :

— Vous ne devriez pas, comte. Je vous aime. Autant que vous m'aimez, je crois.

Leurs regards se nouèrent. Enflammèrent les ardeurs secrètes de leur corps. Pourtant, Patrick de Salisbury secoua la tête, brûlant de cet aveu.

— J'en doute, Votre Majesté. Pour jouir de votre attachement, je connus celui qui vous emporta pour le roi…

Elle soupira.

— Je ne le nierai pas. Henri me vola mon âme avant de la piétiner. Mais ne vous y trompez pas, Patrick. Ce qui me lie à vous a cessé d'être de vengeance. Vous m'avez conquise par vos qualités quand il m'a écœurée de ses défauts. Je vous ai désiré par dépit, je vous aime de raison. Mais cet amour-là n'a rien à envier à l'autre, croyez-moi. La seule idée que mon époux vous rappelle m'arrache le cœur.

Il baissa le nez. Lui avouerait-il enfin le pacte qu'il avait conclu avec le roi ? Malgré sa soif inextinguible de vérité, il ne pouvait s'y résoudre. De crainte de la blesser. De réveiller en elle d'obscures vengeances quand il s'émerveillait de la redécouvrir comme aux premiers temps de leur rencontre, magnifiquement épanouie. Il s'en flattait d'orgueil. Avant que de succomber au seul bonheur de sa présence.

— Il ne le fera pas, Votre Majesté.

Elle rit de nouveau, chassant les oiseaux d'un arbre proche.

— C'est ce que je me répète à chaque bouffée d'angoisse. Mon époux a besoin de vous pour m'espionner. Sans doute même vous a-t-il demandé de vous rapprocher de moi.

Il blêmit. Elle le cueillit d'un regard embrasé.

— De devenir mon amant ? Non. Ne vous embarrassez pas de mensonge. Je sais de quoi il est capable. Plus encore pour m'éloigner de sa putain. Je l'ai bien assez défié pour qu'il y vienne.

Il écarquilla des yeux. De nouveau, elle les emprisonna de tendresse.

— Vous n'avez pas accepté pour le servir, comte. Vous avez tué vos remords dans sa bénédiction. Le changement dans votre attitude à mon égard, le soulagement d'Henri à son départ furent si visibles que je n'ai pas douté un seul instant de votre nouvelle connivence. Elle m'indiffère. Vous valez un royaume, Patrick de Salisbury. Parce que vous m'aimez pour ce que je suis et non pour ce que je représente.

Il déglutit, bouleversé par sa lucidité, la finesse de son intelligence dont pourtant il n'avait douté, et plus encore par son aveu.

— Je suis votre servant. À jamais, ma dame.

Elle rapprocha son cheval du sien, à frôler sa cuisse de la sienne, ses doigts des siens. Brûla du même désir que lui de lèvres jointes, d'étreinte fougueuse. Sa voix trembla.

— Et moi je suis vôtre, Patrick. Puisque ce ne sera par la volonté de mon époux, jusqu'à ce que la mort nous sépare.

C'est à cet instant, précis qu'un hurlement les arracha l'un à l'autre. Parvenu à l'orée des bois avec Guillaume le Maréchal, Richard venait de le pousser.

— Guerroie ! Guerroie !

Aussitôt dégrisés, les deux amants talonnèrent leurs montures, Aliénor le cœur bondissant d'angoisse à l'idée d'un danger pour ses fils, Patrick de Salisbury rattrapé par son instinct.

Lorsqu'ils déboulèrent du couvert, Aliénor put prendre mesure de leur malchance. Loin de la dizaine de brigands qu'ils s'étaient attendus à trouver, c'était une troupe de cinquante hommes armés et belliqueux, portant bannière des Lusignan, qui leur barrait route. Quand, sur la colline, d'autres encore attendaient en renfort. Ils ne feraient pas le poids, même en se battant avec tout l'acharnement dont ils étaient capables. Et d'autant plus qu'ils n'avaient que de simples palefrois pour montures. Salisbury le comprit tout autant. Il tira sur le mors, l'obligeant à faire de même.

— Point de salut sinon la fuite, Majesté.

Son devoir de mère l'emporta sur son crève-cœur. Elle devait laisser Salisbury et ses hommes protéger leur retraite. Résistant à l'envie de ferrailler, elle hocha la tête.

— Rabattez les miens.

Il avança tranquillement pour ne pas brusquer le combat. En quelques secondes, conscients d'une prise décisive dans la guerre qui les opposait à leur duchesse, les Lusignan avaient déployé leurs forces sur la route et les champs limitrophes. Richard et son frère, courageux en diable, les attendaient, l'œil féroce, au milieu du cercle que formaient leurs soldats. Profitant de ce moment d'indécision qui précède certaines batailles, Salisbury se rangea à leurs côtés.

— Votre gloire attendra, messires.

Richard redressa le menton avec fierté.

— Un Plantagenêt ne recule pas.

Salisbury coula un œil circulaire sur leurs adversaires. Ils espéraient une reddition totale. Là était, provisoirement, leur chance. Il fixa le jouvenceau.

— Non, vous avez raison. Un Plantagenêt ne recule pas. Il jauge la situation et agit au mieux pour son royaume. En celle-ci, votre père tournerait bride pour mettre sa reine à couvert. C'est ce qu'en son nom j'attends de vous. Empêcher qu'elle ne soit faite prisonnière.

Richard le lui concéda avec sa rapidité de jugement coutumière.

— Je couvre vos arrières, ajouta Salisbury.

— Rendez-vous, vous êtes faits, lança, sûr de lui, le plus jeune des fils du comte de Lusignan en se détachant d'un pas de son armée.

Richard adressa un signe de tête au troubadour, au jeune comte Thomas de Cognac puis à son frère.

— À mon signal, indiqua encore Salisbury.

Il le lança dans un hurlement sauvage en piquant les flancs de sa monture. Dans cette brèche de surprise qui précipita ses hommes, son neveu Guillaume et lui-même au-devant de leurs adversaires, les enfants royaux et leurs amis firent volte-face pour rejoindre la reine.

Elle eut un dernier regard pour son amant, déjà engagé dans l'assaut, l'épée au poing, avant d'entraîner les siens à bride abattue à travers la forêt.

Deux lieues. Deux lieues à couvrir pour lui dépêcher un cheval, un heaume, un haubert, des renforts. Le sauver. Le sauver…, songeait-elle en harcelant les flancs de sa jument vers les murailles rassurantes de Poitiers.

Elle y parvint la première avec le sentiment d'arracher du temps à la fatalité, en hurlant pour précipiter ses gens dehors :

— Haro ! Aux armes ! Aux armes !

Moins de dix minutes plus tard, ils étaient quarante qui s'élançaient dans un soulèvement de poussière. Sans ses fils que, d'autorité et contre leur gré, elle avait imposés à la garde du castel dont la herse fut rabaissée. Commença alors pour elle l'attente. L'attente entre l'espoir et l'angoisse, qui la précipita dans l'escalier pour ouvrir la fenêtre de la tour la plus haute, suivre l'avancée des cavaliers et tenter d'apercevoir, au-delà de la forêt, des bribes de la bataille. Elle ne la vécut que par le martèlement des sabots et le choc des lames répercutés par l'écho quand toute vie alentour, jusqu'au chant des oiseaux, s'était tue.

54.

Patrick de Salisbury avait toujours guerroyé d'instinct, comme son roi. Il sentait l'adversaire. Le respirait. Au point d'anticiper chacun de ses coups et finalement de vaincre. Il s'était ainsi essayé à tous les terrains, à tous les temps, à tous les gabarits. Jouant de finesse autant que de force, de ruse autant que d'adresse. Il connaissait ses limites, le moyen de les repousser, mais aussi ses faiblesses qu'il n'offrait jamais à l'ennemi. Cette fois, pourtant, était différente. Il n'était pas armé. Pas pour tenir longtemps contre cette troupe vindicative. Leur seul recours, en attendant les secours que la reine ne manquerait pas d'envoyer, était de se retrancher au couvert des arbres et de s'en servir de bouclier. Il n'avait donc accordé que quelques minutes à Aliénor avant d'ordonner le repli stratégique. Les Lusignan n'étaient pas dupes. Ils devraient les découdre ou les contourner avant de pouvoir s'élancer derrière les fuyards. Dans les deux cas, l'écart serait suffisamment creusé pour les mettre hors d'atteinte. Cela seul comptait pour Patrick. Pour autant, il le savait d'expérience, les Lusignan ne quitteraient pas la place sans une victoire. Henri retourné en Angleterre, ils voudraient réparation pour leurs terres incendiées et leur exil. Il chercha des yeux son fils et son neveu, embusqués à quelques toises de lui, glanant de maigres secondes avant l'inévitable fin. Leur témérité n'était pas une légende. Comme tantôt, ils rendraient coup pour coup.

— Formez bloc, insista-t-il alentour, refusant de s'attarder sur l'estafilade sanglante à l'épaule de Patrice.

Habilement abrités derrière les troncs, les survivants des deux premiers fronts, une dizaine à peine, tenaient fermement la bride de leur monture et formaient cercle, se protégeant ainsi les uns les autres d'une attaque par-derrière. Malgré cela, Salisbury en était convaincu, si les Lusignan fonçaient massivement, ils seraient vite débordés et décousus. Tant pis. Il mourrait dignement aux côtés de son fils. Pour la cause d'un roi. Pour l'amour d'une reine.

Un bruit de sabots foulant les feuilles mortes qui jonchaient encore le chemin attira son attention. Il venait de l'est. Les renforts. Il les laissa approcher puis s'avança lui-même à découvert pour signaler leur position. Il les ramena dans le cercle, au regret de les découvrir trop peu nombreux. Il en eût fallu le double tant l'arrière-garde du vassal d'Aliénor s'était révélée puissante. Salisbury ne laissa rien paraître de sa déception. La reine avait paré au plus pressé. Son palefroi et celui des siens avaient été chargés de heaumes et de hauberts. Il les fit distribuer en hâte, conscient que le temps leur était compté avant l'attaque. Déjà, des bruissements leur parvenaient. Les Lusignan avançaient en tenaille, leurs fantassins en première ligne pour mieux les surprendre. Salisbury prendrait donc le contre-pied. Comme son roi le lui avait appris. Surprendre. Toujours surprendre. Une fois qu'ils seraient tous habillés, il lancerait un assaut en étoile. Il fit passer le mot dans les rangs. Se rengorgea du regard satisfait de ses hommes. Il avait fait le bon choix. Combien de batailles perdues d'avance avait-il gagnées avec Henri? Assez pour qu'il reprenne confiance. Patrice, bon dernier, gêné par sa blessure et une évidente faiblesse, ajusta son heaume. Ils étaient près. Salisbury empoigna le licol de son cheval, se mit en selle, tournant le dos à son poste. C'est à cet instant, alors qu'il levait le bras pour lancer l'offensive, qu'il accrocha le regard de son fils dans la fente. L'alerte vint trop tard.

— Derrière vous, père !

Il n'eut pas le temps de se garder de l'homme qui avait rampé jusqu'à lui pour se redresser au moment opportun. L'épieu, en le transperçant d'un bloc, le coucha sur l'encolure.

Refusant de s'en émouvoir en cet instant où l'urgence prévalait sur les sentiments, son neveu prit le commandement. Tandis que Patrice se précipitait vers son père, Guillaume le Maréchal mena ses hommes au combat. En quelques minutes, conscient que la vraie bataille les attendait en pleine lumière, il fit place nette et refoula les Lusignan hors du bois.

À la tombée du jour, dans cette lumière dorée qui étreint l'horizon en une ultime caresse, Aliénor, toujours figée à son poste, les ongles rongés d'angoisse, vit deux chevaux se détacher du bois et prendre, au pas, la route du castel. Deux chevaux. Un seul cavalier. L'autre, à en juger par l'épaisseur du flanc de la bête, avait été couché par le travers. Elle dégringola l'escalier, mille morts dans l'âme, fit relever la herse, puis exigea qu'on selle sa jument. Elle ne voulait attendre davantage. Les pieux n'avaient pas atteint le plafond de la voûte qu'elle passait dessous au grand galop.

Elle reconnut Patrice, affaissé sur sa monture, pâle. Assez pour qu'elle le comprenne blessé. Son cœur se serra. Il revenait seul. Ou presque. Car si elle ne voyait pas le visage de celui qu'il ramenait, elle reconnut sans peine cette chevelure épaisse dans laquelle tant de fois elle avait balayé ses doigts. Elle tira sur le mors, accusa le regard navré de l'orphelin, puis, refusant le hurlement qui montait de ses entrailles, récupéra le licol qu'il lui tendit.

Les funérailles de Patrick de Salisbury furent à la mesure du serment que la reine lui avait prêté. Il fut inhumé en l'église Saint-Hilaire de Poitiers et Aliénor dota largement les moines pour veiller au salut de son âme. Je revins au lendemain de la cérémonie funèbre, pour la voir s'écrouler dans mes bras et pleurer longuement sur l'injustice du destin. Si elle ne songea pas à me reprocher mon absence dans un moment où j'eusse pu prévenir, peut-être, cette fin tragique, je m'en sentis coupable. Ni Eloïn ni moi n'avions rien senti. Trop absorbées par les préparatifs du mariage, trop heureuses de retrouver Blaye, son estey, ses vignes, ses gens. Nous y passions trop peu de temps pour ne pas, à chacune de nos visites, accorder à la châtellenie toute notre attention. J'y serais demeurée encore si un courrier d'Aliénor ne m'avait pas rappelée à Poitiers. Elle avait besoin de moi. Et, comme chaque fois que ma reine avait besoin de moi, Jaufré me prenait dans ses bras, me bélinait la nuit durant avant de me chasser d'un dernier baiser. Comme s'il craignait qu'auprès d'elle je puisse l'oublier. Comme s'il voulait me communiquer son empreinte pour les jours sans lui. Car, bien évidemment, lui et Geoffroy étaient restés. Seule Eloïn, languie de Richard, m'avait accompagnée.

Au castel, l'humeur était morose. Patrice de Salisbury avait pu témoigner de l'issue de la bataille. Tous étaient tombés à part lui, demeuré auprès de son père mort sur le coup. Abattu autant par le chagrin que par le vide de sang échappé de sa blessure, sérieuse, à l'épaule. Lorsque le vertige s'était calmé, lui ramenant assez de vaillance pour s'opposer à l'ennemi, il s'était avancé en lisière du bois. Les alentours s'étaient transformés en charnier. Les Lusignan, sans pitié, passaient d'un moribond à l'autre pour les achever. Un seul se battait encore. Son cousin. Bien trop loin de lui pour qu'il puisse seulement lui venir en aide sans se faire cent fois découdre. La mort dans l'âme, il s'était rangé au précepte du roi et de son père : « Un homme mort ne sert plus à rien. » Il avait reculé prudemment à couvert, convaincu de l'évidence que, si ces mécréants, à soixante contre un, refusaient d'en finir avec Guillaume le Maréchal, c'était qu'ils le voulaient prisonnier. Pour conforter son sentiment, l'un de ces bougres avait cisaillé les jarrets du palefroi de son cousin avant d'achever la bête d'une collée en plein poitrail. Refusant encore de se rendre, Guillaume s'était adossé à une haie, non sans avoir tailladé une main à la volée.

— Vienne à moi qui s'y croit de force, les avait-il nargués, au point qu'il s'était, lui, Patrice de Salisbury, senti couard à demeurer dans l'ombre. Il avait dû lutter contre lui-même pour ne pas s'élancer. De fait, il serait arrivé trop tard, s'il n'avait péri en chemin. Sautant la haie pour prendre Guillaume de revers, un chevalier l'avait vaincu d'un traître coup d'épieu à la cuisse. Guillaume avait fléchi. Une fraction de seconde. Mais ce fut assez pour qu'une épée se pointe sous son oreille et l'oblige à lâcher le fer. On lui avait ligoté les poings sur les reins, puis, le laissant clopiner misérablement, on l'avait conduit jusqu'au sommet de la colline. Patrice l'y avait vu disparaître avec la troupe. Lors, il avait repris le chemin du castel.

Dès le lendemain, Aliénor avait dépêché des messagers pour négocier la libération de l'ami de ses fils. Richard aurait voulu, en personne, les mener. Elle s'y était refusée. Le jugeant trop jeune encore. Craignant surtout qu'il ne soit capturé à son tour. Richard en avait convenu, à regret. Pour autant, il fallut l'arrivée d'Eloïn dans mon sillage pour qu'il consente, comme sa mère avec moi, à laisser son impuissance se délayer.

Une semaine plus tard parvenait à la cour d'Aliénor le nouveau gouverneur du Poitou, dépêché par Henri pour remplacer Patrick de Salisbury. Sans avoir la prestance de ce dernier, dont il était un des meilleurs amis, Guillaume de Tancarville s'était toujours montré courtois vis-à-vis d'Aliénor, appréciant à leur juste mesure ses qualités et ses atouts. Il avait en outre élevé Guillaume le Maréchal, le formant aux métiers des armes. Bien qu'elle soit bouleversée par la perte de son amant, Aliénor dut reconnaître à Henri la qualité du choix de son nouvel espion et lui confia avec sincérité le soin de mettre son vassal à la raison. La rançon ne tarda pas à être fixée. Bien qu'exorbitante aux yeux du seigneur de Tancarville Aliénor la régla sans sourciller. La bravoure dont avait fait preuve Guillaume le Maréchal méritait récompense autant que compassion. De fait, il revint en bien piteux état et ne dut qu'aux médecines d'Eloïn de ne pas perdre sa jambe. Le récit de sa captivité fut vite sur toutes les lèvres, nous remplissant tous de fureur. Si on l'avait traîné de place en place, le déshonorant par des montures indignes, telles une charrette, un âne ou un cheval de bât, le pire avait été de le laisser lui-même s'acquitter de sa blessure. Son habit déchiré attestait encore de ses dires. Il avait fallu la pitié d'une damoiselle en un castel pour qu'il puisse enfin récupérer de l'étoupe et se soigner. L'attitude indigne de son vassal enragea Aliénor au point qu'elle exigea sa tête. Début mai, une armée de mercenaires était levée. Elle en confia le commandement à Guillaume le Maréchal, remis enfin, qui se souvenait bien des alliés de ses ravisseurs. Patrice de Salisbury fut son bras droit, Guillaume de Tancarville le gauche. D'un même élan vengeur, ils se mirent à sillonner le Poitou et le Limousin. Jamais expédition punitive ne laissa autant de traces en Aquitaine.

Si bien que, le 24 juin, alors que je reprenais route avec Aliénor, ses enfants et ma fille pour Blaye, les Lusignan au grand complet pliaient genoux sur les bords de la Vonne, à hauteur de Jazeneuil. Ainsi que l'avait exigé la reine, tous leurs biens furent confisqués. Ne devant qu'à leur rang de ne pas être roués, ils n'en furent pas moins jetés dans un cul-de-basse-fosse. Dans l'attente, ajouta Aliénor, qu'elle trouve le moyen de leur pardonner.

55.

— Me permettez-vous ?

Aliénor essuya d'un doigt rapide la larme qui débordait sa paupière inférieure. Face au fleuve, sur le chemin de ronde des fortifications de la ville haute qui regardait vers le Médoc et l'embouchure de l'estey, elle était venue isoler ce chagrin qui, par moments, vagues douloureuses, l'amenait au souvenir de Patrick de Salisbury. Elle se retourna vers la voix familière. Bernard de Ventadour fut devant elle, à moins de une toise, les bras croisés sur la poitrine, une épaule accolée au tronc épais d'un chêne dont les branches centenaires offraient ramure propice à adoucir l'éclat, trop vif, du soleil. Son teint légèrement hâlé faisait ressortir l'ébène de sa chevelure comme de son regard, dans ce visage glabre que les années passant avaient à peine écorché. Depuis combien de temps, silencieux et fidèle, attendait-il de la rejoindre ? Elle lui sourit avec tendresse.

— Vous le savez bien, mon ami.

Il allongea un pas nonchalant jusqu'à elle.

— À dire vrai, ma reine, il y a bien longtemps que je ne sais plus rien.

Elle baissa les yeux sous la fougue douloureuse des siens, ravivant sa propre blessure. Elle lui tendit pourtant la main. Il la saisit avec cette délicatesse des chantres dont elle avait toujours été si gourmande, puis il revint la poser sous la sienne sur la pierre d'un créneau, tous deux se plongeant côte à côte dans la contemplation du fleuve. Quelques minutes durant, ils se laissèrent prendre par les bruits alentour qui meublaient leur silence. L'appel des gabariers au pied de la falaise, des bribes de conversation sur le chemin qui, depuis le village proche de Saint-Martin, ouvrait la voie aux pèlerins de Compostelle, les sonnailles de cloches des abbayes Saint-Romain et Saint-Sauveur qui se répondaient par-delà la petite rivière Saugeron, au pied de la butte qu'avaient envahie le castel et son enceinte. La gouaille du petit marché journalier près du port, le piaffement des chevaux de bât, le braiment d'un âne, des rires et des chamailleries d'enfants, celui des petites gens et cette musique de psaltérion qui s'échappait d'une des fenêtres du castel. Richard, à n'en pas douter, songea Aliénor avant de cligner des yeux, éblouie par les eaux miroitantes. Un soupir lui échappa, brisant l'immobilité dans lequel, une nouvelle fois, le troubadour s'était installé.

— Il vous manque n'est-ce pas ?

Elle tourna son visage vers lui, acceptant cette fois le jugement de ses prunelles sombres.

— Tout prend du temps, Bernard. Ce n'est pas à vous que je vais l'apprendre.

— Certes non. Mais certaines ardeurs ne meurent jamais.

Elle décrocha ses doigts du rempart et cueillit d'une caresse cette joue qu'elle avait tant embrassée autrefois, tandis que Louis de France se flagellait en secret du désir qu'elle lui inspirait. Pas une fois elle n'avait regretté de cocufier ce moine époux, pas une fois elle n'avait regretté les étreintes tendres de Bernard, la naissance illégitime de Marie.

— N'êtes-vous donc pas guéri de mon indifférence, de mon égoïsme, de ma froideur ?

Il déposa baiser dans le creux de sa paume sans la lâcher du regard. Elle en fut troublée plus qu'elle ne l'aurait imaginé. Lorsqu'il retira ses lèvres, ce fut dans un sourire.

— J'attends mon heure, ma reine. Malgré la promesse que je fis autrefois à votre époux de me tenir loin de vous, malgré vos faux-fuyants et cet autre que vous me préférâtes il y a peu encore. J'attends mon heure en priant pour qu'elle ramène en vos yeux cet éclat que je n'y vois plus. Cet espoir que vous avez perdu.

Elle sentit de nouveau une perle d'eau affleurer sa paupière inférieure, mais, cette fois, ne chercha pas à la masquer. Son timbre s'en fit l'écho.

— Je ne vous mérite pas, mon ami. Et j'en viens à croire n'avoir mérité personne tant il semble que mes amours finissent toutes par se briser, telle cette marée montante au pied des rochers.

Cédant à son élan, il avança sa main libre pour la nouer à sa taille et l'attirer à lui. Elle se laissa plaquer sensuellement contre ce bliaud blanc qu'une simple ceinture retenait aux hanches, découvrant contre le sien, indigo, l'épaisseur d'une poitrine qui battait une mesure oubliée. Elle accola sa joue contre le cœur de son ancien amant. Malgré sa haute taille, il la dépassait encore de plusieurs pouces. Il n'avait pas lâché sa main, la pressa plus fort dans la sienne, le nez perdu dans le parfum fleuri de sa chevelure.

— Dans quelques jours, la terre de mon ami Jaufré verra des épousailles. Dans quelques jours, Aliénor, ce sont les rires qui emporteront les larmes. Je serai là, comme je fus là hier, comme je serai là demain, à vous regarder louer l'amour de ces jouvenceaux avec cette foi qui est vôtre de ne jamais baisser les bras, de toujours aller de l'avant et de bâtir, de rebâtir, quelles que soient les ruines. Je serai là et vous le saurez, cette fois, par cette étreinte que je vous vole à l'instant. Qu'importe que vous y succombiez encore.

Qu'importe qu'un autre vienne éblouir vos sens. Vous serez mienne. Toujours et à jamais, tant je vous aime. Tant je vous aime, Aliénor, du souvenir que vous m'avez laissé.

Elle vacilla sous le poids de cet aveu. N'avait-elle pas cherché de moultes manières à taire ses propres émotions, à refuser l'évidence pour ne pas risquer de le faire souffrir encore, à se persuader qu'elle avait aimé Patrick de Salisbury quand chaque jour, lorsqu'elle voisinait Ventadour, elle s'emplissait d'un sentiment d'âme sœur ? Elle leva lentement son visage vers le sien.

— Bien sotte serait celle qui pourrait vous oublier. Je ne l'ai jamais cherché, Bernard. Sachez-le, ce souvenir que vous invoquez est toujours mien aussi. Il ne demande qu'à renaître. Mais serai-je encore digne de…

Il ne la laissa pas achever. Lors, nouant ses bras à sa nuque, elle lui rendit son baiser comme on rend les armes, dans l'espoir de guérir toute plaie. Avec la certitude en plus qu'elle était, de tout, pardonnée.

*

Depuis quelques jours, Eloïn avait les traits tirés. Son rire jaillissait toujours comme une source vive sous une pointe d'humour, les moqueries d'Agnès ou les chatouilles de Richard qui s'enroulait parfois autour d'elle comme une anguille, avant de s'en retourner auprès de Geoffroy qui trompait l'impatience de son mariage de quelques passes d'armes. Nous étions tous en effervescence, à dire vrai. Le castel de Blaye mais aussi la ville, ses alentours, la châtellenie au grand complet. Jaufré l'avait annoncé. En prenant épouse, son fils prenait Blaye et en devenait le seigneur. Certes, nous continuerions à percevoir rente, mais il aurait loisir d'administrer les domaines à sa guise et de s'imposer auprès de nos voisins. Cette passation de pouvoir nous avait semblé juste. Sans doute parce que Eloïn avait reçu de moi et de Brocéliande la sienne. Aussi parce que, les semaines passant, Agnès nous ravissait. Nous avions achevé son trousseau et avions entrepris de préparer la grande feste que nos vassaux espéraient, ce dans une joie grandissante mais aussi une vraie fatigue. Il n'est rien de tel que l'excitation d'un événement important pour nous user sans que nous y prenions garde. Je voyais donc se creuser les cernes au visage de ma fille, comme je devinais les miens à ressasser sans cesse tous les détails. Le banquet, les vins, les fleurs, les jonchées, la litière pour les petites gens, à disposer sous les remparts pour qu'ils puissent s'y installer, je voulais qu'aucune fausse note ne vienne gâter ce jour béni et que l'on s'en souvienne de génération en génération comme la consécration de mon amour avec Jaufré.

Aussi, lorsqu'elle s'avança vers moi à quelques jours de ce mariage, dans ma chambre que j'avais regagnée pour sacrifier un peu de ce temps précieux à l'essayage du bliaud de soie mordorée que les petites mains de la contrée m'avaient façonné, fut-ce avec un sourire jusqu'aux oreilles que je l'accueillis.

— Qu'en penses-tu, Canillette ?

— Père en sera subjugué…

Ravie, je pirouettai sur moi-même, avant de m'arrêter net, piquée sous le sein gauche par une des épingles qui retenaient une pince en attente de bâti. Je grimaçai, un bras en l'air, n'osant plus bouger.

— Vite, vite ou je meurs transpercée, appelai-je, de dérision, la couturière.

Elle se précipita à mon secours, tandis qu'Eloïn s'asseyait sur la courtepointe de mon lit, encombrée de rubans, de nœuds de satin et de bouts de tissu. Ce fut à cet instant, tandis qu'on me libérait et malgré son air amusé, que je compris que quelque chose la tourmentait. Le bliaud tomba à mes pieds et je congédiai Marguerite avec délicatesse, en la remerciant pour sa patience et son joli travail. Elle avait à peine refermé la porte sur elle que je m'accroupis devant ma fille.

— Un souci, Eloïn ?

Elle planta dans le mien son regard mauve pailleté d'or. Nous n'avions jamais eu de secret ou de réserve l'une pour l'autre et, les années passant, notre complicité n'avait cessé de grandir. Comme elle en avait l'habitude, elle ne chercha pas à s'en cacher.

— Mes nuits sont troublées de songes douloureux mère, dans lesquels je me perds sans savoir s'ils seront de mauvais cauchemars ou la réalité.

Je nouai mes doigts aux siens, troublée par la tristesse inhabituelle de ses yeux.

— Qu'as-tu vu ?

— Ce n'est pas distinct. Pas vraiment. Ou alors c'est une succession ininterrompue d'images sans lien. Il y a des flammes, des corps tordus de souffrance par elles, des arches de pierre qui s'effondrent, des soldats qui s'affrontent sur des terres ravagées, la peur, la détresse, et tout aussitôt des rires et des chants. La voix de Richard par-dessus le tumulte, son visage au-dessus du mien, mon ventre qui s'arrondit et celui d'Agnès aussi. Tant de choses, mère, qui semblent si proches et si lointaines à la fois. Je ne comprends pas ce qu'elles signifient. L'avenir… ou ma peur…

Je tiquai.

— Ta peur, Canillette ?

Elle eut ce sourire de petite fille lorsqu'elle voulait s'excuser d'une sottise.

— Je l'aime. Richard. Je l'aime chaque jour davantage et pourtant, je le sais, ma place est dans l'ombre. J'ai peur qu'une autre me le prenne et, tout à la fois, je sens au plus profond de moi que je suis venue au monde pour cela, pour l'amener à son destin comme vous avec Henri. Serai-je assez forte pour y parvenir ? L'aurai-je préparé assez ? Me serai-je préparée assez ?

Une bouffée de fierté emporta la précédente qui m'avait cueillie de tendresse. Plus que jamais ma fille était digne de celles qui nous avaient précédées. Plus que jamais. J'embrassai ses doigts glacés.

— Nombre de fois j'ai douté. Nombre de fois j'ai invoqué Merlin ou ma mère pour trouver ces réponses que tu cherches aujourd'hui. La vérité n'existe pas, Canillette, sinon dans ton cœur. Alors, je ne te dirai que ceci, entendu il y a bien longtemps. Suis ton instinct, car lui seul sera ton guide, lors tu ne te perdras point, lors tu seras toujours en accord avec toi-même, dans la justice et la justesse de tes choix. Car c'est d'amour que tu agiras.

Son visage s'éclaira.

— Je te l'ai dit cent fois, mais je te le répète. Tu es telle que je t'ai rêvée au jour de ta naissance, telle que j'espérais te voir grandir et devenir femme, et nulle autre que moi ne sait à quel point ton rôle sera difficile, ta tâche ardue et ton abnégation poignante, pourtant je sais que tu accompliras ce que tu dois accomplir avec cette grandeur d'âme qui t'est unique et dans laquelle je retrouve ta grand-mère. Sois toi-même, Eloïn, seulement toi-même, et Richard, qui t'aime déjà, je le vois, sera à toi comme tu es à lui. Dans l'ombre ou dans la lumière, qu'importe ? L'essentiel est de le vivre. Pleinement.

Elle hocha la tête.

— Et pour ces prémonitions ?

— Rien ne prouve qu'elles en soient, mais il y a fort longtemps, une m'a brisé le cœur, celle d'Aliénor opposée par les armes à Henri, celle de la mort tragique et injuste de Becket. J'ignore si j'ai pu empêcher par mon implication, mes conseils ou ma seule présence qu'elle se réalise. Peut-être est-ce ce que tu as perçu, peut-être pas, mais il faut nous y préparer et, demain, être plus encore unies, vigilantes et droites dans nos alliances, pour le bien de l'Angleterre et non seulement de ses rois. Là est notre mission première. Sauver cette terre au même titre que nous le ferions de celle de Blaye.

— Oui, mère. Cela va de soi.

Je ramenai derrière son oreille une mèche échappée de sa coiffe.

— Tu es une grande dame, Eloïn, mais je voudrais qu'elle s'oublie pour quelques heures, quelques jours, qu'elle chasse de son esprit ces tourments et ses visions et qu'elle jouisse du bonheur simple qui attend les nôtres.

Sa joue se creusa de ces fossettes que j'aimais tant, son regard, unique par sa teinte, d'une moquerie d'enfant.

— Et vous, mère, que vous n'oubliiez pas en quittant cette chambre avec moi que ce chainse qui vous habille à peine amènerait scandale si vous ne le couvrez pas…

56.

Menue, mais à la manière d'un jonc qui plierait sans se rompre, Agnès d'Angoulême possédait cette élégance naturelle qui invitait aux regards. Face au miroir dans lequel, avec l'angoisse des grands moments, elle vacillait légèrement, j'achevai avec Marguerite de Turenne, sa mère, et ma dame d'atour de la parer pour ses épousailles. Son bliaud, d'un grenat somptueux rebrodé de roses, rasait, par le devant, des chausses d'un même ton jusqu'en leurs pointes effilées. L'arrière, lui, se prolongeait en une queue de trois toises de long. Le giron uni, aux jolis effets de damier, gracieusement ajusté par des agrafes sur le côté, accentuait la rondeur délicate de la poitrine et révélait une taille souple ceinturée d'une fine chaîne d'or reprise plus bas, sur les hanches, et terminée par des bouts pendants. Les manches ballons arrêtées avant la saignée du coude s'ouvraient ensuite en corolle pour se perdre dans les plis de la traîne et laisser voir la blancheur du crêpe de soie qui enveloppait le bras pour finir en bague de maintien autour du majeur. Marguerite et moi avions voulu qu'Agnès choisisse elle-même le tissu, le modèle et les motifs de broderie. Ne lésinant sur rien puisque Aliénor avait puisé dans le trésor ducal pour que ce mariage fasse date. De sorte, je dois l'avouer, que nous avions quelque peu forcé le trait des attentes de la jouvencelle.

— Ne craignez-vous point que cela paraisse trop sur moi ? s'inquiéta-t-elle avec sa modestie coutumière.

Marguerite vint se placer derrière elle, les deux mains à plat sur ses épaules pour la gratifier du reflet de son sourire. Elles possédaient le même, chaleureux et bienveillant.

— Ne veux-tu point l'éblouir ?

— Lui plaire me suffit bien, mère. Je ne voudrais pas que, à me découvrir dans cette magnificence, il me regarde moins lorsqu'elle sera retombée.

Ce fut à mon tour de me rapprocher d'elle, laissant ma fidèle Camille, à quelques pas, préparer ses épingles pour ajuster la coiffe.

— Douterais-tu de ses sentiments ?

Son visage s'illumina.

— Oh non ! dame Loanna ! Ils sont purs et profonds, je le sens bien. Mais le troubadour se nourrit de sublime quand l'homme s'accorde au commun. Lui donner à rêver de l'un quand le quotidien ne lui offrirait que l'autre, n'est-ce point rouerie ?

Une bouffée de tendresse me balaya, que Marguerite emporta dans un rire avant d'embrasser la joue au velouté de pêche.

— Fi, ma fille ! Fi ! Ce ne sont point tes effets qui le transportent, mais bien ton âme. Habille-la toujours des sentiments les plus nobles, lors, entre ses bras, tu brilleras bien mieux que d'or ou de diamants.

Je lui pris la main en retour, qu'elle sente à quel point je l'aimais déjà, telle ma fille.

— Il y a longtemps déjà, son père me donnait aube et par sa voix j'apprenais à quel point le manque de moi lui était tourment. Je connais mon fils, Agnès. Son amour pour toi sublime ses cansouns et non l'inverse. Ne crains pas l'usure des jours. Au contraire. Réconforte-t'en comme d'une promesse qui vous amènera plus loin l'un au-devant de l'autre.

Son regard se piqueta d'étoiles, dans lequel nous lûmes, sa mère et moi, la fin de ses doutes. Nous nous écartâmes pour laisser Camille, aussi troublée que nous, tresser ses boucles sauvages en un chignon bas sur lequel vint se poser le fin voile de mollequin. Un diadème orné de rubis acheva la parure. Dans ce silence chargé d'émotion, Agnès s'observa un instant, avec ses naturelles roseurs aux pommettes, sa bouche charnue et colorée, ses cils épais, puis se tourna vers nous, définitivement acceptée dans cette lumière que ses sentiments pour Geoffroy, bien plus que le reste, rendaient unique.

Mon cœur s'étrangla de fierté et de joie. Je la pressai contre moi avec délicatesse pour ne rien froisser, puis sa mère à son tour. Alors, seulement, passant ses poignets dans le creux de nos coudes offerts, Agnès d'Angoulême s'accorda à quitter cette chambre mise à sa disposition pour marcher vers demain. En toute confiance.

Geoffroy n'était pas moins nerveux, qui l'attendait en la vaste salle de réception du castel. Nombre de nos amis, vassaux d'Aliénor, voisins, avaient répondu à l'invitation, tandis qu'aux alentours, sous les murailles d'enceinte de la ville haute et jusqu'en lisière du fleuve, une foule dense se pressait aux cris de « Noël ». Notre fils n'étant pas moins aimé que son père, tous, des prélats aux notables, des artisans aux vilains, se réjouissaient. Le mariage devait durer deux jours. Deux jours de divertissements et de bonne chère que l'on avait prévu de distribuer aux portes des abbayes Saint-Romain et Saint-Sauveur quand partout dans les rues qu'elles embaumaient des jonchées de fleurs fraîches s'épanouissaient comme autant de subtils bouquets.

Lorsque la double porte s'ouvrit enfin sur sa promise, que son père Guillaume d'Angoulême avait reprise à son bras, Geoffroy sembla manquer de souffle. Pour ajouter encore, dans un coin de la pièce où les proches se tenaient, Richard s'était mis à jouer de la harpe. Une mélodie aussi douce que le regard d'Agnès, aussi subtile que ses traits, aussi avenante que son pas. Aussi belle qu'elle l'était. Je suivais son avancée dans l'œil de mon fils, partageant avec lui l'intensité de ce moment avec le sentiment étrange qu'une page de ma vie se tournait. Qu'une nouvelle était à écrire. J'étais bien, entre le bonheur et la nostalgie, pénétrée d'images d'hier qui le voyaient en cette même pièce essayer ses premiers pas, ses premières sottises ou révoltes. Et tout à la fois à l'affût de toutes les secondes présentes comme si, à elles seules, elles pouvaient justifier, lier toutes les précédentes. Comme si, somme toute, je ne l'avais mis au monde que pour cet instant-là. La passation de pouvoir. La passation d'amour. En appartenant à une autre, il cessait d'être à moi et tout à la fois m'était plus cher, plus proche encore. Avec ce simple constat, comme je l'avais fait hier en forêt de Brocéliande, lorsque Merlin avait intronisé Eloïn aux savoirs druidiques : je les aimais. Plus que tout. Je les aimais de ce qu'ils étaient devenus, de leur beauté intérieure et extérieure. Je les aimais parce qu'ils me réconciliaient avec cette petite fille d'hier que j'avais tant haïe avant d'admettre le fardeau du destin. Cette petite fille que j'avais portée à bout de bras dans ses méandres avant d'accepter dans la tendresse de Jaufré d'en faire une femme. Une mère.

— Moi, Geoffroy Rudel, prince de Blaye par la volonté de mon père et de la duchesse Aliénor ci-présente, je vous prends, vous, Agnès d'Angoulême, pour épouse, devant témoins et jusqu'à ce que la mort nous sépare, trembla la voix de Geoffroy.

Il avait pris ses mains, noué son regard au sien et m'offrait, nous offrait leurs profils ravagés d'émotion. Un sillon glissait, silencieux, sur la joue d'Agnès, malgré ce sourire qui lui remontait jusqu'à l'oreille. La harpe s'était tue et seul mon cœur jouait encore du tambourin. Des doigts cherchèrent les miens. J'en connaissais chaque jointure, chaque fragment de peau. Jaufré m'avait rejointe dans une fragrance de fleur de lys. Il s'accola silencieusement à mon flanc, semblant me dire : « Tu te souviens ? »

Oui, je me souvenais. De mes doutes, de mes renoncements, de mes peurs, de mes rires, de mes larmes. Je me souvenais des jours avant lui, des jours sans lui, et de chaque seconde avec lui. Je me souvenais de ce serment échangé devant Merlin puis devant les hommes.

— Moi, Agnès d'Angoulême, je vous prends, vous, Geoffroy Rudel, prince de Blaye, pour époux, devant témoins et jusqu'à ce que la mort nous sépare, parvint enfin à articuler Agnès tandis que mon mari, mon amant, mon troubadour me serrait si fort la main dans la sienne que, en cet instant où les lèvres des deux épousés se joignirent, lui et moi, une fois encore, ne faisions plus qu'un.

57.

Des minutes qui suivirent, je ne retins que les congratulations, les mouchoirs sous le nez ou les yeux des dames, les accolades des chevaliers, celle d'Aliénor, les rires, la ballade légère des instruments appelant à la danse. Le timbre de Jaufré à mon oreille.

— Je t'aime, ma fée...

Il fallut qu'Eloïn, se frayant un passage au milieu des invités, nous rejoigne et plante devant nous son visage grave pour que je reprenne conscience que le bonheur était aussi fragile qu'une rose. Elle n'eut rien à dire. Nous la suivîmes, entre la joie persistante et l'inquiétude. Car, pour la connaître et avoir vu son allégresse quelques minutes auparavant, nous ne pouvions douter qu'une sombre prémonition venait de nouveau d'endeuiller cette journée.

Le château étant envahi de gens qui entraient dans une pièce, sortaient d'une autre, nous retenaient avant de se guider au son des luths ou des violes et de s'échapper, il nous fallut dix bonnes minutes et la porte d'un modeste cellier refermée sur nous trois avant de parvenir à nous isoler.

— Parle, l'invitai-je aussitôt en lui prenant les mains dans la faible lumière d'un carré d'aération grillagé.

Le temps que je m'effraie de les sentir anormalement glacées, Eloïn la sage, la forte, l'indestructible éclatait en sanglots en se jetant dans mes bras.

— Les flammes, mère. Je les ai vues lécher mes pieds. Gagner le plafond, puis la pièce. Le temps que je m'en sauve, la ville tout entière était devenue brasier.

Comme Jaufré, statufié, le sang avait quitté mes joues.

— Quelle ville? demanda-t-il, comme s'il refusait l'évidence.

Eloïn s'arracha à mon étreinte en reniflant.

— Blaye, père. C'était Blaye qui brûlait.

Elle frissonna, malgré son front perlé de sueur, et darda sur nous deux prunelles enfiévrées. C'était la première fois que je la voyais ainsi ravagée.

— C'est imminent. Cette nuit, la suivante, je ne sais, mais j'ai vu des êtres courir dans les ruelles, s'embraser en hurlant puis s'abattre sur les jonchées.

Nous ne pouvions mettre en doute sa prémonition. Nous en découvrions trop la puissance au travers de ces manières, inhabituelles. Pouvions-nous pour autant l'empêcher?

Jaufré se reprit le premier.

— Je vais de ce pas interdire les flambeaux en et hors les murailles.

— Tu oublies que tu n'es plus maître des lieux, l'arrêtai-je. C'est à ton fils de le faire. Et le voudra-t-il? Gâter un jour semblable…

— Laissez-moi lui parler, je saurai le convaincre, insista Eloïn, reprise d'espoir.

Jaufré l'attira un instant contre sa poitrine, lui offrant le réconfort de sa tendresse.

— Quoi qu'il advienne, nous nous sauverons, Eloïn. Tous.

Elle s'écarta. Hocha son beau visage empreint de terreur, nous marquant du choc des images qui la traversaient encore, par déferlantes, avant d'ajouter, sinistrement :

— Oui, nous serons saufs, père, mais nous y perdrons tous une part de nous-mêmes.

Geoffroy ne mit pas en doute la prescience de sa sœur. Ils étaient suffisamment complices tous deux, et ses traits défaits parlaient d'eux-mêmes. La laissant dans la pièce voisine où elle l'avait fait mander de toute urgence, il regagna la salle de réception, réclama une envolée de trompette, puis tandis que le héraut imposait silence, grimpa lestement sur le dossier rabattu d'un lourd coffre pour dominer l'assistance. Son sourire se voulait serein, sa révérence, un merci.

— Oyez, oyez, gentes dames et preux chevaliers, le bonheur d'icelui qui ne voudrait point regretter sa feste. Le castel est étroit pour autant de ripaille. Nous festoierons donc sur l'esplanade qui domine le fleuve, sous le manteau d'étoiles, et si nombre d'entremets vous divertiront, souffrez, mes amis, que les cracheurs de feu s'abstiennent. L'herbe est bien sèche de ce temps et je ne voudrais de rôtis qu'en les cuisines.

On rit dans la salle que nous avions rejointe. D'un pas généreux, Richard se planta au pied du coffre, les poings sur les hanches, l'air faussement marri.

— Alors quoi, prince de Blaye, restriction et tempérance seront-elles vos premiers commandements en ces lieux ? Iriez-vous, en suivant, jusqu'à nous priver de vin de peur qu'il ne nous enflamme le verbe ?

Les rires redoublèrent et nous nous sentîmes bien seuls, Eloïn, Jaufré et moi, dans cet étau qui nous broyait le cœur. Geoffroy, quant à lui, refusant d'alerter davantage, de crainte d'un effet de panique, pour l'heure injustifié, jugea plus utile de servir sa cause dans ce joyeux répons. Il tendit la main à son compère, l'invitant à le rejoindre sur son perchoir. Richard y monta sous les acclamations, salua, les bras ouverts, son auditoire, tandis que Geoffroy chantait :

— Lorsque duc d'Aquitaine vous serez,
Prince de Blaye vous châtierez.
Pour l'heure, vassal je ne suis,
Mon bon ami,
Que de dame Aliénor
Et de fin amor.
Mon épousée je veux ravir,
Votre amitié j'entends servir
Par l'une et l'autre préserver
Écrin de pierre ou d'étoilée.
Est-ce pâtir de renommée ?

Richard éclata de ce rire aussi tonitruant que celui de son père, secoua la cascade de ses boucles rousses puis répliqua, pour le plaisir de l'assistance :

— Ce que j'en dis, sire Geoffroy
N'est que souhait de fils de roi.
Là, sur ce coffre d'espérance,
Je vous rappelle à l'insouciance.
Malgré les fers de ces doux yeux...

Il battit des cils vers Agnès, rieuse, puis ajouta en sautant à bas :

— Gardez, en vous, le plus grand feu...

— Au feu ! Au feu !

L'espace d'une minute, les invités, rendus hilares par l'apparition de circonstance d'un valet dans l'encadrement de la porte, crurent à la farce. Et, de fait, si nous n'avions lu l'horreur dans les yeux d'Eloïn quelques minutes plus tôt, sans doute aurions-nous pensé de même. Au lieu de quoi, tuant les rires des plus proches, nous nous précipitâmes tous trois d'un même élan au-devant de l'homme effrayé. Tandis que notre fils, blême, se frayait déjà un passage jusqu'à lui, suivi par Richard, alarmé, il haussa le ton pour se faire entendre de Jaufré :

— Le feu, mon seigneur. Il vient de prendre d'une échoppe et court dans le vent.

— D'où le vent ?

— Nord-est, mon seigneur. C'est toute la ville qui va flamber !

Oui.

C'était toute la ville qui flamberait.

Je n'oublierai jamais la vitesse démentielle avec laquelle, profitant d'un vent d'orage, les toits de la cité *extra-muros* devinrent des torchères, repoussant les gens par dizaines dans le limon du fleuve à marée basse, dès lors qu'il fut entendu que les chaînes humaines, instaurées dès l'ébauche de l'incendie, du Saugeron vers l'échoppe incriminée, ne suffiraient point. Les premiers porteurs d'eau se virent happés par un retour de flamme, amenant la panique chez les autres. Comme eux, depuis la fenêtre est d'une des tours du castel, et tandis que mes hommes, Agnès et Eloïn, ravagée, évacuaient nos invités par le souterrain qui menait au pied de la falaise puis, de là, à des gabares, j'espérais la pluie. Et plus encore un signe de Merlin. Mais, malgré les invocations de ma fille, les miennes, aucune magie ne sauva Blaye. J'étais anéantie. Comme ma ville. Comme mes gens, pour lesquels je ne pouvais rien, sinon de mon refuge les voir courir, se piétiner les uns les autres, tousser, cracher, hurler de terreur, chassés autant par la fumée, épaisse et irritante, que par la chaleur du brasier. Je m'en époumonais, en rougissais de même, refusant pourtant de quitter la place, de détacher mon regard de cette détresse, de cette fournaise. Comme si le hurlement des enfants, les appels des mères, le courage des pères, l'embrasement des impotents ou des plus faibles devaient s'inscrire en moi pour me faire corps et sang avec cette terre que j'avais délaissée trop souvent. Les cloches des abbayes avaient cessé de carillonner depuis que les flammes les avaient prises d'assaut. En hâte, Pierre, l'abbé de Saint-Romain, comme son homologue Guillaume, abbé de Saint-Sauveur, avaient dépêché les membres de leur chapitre à l'évacuation des habitants vers le fleuve. Nos gens d'armes s'étaient empressés de même. Combien en sauverions-nous vraiment de Blaye, des villages voisins ? Ils s'étaient tant agglutinés, tous, à ces épousailles. Étaient-elles donc maudites, que l'enfer s'y était invité ? Je ne savais plus que croire, que penser. Poussée par un vent qui forcissait de minute en minute et rabattait les flammèches jusqu'au castel, la fumée m'emplissait les poumons, me masquait parfois les images, ne me laissant que les cris sinistres des gens et des bois tordus, léchés. Malgré cela, je ne parvenais à refermer la fenêtre.

Il fallut qu'une main me tire vers l'arrière, m'arrache à mon anéantissement, qu'une autre referme la fenêtre, puis me retourne, larmoyante, les cheveux blanchis de cendres, le visage noirci. Jaufré. Comme moi, il pleurait des larmes de sang en m'attirant sur son cœur.

— Le feu est dans l'enceinte du castel. Le grand chêne est pris. Les autres ne tarderont pas à suivre. Il faut partir.

— Quelques secondes encore, murmurai-je.

Il me les accorda.

Il se les accorda, avec plus que moi le sentiment inéluctable d'une fin, les yeux rivés à cette croisée rabattue comme la pierre d'un tombeau, prisonnier de la même incertitude que moi. Que resterait-il de nous, de Blaye, de l'Aquitaine et de l'Angleterre demain ?

Dans un sursaut de courage, celui que j'avais toujours aimé en lui à l'instant des décisions ultimes, il m'arracha à son étreinte dans un souffle redevenu rauque, brisé.

— Viens.

Lors, ensemble, derniers bastions de cette citadelle de souvenirs, nous descendîmes l'escalier, traversâmes le castel déserté puis, loqueteux d'âme, refermâmes sur nous la trappe du souterrain.

À paraître

ALIÉNOR**

Cet ouvrage a été composé
en septembre 2011 par

CPI
FIRMIN-DIDOT

27650 Mesnil-sur-l'Estrée

Dépôt légal : octobre 2011
N° d'édition : 1966/01 – N° d'impression : 107170

Transcontinental

Imprimé au Canada par
Transcontinental Gagné